A ESTRANHA SALLY DIAMOND

A ESTRANHA SALLY DIAMOND

LIZ NUGENT

Tradução de
Juliana Romeiro

3ª edição

EDITORA RECORD
RIO DE JANEIRO • SÃO PAULO
2024

CIP-BRASIL. CATALOGAÇÃO NA PUBLICAÇÃO
SINDICATO NACIONAL DOS EDITORES DE LIVROS, RJ

N889e Nugent, Liz
3ª ed.   A estranha Sally Diamond / Liz Nugent ; tradução Juliana Romeiro. - 3. ed. - Rio de Janeiro : Record, 2024.

Tradução de: Strange Sally Diamond.
ISBN 978-65-5587-740-3

1. Ficção irlandesa. I. Romeiro, Juliana. II. Título.

23-86656   CDD: 828.99153
              CDU: 82-3(41)

Gabriela Faray Ferreira Lopes - Bibliotecária - CRB-7/6643

Título em inglês:
Strange Sally Diamond

Strange Sally Diamond © 2023 by Liz Nugent

Texto revisado segundo o Acordo Ortográfico da Língua Portuguesa de 1990.

Todos os direitos reservados. Proibida a reprodução, no todo ou em parte, através de quaisquer meios. Os direitos morais da autora foram assegurados.

Direitos exclusivos de publicação em língua portuguesa somente para o Brasil adquiridos pela
EDITORA RECORD LTDA.
Rua Argentina, 171 – Rio de Janeiro, RJ – 20921-380 – Tel.: (21) 2585-2000, que se reserva a propriedade literária desta tradução.

Impresso no Brasil

ISBN 978-65-5587-740-3

Seja um leitor preferencial Record.
Cadastre-se no site www.record.com.br
e receba informações sobre
nossos lançamentos e nossas promoções.

Atendimento e venda direta ao leitor:
sac@record.com.br

Para Richard, com ainda mais amor

Longe, longe dos homens e das cidades,
Na floresta selvagem e nas planícies...
No ermo silencioso
Onde a alma não precisa reprimir
A sua música...

Percy Bysshe Shelley

PARTE 1

1

— Pode me jogar no lixo — ele costumava dizer. — Quando eu morrer, pode me jogar no lixo. Vou estar morto mesmo, então pra mim não vai fazer a menor diferença. Você vai estar se acabando de tanto chorar — brincava ele, rindo, e eu ria também, porque nós dois sabíamos que eu não ia estar me acabando de tanto chorar Eu nunca choro.

Então, quando chegou o dia, na quarta-feira, 29 de novembro de 2017, eu fiz o que ele mandou. Àquela altura, ele já estava frágil e franzino, com 82 anos, então foi fácil enfiá-lo num saco de lixo grande.

Já fazia um mês que não andava mais.

— Nada de médico — disse ele. — Eu sei como eles são. — E sabia mesmo, porque ele era médico, psiquiatra. Mas ainda conseguia prescrever remédios, então me mandava ir até Roscommon para comprá-los com as receitas.

Eu não o matei; não foi isso que aconteceu. Naquela manhã, fui levar um chá para ele e encontrei seu corpo frio na cama. De olhos fechados, graças a Deus. Odeio aquelas séries de TV nas quais os cadáveres ficam encarando os detetives da polícia. Será que você só fica de olho aberto quando é assassinado?

— Pai? — chamei, mesmo sabendo que ele já não estava mais ali.

Eu me sentei na beirada da cama, tirei a tampa com infusor da caneca dele e tomei o chá, sentindo falta do açúcar que costumo colocar no meu. Primeiro, verifiquei o pulso, mas só de olhar o aspecto ceroso da pele, já dava para saber. Só que ceroso não é a palavra certa. Era mais como... como se a pele dele não lhe pertencesse mais, ou como se ele não pertencesse mais à sua pele.

Arrastar o saco de lixo até o celeiro do outro lado do quintal foi difícil. O chão estava coberto de geada, então, em alguns instantes, eu tinha de carregar o saco no ombro para que ele não rasgasse. Quando estava bem, uma vez por mês, meu pai incinerava o lixo. Ele se recusava a pagar a taxa de coleta, e a gente morava num lugar tão isolado que a prefeitura não vinha cobrar.

Eu sabia que os cadáveres se decompunham e começavam a apodrecer e a cheirar mal, então coloquei o saco no barril do incinerador com todo o cuidado. Joguei um pouco de gasolina em cima e taquei fogo. Não fiquei lá para vê-lo queimar. Não era mais ele, era um corpo, uma "coisa", dentro de um incinerador doméstico num celeiro no campo ao lado de uma casa que ficava no fim de uma ruazinha de terra à margem de uma estrada secundária.

Às vezes, quando explicava ao telefone onde a gente morava, meu pai dizia:

— É perto do meio do nada. Se você for até o meio do nada e dobrar à esquerda, depois à direita, e à esquerda de novo, até chegar a uma rotatória, aí é só pegar a segunda saída.

Ele não gostava de receber gente. Tirando Angela, a nossa médica, acho que só tivemos visitantes a cada dois anos depois que minha mãe morreu. Os últimos foram chamados para consertar o carro ou instalar um computador, e, uns anos depois, veio um homem que trouxe internet e um computador mais novo para o meu pai, mas o último mesmo apareceu para melhorar a banda larga. Nessas ocasiões, eu ficava no meu quarto.

Ele nunca se ofereceu para me ensinar a usar o computador, mas explicou tudo o que dava para fazer nele. Eu sabia o que os computadores eram capazes de fazer pelo que via na televisão. Podiam bombardear países. Espionar pessoas. Fazer cirurgias no cérebro. Reconectar amigos e inimigos antigos, além de resolver crimes. Mas eu não queria fazer nada disso. O que eu gostava era de televisão, de documentários, de programas sobre natureza e história, e adorava séries, as de fantasia, que se passavam no futuro, ou as vitorianas, ambientadas em mansões e com aqueles vestidos bonitos, e até as modernas também. Gostava de ver as pessoas em suas vidas emocionantes, os casos amorosos ardentes, as famílias infelizes e seus segredos sombrios. O que não deixa de ser uma ironia, imagino, porque, na vida real, eu não gostava de gente. Pelo menos não da maioria.

Eu preferia ficar em casa. Meu pai entendia isso. A escola havia sido uma experiência horrível. Eu ia para as aulas, tentava evitar as outras meninas e voltava direto para casa. Diziam que eu era autista, apesar de o meu pai psiquiatra ter me dito que eu definitivamente não era. Eu não participava de nenhum clube depois da aula, nem de nenhuma associação de alunos, apesar dos apelos da minha mãe. Nas provas finais, tirei duas notas dez, dois oitos e dois setes nas minhas matérias específicas e passei raspando em matemática e em irlandês. Isso foi há vinte e cinco anos, então depois nos mudamos de novo, para uma casa de um andar só no fim de uma estradinha de terra, a um quilômetro e meio do vilarejo de Carricksheedy.

Sair de casa uma vez por semana para fazer compras era sempre uma provação. Às vezes eu fingia que era surda, para não ter que conversar com ninguém, mas ouvia os comentários das crianças.

— Lá vem ela, a Sally Diamond, aquela estranha.

Meu pai dizia que era sem maldade. Crianças são más. A maioria delas. Eu ficava feliz de não ser mais criança. Já tinha 42 anos.

Eu passava na agência do correio para pegar a aposentadoria do meu pai e a minha pensão por invalidez. Uns anos antes, o correio quis que programássemos os benefícios para depósito automático na nossa conta bancária, mas meu pai disse que tínhamos que pelo menos tentar manter alguma relação com as pessoas do vilarejo, então ignoramos o conselho. O banco ficava a dezessete quilômetros dali, em Roscommon. Não havia caixa eletrônico em Carricksheedy, mas, na maioria das lojas, você podia pagar a mais com o cartão de débito e receber a diferença em dinheiro.

Eu também pegava a correspondência do meu pai, porque ele dizia que não queria carteiro nenhum bisbilhotando a nossa vida. A Sra. Sullivan, que trabalhava na agência do correio, gritava:

— Como está o seu pai, Sally?

Talvez achasse que eu sabia ler lábios. Eu assentia e sorria, e ela inclinava a cabeça de lado, com pena, como se tivesse acontecido alguma tragédia, e depois eu ia até o posto grande da Texaco. Eu fazia as compras da semana na loja do posto e voltava para casa, meu nervosismo diminuindo assim que dobrava para entrar na nossa estradinha. O processo todo nunca passava de uma hora.

Na época em que estava bem, meu pai ajudava a guardar as compras. Nós fazíamos três refeições por dia. Cozinhávamos um para o outro. Eu preparava duas das refeições, e ele, uma, mas dividíamos as tarefas de casa meio a meio. À medida que a idade foi pesando para ele, fomos trocando as funções. Eu passava o aspirador de pó, e ele tirava a louça limpa da máquina. Eu passava a roupa e tirava o lixo, e ele lavava o boxe do banheiro.

Então ele parou de sair do quarto e passou a prescrever as receitas com a mão cada vez mais trêmula. E mal tocava na comida. Perto do fim, só comia sorvete. Eu dava as colheradas na boca dele, quando suas mãos tremiam demais, e trocava os lençóis nos dias em que ele não conseguia mais se segurar e não dava tempo de alcançar o penico que ficava debaixo da cama, que eu esvaziava todo dia de manhã e lavava com água sanitária. Ele tinha um sininho ao lado da cama, mas eu não o ouvia quando estava na cozinha nos fundos da casa e, nos últimos dias, ele estava debilitado demais para levantar o sino.

— Você é uma boa menina — dizia ele, fraco.

— Você é o melhor pai do mundo — eu respondia, embora soubesse que não era bem verdade. Mas ele sorria quando eu falava aquilo. Foi a minha mãe que me ensinou a dizer isso. O melhor pai do mundo era o pai de *Os pioneiros*. E ele era bonito.

Minha mãe costumava me pedir que brincasse de imaginar o que as outras pessoas estavam pensando, o que era curioso. Não seria mais fácil perguntar a elas? E será que isso é da minha conta? Eu sei o que eu penso. E posso usar minha imaginação para fazer de conta que sou capaz de realizar coisas, igual às pessoas na televisão, solucionar crimes e viver romances apaixonados. Mas, de vez em quando, tentava imaginar o que os moradores do vilarejo viam quando olhavam para mim. De acordo com uma matéria de uma revista que li na sala de espera da Angela, estou três quilos acima do peso para minha altura, que é um metro e setenta e seis. Angela riu quando lhe mostrei a revista, mas me incentivou a comer mais frutas e legumes e a reduzir os carboidratos. Meu cabelo é comprido e castanho, mas costumo prendê-lo num coque meio solto, logo abaixo da nuca. E o lavo uma vez por semana, na banheira. Nos outros dias, uso uma touca de banho e tomo uma chuveirada rápida.

Tenho quatro saias. Duas para o inverno e duas para o verão. Tenho sete blusas, três suéteres e um casaquinho, e ainda tenho várias roupas antigas da minha mãe, vestidos e casacos, todos de boa qualidade, embora um pouco velhos. Minha mãe gostava de ir a Dublin com a irmã dela, tia Christine, duas ou três vezes por ano, para aproveitar "as promoções". Meu pai não aprovava isso, mas ela dizia que iria gastar o dinheiro dela como bem entendesse.

Eu não uso sutiã. É desconfortável e não entendo por que tantas mulheres insistem nisso. Quando minhas roupas ficavam puídas, meu pai comprava outras de segunda mão na internet, mas nunca roupa de baixo. Eram sempre novas.

— Você odeia fazer compras e não há motivo para desperdiçar dinheiro — dizia ele.

Minha pele é clara e sem marcas. Tenho algumas rugas na testa e ao redor dos olhos. Não uso maquiagem. Uma vez, meu pai comprou para mim e sugeriu que eu experimentasse. Graças à minha velha amiga, a televisão, e às propagandas, eu sabia o que fazer com aquilo, mas não combinou comigo, aqueles olhos pretos e o batom cor-de-rosa. Meu pai concordou. Ele se ofereceu para comprar outros produtos de maquiagem, mas percebeu minha falta de entusiasmo e não tocamos mais no assunto.

Acredito que as pessoas vejam uma mulher "surda" de 42 anos entrando e saindo do vilarejo e às vezes dirigindo um Fiat velho. Elas devem achar que não posso trabalhar por causa da surdez, e que é por isso que recebo pensão. Recebo pensão porque meu pai disse que tenho uma deficiência social.

2

Thomas Diamond não era o meu pai verdadeiro. Eu tinha 9 anos quando ele me contou isso. Eu nem sabia qual era o meu nome de verdade, mas tanto ele quanto a minha mãe, que também não era minha mãe, me disseram que me encontraram numa floresta quando eu era bebê.

No início, eu fiquei chateada. Nas histórias que eu lia, bebês encontrados na floresta eram criaturas mágicas que causavam a maior confusão nas famílias que invadiam. Eu tenho imaginação, apesar do que o meu pai costumava dizer. Mas a minha mãe me sentou no colo dela e me garantiu que aquelas histórias eram conto de fadas e que não eram verdade. Eu detestava sentar no colo da minha mãe, e no do meu pai também, então me desvencilhei dela e pedi um biscoito. Ganhei dois. Acreditei em Papai Noel até os 12 anos, quando meu pai se sentou comigo e me contou a triste verdade.

— Mas pra que inventar uma história dessas? — perguntei.

— É divertido para as crianças, mas você não é mais criança.

Aquilo era verdade. Eu já tinha começado a sangrar. A dor da menstruação substituiu a Fada do Dente e o Coelhinho da Páscoa, e meus pais começaram a me explicar outras coisas.

— Se o Papai Noel não existe, Deus existe? E o diabo?

Minha mãe olhou para o meu pai, e ele respondeu:

— Ninguém sabe.

Achei aquele conceito difícil. Se eles tinham tanta certeza de que o Papai Noel não existia, por que não tinham a mesma certeza sobre Deus?

Minha infância deu lugar a uma adolescência mais monótona e menos criativa. Minha mãe me explicou que os meninos poderiam se interessar por mim, que poderiam tentar me beijar. Nunca tentaram, a não ser uma vez, no ponto de ônibus, quando eu tinha 14 anos, e um velho tentou botar a boca na minha à força e enfiou a mão debaixo da minha saia. Dei um soco na cara dele, derrubei-o no chão e chutei sua cabeça. Então o ônibus chegou, e eu entrei, e fiquei irritada com a demora, porque o motorista desceu para ajudar o velho. Eu o vi se erguendo lentamente, com sangue escorrendo pela cabeça. O motorista me perguntou o que tinha acontecido, mas eu fiquei quieta e fingi que não estava ouvindo. Cheguei em casa vinte minutos atrasada e perdi o comecinho de *Blue Peter*.

Aos quinze anos, ouvi uma menina da minha turma contar para outras duas que eu era uma criança selvagem que tinha sido encontrada no pé de uma montanha e depois adotada pelos Diamond. Ela falou isso no banheiro. Eu estava numa das cabines, sentada na caixa da descarga acoplada à privada, com os pés na tampa do vaso, comendo meu almoço.

— Mas não conta pra ninguém — avisou ela. — Minha mãe ouviu de uma amiga que trabalhava para o Dr. Diamond na época. É por isso que ela é tão esquisita.

As outras meninas não guardaram segredo. Passaram algumas semanas tentando falar comigo, perguntando se eu gostava de escalar montanhas e se comia grama. Stella Coughlan mandou as meninas me deixarem em paz, dizendo que aquilo não era da conta delas. Eu ignorei todo mundo. Não perguntei sobre o assunto para os meus pais. Já sabia que era adotada e também sabia que bebês não sobrevivem nas montanhas e que meninas idiotas inventam coisas por maldade.

Minha mãe morreu um ano depois que eu saí da escola. A gente andava brigando muito na época. Ela queria que eu fosse para a faculdade. Preencheu o formulário de inscrição contra a minha vontade. Achava que eu devia estudar Música ou Ciências. Eu amo música, e tocar piano é, provavelmente, a minha atividade preferida. Quando eu tinha 9 anos, a minha mãe contratou uma professora para me dar aula em casa. Eu gostava da Sra. Mooney. Ela dizia que eu tinha talento. A Sra. Mooney morreu quando eu era adolescente, e eu não quis outro professor, então fui melhorando sozinha. Eu não queria fazer provas. Só gostava de tocar.

Minha mãe dizia que eu tinha muitas opções. Mas eu não queria conhecer estranhos e não queria sair da nossa casa nova. Meu pai falou que eu podia fazer um curso na Open University, mas a minha mãe insistia que eu precisava "socializar", porque, sem um empurrãozinho, eu nunca ia sair de casa nem conseguir um emprego. Eu falei que não queria sair de casa, e ela ficou brava.

Uma semana depois da briga, ela teve um derrame no consultório médico no qual trabalhava e morreu no hospital. O enterro foi em Dublin, porque era lá que a família dela e os amigos antigos moravam. Ela sempre os visitava. Nas poucas vezes que a irmã dela, Christine, veio a nossa casa, eu ficava andando atrás dela feito um cachorrinho. Christine parecia uma versão glamorosa da mamãe. Quando vinha nos visitar, meu pai ficava no escritório dele. Minha mãe dizia que ele não deixava a tia Christine à vontade. Depois que minha mãe morreu, ela parou de nos visitar, mas sempre mandava um cartão com dinheiro dentro, no meu aniversário.

Meu pai me perguntou com os olhos cheios de lágrimas se eu queria ir ao enterro, mas eu disse que não. Precisava arrumar as roupas dela e ver quais cabiam em mim e quais doar para o bazar de caridade. Pedi a ele que trouxesse um livro de receitas de Dublin, porque minha mãe era quem mais cozinhava em casa e, embora eu ajudasse muito, descascando legumes, não dava conta de preparar uma refeição completa. Mas sabia que podia aprender com os livros.

Dois dias depois, quando voltou de Dublin, meu pai perguntou se eu estava triste e se sentia saudade da mamãe, e eu o tranquilizei dizendo que não, e que ele não devia se preocupar comigo. Meu pai olhou para mim daquele jeito engraçado com que às vezes me olhava e disse que eu provavelmente tinha sorte de ser do jeito que era, que provavelmente nunca sofreria na vida.

Eu sei que não penso igual às outras pessoas, mas, se eu pudesse ficar longe delas, que diferença fazia? Meu pai me disse que eu era única. Eu não ligo. Já me chamaram de tantas coisas, mas o meu nome é Sally. Pelo menos, esse é o nome que os meus pais me deram.

3

Nos dias que se seguiram à morte do meu pai, ficou um silêncio. Acho que senti saudade, não sei... Eu não tinha com quem conversar, ninguém para oferecer um chá, ninguém para dar sorvete na boca. Ninguém para lavar e trocar. Para que eu servia? Eu ficava andando pela casa e, no terceiro dia, entrei no escritório dele e abri as gavetas ao acaso, encontrei um monte de dinheiro e as joias antigas da mamãe numa caixa de metal. Muitos cadernos documentando o meu peso, altura e desenvolvimento ao longo de décadas. Na mesa dele, havia um envelope gordo endereçado a mim. Pastas e pastas com o meu nome em diferentes categorias: comunicação, desenvolvimento emocional, empatia, compreensão, saúde, medicação, deficiências, alimentação etc. Era coisa demais para ler. Olhei a foto do dia do casamento deles na cornija da lareira e lembrei que a minha mãe uma vez disse que eles nunca haviam se sentido uma família completa até me encontrarem. Fazia tempo que eu abandonara a ideia de que tinha sido encontrada na montanha. Eles me adotaram do jeito tradicional, segundo a minha mãe. Ela chegou a me perguntar se eu tinha alguma curiosidade sobre os meus pais biológicos e, quando respondi que não, ela sorriu para mim. Eu me sentia bem quando fazia os meus pais sorrirem.

Olhei para as fotos antigas do meu pai, do tempo em que ele trabalhava, apresentando artigos em conferências em Zurique. Fotos dele com outros homens sérios, de terno. Meu pai basicamente estudava e escrevia artigos acadêmicos, mas, às vezes, quando minha mãe dizia que era uma emergência, ele atendia um paciente em Carricksheedy ou em alguma cidade próxima.

Meu pai estudava a mente humana. Ele me disse que a minha mente funcionava perfeitamente bem, mas que eu era desconectada emocionalmente. Segundo ele, eu era o trabalho da vida dele. Eu perguntei se ele podia reconectar as minhas emoções, e ele disse que tudo o que ele e a minha mãe podiam fazer era me amar e torcer para que, um dia, eu aprendesse a amá-los também. Eu me importava com os dois. Não queria que mal nenhum acontecesse com eles. Não gostava de vê-los chateados. Achava que isso era amor. Eu perguntava para o meu pai, mas ele dizia que eu não devia me preocupar, que o que eu sentia era o suficiente, mas acho que ele não me entendia. Eu ficava ansiosa às vezes, quando tinha muita gente por perto, ou quando eu não sabia responder a alguma pergunta, ou se ouvia um barulho muito alto. Eu achava que podia reconhecer o que era amor pelos livros e pela televisão, mas me lembro de ver *Titanic* num Natal e ficar pensando que o Jack teria morrido de qualquer jeito, porque, além de homem, era um passageiro da terceira classe, e a Rose provavelmente teria sobrevivido, porque era rica e havia aquilo de salvar "mulheres e crianças primeiro", então para que acrescentar uma história de amor que nem era verdadeira. Meu pai estava aos prantos.

Eu não gostava de abraços, nem que ninguém me tocasse. Mas nunca deixei de me perguntar sobre o amor. Seria essa a minha desconexão emocional? Devia ter perguntado isso ao meu pai quando ele estava vivo.

Cinco dias depois que o meu pai morreu, Ger McCarthy, o vizinho que alugava um terreno atrás do nosso celeiro, bateu lá em casa. Eu estava acostumada a vê-lo de um lado para o outro na estradinha.

Era um homem de poucas palavras e, segundo meu pai, "um sujeito ótimo, que não perguntava nada nem ficava de conversa fiada".

— Sally — disse ele —, aquele celeiro de vocês está com um cheiro horrível. Eu contei o meu gado e não está faltando nada, mas estou desconfiado de que alguma ovelha entrou lá, ficou presa e morreu ou alguma coisa assim. Quer que eu dê uma olhada, ou será que o seu pai pode ver isso?

Eu respondi que ia resolver. Ele foi embora, assobiando desafinado, com o macacão sujo de lama.

Quando cheguei ao celeiro, o cheiro do barril do incinerador me deixou com ânsia de vômito. Enrolei o cachecol na boca e abri a porta. O corpo não tinha queimado direito. Dava para ver o formato inteirinho. Havia uma substância oleosa no fundo do barril. Moscas e larvas se aglomeravam em torno dela. Ateei fogo mais um vez, com jornal enrolado que trouxe de casa e lenha do celeiro.

Fiquei decepcionada comigo mesma. Meu pai devia ter me dado instruções mais específicas. A gente queimava matéria orgânica regularmente. Cadáver era matéria orgânica, não era? Talvez crematórios fossem mais quentes. Eu ia pesquisar na enciclopédia depois. Despejei o restante da gasolina para atear o fogo, torcendo para que agora a chama desse conta do recado. Puxei meu cabelo para me acalmar.

Fui ao correio para receber a pensão, e a Sra. Sullivan tentou me dar a aposentadoria do meu pai também. Empurrei o dinheiro de volta na direção dela, e ela olhou para mim confusa e gritou:

— O seu pai precisa da aposentadoria dele.

— Não precisa, não — respondi —, porque ele morreu.

Ela arregalou os olhos e abriu a boca.

— Ai, meu Deus! Você fala. Eu não sabia. Mas o que foi que você falou? — E eu tive que repetir que ele não ia precisar mais da aposentadoria porque estava morto.

Ela olhou para a esposa do açougueiro, que estava atrás de mim.

— Ela fala — comentou. E a mulher do açougueiro comentou:

— Estou impressionada!

— Meus pêsames — a Sra. Sullivan voltou a gritar para mim, e a esposa do açougueiro tocou meu cotovelo. Eu estremeci e me esquivei do toque dela.

— Quando vai ser o enterro? — perguntou. — Não vi o obituário.

— Não vai ter enterro — respondi. — Eu mesma cremei o corpo.

— Como assim? — perguntou a Sra. Açougueiro, e eu contei que tinha usado o incinerador, porque ele falou para mim que, quando morresse, era para eu jogar o corpo fora, no lixo.

Houve um momento de silêncio, e eu estava me virando para ir embora quando a Sra. Açougueiro perguntou, com um tremor na voz:

— Como você sabia que ele estava morto?

Então a Sra. Sullivan comentou com a Sra. Açougueiro:

— Nem sei pra quem eu devia ligar. Pra polícia ou pra um médico?

Eu olhei para ela e respondi:

— É tarde demais pra chamar um médico, ele já morreu. E pra que ligar pra polícia?

— Sally, quando uma pessoa morre, a gente tem que avisar as autoridades.

— Mas não é da conta delas — protestei. Elas estavam me deixando confusa.

Quando cheguei em casa, toquei um pouco de piano. Depois fui até a cozinha e fiz um chá. Levei o chá para o escritório do meu pai. O telefone começou a tocar, então eu o tirei do gancho. Olhei para o envelope em cima do laptop dele, que tinha "Sally" escrito na frente, e "para abrir depois que eu morrer", na caligrafia trêmula do meu pai. Não dizia nada sobre quanto tempo depois que ele morresse eu devia abrir o envelope, e fiquei me perguntando se podia ter um cartão de aniversário. O meu aniversário seria dali a nove dias, então eu ia esperar até lá. Eu ia completar 43 anos. Senti que ia ser um ano bom.

Era um envelope grande e, quando o peguei, vi que era grosso e que continha muitas páginas. Talvez não fosse um cartão de aniversário. Coloquei no bolso da saia. Eu ia ler depois de assistir a *Assassinato por escrito* e *Judge Judy*. Me acomodei na sala de estar, no sofá que eu dividia com a minha mãe. Olhei para a poltrona vazia do meu pai e pensei nele por alguns minutos.

Logo me distraí com os desdobramentos em Cabot Cove. Dessa vez, foi o jardineiro da Jessica Fletcher que se envolveu com a viúva do advogado rico, e ela o matou quando ele se recusou a se separar da esposa. Como de costume, Jessica foi mais esperta que o xerife que estava investigando o crime. No meio do intervalo comercial de *Judge Judy*, alguém bateu à minha porta.

Levei um susto. Quem poderia ser? Talvez meu pai tivesse encomendado alguma coisa pelo computador, mas era pouco provável, porque ele tinha parado de usar o computador cerca de um mês antes de morrer. Aumentei o volume da televisão, enquanto as batidas continuavam. Elas pararam, e tive que voltar o programa, porque o intervalo tinha acabado e eu havia perdido o começo. Então apareceu uma cabeça na janela à minha esquerda. Dei um grito. Mas era só a Angela.

4

A Dra. Angela Caffrey era sócia da minha mãe e assumiu o consultório depois que ela morreu. Eu fui ao consultório muitas vezes ao longo dos anos. Eu não ligava de ser tocada nem examinada pela Angela, porque ela sempre explicava detalhadamente o que ia acontecer. E ela sempre fazia com que eu me sentisse melhor. Meu pai gostava dela, e eu também.

— Sally! Você está bem? A Sra. Sullivan me falou que o Tom morreu, é verdade?

Fiquei de pé no corredor, na porta do escritório do meu pai, meio sem jeito. No passado, ele costumava convidar Angela para a sala de estar e oferecia chá para ela, mas eu não queria que ela ficasse por muito tempo. Mas Angela tinha outras ideias em mente.

— Vamos para a cozinha, e você pode me contar o que aconteceu.

Eu a levei até a cozinha.

— Nossa, está tudo tão limpinho, sua mãe ficaria tão orgulhosa. Sabe, faz tanto tempo que não venho aqui. — Ela puxou a cadeira do meu pai e se sentou. Eu me recostei no fogão. — Então, Sally, o seu pai morreu?

— Morreu.

— Ah, coitado do Tom! Ele estava doente há muito tempo?

— Ele foi ficando mais devagar, aí foi pra cama tem um mês, mais ou menos, e não levantou mais.

— Por que ele não me ligou? Eu teria vindo na mesma hora. Teria cuidado dele.

— Ele prescrevia remédio para dor, e eu buscava em Roscommon.

— Ele receitava remédio para ele mesmo? Isso não é exatamente legal.

— Ele colocava no meu nome. Ele disse que não iria pra cadeia por causa disso, e que eu também não.

— Entendi. — Ela fez uma pausa. — E quando foi que ele morreu, exatamente?

— Encontrei ele morto na quarta-feira de manhã, quando fui levar o chá dele.

— Ai, meu Deus, deve ter sido angustiante. Agora, sem querer ser enxerida, mas a Maureen Kenny...

— Quem?

— A Maureen, a mulher do açougueiro. Ela comentou que você falou que não ia ter enterro e que cremou o seu pai por conta própria.

— É.

— E onde foi realizada essa cremação?

— No celeiro verde.

— Onde?

— No celeiro verde.

— Aqui? Nos fundos da casa?

— É.

— Você não pensou em ligar pra ninguém? Pra mim, pro hospital, pra uma funerária?

Senti como se estivesse em apuros, como se tivesse feito algo errado.

— Ele me disse que era pra jogar o corpo no lixo.

— Ele... o quê? Era brincadeira, ele não podia estar falando sério!

— Ele não falou que era brincadeira.

— Mas como você sabia que ele estava morto?

— Ele não estava respirando. Quer ver o incinerador? — perguntei.

Ela arregalou os olhos.

— Não é assim que se descarta... Sally, isso é sério. Só um médico profissional pode atestar uma morte. Ele não deixou nenhuma instrução sobre o enterro?

— Não, eu não... — Então eu me lembrei do envelope. — Ele deixou isso pra mim. — Tirei o envelope do bolso.

— E o que diz?

— Ainda não abri.

Eu estava ficando incomodada com aquela conversa toda. Ou eu não falo nada, ou falo demais e digo coisas que só fazem sentido pra mim.

Cobri os ouvidos com as mãos, e Angela moderou a voz.

— Quer que eu abra? Posso ler?

Joguei o envelope nela e fui até o piano, mas tocar não me acalmou. Fui para o meu quarto e me enrolei no edredom e no cobertor azul macio. Comecei a puxar o cabelo da cabeça. Não sabia o que fazer. Fiquei me perguntando quando Angela iria embora. Fiquei atenta para escutar a porta da frente se fechar.

5

Uma batida leve me acordou. Já estava anoitecendo lá fora. Devo ter apagado. Isso acontece quando estou angustiada, embora não aconteça há muitos anos.

— Sally? — sussurrou Angela. Olhei para o relógio. Fazia três horas e vinte e cinco minutos que ela estava lá.

— O que foi?

— Fiz chá e torradas com feijão. Acho que é melhor você levantar, porque precisamos conversar.

— O chá está com açúcar?

— Ainda não — respondeu ela —, mas posso botar.

— Qual caneca você usou?

— Eu... não sei.

Abri a porta e segui Angela pelo corredor.

Ela me deu o chá na caneca de Palavras Cruzadas do papai. Adicionei uma colher e meia de açúcar e um pouquinho de leite. Para ela, serviu o chá numa caneca de porcelana que nem meu pai nem eu jamais tínhamos usado.

— Então, eu li as cartas do seu pai...

— Tem mais de uma?

— Tem. Está tudo bem, querida. Mas eu tenho que chamar a polícia, e eles vão querer conversar com você. Mas não quero que você fique preocupada, porque eu vou estar aqui, e vou explicar a sua condição para eles e garantir que eles sejam gentis. Mas, a parte difícil é que eles provavelmente vão querer revistar a casa, e é melhor você ficar comigo e com a Nadine por um tempo, enquanto eles fazem as investigações.

— Que investigações?

— É só que... não é... comum queimar o corpo de um membro da família, é ilegal, e sinto muito te dizer isso, querida, mas havia instruções para o enterro na carta dele... entre outras coisas.

— Ah. Por que a polícia vai querer revistar a casa? Na televisão eles sempre fazem a maior bagunça.

— Eles vão querer se certificar de que seu pai morreu de causas naturais, mas está claro na carta que ele sabia que tinha pouco tempo de vida. É evidente que ele confiava em você e que te amava. Tenho certeza de que o *post mortem* vai provar que ele já estava morto.

— Não quero visita e não quero ir pra sua casa.

— Sally, se eu não puder controlar isso, você pode acabar passando algumas noites numa cela de prisão, ou até mais tempo. Por favor, acredite em mim. Sua mãe e seu pai iriam querer que eu te ajudasse. Na carta, seu pai disse que era para você me ligar quando ele morresse.

Puxei o cabelo de novo. Ela estendeu a mão, mas eu me esquivei dela.

— Desculpa, desculpa, não foi por mal — disse ela.

— Mas ele não me falou quando eu devia abrir a carta. Só escreveu que era para eu abrir depois que ele morresse. Eu não sabia que tinha que abrir no mesmo dia.

— Eu sei, mas infelizmente as coisas vão ficar um pouco confusas agora. Vou chamar a polícia, e eles vão querer interrogar você. Você pode precisar de um advogado. Mas eu vou estar ao seu lado, e vou explicar qualquer coisa que seu pai não tenha explicado nas cartas, embora ele tenha sido minucioso. — Ela fez uma pausa. — Tem umas coisas nas cartas que talvez você ache... perturbadoras.

Mas vamos devagar. Seu pai só queria que você lesse uma parte por semana. São três partes diferentes.

— Por quê?

— Bom, tem... muito para assimilar. Eu achava que os seus pais tinham me contado tudo sobre as suas circunstâncias, mas parece que eles mantiveram muita coisa em segredo de todo mundo.

— A meu respeito?

— É, Sally. Mas podemos discutir isso outra hora. Agora, tenho que chamar a polícia. Você quer um sedativo leve antes que eles cheguem? Pra te ajudar a manter a calma?

— Sim, por favor.

6

Vieram dois policiais, e não um. Um homem e uma mulher. Não olhei para a cara deles. Foram gentis e calmos até eu contar que coloquei meu pai num saco de lixo e depois no incinerador. A policial menor levantou a voz.

— O que, em nome de Deus, você fez?

Angela pediu a ela que baixasse a voz. O comprimido que Angela havia me dado fazia eu me sentir como se estivesse numa espécie de mundo dos sonhos. Eles disseram que teriam que chamar a perícia imediatamente e que eu precisava arrumar uma mala e sair de casa, mas que deveria deixar as roupas que tinha usado no dia em que meu pai havia morrido. Eles resmungaram quando apresentei uma pilha organizada e recém-lavada. Angela avisou que precisava dar uma cópia da carta do meu pai para os policiais e, enquanto eu arrumava uma mala no meu quarto, ela foi até o escritório dele fazer a cópia. A policial me seguiu, fazendo um barulhinho com a língua. Usei a mala do meu pai. Eu não tinha mala. Ele não ia se importar. Estava escuro, e já tinha passado da minha hora de dormir.

— Vocês podem não fazer bagunça, por favor? — pedi.

O homem disse que eles fariam o possível, e a mulher fez um som de desaprovação com a boca e falou:

— Não conte com a sorte.

Angela entregou as folhas copiadas ao homem e pediu a ele que garantisse que elas fossem entregues ao policial de maior patente na investigação. Ele assentiu. Falou pouco. Pediu as chaves do Fiat. Entreguei, mas pedi que tomassem o cuidado de reposicionar o banco quando voltassem de onde quer que precisassem ir com o carro. Eles disseram que eu tinha que ir à delegacia de Roscommon na manhã seguinte. Angela falou que ela mesma me levaria até lá.

Quando saí de casa, ouvi a mulher dizer "psicopata maluca" para o homem, mas ele percebeu que eu estava ouvindo e fez sinal para que ela se calasse. Ela se virou para mim, e notei o nojo na sua expressão.

Não entendi por quê. A casa estava limpinha. Enquanto eu seguia em direção ao carro da Angela, quatro viaturas entraram pelo portão, e algumas pessoas começaram a vestir uniformes brancos de plástico por cima das roupas. Eles instalaram uns holofotes enormes apontando para a casa e para o celeiro. Angela disse que estavam tratando o lugar como uma cena de crime.

Eu estava me sentindo meio sonolenta, mas queria ficar. Em muitas séries de televisão, a polícia plantava evidências ou contaminava o local do crime. Eu precisava ter certeza de que isso não ia acontecer. Angela me garantiu que não ia.

No caminho até a casa dela, não falamos muito, mas eu olhei para Angela enquanto ela fitava a estrada. Angela tinha um formato arredondado simpático. Igual a uma avó de programa de televisão antigo. Ela tinha cabelos grisalhos cacheados. Estava com uma camisa xadrez, uma saia jeans e botas preta de cano baixo. Eu gostava do visual dela. Ela olhou para mim, sorriu e franziu a testa ao mesmo tempo. Meu pai sempre me alertou sobre não confiar nas pessoas pela aparência, mas nós dois gostávamos da Angela.

7

Acordei numa cama estranha, numa casa estranha, mas com meu próprio lençol azul na cama. Eu o havia trazido na mala na noite passada. Abri a boca para gritar, mas meu pai sempre dizia para só fazer isso quando estivesse em perigo. Eu estava em perigo? Logo, eu teria que explicar de novo por que tinha jogado meu pai fora. Fechei a boca e não gritei. Eu me lembrei da minha mãe dizendo que, se você contar a verdade, nada de ruim pode acontecer.

Ouvi uma comoção do lado de fora do quarto.

— Quem é? — perguntei.

— Sally, deixei umas toalhas verdes no banheiro pra você. O chuveiro é fácil de usar. A gente se encontra lá embaixo daqui a uns vinte minutos pra tomar o café da manhã, tá bom?

Era a voz da Nadine. Nadine era a esposa da Angela. Eu já tinha encontrado com ela em Carricksheedy várias vezes. Era mais nova que Angela e usava o cabelo louro e comprido preso num rabo de cavalo. Ela passeava com os cachorros, cuidava das galinhas e trabalhava projetando móveis. Eu não gostava dos cachorros e sempre atravessava a rua.

— Deixamos os cachorros lá fora pra você não ter que se preocupar, tá bom?

Meu pai foi ao casamento delas. Eu também fui convidada, mas não fui. Muita confusão.

O banheiro delas parecia aqueles de hotel, que aparecem nos filmes ou em propaganda de banheiro. Sentei no vaso sanitário, lavei as mãos e escovei os dentes antes de entrar no grande chuveiro com boxe de vidro temperado. Na nossa casa, tínhamos um banheiro grande e um lavabo separado, e o chuveiro era uma mangueira de borracha presa à torneira da banheira. Por causa da conta de luz, meu pai só me deixava tomar banho de banheira uma vez por semana, então tínhamos que nos virar com o chuveirinho. O chuveiro da Angela e da Nadine era ótimo. Quando terminei, penteei e prendi o cabelo no quarto, me vesti, arrumei a cama e desci.

Estava claro. O sol entrava pelas portas de vidro, e a cozinha era aberta para a sala. Moderna. Todas as paredes eram retas, com cantos acentuados. Já tinha visto casas assim na televisão, quando mostravam o "depois" em um programa sobre reforma de casa. Meu pai adorava esse tipo de programa. Ele sempre ria dos proprietários.

— Mais dinheiro que juízo! — dizia ele, ou então: — Sem noção!

Angela estava no fogão, virando linguiças e fatias de bacon.

— Aceita uma linguiça, Sally?

Eu estava com fome. Não tinha comido as torradas com feijão na noite passada porque ficara nervosa demais.

— Aceito, obrigada.

Lá fora, na janela, dois cachorros olhavam para Angela enquanto ela virava as fatias de bacon mais uma vez.

— Os meninos parecem estar com fome — comentou Nadine, sorrindo e acenando para eles. Eles latiram em resposta.

— Que meninos? — perguntei.

— Os cachorros, Harry e Paul.

— Que nomes engraçados para cachorros.

Angela sorriu e explicou:

— Botamos os nomes dos nossos ex-maridos. — E as duas riram. Eu também sorri, embora tenha achado isso um pouco grosseiro com os ex-maridos.

*

Passei sete horas e quinze minutos na delegacia. Tiraram fotos minhas e coletaram minhas impressões digitais. Fiquei sozinha numa sala durante os primeiros 47 minutos, depois entraram duas mulheres de terno, a sargento detetive Catherine Mara e a inspetora detetive Andrea Howard, seguidas por um homem mal-humorado que se apresentou como Geoff Barrington, meu advogado. Howard ligou um gravador, e eles se apresentaram para a fita. Eu não queria olhar para ninguém, então encarei a mesa de madeira e os arranhões do tampo. Alguém havia gravado "filha da puta" na mesa, em letras maiúsculas pontudas. Era uma expressão bem feia.

Elas me pediram que contasse a história da morte do meu pai três vezes, e eu fiquei um pouco irritada por ter que repetir a mesma coisa de novo e de novo. Geoff suspirou profundamente e disse que era melhor eu responder às perguntas delas. Me perguntaram por que eu não sabia que um incinerador doméstico não seria quente o suficiente para queimar restos humanos. Balancei a cabeça. E me pediram que falasse em voz alta, para o gravador. Eu disse que não sabia, porque nós queimávamos tudo o que não fosse plástico.

Então me perguntaram sobre as cartas e por que eu não as tinha lido. Uma delas riu quando falei que estava pensando em esperar o meu aniversário. Fiquei com raiva.

— Por que você tá rindo? — gritei. Geoff pousou a mão no meu braço, e eu me desvencilhei dela.

— Sally, você sempre espera o seu aniversário para abrir todas as suas cartas?

— Eu nunca recebo carta — respondi.

Ele anotou alguma coisa no caderninho de novo e pediu a elas que não rissem, pois isso perturbava a cliente dele. Eu o encarei. Ele parecia tão cansado quanto eu me sentia.

Mara me perguntou a minha data de nascimento, embora eu já tivesse respondido aquilo duas vezes. Elas me perguntaram sobre a minha verdadeira data de nascimento, e eu não entendi o que queriam dizer com aquilo. Aí me perguntaram sobre a minha adoção e se eu sabia quem eram meus pais biológicos, e fiquei surpresa, porque não entendia por que aquilo era relevante. Contei que meus pais tinham me adotado de uma agência quando eu tinha 6 anos e que eu não sabia nada sobre meus pais biológicos. Elas me perguntaram quais eram minhas primeiras memórias, e falei que me lembrava de apagar as velas do meu bolo de aniversário de 7 anos. Perguntaram de várias maneiras diferentes se eu me lembrava de alguma coisa antes disso, e eu disse que não, então elas me pediram que tentasse lembrar, e eu falei que o meu pai sempre me disse que eu não precisava me lembrar de coisas que não queria.

— Mas — argumentou Howard —, você deve se lembrar de algo da primeira infância.

Fiz que não com a cabeça. Pediram que eu respondesse em voz alta para o gravador.

— Não me lembro de nada antes do meu aniversário de 7 anos — afirmei.

Geoff pediu para conversar com elas fora da sala.

Pouco depois, Angela entrou com um hambúrguer e batata frita do Supermac's. Outro policial ficou de pé no canto da sala. Ofereci-lhe umas batatas, mas ele recusou.

— Estou bem, obrigado — disse ele.

Gostei dele. Parecia um pouco com o Harrison Ford quando era novo. Queria ter conversado com ele, mas o policial ficou calado e voltou a olhar para os sapatos. Eu também olho para os meus pés quando não estou à vontade.

Angela me falou que a polícia ia ficar na minha casa por mais alguns dias e que eu talvez fosse acusada de um crime.

— Que crime? — perguntei.

Ela não respondeu.

— Deixa o Geoff fazer o trabalho dele. Sinceramente, ele só quer o seu bem.

8

Passei cinco noites na casa da Nadine e da Angela. Geoff falava principalmente com Angela e me ignorava, o que na maioria das vezes me convinha, mas eles estavam sempre falando de mim. De vez em quando, Angela confirmava que eu entendia o que estava sendo dito, mas ele não se dirigia a mim, exceto na última vez, quando estávamos no escritório dele, em Roscommon, e ele tentou apertar minha mão ao se despedir, mas eu puxei a minha para junto de mim. É mais fácil olhar para alguém quando a pessoa não está olhando para você. Ele era bonito, e suponho que tenha feito o trabalho direito, porque disse que provavelmente iriam retirar a acusação de descarte ilegal de restos humanos, dadas as circunstâncias. Angela falou que era por causa da minha condição.

Geoff e Angela concordaram que, legalmente, eu não podia ficar sob a curatela dela nem do tribunal, já que eu era adulta e quase sempre tomava minhas próprias decisões, mesmo que algumas delas fossem "equivocadas". Mas Geoff falou que o tribunal poderia estabelecer como condição que, se eu tivesse algum dilema sério no futuro, pediria ajuda a Angela ou a um policial. Por exemplo, se eu pensasse em incinerar outro corpo, Angela avaliaria a situação e me diria o que fazer. Achei que não era um bom exemplo. Dificilmente eu iria passar por toda essa confusão de novo.

Geoff explicou que meu pai tinha deixado um dinheiro para mim, no testamento. Ele não sabia exatamente quanto, porque uma boa parte dele estava retida em ações e títulos, e ele ainda ia descobrir, mas era "o suficiente para você se manter por um bom tempo, se for cuidadosa", segundo ele. Mas, a partir de agora, eu ia ter que pagar a taxa de coleta de lixo, separar o lixo em orgânico, reciclável, plástico e vidro, ter lixeiras de cores diferentes para cada tipo e levá-las até o portão em semanas alternadas, então os lixeiros iriam passar e carregar tudo no seu caminhão fedorento. O carteiro iria entregar a correspondência na minha casa, mas me garantiram que ele nunca entraria. Angela falou que seria muito mais conveniente.

Eu não gostava mais de ficar em casa sozinha, porque as pessoas ficavam aparecendo na minha porta. Queriam me entrevistar ou ouvir a minha "versão da história". Estavam muito mais interessadas na minha adoção do que no fato de eu ter botado fogo no meu pai. Fiquei confusa com isso. O que uma coisa tinha a ver com a outra?

Agora, todo mundo em Carricksheedy me encarava. Algumas pessoas sorriam e inclinavam a cabeça, com simpatia. Outras atravessavam a rua quando me viam, e, por mim, tudo bem. Algumas chegavam a dizer oi, até os jovens, na loja da Texaco, quando levantavam os olhos dos celulares, eles diziam:

— Oi, Mary!

Só que o meu nome é Sally, não importa como eles me chamem.

A polícia fez a maior bagunça na casa. Quando vi, não consegui me conter e gritei. Angela e Nadine estavam comigo. Angela me fez respirar fundo e contar até que eu conseguisse me acalmar e, quando consegui, começamos a arrumar tudo. Depois de um tempo, pedi a elas que fossem embora, porque elas não sabiam o lugar certo das coisas, então era mais fácil fazer sozinha.

Na terceira noite depois que voltei para casa, quando Angela foi embora, ela disse que viria me visitar duas vezes por semana e que eu era sempre bem-vinda na casa dela. Ela me entregou a primeira parte da carta do meu pai. Disse que não era para eu me sentir culpada nem triste, que eu já sabia que tentar queimar o corpo dele havia sido um erro. Todo mundo já tinha me dito aquilo. Quando me dizem uma coisa uma vez com toda clareza, sem piadas nem ambiguidades, eu entendo perfeitamente. Do jeito que falavam, parecia que eu vinha fazendo aquilo havia anos, queimando corpos como quem não quer nada. Foi só um corpo, e ele tinha me dito que fizesse aquilo, mais ou menos.

No dia 13 de dezembro, às 20 horas, a casa enfim ficou arrumada, e eu me sentei para assistir a *Holby City*. Naquele episódio, era aniversário da Essie, e lembrei que era meu aniversário também. Pausei a novela. Como eu pude ter esquecido? Nunca esqueço do meu aniversário. Mas foi tanta distração.

Nos últimos dez anos, eu mesma fazia o meu bolo de aniversário a partir da receita do livro da Delia Smith. Mesmo sabendo a receita de cor, gostava de pegar o livro. Gostava da Delia. Ela estava sorrindo na foto da capa, com uma blusa vermelha. Eu sempre tinha pelo menos uma blusa igual à dela. Bem vermelha e abotoada até o pescoço. Eu podia confiar nela. Achava que, se algum dia tivesse uma melhor amiga, seria alguém como a Delia.

Estava tarde demais para começar a fazer um bolo de aniversário, mas agora eu tinha 43 anos. Resolvi ler a primeira carta do meu pai depois que terminasse de ver *Holby City*. Quando a novela acabou, desliguei a televisão. Eram duas páginas. Toda vez que meu pai recebia uma carta grande, ele costumava beber um copo de uísque enquanto lia. Agora eu estava no comando da casa e era hora de fazer as coisas como meu pai fazia, exceto, obviamente, queimar o lixo.

1º de novembro de 2017

Querida Sally,
Acho que nós dois sabíamos que este dia chegaria em breve e sinto muito se você estiver triste, mas entendo se não estiver.

A primeira coisa a fazer é ligar para a Dra. Angela Caffrey. O telefone dela é 085-5513792. Avise a ela que eu morri. Ela talvez fique surpresa, porque faz muito tempo que não falo com ela, mas, como você, não gosto de estardalhaço, e o remédio que você pega para mim em Roscommon me manteve sem dor. Fiquei preocupado que a minha mente pudesse começar a falhar, mas, quando eu for para a cama esta noite, acho que não vou mais me levantar. Ultimamente, levantar da cama e me vestir tem me causado certo desconforto, e sei que você será uma boa menina e que vai levar minhas refeições no quarto e cuidar de mim.

Estou com câncer de pâncreas. Começou como uma dor nas costas há alguns meses, e um médico em Dublin confirmou que estava em fase terminal. Acho que está bem avançado agora, então você não vai ter que cuidar de mim por muito tempo. Se durar mais que seis semanas, vou pedir que você ligue para Angela, para me transferir para alguma dessas unidades de cuidados paliativos terríveis. E também, se eu perder a consciência, você deve ligar para ela. Sei que você não gosta de falar ao telefone, mas você vai fazer isso, porque é uma moça inteligente.

Quanto ao enterro, sei que nunca fui claro sobre os detalhes, então, por favor, ligue para a agência funerária O'Donovan, em Roscommon. Angela vai ajudar com isso. O mais comum seria me enterrar com a sua mãe, no Glasnevin, em Dublin, mas você sabe que eu não gosto muito de Dublin. Você e eu somos parecidos nisso.

As contas estão todas em dia. Você tem uma conta bancária no AIB, em Roscommon. O gerente lá se chama Stuart Lynch. Ele será compreensivo, e a conta tem dinheiro mais do que suficiente para te sustentar até o inventário ficar pronto e você herdar tudo. Sua mãe veio de uma família rica, e nós tivemos uma vida simples exatamente para que você pudesse desfrutar de uma vida sem dívidas depois que eu morresse. Nosso advogado se chama Geoff Barrington e mora em Shannonbridge. Ele sabe tudo o que precisa saber sobre você, e vai garantir que você seja bem cuidada. Ele sabe coisas que você não sabe, mas chegaremos a isso depois.

Gostaria que a missa fosse na Igreja Anglicana Irlandesa de São João, em Lanesborough. Essa igreja é tão bonita, e o cemitério é um local agradável. Não vou fazer muitas exigências, mas ficaria muito feliz se você pudesse pedir ao coral que cantasse "Be Thou My Vision". Fui do coral da escola quando era criança. Essa era a minha música preferida, porque costumávamos mudar algumas palavras para fazer os outros rirem. Ah, querida, a gente fazia tanta bagunça. Mas estou divagando.

Você não precisa ir ao enterro se não quiser, mas eu gostaria que você fosse, se achar que consegue. Imagino que não vai haver mais do que dez pessoas presentes, e você vai conhecer todo mundo. Talvez apareçam alguns fofoqueiros de Carricksheedy, mas você pode ignorá-los. Acho que já te dei problemas demais, e você vai ter uma semana agitada, então gostaria que fizesse tudo com calma. Por favor, não leia a próxima parte da carta até a semana que vem.

Com amor, seu pai

Terminei o uísque e liguei para Angela.

— Tem que ter um enterro — eu disse.

— Eu sei, querida. Espero que você não se importe, mas já comecei a organizar as coisas, tá bom? Estou com uma cópia da carta do seu pai aqui. Liguei para a funerária. O legista concordou em liberar os restos mortais quando quisermos, então não temos muito o que organizar. Só que a igreja de São João não tem coro. Eu não sabia que o seu pai frequentava a igreja...

— Ele não frequentava a igreja, mas às vezes, no verão, quando a mamãe ainda era viva, a gente fazia piquenique lá.

— No cemitério?

— Às vezes.

— Você quer ir, Sally?

— Não, mas eu vou.

— É só que, como agora isso virou uma história de alcance nacional, pode ter...

— Ele queria que eu fosse.

— Eu sei, mas...

— Eu vou. Você e a Nadine podem ir também, por favor?

— Claro que nós vamos. Mas...

— Obrigada. Você já marcou a data?

— Eu estava esperando você ler a carta e decidir.

— Pode ser amanhã?

— Infelizmente não dá tempo de organizar tudo para amanhã. Quem sabe na terça que vem?

— Isso seria daqui uma semana quase.

— Acho que antes não dá. Eu vou ter que avisar a polícia.

— Por quê?

— Tem muita gente interessada em você, Sally. Acho que você não entende que queimar o corpo do seu pai foi uma coisa muito inusitada, e tem outras coisas... nas cartas.

— O meu nome de verdade é Mary, não é? Algumas pessoas me chamaram assim na rua.

— Por favor, não compre nenhum jornal, também não escute rádio nem assista ao jornal na televisão.

— Por quê?

— Você está em todas as manchetes, e muito do que eles estão falando é só especulação. É impossível que as pessoas saibam a verdade. Os fatos estão nas cartas do seu pai.

— Só posso ler a próxima parte na semana que vem.

Angela deu um suspiro profundo.

— Eu tenho que ir. Tá começando *Line of Duty* — eu disse.

— Tá bom, querida. Você quer que eu ligue amanhã? Tá precisando de alguma coisa?

— Não, obrigada.

Desliguei o telefone.

9

No sábado seguinte, eu estava passando pano no chão da cozinha, pela manhã, quando ouvi um barulho do lado de fora e vi um menino passando de bicicleta em frente à janela da cozinha, nos fundos da casa, pedalando sobre a grama alta, indo em direção ao celeiro. Instantes depois, ele foi seguido por mais dois meninos e uma menina menor, sentada na garupa de uma das bicicletas. Não me pareceu seguro. Não sou boa em adivinhar idades, mas imaginei que os meninos deveriam ter entre 12 e 18 anos. Um magro, um negro e um sardento.

Abri a porta dos fundos e saí.

— O que vocês estão fazendo aqui? — exclamei.

— Merda! É ela! — berrou o magro, e a pequena gritou. Os meninos fizeram a volta e pedalaram furiosamente para a lateral da casa.

— A estranha da Sally Diamond! — gritou o garoto sardento ao desaparecer de vista.

O menino negro não estava olhando direito por onde ia e acertou a pá que estava caída na grama. Quando ele passou por cima dela, a menina caiu da garupa e bateu a cabeça na alça da pá, que se ergueu do chão com o peso da bicicleta e do menino. Parecia uma cena saída de um desenho do Pernalonga. Ele não parou. Os meninos saíram em disparada.

Achei que a menina ia chorar, pois começou a gritar histericamente assim que me viu. Agora ela estava deitada na grama, quieta e em silêncio.

Eu me aproximei com cuidado. Ela estava de olhos fechados. Coloquei a mão em seu rosto, e estava quente. Pousei o braço sobre seu peito estreito e o senti subindo e descendo com os batimentos cardíacos. Não estava morta. Imaginei que pudesse ter sofrido uma concussão. Meu pai tinha me dado um curso de primeiros socorros, e todo ano, no dia 1º de outubro, fazíamos uma reciclagem. Segundo ele, aquilo era para me proteger, mas ele disse que eu também poderia ajudar outras pessoas, se presenciasse algum acidente. Eu nunca tinha presenciado um acidente antes. Levantei a cabeça dela e, como previra, senti um inchaço na parte detrás, debaixo do cabelo. Não havia sangue. Não havia necessidade imediata de alarme. Eu a levantei do chão e a carreguei, com um dos braços sob o bumbum, e o outro aninhando a cabeça no meu ombro. Levei-a para dentro de casa e a deitei no sofá da sala. Cobri a menina com uma manta, para mantê-la aquecida, pois ainda não tinha acendido a lareira, e depois fui buscar gelo no freezer da cozinha. Esvaziei uma bandeja inteira de cubos de gelo numa toalha de rosto limpa e voltei para a sala de estar. Levantei com cuidado a cabeça dela e apliquei a compressa de gelo improvisada no inchaço. A menina abriu os olhos devagar, então os arregalou de choque ao me ver. Ela gritou de novo, e eu soube que estava assustada.

— Tá doendo? — perguntei.

Ela se esquivou do meu toque, e percebi que eu não tinha me importado de tocar, segurar, nem de carregar a menina enquanto ela estava inconsciente. Ofereci a compressa de gelo para ela e falei:

— Você precisa segurar isso atrás da cabeça e ficar deitada quieta por um tempo. Você teve uma concussão. Eu vou ter que ligar para a Dra. Caffrey. Quer um copo de conhaque?

Ela balançou a cabeça e fez cara de dor.

— Você precisa tentar ficar quieta. Você está fingindo que não sabe falar? Eu faço isso o tempo todo. Você é igual a mim?

Ela me encarou, e seus olhos se encheram de lágrimas. A menina tinha um rostinho bonito. Depois de alguns instantes, seus lábios tremeram, então ela disse:

— Eu quero a minha mãe.

Suspirei.

— Eu também, mas só percebi isso há pouco tempo, depois que o meu pai morreu. A sua mãe está viva?

— Tá. — A voz dela ficou mais aguda. — Você liga pra ela, por favor?

Ah. Um pedido. Um pedido que não me agradou. Eu não gostava de falar ao telefone com estranhos.

— Vou ligar para a Dra. Caffrey, e ela pode ligar para a sua mãe, tá bom?

— Tá bom.

Eu lembrei que crianças gostavam de doce.

— Quer um biscoito de chocolate?

— Você pode ligar para a minha mãe primeiro?

— Tá bom.

Fui pegar o telefone no escritório do meu pai e o trouxe para a sala. Desta vez, encontrei-a sentada na poltrona do meu pai, do outro lado da sala, mas segurando a toalha com o gelo na cabeça.

Quando eu estava prestes a perguntar o número, ela pediu:

— Posso ligar eu mesma?

Parecia uma boa ideia. Passei o telefone para ela, que discou depressa. Acho que não queria que eu visse o número.

— Mãe, você pode vir me buscar, por favor?... Eu tô na... — Ela olhou para mim. — Na casa da Sally Diamond, aquela estranha... É, eu sei. Ela tá aqui... Na sala, comigo. Eu tava na bicicleta do Maduka. Ele estava pedalando, e eu caí... Não sei onde ele tá... por favor, vem me buscar... rápido... não — sussurrou ela —, mas ela me perguntou se você tinha morrido... Eu não sei... O Maduka, o Fergus e o Sean queriam ver onde ela... você sabe... — Ela olhou para mim de novo. — Onde ela fez aquilo...

Então uma pedra acertou a janela da sala e caiu aos meus pés. Olhei lá para fora e vi os dois meninos brancos pegando pedras do cascalho e arremessando na janela. A menina se abaixou na poltrona. O encosto a protegeria dos estilhaços de vidro.

Corri para a porta da frente.

— Solta ela! — gritou o menino sardento.

— Ela sofreu uma concussão porque você, Maduka — falei, apontando para o negro —, deixou ela cair da bicicleta, e ela bateu a cabeça. Ela tá no telefone com a mãe agora.

— Ai, cara, tô ferrado.

— Vocês quebraram a minha janela. Larguem essas pedras agora mesmo.

— Sally Diamond, assassina! — gritou o magro, mas eles largaram as pedras.

A menina foi até a porta. Ela ainda estava com o telefone na mão. Ela olhou para mim e me entregou o telefone.

— A minha mãe quer o endereço.

Eu não queria falar com a mãe dela. Não queria nenhuma daquelas crianças na minha casa e não queria uma janela quebrada.

— Você — eu disse, apontando para Maduka —, fala pra ela onde eu moro.

Maduka se aproximou, e identifiquei medo em seu rosto também.

Ele pegou o telefone da minha mão.

— Oi, mãe — disse em voz baixa e se afastou com o telefone. Não olhei para os outros dois meninos, mas notei que estavam pegando as bicicletas e subindo lentamente pelo caminho em direção ao portão. Quando Maduka me devolveu o telefone, eles já tinham ido embora.

Maduka e a menina sentaram juntos no sofá enquanto eu limpava os cacos de vidro e acendia a lareira. Eles ficaram cochichando um com o outro, enquanto eu recortava um pedaço de papelão e o colava com fita na janela.

Ofereci biscoitos de chocolate, e eles pegaram um cada, cheirando primeiro. Depois Maduka lambeu o dele e fez que sim para a menina, e os dois comeram os biscoitos depressa, deixando migalhas caírem no colo. Ficamos sentados, em silêncio.

Por fim, Maduka tossiu e perguntou:

— Você fez mesmo aquilo?

Evitei o olhar dele.

— O quê? — Em geral, não sou boa em adivinhar, mas eu tinha uma ideia do que ele ia perguntar.

— Matou o seu pai e depois queimou? Quer dizer, você queimou ele vivo?

— Não. Não queimei meu pai vivo. Quando eu levei o chá dele de manhã, ele estava morto, então o coloquei no lixo, e nós sempre incineramos quase todo o nosso lixo, por isso achei que era a melhor coisa a fazer.

— Você tem certeza absoluta de que não matou ele?

— Cem por cento. Tomei o pulso dele. Não tinha nada. A polícia concordou que eu não matei o meu pai. Cometi um erro ao queimar o corpo dele. Não sabia que não era para fazer isso. Se eu tivesse matado ele, estaria na cadeia, não é?

— Não foi isso que falaram na escola.

— Tá cheio de mentiroso nas escolas. Quando eu ia à escola, todo mundo falava mentiras sobre mim. Era um lugar horrível.

As crianças se entreolharam. Maduka disse:

— Fergus diz que eu cheiro.

— Cheira a quê?

— Não sei... Que eu cheiro mal... acho.

Eu me aproximei dele sem chegar muito perto e cheirei o ar.

— Tá vendo? É mentira. Você não tem cheiro de nada. Por que você anda com idiotas que nem o Fergus? Ele é o sardento?

— Não, é o alto.

A menina sorriu.

— Eu sou a Abebi.

— Você não parece um bebê.

Ela riu e soletrou o nome. Eu sorri para ela.

— E eles também falam que você cheira?

— Não, mas umas meninas me falaram que eu devia continuar lavando o rosto, para eu ficar branca.

— Que meninas burras.

A mãe chegou para buscar os dois. Eu ouvi e depois vi o carro na entrada. Falei para eles saírem. O garoto disse:

— Vou falar pro Sean e pro Fergus pagarem pela janela. Eu falei que não era pra jogar pedras, mas eles não ouviram.

— Eles trabalham?

— Não, a gente tem só 12 anos — respondeu ele.

— Deixa que eu pago, então. Tenho muito dinheiro agora.

Ele sorriu.

— Obrigado.

— Querem ir ao enterro do meu pai, na terça-feira?

Abebi me fitou com olhos arregalados.

— A gente tem aula.

— Se eu fosse vocês, não me daria ao trabalho de ir pra escola — falei. — Uma perda de tempo.

A mãe estava lá fora, colocando a bicicleta do menino no porta-malas do carro. Ela não chegou perto da porta, mas estava esticando o pescoço para me ver. Fiquei atrás da porta, fora de vista. Era uma moça branca. Eu a ouvi gritando para as crianças:

— Anda! Saiam daí! Vocês vão ver só quando a gente chegar em casa!

Fiz a brincadeira da minha mãe de tentar imaginar o que aquela moça estava pensando de mim e percebi que ela devia estar com medo. Muita gente devia ter medo de mim. Exceto, talvez, aquelas duas crianças. Gostei delas. Maduka e Abebi. Esqueci de perguntar a Abebi quantos anos ela tinha. Eu queria saber. Queria saber em que casa eles moravam, a quais programas de televisão eles assistiam e se o pai deles era legal que nem o meu.

10

No dia seguinte, bem cedo, alguém bateu à porta. Era Angela. Estava com as sobrancelhas franzidas e os lábios contraídos. Isso significava que estava irritada.

— Sally! Que ideia foi essa? Você não pode trazer crianças estranhas para dentro da sua casa!

— Eu não convidei ninguém. Elas invadiram. Uma delas teve uma concussão, e eu cuidei dela e dei biscoitos de chocolate para elas.

— Você falou para elas não irem para a escola!

— Eu gostei delas.

— É, bom, eu demorei um tempão para acalmar a mãe delas e explicar a sua situação. Sally, por favor, tente pensar nas consequências das suas palavras e das suas ações, principalmente com crianças. Eu trabalho o dia inteiro no consultório. Tive que arrumar um médico substituto na semana passada enquanto estava lidando com a sua crise.

— Que crise?

Ela estava com o rosto vermelho, mas então abriu um sorriso e começou a rir alto.

— Sally, você é uma crise. Você não quer ser, mas, se tiver dúvidas sobre alguma coisa, precisa me perguntar, tá bom?

— Mas eu não tenho dúvida de nada.

— É disso que eu tenho medo. A Sra. Adebayo já entendeu tudo, mas ela só sabia dos boatos de que você tinha matado o seu pai. Eu conversei com ela e, por sorte, as crianças disseram que você foi legal com elas.

— Os meninos brancos quebraram a minha janela.

Mostrei a Angela o estrago e pedi a ela que chamasse um vidraceiro.

— Sally, eu sei que é difícil, mas você vai ter que aprender a fazer as coisas sozinha. Como chamar um vidraceiro. Ai, meu Deus, você não tem um celular, né? Nem um computador. Mas você sabe usar a lista telefônica? Você ainda tem uma, não tem? Eu vi no aparador do corredor.

Fiz que sim com a cabeça.

— Bom, então procure um vidraceiro perto daqui e peça pra ele vir consertar a janela.

Comecei a andar de um lado para o outro na sala.

— Sally, eu sei que o seu pai agiu na melhor das intenções, mas ele te protegeu demais. Você tinha que ter feito uma faculdade. A Jean tinha razão. — Jean era o nome da minha mãe. Ela e o meu pai discutiram sobre se eu devia ou não ir para a faculdade. Meu pai ganhou.

— Não gosto de falar com estranhos.

— Bom, ontem você trouxe dois estranhos para dentro da sua casa e não teve nenhum problema pra conversar com eles. Você convidou os dois para o enterro do seu pai?

— Convidei.

— Por quê? São crianças.

— Eu gostei deles.

— Bom, então pronto. Você não desgosta de todos os estranhos.

Eu não tinha pensado dessa forma.

— Então procure um vidraceiro em Roscommon e peça pra ele vir consertar a janela, tá bom?

— Mas e se ele for malvado, ou se me atacar, ou se for uma dessas pessoas que acham que eu matei o meu pai?

— A maioria das pessoas sabe a verdade, e as que não sabem, bom...

— Elas têm medo de mim?

— Eu diria que o vidraceiro vai aparecer aqui, consertar a janela e ir embora o mais rápido possível.

— Então eu não vou ter que fazer chá pra ele?

— A única coisa que você vai ter que fazer é pagar.

— Em dinheiro?

— Sim, ele provavelmente vai preferir. Olha, eu tenho que ir, senão vou chegar atrasada no trabalho. Me liga só se você tiver algum problema. Coloca o telefone no gancho pra eu não ter que ficar vindo até aqui pra falar com você. Na terça-feira, a gente se vê no enterro, mas eu estou ocupada.

Eu sabia que deveria pedir desculpas.

— Desculpa, Angela.

— Por sorte, você já é notícia de ontem. O circo da mídia seguiu em frente. Um político foi acusado de receber seis milhões de euros em subornos, e um homem em Knockcroghery matou o melhor amigo ontem. Tenho que ir. Tchau! — Então ela foi embora, deixando um cheiro de antisséptico atrás de si. Eu gostava daquele cheiro. Ela estava sempre limpa.

Quando estava entrando no carro, Angela gritou:

— Ah, vamos ter que combinar alguma coisa para o Natal. Você pode ir pra nossa casa.

A primeira ligação para o vidraceiro não foi tão difícil quanto eu imaginava. Pratiquei algumas vezes antes de pegar o telefone. Explicar o caminho até a minha casa foi a parte mais difícil. Eles iam cobrar uma taxa de oitenta euros, já que eu morava muito longe de Roscommon, e eu teria que pagar pelo vidro e pelo tempo de serviço. Além disso, eu tinha que medir a janela e ligar de volta. A mulher tinha uma voz agradável e um sotaque estrangeiro, embora eu não conseguisse distinguir de onde.

Medi a janela e liguei de novo. Dessa vez, sua atitude foi diferente e, como eu não podia ver seu rosto, não conseguia interpretar seu humor. Ela confirmou meu nome e endereço novamente, então perguntou se eu era filha de Thomas Diamond.

— Sou — respondi.

— Certo — disse ela. — Amanhã o Alex passa aí, às 10 da manhã.

Alex foi pontual, consertou a janela e foi embora em menos de uma hora. Ele mal falou comigo, e eu fiquei na cozinha. Contei o dinheiro, então ele disse, ou melhor, murmurou:

— Sinto muito pelo seu pai.

— Eu não devia ter tentado queimar o meu pai. Foi um mal-entendido.

Ele não disse mais nada, entrou na van e foi embora.

11

O enterro foi na terça-feira, no dia 19 de dezembro. Fui até a igreja eu mesma, de carro, apesar de Angela ter se oferecido para me levar. Ela explicou que normalmente as pessoas faziam um cortejo atrás do carro fúnebre, mas eu não via motivo para aquilo. Havia dois policiais ao portão, mantendo os fotógrafos afastados. Ao contrário do que Angela havia previsto, eu ainda era notícia. Vi gente apontando o celular para mim quando me aproximei da igreja. O vilarejo inteiro deve ter fechado as portas, porque estava todo mundo lá. Eu não sabia o nome de quase ninguém, mas reconheci todos os rostos.

Eu estava com o sobretudo preto que minha mãe usava quando ia a enterros. Coloquei um vestido verde por baixo (também da mamãe), porque ela tinha sido enterrada com o preto. Calcei minhas botas pretas e coloquei uma boina vermelha de lantejoulas que meu pai falou que era para ocasiões especiais. Eu a tinha usado uma vez, quando fomos ao Fota Island Wildlife Park, na época em que minha mãe ainda era viva. Foi um bom fim de semana. Mas esta também era uma ocasião especial.

Todas as pessoas que reconheci queriam apertar a minha mão. Eu me esquivei de todo mundo, mas então Angela, que estava do meu lado, falou:

— Apertar a mão é uma forma de eles expressarem solidariedade com a sua perda. Por favor, tenta deixar. Bonito chapéu, aliás. Acho que o seu pai teria aprovado.

Eu já tinha visto enterros na televisão. Sabia que apertar a mão, chorar e assoar o nariz eram gestos esperados. Pedi um comprimido a Angela.

Então deixei umas quarenta pessoas apertarem a minha mão. Em algum momento, Angela sussurrou para mim:

— Você tem que apertar a mão deles também.

Eu não gostei. Não gostei que tivesse tanta gente ali. Tenho certeza de que algumas pessoas mal conheciam meu pai, mas todo mundo tinha alguma coisa para falar dele.

— Ele foi tão bom pra nós quando a mamãe teve um colapso nervoso, que Deus a tenha.

— Ele estava sempre de olho numa pechincha.

— Se não fosse pelo seu pai, eu estaria no fundo do rio — comentou um idoso de olhos injetados. Eu sabia que, muito raramente, meu pai dava uma olhada em alguns pacientes da minha mãe, quando ela implorava a ele.

Nadine me conduziu pelo cotovelo. Não me importo que as pessoas toquem no meu cotovelo.

— Tem uns amigos seus aqui — disse ela, e eu não sabia de quem estava falando, mas, atrás da multidão, vi Abebi, Maduka, a mãe e um homem que presumi ser o pai deles.

Ignorei os outros enlutados e fui direto até eles. O Sr. Adebayo disse:

— Meu nome é Udo, e você conheceu a minha esposa, Martha. Quero oferecer minhas condolências e pedir desculpas pelos meus filhos, por terem invadido a sua propriedade no sábado. Maduka confessou no caminho até aqui que os amigos dele quebraram a sua janela. Por favor, nos deixe reembolsá-la pelos seus custos. — Ele falava rápido. Acho que o sotaque era nigeriano. Então as crianças não tinham sido adotadas que nem eu. O rosto de Maduka estava coberto de lágrimas.

Martha falou em seguida.

— Nós advertimos os dois para nunca mais incomodar você.

— Vocês não precisam me pagar pela janela. Já está consertada e paga. O vidraceiro ficou com medo de mim. Acho que os meninos estavam preocupados, achando que eu ia colocar Abebi no incinerador. Não é culpa deles.

Lá estava eu, falando demais. Então fiz outra coisa incomum. Estendi a mão e afaguei o rosto de Maduka.

— São boas crianças. Acho que os amigos deles é que não eram. O Sean e o Fergus. — Eu tenho uma memória excelente.

— Eu não posso mais brincar com eles — disse Maduka.

Martha murmurou alguma coisa sobre serem uma má influência.

— Achei que o mínimo que os nossos filhos podiam fazer era vir até aqui e mostrar que estão arrependidos — disse Martha.

Abebi soltou a mão da mãe e olhou para mim.

— A peça de Natal da minha escola vai ser na quinta-feira. Eu vou ser a Virgem Maria. Você pode ir? — Eu estava considerando o convite quando fomos interrompidos pela chegada do carro fúnebre.

Tentei imaginar a bagunça que devia estar dentro do caixão. Coitado do meu pai. Eu devia ter ligado para a Angela naquele dia. Mas ele devia ter escrito "Para abrir no dia em que eu morrer" no envelope. Em letras maiúsculas. Sublinhado.

Todo mundo ficou em silêncio, e Angela me guiou até a parte detrás do carro fúnebre, onde estavam descarregando o caixão num carrinho dobrável muito engenhoso. Fomos andando atrás dos agentes funerários e entramos na igreja pequena e bonita. Nadine me falou que tinha encomendado flores. Achei que era um desperdício comprar flores para um homem morto, mas eu também sabia que não devia expressar tudo o que pensava.

O padre de bochechas coradas veio apertar a minha mão. Coloquei as duas nos bolsos.

Ele tinha me convidado para ir visitá-lo na noite anterior, mas eu falei por telefone que não gostava de encontrar homens estranhos. Ele me lembrou de que já tínhamos estado várias vezes juntos, quando eu era mais nova e costumava ir à igreja com minha mãe. Eu disse que ele continuava sendo um estranho, então o padre concordou em discutir os arranjos por telefone. Ele fez algumas perguntas sobre o meu pai, e eu respondi.

— Os números de fiéis estão diminuindo ano após ano. Você não consideraria passar a frequentar a igreja, mesmo que de forma irregular?

— Não — respondi —, é muito chato.

A igreja estava sufocante de tão quente. Acho que o lugar nunca viu tantos católicos juntos. Tecnicamente, eu era anglicana, mas meu pai e eu concordamos havia alguns anos que éramos ateus.

Eu me sentei no banco da frente, entre Nadine e Angela. A Sra. Sullivan, do correio, e Maureen Kenny e o marido, o açougueiro, ficaram no banco atrás do nosso. Ger McCarthy estava no banco do outro lado. Eu nunca o tinha visto de terno antes. E ele tinha feito a barba. Procurei por Maduka e Abebi, mas eles devem ter ficado lá atrás.

Foi aquela coisa chata de sempre, só que com o caixão na nossa frente. O padre fez um sermão dizendo que meu pai tinha sido uma pessoa importante na comunidade, o que foi uma surpresa, porque ele evitava a comunidade tanto quanto eu. Angela fez um discurso no qual lembrou minha mãe e disse que, independentemente dos erros que tinham sido cometidos após a morte do meu pai, ele estaria orgulhoso de mim hoje. Algumas pessoas bateram palmas quando ela falou isso, e eu sabia que Angela tinha razão, porque meu pai costumava dizer que se orgulhava muito de mim. Sorri para Angela.

*

Depois da cerimônia, seguimos para o cemitério onde costumávamos fazer piquenique, e um buraco havia sido cavado para o caixão do meu pai. Metade das pessoas foi embora. Ger McCarthy apertou minha mão e disse que sentia muito pelo que eu estava passando. Muitas pessoas falaram exatamente a mesma coisa antes de se afastarem. Mas eu vi a família Adebayo e fiquei feliz por eles ainda estarem ali. Começou a chover muito forte, igual nos enterros na televisão. O caixão foi colocado no buraco, e enfim pudemos ir embora.

Angela falou que as pessoas que compareceram ao enterro poderiam estar esperando ser convidadas para ir à minha casa. Alguns vizinhos tinham dado comida para ela, sanduíches, tortas, bolos. Era uma tradição, aparentemente. Mas eu não os conhecia. Por que ia convidá-los para ir à minha casa? Fiquei sabendo que as pessoas estavam indo para o bar do vilarejo. Nadine e Angela me convidaram para ir para a casa delas, mas eu estava cansada e queria ir embora dormir.

Quando estava chegando ao carro, Abebi se aproximou de mim e disse:

— Sentimos muito pelo seu pai e pedimos desculpas por ter invadido a sua propriedade.

A família dela estava logo atrás. Udo acrescentou:

— Se você estiver precisando de alguma ajuda na casa, tenho certeza de que o Maduka ficaria feliz em ajudar, ou eu, se for algo difícil demais para ele.

— Só... por favor... — pediu Martha	, não diga pra eles não irem para a escola. Eles gostam.

Fiquei quieta por um momento, então perguntei:

— Será que eles podem vir tomar chá comigo um dia depois da aula?

Martha olhou para Udo. Abebi colocou sua mãozinha macia na minha, e eu não me afastei.

— Não sei. Eles têm dever de casa para fazer... — respondeu Martha.

— Eu era muito boa com o dever de casa. Talvez pudesse ajudar...

— Vamos ver, quem sabe depois que as aulas voltarem?

— O que vocês vão fazer no Natal? — Era uma pergunta que eu via a maioria das pessoas fazendo. Queria continuar a conversa. O que é muito inusitado para mim.

— O de sempre. Vamos à igreja, de manhã. Depois, Papai Noel, peru, crianças hiperativas entupidas de chocolate e um filme à noite, na televisão.

— Posso ir também? — perguntei.

Angela estava atrás de mim. Ela riu e tocou meu cotovelo.

— Você é tão engraçada, Sally Não se preocupe, Martha, ela vai passar o Natal com a gente.

Odeio quando as pessoas riem de mim. Puxei o cabelo.

— Nem sempre eu falo a coisa certa. — De alguma forma, eu sabia que tinha feito algo errado. — Eu tenho uma deficiência social, sabe?

— Queria que você parasse de se descrever assim — pediu Angela.

Eu tinha aprendido que aquelas duas palavras eram úteis em situações de confronto ou confusão. Houve uma pausa na conversa. Martha e Angela estavam corando. Olhei de uma para a outra.

— Bonito chapéu — elogiou Martha.

— Obrigada, é para ocasiões especiais.

12

Quando cheguei em casa, toquei um pouco de piano. Tocar me acalma. Mas estava cansada e fui tirar um cochilo. Acordei com o crepúsculo e lembrei que estávamos quase no dia mais curto do ano. Eu não comia desde o café da manhã. Tinha guardado uma parte da comida dos vizinhos na geladeira e no freezer. Pensei em como eles deviam me ver. As pessoas que trouxeram comida não tinham medo de mim. Duvido que a maioria das pessoas na igreja tivesse medo de mim. Nadine disse que eu tinha cometido um erro e que eles sabiam que eu era diferente. Sei que ela estava se referindo à minha deficiência social.

Enquanto colocava um estrogonofe de carne no micro-ondas (veio com instruções muito úteis da "Caroline, do posto Texaco"), percebi que já fazia quase uma semana que eu havia lido a primeira carta do meu pai. Comi meu jantar e me servi um copo de uísque. A comida estava saborosa. Fiquei surpresa. Meu pai sempre falou que não adiantava eu experimentar coisas novas, porque eu era muito apegada aos meus hábitos. Teria que falar com a Caroline, do posto Texaco, e pedir a receita. Sou boa em seguir receitas.

Abri o envelope e tirei a segunda parte da carta do meu pai.

Querida Sally,
Passei a maior parte da sua vida mantendo você longe de psicotera-
peutas, psiquiatras (que não eu) e psicólogos.

Minha profissão jamais admitiria isso, mas a maior parte do que fazemos não é muito científica, está mais para achismo. De dez em dez anos, mais ou menos, inventamos novos rótulos para categorizar as pessoas. Você poderia ter sido diagnosticada com transtorno de ansiedade ou TEPT. Alguns profissionais até a incluiriam no transtorno do espectro autista, ou diriam que você tem transtorno de apego reativo. O fato é que você é um pouco estranha, só isso.

Você é você. Tão única e diferente quanto qualquer outra pessoa no mundo. Suas idiossincrasias não são deficiências (embora a gente tenha chamado assim para pedir sua pensão), são meras peculiaridades da sua personalidade. Você não gosta de falar ao telefone, e eu não gosto de comer couve-flor. Será que somos tão diferentes assim?

Nunca consegui diagnosticar você porque nenhuma dessas categorias faz sentido para a pessoa que você é. Nenhum rótulo seria capaz de explicar todas as contradições do seu comportamento. Às vezes, você é curiosa. Outras, você não está nem aí. Você se emociona com coisas que não importam para outras pessoas, mas não se comove com coisas que as deixariam devastadas. Você não gosta de falar com estranhos, mas às vezes não consigo impedir você de falar com eles; lembra quando aquelas Testemunhas de Jeová apareceram na nossa casa?

Geralmente, você não gosta quando as pessoas olham para você, mas às vezes você encara as pessoas de frente, examinando-as. (Acho que você quer saber mais sobre elas. Preciso te lembrar que isso as deixa pouco à vontade.) Seu comportamento sempre foi inconsistente. Isso não é ruim. Mas você não se encaixa em nenhum diagnóstico que eu conheça.

A questão agora é que eu não acho sensato você morar sozinha aqui. Posso ter sido imprudente ao ceder ao seu isolamento. Não sei se você se sente sozinha. Seus processos de tomada de decisão nem sempre são o que chamamos de "normais", e isso pode ocasionar problemas e situações desconfortáveis. Acho que você precisa de orientação. Às vezes, você fica confusa em relação a questões importantes. Sua relutância em se aproximar das pessoas é prejudicial. Sei que você gosta da Angela e confia nela, mas não pode depender dela para tudo. Ela administra uma *clínica movimentada. E ela e Nadine também precisam de tempo uma com a outra, então você não pode ir correndo até elas toda vez que tiver uma pergunta. Eu tornei você uma pessoa dependente. Foi um erro meu.*

Eu me sinto responsável por você ser tão solitária, e esta casa não ajuda. Já começou a deteriorar aqui e ali, igual a mim. E é muito isolada, igual a você.

O carro não vai durar para sempre e, embora você possa facilmente comprar outro, acho que sua mãe estava certa todos aqueles anos atrás quando disse que nós tínhamos que encontrar um jeito de socializar você. Sei que você odiava morar em Roscommon, mas você precisa estar cercada por mais pessoas. Você consideraria se mudar para o vilarejo de Carricksheedy? Você também não precisa de uma casa de três quartos. Foi egoísmo da minha parte manter você sozinha nesta casa, só comigo como companhia.

Deixamos o mato crescer muito no terreno dos fundos. Você lembra quando sua mãe mantinha aquela área como um prado de flores silvestres? No verão, ficava cheio de abelhas e borboletas. É um dos meus muitos arrependimentos não termos mantido o prado assim. Você compôs uma música para ele. Por favor, continue cantando e tocando piano pelo resto da vida, isso lhe traz paz e sem dúvida pode proporcionar alegria para os outros.

Acho que tem um tempo que Ger McCarthy está de olho na nossa terra. Ele me perguntou sobre isso há alguns anos, mas eu tinha medo de fazer mudanças que pudessem incomodar você. Eu te tratei como uma criança. Sinto muito, minha querida. Ele provavelmente reformaria a casa e cultivaria o terreno que fica junto do dele. Como você sabe, ele já aluga o outro terreno nos fundos. Eu aconselho você a vender para ele, mas com a consultoria de um corretor de imóveis. A casa tem um tamanho bom, quartos grandes, embora esteja um tanto negligenciada. Mas o terreno em volta é fértil e bom para pasto. Por menor que seja, o vilarejo está se expandindo. Hoje em dia existem prédios de apartamentos na rua principal. Quem poderia imaginar? Que tal dar uma olhada para ver se tem algum à venda?

Você consideraria arrumar um emprego? Não consigo pensar em nada que seja adequado para você, mas acho que sair de casa com regularidade seria bom.

Aliás, não precisa se preocupar com as contas, está tudo em débito automático, e o Geoff Barrington vai cuidar para que continuem sendo pagas enquanto o inventário está em andamento.

No começo achei engraçado você fingir que era surda. Mas, agora, acho que foi imprudente. Você devia conversar com as pessoas, perguntar sobre elas. Um simples "Como vai você?" basta para iniciar uma conversa. Tente olhá-las nos olhos. Mesmo que você não queira saber a resposta, vai acabar fazendo amizades. A única oportunidade que você teve para fazer isso foi na escola e, apesar da sua experiência infeliz lá, havia umas meninas legais que tentavam te ajudar. Você se lembra delas? No mundo lá fora, você vai conhecer mais pessoas gentis do que más. Procure por elas.

Janet Roche dá aula de pintura. Isso seria uma boa maneira de conhecer pessoas. Ian e Sandra, da biblioteca de Roscommon, organizam todo tipo de atividade em grupo, e sei que eles dão aula de informática. Não custa nada. Eu começaria com isso, se fosse você.

Isso é tudo por enquanto, meu amor. Tenha uma boa semana. Antes de abrir a última carta na semana que vem, quero que faça uma boa refeição e tome uma dose pequena de uísque. É muita informação para assimilar, e não quero bombardeá-la com tudo de uma vez só.

Com amor, seu pai

Por que eu me mudaria? Gostava de morar ali. Não queria ir para o vilarejo e muito menos socializar. Talvez eu pudesse ser babá. De Abebi e Maduka. Quem sabe Martha e Udo não me deixariam cuidar deles, de vez em quando? Eles não precisariam me pagar.

Outra coisa curiosa. Meu pai mencionou TEPT na carta. Eu sabia que isso significava transtorno de estresse pós-traumático. De que trauma ele estava falando?

13

No dia seguinte, fui ao correio. Quando abri a porta, havia uma longa fila de pessoas conversando, mas, assim que se viraram e me viram, ficaram todas em silêncio. A moça na minha frente fora ao enterro.

— A gente não sabia que você podia falar — disse ela.

— Como vai você? — perguntei, como meu pai havia sugerido, mas, em vez de responder, ela falou:

— Eu sou a Caroline, do posto Texaco, deixei uma caçarola na sua porta há alguns dias. Deve ser difícil ter que preparar comida ou pensar direito quando se está de luto.

— Estava uma delícia — falei. — Você me passa a receita?

Olhei no rosto dela. Ela estava de batom vermelho e tinha olhos azuis, e acho que devia ser um pouco mais nova do que eu, mas não sou boa em adivinhar idades.

— Claro, posso mandar por e-mail?

— Não uso computador, mas vou fazer algumas aulas depois do Natal, na biblioteca. É de graça. — Eu havia confirmado isso ligando para a biblioteca naquela manhã; a conversa foi fácil, e o homem, Ian, foi gentil.

— Você tem celular? Posso te mandar uma mensagem..

— Não.

— Então vou escrever num papel. Depois passa no posto que eu te dou.

— Obrigada. Eu penso direitinho, sabe, mas tenho uma deficiência social, então não processo o luto do jeito normal. Como vai você? — Pensei em tentar de novo.

— Ocupada — respondeu ela, mostrando um maço de envelopes. — Tentando enviar todos os meus cartões de Natal antes que seja tarde demais.

O carteiro havia entregado uns cartões lá em casa nas últimas semanas. Alguns estavam endereçados ao meu pai, e outros, a mim. Pensei que talvez fosse melhor abrir.

Não consegui pensar em mais nada para dizer a Caroline.

A fila estava andando devagar, muita gente passando uns pacotes volumosos pelo balcão da Sra. Sullivan.

— E aí, onde você vai passar o Natal? — perguntou Caroline.

— A Angela e a Nadine meio que me convidaram para passar com elas, mas não sei se vou. Talvez eu fique em casa.

— As lésbicas? — perguntou ela.

— É. — Fitei-a no rosto novamente e notei que ela estava franzindo a testa. O que eu tinha dito de errado?

— Melhor não andar muito com elas. Desde que a sua mãe morreu, passei a frequentar uma clínica lá em Roscommon. As pessoas podem achar que você é uma delas.

— Uma delas o quê?

— Ah, você sabe… Uma lésbica. — Ela sussurrou a palavra.

— Bom, teoricamente, eu sou heterossexual — falei.

Ela me encarou e fez cara de que não tinha entendido.

— Nunca fiz sexo, então não posso ter cem por cento de certeza.

Ela se virou para a frente, e foi como se a conversa tivesse acabado. Mas eu tinha batido papo com uma pessoa de verdade, e estava orgulhosa de mim. Ela pegou o celular no bolso e começou a passar o dedo nele. Depois que foi atendida, acenou para mim e foi embora.

— Tchau — eu disse —, foi bom conversar com você.

Mas ela não respondeu.

Na minha vez, a Sra. Sullivan inclinou a cabeça de lado atrás da janelinha.

— Oi, Sally — ela me cumprimentou —, como você está? — Ela continuava gritando, como se eu fosse surda.

— Muito bem, obrigada. Preciso do endereço da Martha Adebayo, por favor. Ela não está na lista telefônica.

— Martha, a professora de ioga? — gritou ela.

— Não sei o que ela faz. O marido dela se chama Udo, e eles têm dois filhos.

— Sei de quem você está falando. O estúdio dela fica na Bracken Lane, perto do açougue — disse ela. — O nome é Sunflower Studio. Acho que não posso te dar o endereço residencial. Pra que você quer isso?

Fingi ser surda de novo, me virei e fui embora.

— Feliz Natal! — gritou ela para mim. Não respondi. — Coitada — falou ela para o homem atrás de mim na fila. — Acho que a audição dela vai e vem.

Subi a colina e virei à esquerda na Bracken Lane, na esquina do açougue. O Sunflower Studio ficava bem ao lado. Lembro-me de quando a loja era uma floricultura, mas depois abriram um supermercado no vilarejo de Knocktoom, a oito quilômetros dali, e aos poucos o florista, a mercearia e a padaria foram fechando, e sobrou só o mercadinho Gala e o posto Texaco.

Atrás de uma vitrine grande de vidro havia seis mulheres e um homem de costas, com as pernas esticadas, a bunda para cima, os braços estendidos para a frente. Martha estava de costas para eles, e todos se levantaram e ergueram as mãos na direção do teto, com os dedos em riste, então se dobraram para a frente, como ela, deixando os braços e os ombros caírem e sacudindo as mãos, para liberar a tensão. Alguns anos antes, eu tinha acompanhado umas aulas parecidas num programa de televisão matinal. Às vezes, meu pai também participava. Ele me dizia que era bom fazer exercícios, mas, tirando as longas caminhadas pela nossa propriedade, eu não fazia muita coisa ultimamente.

A aula acabou. Os alunos foram todos buscar as roupas de inverno nas pilhas organizadas numa prateleira e começaram a se vestir. Imaginei que não havia chuveiro ali e me lembrei de novo do chuveiro perfeito de Angela e Nadine.

Então, ouvi a voz de Martha.

— Sally! Pode entrar. Você quer se matricular numa aula?

Abri a porta enquanto os outros passavam por mim. Não ergui o rosto até estarmos sozinhas.

— Como vai você? — perguntei.

— Tudo bem. Um pouco suada. — A sala estava quente, e notei que o balcão do florista ainda estava lá. Ela foi até um bebedouro. — Essa foi a última aula antes do Natal, mas você pode se juntar ao grupo no dia 4 de janeiro. São cem euros por oito aulas. Imagino que fazer alongamento faria bem, não?

— Você quer uma babá de graça?

— Como?

— Eu sei que não tenho experiência, mas minha mãe sempre me disse que eu devia arrumar um emprego, e os seus filhos são as primeiras crianças que eu conheci e gostei. Posso cozinhar para eles, e fiz um curso de primeiros socorros, então eles estariam muito seguros, e eu era boa aluna, então talvez pudesse ajudar com o dever de casa.

As palavras saíram da minha boca depressa, e olhei para o rosto dela para ver se estava entendendo.

— E eu tenho bastante biscoito de chocolate e prometo que não vou dizer pra eles não irem pra escola. Vou fazer exatamente o que você pedir. Você pode anotar pra mim. Eu sou ótima em seguir instruções. Posso buscar os dois na escola, e levar pra casa, quantas vezes você quiser.

Ela estava sorrindo. Era um bom sinal. Nós nos sentamos em duas cadeiras enquanto ela bebia água num copo de plástico.

— Fico feliz que você goste dos meus filhos.

— E aí, sobre cuidar deles?

— Olha, não me leve a mal, Sally, mas não sei se você é a pessoa certa... para esse tipo de trabalho. Além do mais, eu só trabalho meio período, já estou em casa quando eles saem da escola. Não precisamos de babá.

Fiquei irritada.

— Por que você acha que eu não sou a pessoa certa?

— Sally, você não tem qualificação pra isso. Fico feliz que você goste dos meus filhos, mas o fato de que eles são as únicas crianças de quem você gosta é... estranho. E se eles se comportassem mal com você? Não sei como você ia lidar com a disciplina se ficasse brava com eles.

— Em geral, quando estou com raiva ou deprimida, puxo meu cabelo — falei.

— Ai, meu Deus! Você não percebe que isso poderia perturbar as crianças?

— Eu não ia puxar o cabelo delas. E, às vezes, toco piano para me acalmar.

— Sinto muito, Sally. Se você está procurando emprego, acho que cuidar de criança não é o ideal pra você. Mas, sabe, acho mesmo que a ioga pode te ajudar a lidar com o estresse. Pense nisso. As duas primeiras aulas são de graça. O que você acha?

Ela estava sorrindo de novo.

— Vou pensar — respondi e virei as costas para ir embora. — Você pode dizer pra Abebi, por favor, que eu não vou na peça de Natal dela? Crianças costumam ser péssimos atores.

Ela riu. Deve ter achado que eu estava brincando.

— Eu entendo. Bom, acho que você não vai perder muita coisa.

Segui em direção à porta.

— Ei, feliz Natal, Sally! — disse ela.

— Feliz Natal, principalmente para as crianças — respondi.

14

Na tarde de sexta-feira, dia 22 de dezembro, alguém bateu à porta. Era o carteiro, trazendo um pacote — uma caixa pequena, mas grande o suficiente para não caber na caixa de correio. Coloquei junto com as outras cartas e cartões. Mais tarde, naquela noite, ocorreu-me que era melhor abrir aquilo tudo. O que eu estava esperando? Demorar para abrir um envelope já havia me causado problemas demais. Havia uns dez ou doze cartões endereçados ao meu pai — alguns postados antes de ele morrer —, e outros para mim.

3 de dezembro

Feliz Natal para você e para a Sally. Com amor, Christine e Donald! Beijos.

P.S.: Espero que a gente não passe mais um ano sem se ver. Por favor, venha nos visitar em breve, e traga a Sally. Aposto que ela nem se lembra mais da gente, mas iríamos adorar vê-la de novo. Ela precisa saber que tem mais gente na família.

Christine era a irmã da minha mãe, a moça glamorosa que parecia uma estrela de cinema. Eu me lembro de quando minha mãe viajava de férias para o exterior com ela ou a visitava em Dublin, além das longas conversas das duas ao telefone. O cartão tinha um número de telefone e um endereço em Donnybrook, Dublin 4.

E havia mais um cartão para mim, com a mesma caligrafia:

16 de dezembro

Querida Sally,

Ficamos muito tristes ao saber da morte do Tom. Tentei telefonar para você muitas vezes, mas acho que o número deve ter mudado. Na última vez que nos vimos, você era adolescente, e talvez não se lembre. Eu sou a irmã da sua mãe. Jean e eu éramos próximas, mas, depois que a Jean morreu, foi como se o seu pai tivesse se retirado do mundo, e, embora eu tenha tentado manter contato, ele sempre se mostrou distante.

Sempre pensamos em vocês dois, mas respeitamos o desejo de privacidade do seu pai. Infelizmente, o Donald não está bem de saúde, e não vamos poder ir ao enterro, mas ele está convalescendo em casa agora. Adoraríamos visitar você e ajudar do jeito que pudermos.

Vi pela cobertura do jornal que você deve ter ficado confusa com a morte do Tom. Entramos em contato com a polícia para explicar a sua condição e ficamos muito aliviados quando o assunto foi resolvido. Também conversei com a Dra. Angela Caffrey e fiquei feliz de saber que você tem uma amiga leal e confiável da Jean para responder por você. POR FAVOR, ligue para nós. Gostaríamos muito de revê-la o mais rápido possível. Você gostaria de passar o Natal com a gente?

Ela assinava com amor e o número do telefone.

Havia uma carta, escrita à mão, de uma página arrancada de um caderno pautado. A caligrafia era terrível. O endereço também estava incompleto, mas a carta havia chegado até mim.

Saly Dimond,

Você é cria do demônio e vai ter o seu castigo. Como osa queima o bom homem daquele jeito, depois que ele te salvou do inferno. O inferno é o seu lugar. Eu rezo pra Virge Maria que você vá pra lá logo, sua maldita. Agora é tarde para penitência. Filia de pexe, pexinha é.

Não havia assinatura, e o papel estava quase rasgado nos pontos em que a caneta fora usada com força demais. Fazia muito tempo que meu pai e eu havíamos concordado que o inferno não existia, mas o autor da carta obviamente me odiava, e aquilo me deixou ansiosa. A carta seguinte aliviou a minha ansiedade.

Querida Sally,

Talvez você não se lembre de mim, mas frequentamos a escola juntas, em Roscommon, do primeiro ao sexto ano, e muitas vezes nos sentávamos uma do lado da outra na sala de aula (porque ninguém mais queria se sentar com a gente!).

Sinto muito pelo que aconteceu com o seu pai. Eu me lembro como você era e entendo perfeitamente por que cometeu aquele erro, e quero que você saiba que, se te conhecessem como eu, a maioria das pessoas pensaria dessa mesma forma.

Nunca conversamos muito na escola, mas eu tentava não falar com ninguém, porque a minha gagueira era horrível. Melhorei muito desde então. Pouco depois que me formei na faculdade, a minha avó morreu, então a minha mãe herdou um dinheiro e gastou uma pequena fortuna em sessões particulares de terapia de fala e linguagem para mim. Nunca vou conseguir fazer um discurso em público, mas agora sou capaz de sustentar uma conversa sem travar completamente, e acho que, com o tempo e o amor de um marido e dois filhos maravilhosos, acabei ganhando confiança.

Sempre pensei em você ao longo dos anos e fiquei surpresa ao descobrir que você não estudou música. Você era uma pianista maravilhosa. Às vezes, eu me sentava do lado de fora da sala de música só para te ouvir tocar, e eu não era a única. Mas imagino que talvez você tenha ficado com medo de se afastar dos seus pais, ou tenha ficado em casa por causa da ansiedade social? Eu entendo. Eu fiquei apavorada de ir para a faculdade, mas foi muito melhor do que a escola. Nós duas sofríamos muito bullying lá.

A faculdade foi o primeiro lugar onde encontrei amigos que eram bem mais compreensivos. Participei de grupos envolvendo justiça social e hoje trabalho arrecadando fundos para uma organização de apoio aos sem-teto. Tem sido um período difícil, estamos sempre em campanha.

Não quero te deixar triste ao trazer à tona lembranças da sua infância. Eu não tinha a menor ideia de que aquela merda toda tinha acontecido com você antes de te conhecer, na escola. Quer dizer, não é nenhuma surpresa que você seja do jeito que é, mas eu nunca vi nenhuma maldade nem malícia em você — você era só um pouco diferente, só isso. Se quiser conversar comigo, deixei o meu contato no final desta carta. Acho que eu queria que você soubesse que tem muita gente como eu que te admira, primeiro por ter sobrevivido a tanto horror e adversidade quando era criança e, depois, por viver a sua vida do seu próprio jeito. Fui ao enterro do seu pai e achei que o chapéu vermelho foi um toque de classe — um pouco diferente para um enterro, mas é você! Lembro bem que é melhor não tentar me aproximar de você nem apertar sua mão. Você ficou o tempo todo olhando para o chão, igual na escola. Acho que eu só queria que você soubesse que eu estava lá.

Te desejo tudo de bom, minha velha amiga. (Posso te chamar assim? Sinto que éramos meio que amigas na escola!)

Com carinho,

Stella Coughlan

Eu me lembrava muito bem de Stella. Ela gaguejava muito. Ficava toda vermelha sempre que alguém tentava falar com ela, e, se um professor fazia uma pergunta, dava para sentir o cheiro de suor em suas axilas. Às vezes ela dividia um chocolate comigo sem dizer uma palavra. Ela não era má, e, sim, sofria muito bullying. Acho que mais do que eu, porque eu raramente reagia. Minha mãe que me ensinou isso. Stella sempre chorava em silêncio ao meu lado. Dava para ver pelo jeito como os ombros dela tremiam, mas eu não sabia o que dizer para ela. Será que um dia eu conseguiria ligar para ela? Talvez.

Havia mais uma carta desagradável, me acusando de parricídio, mas se oferecendo para orar pela minha alma, com ortografia perfeita e assinada. Os outros cartões eram, em sua maioria, de condolências ou cartões de Natal de pessoas que eu meio que conhecia ou nomes que já tinha ouvido meu pai mencionar. Restavam duas cartas e o pacote. Ambas as cartas eram de jornalistas pedindo que eu contasse a minha "história" e fazendo insinuações sobre a minha infância trágica. "O país merece respostas", dizia uma delas. A outra me oferecia cinco mil euros por uma "entrevista exclusiva".

O que tinha acontecido comigo antes de os meus pais me adotarem? E como o "país" sabia de tudo se nem eu sabia? Fiquei tentada a ligar para Angela, mesmo achando que ela poderia ficar irritada. Só pode ter sido uma coisa ruim. Mas o que quer que tenha sido não devia mais importar, já que eu não lembrava mais. Eu nunca nem tentei. Mas então me lembrei de que as policiais acharam estranho que a minha primeira lembrança fosse do meu aniversário de 7 anos. Será que outras pessoas se lembravam de coisas anteriores a isso? Eu tenho uma memória excelente. Senti um zumbido estranho na cabeça. Minhas mãos estavam tremendo. Acho que era de nervoso. Toquei piano até me acalmar.

Então peguei a caixa. Desembrulhei tudo com cuidado e guardei o papel na gaveta na qual guardávamos papéis para acender fogueiras ou que pudessem ser reaproveitados.

Era uma caixa de sapatos comprida e, quando abri a tampa, senti na mesma hora um quentinho na barriga. Havia um ursinho de pelúcia envolto em papel de seda, e eu o tirei da caixa e o abracei.

O quentinho na minha barriga se espalhou até meus dedos das mãos e dos pés. Segurei-o na minha frente. Estava velho e bem surrado, faltando um olho, manchado e remendado, mas aquilo me fazia sentir... alguma coisa. Abracei-o de novo, confusa. Por que aquele urso estava causando esse efeito em mim? Por que me senti tão imediatamente aquecida de tê-lo comigo? Por que estava pensando nele quase como se fosse uma pessoa?

— Toby — falei. Ele não respondeu.

Revirei a caixa, procurando uma carta ou um cartão. Num post-it amarelo, estava escrito:

Achei que você ia gostar de tê-lo de volta.
S.

15

Eu conhecia aquele urso. Sabia que o nome dele era Toby. Foi minha mãe que me deu? Eu tenho uma memória excelente. Por que não conseguia lembrar? Ele estava sujo e cheirando a mofo, mas também havia algo de familiar nele. Fui tomada por emoções que não conseguia entender. Estava rindo, empolgada e agitada. Queria encontrar "S" e fazer com que ele ou ela se explicasse. Queria muito ligar para Angela, mas segui o conselho do meu pai. Com quem eu poderia falar sobre aquilo? Meu pai disse que explicaria mais na parte seguinte da carta, mas eu não podia abri-la até terça-feira. Era uma daquelas situações em que eu precisava de orientação. Já estava tarde. Meu pai sempre dizia que não era educado ligar para ninguém depois das 21 horas.

Eu me levantei e fui cambaleando até o meu quarto, me sentindo meio tonta, mas de um jeito bom. Eu me arrumei para dormir sem largar o Toby. Conversei com ele, expliquei o que estava fazendo, acolhi-o em sua nova casa. Torci para que ele fosse feliz ali. Imaginei as respostas dele. Abracei-o e me senti tão leve que nem sei dizer se desmaiei ou se peguei no sono.

Naquela noite, tive sonhos muito vividos com uma mulher magra e de cabelos compridos. Eu estava sentada no colo dela. Isso era estranho, porque eu nunca me sentava no colo de ninguém. E também era estranho porque eu nunca tinha sonhado antes.

No dia seguinte, liguei para Christine, minha tia.

—Ah, querida — disse ela —, que bom ouvir a sua voz, ficamos tão preocupados com você.

—Você ainda tem aquele casaco vermelho? — perguntei.

—O quê? Nossa... isso já tem tanto tempo. Que bom que você lembra. Deve ter uns vinte anos que não te vejo.

—Você parecia uma estrela de cinema. Eu adorava aquele casaco. Tia Christine, você se lembra de alguma coisa que aconteceu com você antes de fazer 7 anos?

Houve uma pausa.

—Bom, lembro de algumas coisas... de ganhar um sorvete de casquinha do meu pai, o seu avô...

—Quantos anos você tinha?

—Uns três ou quatro, acho...

—Eu achava que a memória das pessoas só começava quando elas faziam 7 anos...

—Bom, é diferente de pessoa para pessoa.

—Acho que alguma coisa ruim aconteceu comigo quando eu era mais nova do que isso.

Outra pausa.

—Sally, eu posso te visitar?

—Por quê?

—Acho que seria melhor se eu pudesse conversar com você pessoalmente.

A ideia de vê-la novamente me aqueceu.

—Consigo chegar aí hoje na hora do almoço, que tal?

—Você vai querer almoçar?

—Não, só tomar um chá...

—Posso fazer uns sanduíches de presunto.

—Seria perfeito.

—Mas não traz o Donald, tá bom?

—Bom, tudo bem, ele está se recuperando de uma cirurgia, mas por que você não quer ver o Donald?

— Meu pai disse que ele era um preguiçoso que se casou com você por causa do seu dinheiro.

Ela riu.

— Por que você está rindo?

— O seu pai. Se a carapuça serviu...

— Não entendi. Não gosto quando as pessoas riem de mim.

— Nossa, não estou rindo de você. Olha, não precisa se preocupar, não vou levar o Donald.

Desliguei assim que terminou todo aquele ritual de despedida que sempre me irrita: "Tchau", "Até mais", "Te vejo daqui a pouco", "Até daqui a pouco", "É, tchau", "Então, tá". Tão tedioso.

Duas horas depois, fui para a cozinha fazer os sanduíches. Eu tinha improvisado uma espécie de sling com um cachecol velho do meu pai para carregar Toby o mais perto possível do meu coração. Contei para ele da visita que estávamos esperando. Perguntei-lhe de novo quem era "S". Eu não esperava uma resposta, mas era bom conversar com ele. Eu não me sentia sozinha.

Quando abri a porta, tia Christine estava lá, segurando um buquê imenso de flores.

— Querida! Nossa, quanto tempo. Você está tão alta! E linda!

Tia Christine costumava parecer uma versão mais arrumada da minha mãe. Mas agora ela estava decepcionantemente velha. Quase falei isso. A pele ao redor do rosto dela havia murchado, embora ela ainda tivesse um brilho nos olhos maquiados com sombra dourada e cílios compridos. Fazia sentido. Havia tanto tempo que minha mãe tinha morrido. Eu me senti à vontade com minha tia até ela esticar a mão para me tocar, então me esquivei.

— Desculpa! — disse ela, erguendo as mãos espalmadas como se estivesse sendo presa. — Você costumava deixar eu segurar a sua mão, sabia? — Era verdade, mas eu estava sem prática.

Fomos até a cozinha, e eu liguei a chaleira para fazer chá. Fiquei observando-a. Ela olhou para mim e sorriu.

— Como você está? Notei que você não tem nenhuma decoração nas paredes...

— Não, meu pai e eu concordávamos que era coisa de criança.

Tia Christine franziu a testa.

— Recebi um monte de cartas — contei. — Algumas pessoas querem ser minhas amigas, outras me odeiam. Escreveram que eu era cria do demônio.

— Posso ver?

Mostrei a ela as muitas cartas.

— Bom, isso aqui pode ir direto pro lixo — disse ela, tirando as cartas desagradáveis e as dos jornalistas.

Eu concordei. Não queria guardar nada daquilo, tirando a carta de Stella, minha colega de turma, e o bilhete de "S".

— Como você está se sentindo?

— Estou bem. Meu pai falou que eu devia me mudar pro vilarejo. Ele disse que não é saudável pra mim ficar sozinha aqui.

— Você não se sente sozinha aqui?

— Eu tenho o Toby — comentei, apontando para o urso.

— O Toby não é uma pessoa, querida.

— Eu sei. Não sou burra.

Ela não disse nada. Ficamos nos encarando. Ela estava com a cabeça inclinada e os olhos pareciam gentis.

— O que aconteceu comigo antes de eu ser adotada?

Minha tia desviou o olhar, então fitou a janela, depois o chão, e por fim voltou a mirar o meu rosto. Ela perguntou:

— Posso pegar na sua mão?

— Para quê?

— Às vezes um toque pode ser reconfortante, sabia? E não é uma história agradável.

Deixei minha tia pegar na minha mão e a segurar entre as dela.

— Jean disse que você... que você foi medicada e que não se lembra de nada, é verdade?

Confirmei com um aceno de cabeça.

— Sua mãe, quer dizer, sua mãe de verdade, ela... morreu.

— Morreu de quê?

— Ela foi sequestrada por um homem, quando era nova, quando era... uma criança.

Eu tinha visto filmes e séries sobre homens que sequestravam moças novas.

— Ele a trancou num porão?

— Trancou. Quer dizer, não, era um anexo nos fundos da casa dele. Ele morava numa casa grande, num terreno de meio hectare, no sul de Dublin. Ele a manteve trancada durante catorze anos.

Minha cabeça começou a zumbir.

— Para de falar, por favor.

Ela acariciou minha mão.

Eu me afastei para botar mais água no bule. Peguei um sanduíche e o comi. Tia Christine ficou sentada, em silêncio.

— Quer um?

— O quê?

— Quer um sanduíche?

— Não. Querida, eu sinto muito. É uma história horrível. Tem algum amigo para quem eu possa ligar? Que tal a Angela?

— É, vou ligar pra ela.

Peguei o telefone. Angela não trabalhava nos fins de semana, então achei que não ia incomodar.

— Angela? Minha tia Christine está aqui. Ela me contou que a minha mãe de verdade foi sequestrada...

— Merda.

— O quê?

— Eu queria estar com você quando você abrisse a última carta do seu pai. Ele explica tudo... quer dizer, a maioria das coisas. Posso falar com a Christine?

Tia Christine levou o telefone para o corredor. Não dava para ouvir exatamente o que ela estava falando, mas percebi que sua voz estava ficando aguda. Então eu a ouvi desligar o telefone. Quando ela voltou para a mesa da cozinha, estava com os olhos cheios de água.

— Sally, acho que posso ter metido os pés pelas mãos. A Angela está vindo pra cá. Vamos conversar sobre outras coisas até ela chegar.

— Você acha que ela me amava? A minha mãe de verdade.

Ela pegou um sanduíche.

— Ah, eu acho que ela te amava muito, com todo o coração.

— Como você sabe?

— O sanduíche está uma delícia. Vamos esperar a Angela? Será que eu devia fazer mais sanduíches para ela?

— Deixa que eu faço. Ainda bem que o Toby não come, senão a gente ia ficar sem pão.

— Quantos anos você tem, Sally?

— Quarenta e três. E você?

— Sessenta e sete.

— Minha mãe de verdade se casou?

— Não... vamos esperar a Angela.

— Tá bom. Quer segurar o Toby?

Ela ainda não tinha visto o urso direito, e eu queria mostrá-lo.

— Nossa, ele está um pouco maltratado, você não acha?

— É, hoje à noite ele vai tomar banho comigo.

— Ah, talvez não seja uma boa ideia molhar ele. Pode estragar. Ele está bem velho. Mas vamos tentar dar uma boa esfregada nele agora? Com cuidado, enquanto a gente espera a Angela?

Tia Christine encheu a pia com água e sabão e usou uma escovinha de unha, fazendo movimentos leves, enquanto eu segurava os braços e as pernas de Toby. A água girava com uma espuma marrom.

— Por onde foi que ele andou? — perguntou ela.

— Não sei. Chegou pelo correio ontem, com aquele bilhete, assinado "S", mas eu soube de cara que era meu, e que o nome dele era Toby. Mas não sei de onde veio. Talvez minha mãe tenha me dado, mas eu não me lembro, e minha memória normalmente é excelente.

— "S"? — perguntou ela, e eu fui pegar o bilhete de novo.

— Você sabe quem é "S"?

Tia Christine quase deixou o Toby cair na água, e eu o peguei bem a tempo.

— Ai, meu Deus, a gente não devia ter tocado nele, nem lavado!

— Por quê? Ele estava sujo. Estava precisando. — Passei a lavar Toby eu mesma, esfregando o rosto e o focinho marrom e macio com um perfex. Tia Christine começou a andar de um lado para o outro, torcendo as mãos.

Quando a campainha tocou de novo, tia Christine correu para atender. Eu podia ouvir as duas sussurrando no corredor, enquanto Angela a abraçava. Elas pareciam se abraçar com muita facilidade, embora tivessem ficado anos sem se ver.

Angela entrou na cozinha.

— Sally, acho que você não devia tocar nesse urso.

— Por quê?

— Solta ele, por favor. — Sua voz era firme.

— Ele é meu. O nome dele é Toby.

— Como você sabe disso?

— Não sei como. Eu só sei. Eu amo o Toby.

Fiquei assustada com a força daquelas palavras. Eu tinha uma necessidade muito grande de proteger aquele brinquedo e mantê-lo por perto. Notei que Angela estava surpresa.

— Você não devia ter tocado nele. — Ela olhou para o urso lavado. — Acho que agora já é tarde demais. Ele foi manuseado e lavado.

A voz de tia Christine ficou mais aguda.

— Me desculpa, só me dei conta depois que começamos a lavar. Faz mais de vinte anos que não vejo a Sally. Achei que era dela.

Comecei a me sentir ansiosa.

— Ele é meu. Eu... sinto que é. Vou ficar com ele. — Abracei forte seu corpo molhado e senti a umidade em meu peito.

— Pode ser uma evidência — disse Angela. — Você tem o pacote em que ele veio?

— Não estou entendendo! — gritei. — Nada do que você está falando faz sentido.

Eu estava me sentindo completamente perdida, e o zumbido na minha cabeça não parava. Comecei a puxar o cabelo, enquanto Angela me perguntava baixinho como e quando ele tinha sido entregue.

— Posso passar o braço em volta de você, Sally? — Fiz que sim com a cabeça, e a sensação de ter um braço em volta dos meus ombros enquanto apertava Toby com força foi reconfortante e natural. Ficamos assim por um tempo até minha raiva diminuir.

— Melhor a gente ir pra sala, se acalmar um pouco. Foi um choque, e temos mais informações pra você — disse tia Christine.

— Primeiro, preciso do papel do embrulho — insistiu Angela.

— Tinha uma caixa também — falei.

Encontrei a caixa e o papel.

— Os selos são da Nova Zelândia. Serviço expresso — comentou Angela. — A caixa é de uma loja de sapatos. A polícia finalmente vai ter uma pista.

— Do que você está falando?

— Acho que você precisa ler a última carta do seu pai, e aí eu vou responder às perguntas que eu conseguir, tá bom?

Fomos todos para a sala. Eu estava muito tonta. Tia Christine perguntou a Angela se ela tinha algum remédio que pudesse me acalmar.

— A Sally precisa estar totalmente consciente para absorver essa notícia.

Peguei a carta do meu pai no escritório.

— Não era pra eu ler até...

— Seu pai não ia se importar com isso, Sally, de verdade — disse tia Christine.

Elas me guiaram até o sofá e se sentaram uma de cada lado. Pedi que se sentassem nas outras cadeiras.

PARTE 2

16

Peter, 1974

Lembro-me de quando era pequeno, de uma sala grande com vista para o mar. Havia uma parede de livros atrás de mim, e eu estava sentado junto a uma mesa de jantar comprida, de frente para o meu pai. Todo dia, antes de sair para o trabalho, meu pai tomava o café da manhã comigo e nós ouvíamos rádio. Depois ele me dava biscoitos, frutas e um livro para colorir com giz de cera. Ele me orientava sobre como fazer o dever de casa e depois me trancava no meu quarto branco, no anexo. O quarto tinha uma janela grande que dava para o jardim dos fundos, um penico embaixo da cama, uma prateleira com meus quatro livros e um armário com minhas roupas.

Naquela época, os dias pareciam intermináveis, mas, quando chegava em casa, ele destrancava a porta, me pegava no colo e me levava para a casa principal. Ele cozinhava para mim, conferia o meu dever de casa — leitura, escrita e contas —, então ficávamos vendo televisão até a hora de dormir, mas ele nunca conseguia me explicar como aquelas pessoinhas entravam na caixa da televisão. Eu o ouvia tocando piano com frequência, ou às vezes acordava com o barulho dele destrancando o quarto ao lado.

Aos sábados e domingos, quando o tempo estava bom, eu podia sair para o jardim, onde o ajudava a capinar. Eu fazia uns morrinhos com a grama cortada, ou uns ninhos de pássaros, e às vezes ele juntava tudo e fazia uma fogueira.

O anexo ficava numa construção de formato engraçado, na lateral da casa. A entrada era na despensa do andar de baixo. Do lado do meu quarto havia outra porta. De vez em quando, eu ouvia barulhos vindos detrás dela. Em geral, eram sons de choro ou gritos. Meu pai dizia que era onde ele mantinha o fantasma de uma mulher, e que eu não precisava me preocupar, porque ela nunca conseguiria sair. E ele tinha razão, porque ela nunca saiu de lá. Mas o barulho às vezes era bem assustador. Quando ficava ruim, meu pai mandava eu me esconder debaixo das cobertas e tapar os ouvidos com as mãos, e acho que ele entrava no quarto ao lado e a mandava ficar quieta, porque aí ela passava dias sem dar um pio.

Na hora de dormir, meu pai lia uma história para mim, me dava um beijo na testa, dizia que me amava e nós rezávamos juntos, então ele trancava a porta de novo para me manter em segurança até de manhã.

Todo ano, no meu aniversário, no dia 7 de agosto, tínhamos um Dia Especial. Meu pai não ia para o trabalho. No primeiro que eu me lembro, ele trouxe uma barraca para casa, e nós a armamos no jardim. Ele fez uma fogueira, e nós assamos linguiças. Dormimos em sacos de dormir na barraca. Então, mais tarde, ele me acordou, e estava escuro. Ele me levou para fora da barraca e acendeu fogos de artifício, e o céu de verão explodiu em cor e barulho. Aquilo foi a coisa mais emocionante que já aconteceu comigo.

O aniversário seguinte foi assustador. Eu tinha 7 anos, acho. Fiquei assustado quando passamos pelo portão dos fundos do jardim no carro do meu pai e pegamos uma estrada. Fiquei tonto. Nunca tinha entrado no carro dele antes, embora o ajudasse a lavar, aos domingos. Ele tinha colocado almofadas no assento da frente, para eu poder olhar pela janela. E me deu um saco, para o caso de a tontura não passar e eu precisar vomitar. A tontura logo diminuiu.

Vi pessoas do outro lado do portão — do mesmo tamanho que meu pai e eu — e mulheres também. Eu só tinha visto aquilo na televisão e nos livros, mas ali elas estavam em tamanho real.

Fizemos uma longa viagem de carro até o zoológico. Eu fiquei preocupado que a gente nunca mais encontrasse o caminho de volta para casa, mas meu pai disse que sempre conseguiria achar a nossa casa.

Fiquei muito apavorado de soltar a mão do meu pai. Estava mais intrigado com as pessoas do que com os animais. Elas andavam em grupos, mães com crianças e bebês em carrinhos, mães e pais andando de braços dados. Grupos de crianças, meninas e meninos, correndo juntos. Meu pai tentava me fazer olhar para os chimpanzés e elefantes, mas eu ficava ouvindo as pessoas conversando umas com as outras. Ele comprou um picolé para mim e disse que era para eu não olhar para ninguém, mas eu não conseguia me segurar. Um homem parou meu pai e conversou com ele. Eu me escondi atrás das pernas dele. Meu pai falou que eu era afilhado dele. Dava para ver que ele não queria conversar com aquele homem, e nós seguimos em frente depressa, então meu pai disse que estava na hora de voltar para casa. Fiquei aliviado.

Eu estava cheio de dúvidas. Perguntei a ele qual era a diferença entre um filho e um afilhado, e ele respondeu que um afilhado era uma criança que acreditava em Deus. E eu certamente acreditava.

Perguntei ao meu pai se as mulheres eram más. Ele falou que a maioria era. Eu comentei que havia mulheres boas na televisão e nos meus livros, mas ele falou que a televisão e as minhas histórias eram faz de conta. Perguntei se eu tinha uma mãe, e ele disse que sim, mas que ela era um fantasma. Havia um cadeado grande na porta do quarto ao lado do meu, no anexo. Então perguntei se minha mãe era o fantasma que morava naquele quarto, se era ela quem dava aqueles gritos, e ele respondeu que sim, mas que eu não precisava me preocupar, porque nunca precisaria vê-la.

17

Sally

Abri a carta com as mãos trêmulas.

> *Querida Sally,*
>
> *Espero que, a esta altura, você tenha se recuperado um pouco da minha morte.*
>
> *Há muito que eu devia ter lhe contado, gradualmente, talvez ao longo de um bom tempo. Não quero que você fique perturbada com a notícia. Isso tudo faz parte do passado e não muda nada para você agora, a menos que você deseje, mas acho que você é uma pessoa de hábitos e vai continuar vivendo como sempre viveu.*
>
> *Seu nome original é Mary Norton. Norton é o sobrenome da sua mãe biológica. Acreditamos que não teria sido escolha dela usar o sobrenome do seu pai biológico. Todos os relatórios médicos originais e alguns recortes de jornal estão na caixa sob a minha mesa, em um arquivo identificado como* CONFIDENCIAL. *Quando você veio para nós, decidimos que era uma nova pessoa. Você era a nossa Sally Diamond.*
>
> *A razão pela qual você é um pouco diferente não é porque tenha algo de errado com o seu cérebro, mas porque você foi criada em circunstâncias perturbadoras, até ser descoberta.*
>
> *Em 1966, aos 11 anos, sua mãe, Denise Norton, foi sequestrada por Conor Geary. Ele abusou dela mental e sexualmente por catorze anos.*

Até onde sabemos, você nasceu oito anos depois do sequestro dela. Sua mãe biológica não tinha certeza da data, nem mesmo do ano, mas essa foi a melhor estimativa dela, e meus colegas médicos concordaram que você provavelmente nasceu em algum momento do segundo semestre de 1974. Seu nascimento não foi registrado, por motivos óbvios, portanto a data que consta na sua certidão de adoção pode não estar correta. Lamento lhe informar que Conor Geary, o sequestrador, é seu pai biológico.

A família de Denise Norton procurou por ela durante anos. Ela só foi encontrada em março de 1980, após uma denúncia anônima feita para a polícia. Você e sua mãe biológica foram descobertas em poucos dias. Ambas estavam em condições terríveis, em uma construção improvisada, um anexo, nos fundos da casa de Conor Geary, em Killiney, no condado de Dublin. A janela do quarto da sua mãe estava coberta com tábuas. O cômodo era escuro, úmido e frio. Havia uma boca de fogão e uma geladeira. Mais um colchão no chão no quarto principal, com um banheiro com vaso sanitário e uma pia. O seu quarto, ao lado do dela, era pequeno, arejado e bem iluminado, com uma grande janela com vista para o jardim. Vocês duas estavam terrivelmente desnutridas e, embora você se mantivesse quase completamente em silêncio e estivesse, obviamente, angustiada quando foi libertada, Denise sofria com graves problemas de saúde mental. Não sei se lhe faria bem tentar imaginar o estado de espírito dela. No começo, ela foi selvagem e atacou todos que tentaram se aproximar. Vocês duas tiveram que ser anestesiadas para que os médicos pudessem examiná-las fisicamente. Sedativos normais não eram fortes o bastante. Inicialmente, não havia a menor intenção de separá-la permanentemente de você.

Sua mãe tinha boas qualificações. Antes de terminar o treinamento em clínica geral, na época em que você foi descoberta, Jean tinha feito uma especialização adicional em psiquiatria infantil e adolescente. Você e sua mãe biológica foram internadas no Hospital Psiquiátrico St. Mary, onde eu trabalhava como diretor médico. Foi criada uma unidade especial, e eu aloquei uma equipe exclusiva de funcionários para cuidar de vocês. Dadas as preocupações com o seu desenvolvimento e a sua saúde física, pedi a Jean que fosse transferida para trabalhar comigo, no St. Mary, e, como éramos casados, foi vantajoso para todo mundo. Trabalhávamos em equipe o tempo todo, vivendo naquela unidade com vocês, junto com a equipe de apoio.

Nunca ganhei a confiança da Denise, embora, em minha defesa, eu possa dizer que tentei muito, e, se tivesse tido mais tempo com ela, estou certo de que poderia tê-la ajudado a se adaptar. Acho que ela nunca teria levado uma vida "normal", considerando todos os horrores que viveu. Meu objetivo inicial era levá-la para uma instituição onde pudesse viver em regime aberto, com acesso ao mundo exterior e assistência médica e psiquiátrica 24 horas por dia. No entanto, uma instituição dessas não teria sido um lugar apropriado para você a longo prazo, e sugeri fortemente que você fosse separada da sua mãe em algum momento, quando Denise estivesse pronta. Ela ainda a amamentava, o que era incomum para uma criança de 5 anos. Jean ensinou Denise a dar mamadeira, mas sua mãe biológica resistiu muito. Nós cometemos erros, e você gritava e puxava os cabelos, e, por fim, tivemos que tomar uma decisão drástica. Uma decisão da qual sempre vou me arrepender, mas não em todos os sentidos.

Hoje percebo que foi uma atitude rude e possivelmente cruel, mas estávamos preocupados com o seu futuro. Eu estava convencido de que você era jovem o suficiente para ser reeducada, por assim dizer, e que você tinha a chance de viver uma vida normal. Você e sua mãe passaram catorze meses juntas na unidade e, nesse tempo, nunca conseguimos separar você de Denise. Foi um período angustiante, e ninguém que tenha cuidado de vocês saiu indiferente.

Eu a via com sua mãe biológica quase todos os dias. Ela se recusava a falar sobre Conor Geary, mas negava veementemente que ele tivesse abusado sexualmente de você, ou que você tenha testemunhado qualquer abuso que ela sofrera. Você ficava trancada no banheiro quando *as agressões aconteciam. Os exames médicos também sugeriram que ele não havia abusado sexualmente de você, e acho que você pode presumir que esse seja o caso. No entanto, não podemos descartar que ele a tenha agredido fisicamente, já que ele definitivamente deixou cicatrizes físicas e emocionais na sua mãe. Ele arrancou os dentes dela como castigo. Conor Geary era dentista.*

Sua mãe tirou a própria vida em maio de 1981, depois que você passou uma noite separada dela, em um quarto com Jean. Cometemos erros terríveis, mas não tivemos nenhuma intenção de prejudicar vocês. Até o dia da minha morte, que já está próximo, vou me sentir responsável pela morte da sua mãe. Houve um breve inquérito hospitalar, e fui inocentado de negligência médica, mas eu ainda me culpo, Sally. Eu deveria ter encontrado outro caminho.

Jean e eu nos apresentamos ao Conselho de Adoção e ao Ministério da Saúde juntos. Não havíamos tido sorte em ter nossos próprios filhos. Eles concordaram que morar com um casal de médicos — um psiquiatra e uma especialista em clínica geral — que pretendia sair de Dublin era o melhor para você. Sentíamos que poderíamos oferecer um lar seguro e estável para você, e espero que tenhamos feito isso e que você sempre tenha se sentido segura conosco. Perder Jean tão nova foi uma tragédia, mas acho que conseguimos, você e eu, não conseguimos?

É por causa das suas primeiras experiências que você às vezes parece social e emocionalmente desconectada. Sua tendência a levar as coisas ao pé da letra é um resquício dos anos de isolamento social no cativeiro. É uma sorte que você não tenha memória daquele tempo, de antes de vir para a nossa casa. Eu aconselho fortemente você a não fazer nada para tentar reviver essas memórias, pois sei que elas só podem lhe causar traumas.

Então agora você sabe. Sofri muito com a incerteza de escrever esta carta. Eu não sabia se era melhor você ter ciência dos detalhes ou não. Ninguém em Carricksheedy conhece o seu passado, nem mesmo Angela. Jean contou para a família dela, mas todas as outras pessoas juraram segredo absoluto pelo resto da vida. Sua descoberta, em 1980, foi uma notícia muito grande, como você pode imaginar, e fizemos tudo o que estava ao nosso alcance para mantê-la longe da mídia.

Por sorte, meu nome não foi divulgado para a imprensa. A polícia concordou em fazer um comunicado público dizendo que você tinha sido adotada no Reino Unido. Assim que você ficou apta a sair da unidade hospitalar, nós nos mudamos de Dublin.

E assim eu enfim me despeço, meu amor, deixando você com muito o que pensar. Você não tem obrigação nenhuma de fazer nada com essas informações. Mas, se precisar falar com alguém, pode mostrar esta carta a Angela. Ela vai ficar espantada, mas poderá oferecer apoio prático ou emocional, se necessário.

Desejo-lhe boa saúde, felicidade e uma vida tranquila.

Com amor, seu pai

Quando finalmente parei de ler, notei que Angela e tia Christine estavam cochichando uma com a outra.

— Você tem alguma pergunta que gostaria de nos fazer?

Eu tinha tantas perguntas que nem sabia por onde começar.

— Posso tomar um pouco de uísque, por favor?

Tia Christine olhou para Angela, que assentiu. Ela sorriu para mim.

— Acho que todas nós estamos precisando de uma dose de uísque.

— É esse o trauma ao qual meu pai se referiu, quando falou em TEPT.

— Sally, você acha que eu posso passar a noite aqui? Tudo bem com você? — perguntou tia Christine.

— Acho que é uma boa ideia, você devia se reconectar com a família que tem — sugeriu Angela. — A Christine pode ficar no quarto do seu pai. Eu arrumo a cama.

— Não precisa — eu a interrompi. — Eu troquei a roupa de cama depois que a polícia passou aqui, naquele dia. Sim, ela pode ficar. Mas, Angela, a tia Christine não é da minha família de verdade.

Eu tinha feito as contas na minha cabeça.

— Se a minha mãe biológica tinha 19 anos quando eu nasci, onde estão os pais dela, meus avós? Estão vivos? Eu tenho tios e tias de verdade? E primos?

Angela olhou para tia Christine.

— Eu também gostaria de saber isso. Não acredito que trabalhei ao lado da Jean por oito anos e ela nunca me contou nada. Ela me disse que se especializou em psiquiatria infantil como parte do treinamento de clínica médica, mas que nunca se envolveu no caso da Denise Norton. Eu sabia que o Tom era psiquiatra, mas ele não exercia mais a profissão. Presumi que escrevia artigos acadêmicos e contribuía para publicações médicas. De vez em quando, a Jean o chamava para conversar com um ou outro paciente, mas só para fazer uma avaliação antes de encaminhá-los para outro especialista.

Ela suspirou antes de continuar.

— Sally, eu não sabia de nada disso até ler as cartas no dia... no dia em que a polícia apareceu aqui. Eu tive que tirar cópias e entregar tudo para a polícia. Na época, o caso da Denise Norton ficou famoso, mas a sua identidade foi mantida em segredo. Os policiais leram as cartas do seu pai e ficaram com uma cópia no arquivo deles, e aí alguém vazou a informação de que você é a Mary Norton. Por isso que a imprensa e os fotógrafos estavam no enterro, e foi assim que descobriram onde você mora e o seu telefone. A Christine me falou que andaram escrevendo pra você também.

— Publicaram fotos suas no jornal, Sally, no enterro do seu pai. É por isso que ando tão preocupada com você — explicou tia Christine. — Eu sempre soube a verdade. Mas a Jean e o Tom estavam desesperados para proteger a sua privacidade. Jean queria te contar quando você completasse 18 anos, mas o Tom... ele não concordava com ela. E aí ela morreu logo depois.

—Você não respondeu à minha pergunta sobre outros parentes? — Olhei para tia Christine enquanto tomava um gole do uísque e ela virava um grande gole do dela.

— Os pais da Denise estavam desesperados para se reconectar com ela. Mas, pelo que a Jean me contou, o reencontro não correu bem. Quando os seus avós de verdade, Sam e Jacqueline Norton, reencontraram a Denise depois de todos aqueles anos, ela os atacou fisicamente, principalmente o pai. Catorze anos de raiva acumulada explodiram em ressentimento contra as pessoas que mais a amavam. Além do mais, e talvez ouvir isso possa te deixar perturbada, eles achavam que podiam levar Denise para casa depois do tratamento, mas não consideraram levar você. Você era filha dele. Você precisa ver as coisas do ponto de vista deles. Se te recebessem em casa, estariam levando uma parte do Conor Geary também.

Pensei na carta maldosa que me chamava de cria do demônio.

— Depois que a Denise morreu na unidade psiquiátrica, eles ficaram arrasados e se mudaram para a França.

— Eles nunca entraram em contato para saber o que tinha acontecido comigo, tia Christine?

— Imagino que tenham pensado nisso muitas vezes, mas talvez você fosse só uma lembrança da filha que eles perderam. Sally, você tem certeza absoluta de que reconhece esse urso, você tem certeza de que ele é seu?

— Ele é meu — afirmei, apertando-o com mais força.

Elas continuavam mudando de assunto, pulando de uma coisa para outra. Servi mais uísque. Tia Christine fez o mesmo. Ela ofereceu mais para Angela, que não aceitou.

— Querida — disse tia Christine, numa voz suave —, seu pai biológico fugiu dias antes da polícia encontrar você e a sua mãe. Ele sacou todo o dinheiro que tinha no banco e abandonou o carro no East Pier, em Dún Laoghaire. Ele pode ter se afogado, mas nenhum corpo foi encontrado. Eles acham que ele pegou uma barca para Holyhead. Sem dúvida fugiu do país. Ele não tinha passaporte, ninguém precisava de passaporte para viajar para o Reino Unido naquela época. Mas ele tinha dinheiro. Pra que ele ia tirar tudo o que tinha no banco se pretendia se matar? Ninguém sabe para onde ele foi. Ele nunca foi pego.

— Acho que foi ele que te mandou o urso — disse Angela.

Minhas mãos voaram automaticamente para o meu cabelo, mas depois voltaram para Toby. Eu não conseguia largá-lo.

18

Peter, 1974

Papai estava errado sobre eu nunca ter que ver o fantasma no quarto ao lado. Em meados de setembro, ele disse que ia ter que passar um fim de semana fora e que, enquanto isso, eu tinha que ficar no quarto dela.

— Com o fantasma?

— É, mas ela não vai te machucar. Ela é sua mãe.

Fiquei apavorado com a ideia.

— Não precisa se preocupar — disse ele —, são só dois dias, e é você quem manda nela. Ela tem que fazer tudo o que você disser, e, se ela não te obedecer, pode tirar a comida dela. Se ela fizer alguma coisa que você não gostar, você tem autorização pra dar um chute nela. Não responda a nenhuma das perguntas que ela fizer. Essa é a única regra.

— Eu achava que chutar as pessoas era errado.

— Ela não é uma pessoa, é um fantasma. Não tem problema.

Fiquei chateado.

— Não quero ficar com o fantasma — chorei.

— Você é muito pequeno para ficar sozinho um fim de semana inteiro e, além do mais, o fantasma quer te ver. Tem... anos que ela me implora.

— Por quê?

— Porque ela é sua mãe

— Ela vai tentar me machucar?

— De jeito nenhum.

— Ela está morta? — Eu tinha uma vaga noção de que fantasmas eram pessoas mortas.

— Não, não exatamente.

— Mas por que ela fica naquele quarto?

— Você é muito novo para entender algumas coisas. Chega de perguntas. Vou colocar uma cama de armar lá e você pode levar seu cobertor favorito e dois dos seus livros. Pode levar o abajur da sua cabeceira também.

Nada disso ajudou a diminuir meu medo.

Na sexta-feira depois do jantar, meu pai me levou para o quarto dela. Estava escuro e silencioso, até ele ligar meu abajur numa tomada ao lado da porta. Então eu ouvi o fantasma.

— Peter? É você? — Ela tinha a voz trêmula e emergiu de baixo de um cobertor e estendeu a mão na minha direção. Meu pai foi até ela e deu um tapa no rosto dela.

— Tá vendo? Isso é o que você faz se ela fizer qualquer coisa que você não gostar. Ela não vai te machucar. Ela sabe o que vai acontecer se te chatear. — A voz dele era tranquila e reconfortante para mim.

Ele deixou uma sacola de papel grande cheia de comida do meu lado.

— Isso é para você, e não pra ela, tá bom? Ela tem a própria comida.

Ela voltou a se esconder debaixo do cobertor, e eu não consegui ver seu rosto direito. Ele me mostrou a cama de armar, que estava bem perto da porta pela qual havíamos entrado. Ele me mostrou o interruptor de luz do banheiro e me lembrou de escovar os dentes e lavar o rosto todas as noites. Ele me mostrou a geladeira e o fogão no canto do quarto e disse que ela ia fazer purê de batata com ervilhas e bacon para eu jantar no dia seguinte. Ele estaria de volta no domingo de manhã.

— Eu não gosto daqui — eu disse. Era fedorento, escuro e abafado. Meu pai me pegou no colo.

— Não tem nada com o que se preocupar, eu prometo. — Ele beijou o topo da minha cabeça e foi até a porta, então eu ouvi o som da fechadura assim que ele saiu. Corri até a porta na mesma hora e a esmurrei com meus pequenos punhos.

— Por favor, não me deixa aqui. Tenho medo do fantasma! — gritei. Mas não ouvi nada do outro lado. Ele tinha ido embora.

Ela tirou a cabeça de baixo do cobertor de novo. E se sentou.

— Peter, não precisa ter medo. Senti tanta saudade — disse. Ela tinha o cabelo comprido e emaranhado, e faltavam alguns dentes na boca, mas seus olhos brilhavam. Um hematoma escuro cobria a metade inferior de um dos lados do rosto dela. — Eu sou sua mãe, você não se lembra de mim?

Eu me encolhi contra a porta.

Havia algo de familiar nela, mas ela me apavorava.

— Você morava aqui comigo, até que um dia ele te levou embora, assim que você aprendeu a andar e a falar e a usar o penico. Ele me obrigou a parar de te amamentar, mas eu não sabia que ele ia tirar você de mim. Eu não saio desse quarto desde... Nem sei quantos anos.

Ela falava tão depressa que as palavras iam se atropelando umas nas outras. Ela se levantou, e vi que um dos seus tornozelos estava acorrentado a um aro aparafusado na parede. Ela conseguia chegar à privada e à cozinha, mas não conseguia me alcançar. Suas pernas e seus braços eram magros, mas a barriga estava grande, e ela levou as mãos até a base dela, por baixo. Estava com uma camisa grande demais para ela e uma saia que levantava na frente. E um par de meias de lã nos pés.

— Que dia é hoje?

Eu não queria falar com ela. Corri para o banheiro, acendi a luz, deixei a porta aberta e fiz xixi no vaso sanitário. Quando saí, eu estava ao alcance dela. Ela estendeu a mão para mim.

— Eu queria te chamar de Sam, que é o nome do meu pai, mas ele falou que tinha que ser Peter. Eu dei à luz aqui mesmo nesse quarto.

Empurrei-a bruscamente com a mão. Meu pai disse que eu podia chutá-la. Chutei com o pé direito e a acertei na canela.

— Aiii — exclamou ela, mas não chorou.

— Abre a cortina — ordenei.

Ela me fitou com olhos arregalados.

— Não tem cortina. Não tem janela.

Dei um tapa na cara dela, igual meu pai tinha feito.

— Por favor, não me bate — pediu ela. — Ele não te ensinou que é errado bater nas pessoas?

— Papai disse que eu podia te bater. Por que não tem janela? No meu quarto tem janela.

— Ele gosta de me manter no escuro. Quando eu cheguei aqui, tinha uma janela, mas ele tapou com tábuas pelo lado de fora. — Eu sabia onde a janela havia sido coberta do lado de fora, mas ali, na escuridão, não conseguia entender. A única luz vinha do banheiro e do meu abajur.

— Por que ele fez isso?

— Foi castigo.

— O que você fez?

— Não lembro.

— Deve ter sido ruim.

— Eu tentei escapar e ele me pegou, então eu mordi ele!

— Ah.

Corri de volta para o meu lado do quarto.

— Eu nunca te morderia. Eu te amo.

Não respondi.

103

— Está tão bom e quente aqui agora. Ainda bem que ele não te trouxe no inverno. Agora é verão, né?

Engoli a resposta. Era setembro.

— Você não se lembra nem um pouco de mim? Sabe em que ano estamos? Ou em que mês?

— Sei.

— Você vai me dizer?

— Não.

— Por favor. É importante. Estou aqui desde junho de 1966. Eu tinha 11 anos. Acho que você nasceu um ano depois, mas não sei quanto tempo faz isso.

— Papai me falou pra não te contar nada.

— Quantos anos você tem?

— Onde você morava antes?

— Eu tinha uma família, escola, amigos, meu próprio quarto com janelas. Ele diz que é coisa da minha imaginação, mas eu lembro.

— Quem diz?

— O homem.

— Meu pai?

Ela fez que sim.

— Qual é o nome dele? — perguntou ela.

Eu sabia que era Conor Geary, mas não ia contar pra ela.

— Não sei.

— Você pode me chamar de mamãe. Eu queria muito te abraçar, sabe, segurar a sua mão... Você estava começando a aprender a falar quando ele te levou. Você dizia algumas palavras: mamãe, cama, biscoito e leite. Foi quando ele te levou. Você não lembra?

Eu tinha uma sombra de memória. Eu dormia do lado dela, naquele colchão.

— Cala a boca.

Ela ficou quieta por um tempo, mas me encarou na escuridão.

— Você pode trazer esse abajur um pouco mais pra perto? Para eu te ver melhor?

— Não.

— Quero te mostrar uma coisa. — Ela pegou um ursinho de pelúcia de uma prateleira atrás de si. — Lembra do Toby? — Era um urso bonito com um laço vermelho no pescoço. — Ele era meu — continuou ela —, e aí, quando você nasceu, passou a ser seu. Quer ficar com ele de novo?

Eu lembrava mais do Toby do que dela. Estava sujo agora, e faltava um olho. Era perturbador olhar para ele. Eu queria desesperadamente segurá-lo, mas isso significava me aproximar dela.

— Não, obrigado.

— Pensei que nunca mais ia te ver.

— Por que a sua barriga tá tão grande?

— Acho que vou ter outro bebê. Você ficava na minha barriga também, igual a esse. Você vai ter um irmãozinho ou uma irmãzinha.

— Como o bebê entrou aí dentro?

— Ele que colocou.

— Como?

Ela não falou nada por um tempo.

— Meu pai me tranca no meu quarto nos dias de semana.

— Então agora é fim de semana?

— É sexta-feira. — Então cobri a boca com a mão, porque eu tinha quebrado a regra do meu pai e respondido a uma pergunta. — Ou pode ser terça — menti.

— Não importa. Eu jamais iria contar pra ele nada do que você me disse. Espero que ele nunca te bote de castigo. Sinto muito que ele te prenda também.

Eu precisava ser o chefe, como meu pai falou.

— Ele não me tranca num lugar assim. Tenho uma janela enorme, dá pra ver o jardim, e tenho livros e brinquedos.

— Estamos perto do mar? Às vezes, acho que dá pra ouvir o mar...

Não responder a todas aquelas perguntas era difícil. Percebi que não dava para ouvir o mar daquele quarto. Tinha muito papelao rasgado pregado nas paredes.

— Se você me fizer mais uma pergunta, vou te chutar de novo.

— Tá bom. Quer me perguntar alguma coisa?

— Não. Quero que você fique quieta. Não quero ficar aqui. Quero voltar pro meu quarto.

Ela voltou para o colchão e começou a gemer alto.

— Para de fazer esse barulho.

— Não consigo. Estar grávida às vezes dói. É o bebê, o seu irmão ou a sua irmã.

— Qual dos dois?

— Não sei.

— Por que não?

— Só dá pra saber se é menino ou menina depois que nasce.

— Não quero uma irmã.

— Eu queria tanto ter ficado com você.

— Aqui?

— Não, em casa, com a minha família.

Não falei nada. Não queria que ela fosse a minha mãe.

Tirei uma maçã da minha sacola. Meu pai sempre dizia que eu tinha que comer as coisas saudáveis antes de poder comer os doces. Dei uma grande mordida e mastiguei. Ela ficou me encarando.

— Volta pra debaixo do cobertor.

Ela voltou, mas havia uma frestinha, e dava para ver que ela estava me olhando por sob o cobertor. Fui até ela e a chutei. Ela arfou e se ergueu novamente, mas, desta vez, havia sangue em seu rosto.

— Desculpa, desculpa — disse ela, e começou a chorar.

Não gostei de ver o rosto dela sangrando.

— Volta pra debaixo do cobertor e não olha pra mim. Mulher idiota.

19

Sally

— Acho que temos que levar o ursinho de pelúcia, o bilhete, a caixa e o embrulho para a polícia. Talvez eles consigam encontrar algum traço do DNA dele — disse tia Christine.

— Acho difícil — falou Angela. — Vocês duas lavaram a maior parte das evidências. Nós três manuseamos a caixa e o embrulho. Além dos funcionários do correio tanto na Nova Zelândia quanto na Irlanda, e em todos os lugares por onde isso passou entre um país e outro, mas talvez eles consigam alguma informação.

Tia Christine comentou:

— A julgar pelo estilo e pela idade do urso, acho que era da Denise. Parece que ele tem uns 50 ou 60 anos. Tem uns pedaços que parecem comidos por traça.

Angela concordou.

— O que dizia o bilhete mesmo?

— "Achei que você ia gostar de tê-lo de volta." Sem assinatura. Só a letra "S".

— Talvez a Sally tivesse um apelido para o pai? Você lembra, Sally?

Angela levantou a mão.

— Acho que isso é demais pra Sally, Christine.

— Desculpa, tem razão.

— Quero ir para a cama, descansar um pouco — eu disse. — Com o Toby.

Eram cinco da tarde, e já estava completamente escuro. As duas mulheres começaram a pedir desculpas, dizendo que aquilo devia ser um choque terrível, que eu provavelmente estava me sentindo sobrecarregada com todas as revelações. Tia Christine falou que ia passar no vilarejo para comprar comida e que me acordaria mais tarde, para jantar. Fui para o meu quarto e deixei as duas conversando sobre mim e sobre o meu passado terrível. Levei Toby comigo. Estava cansada de falar e queria tempo e espaço para pensar.

No quarto, com o velho papel de parede florido que minha mãe havia escolhido tantos anos atrás, tentei pensar no que deveria fazer. Tantas perguntas passavam pela minha cabeça.

Mais tarde, acordei com cheiros deliciosos vindos da cozinha. Fui ao banheiro e lavei o rosto.

Tia Christine me cumprimentou na cozinha.

— Oi, querida, descansou? A Angela vem jantar com a gente. Espero que você não se importe. Já assei um frango.

— Para nós três?

— É, e você pode fazer sanduíches ou sopas com o que sobrar, se quiser.

Ela também tinha feito um purê de batata e um purê de cenoura com pastinaca, como se estivesse participando de um programa de culinária na televisão.

— Pode botar a mesa, querida?

Puxei a mesa para longe da parede e levantei a extensão, para que ficasse do mesmo tamanho que usávamos quando minha mãe era viva. Meu pai e eu sempre jantávamos em bandejas, na frente da televisão. Mas sempre almoçávamos na cozinha. Estava tudo ao contrário.

Embora aquilo me deixasse um pouco nervosa, tia Christine falava de um jeito reconfortante, descrevendo como tinha preparado o jantar, relembrando quando ela e Jean foram fazer compras na Arnotts e as duas compraram o mesmo conjunto de pratos, e que ela estava feliz em ver que eles ainda estavam em uso. Ela falava igual à minha mãe, e, se eu fechasse os olhos, quase podia imaginar que ela tinha voltado, embora soubesse que isso não era possível. Era uma coisa boa de imaginar.

— Cadê a Angela?

— Ela teve que passar em casa pra dar comida pros cachorros e fazer mais algumas coisas. Mas já vai voltar.

— Será que eu pego um vinho na despensa?

— Ah, acho que a gente já bebeu o suficiente hoje. Você tem água com gás?

Eu tinha.

No caminho até a sala de estar, onde eu ia buscar a água com gás, parei de repente e então corri até o meu quarto. Puxei a roupa de cama. Corri de volta para a cozinha.

— Cadê o Toby? — gritei com ela.

— Querida, eu...

— Cadê ele? — Meu rosto estava ficando quente. Minha cabeça estava girando.

A campainha tocou.

— Deve ser a Angela. Ela vai te explicar.

Abri a porta para Angela.

— Cadê o Toby?

— Calma, Sally, respira fundo e conta até qua...

— Você pegou quando eu tava dormindo?

— Peguei. O Toby é um brinquedo, Sally, mas talvez dê pra descobrir de onde ele veio. Levei ele até a delegacia de Roscommon, junto com a caixa e o embrulho. Eles vão mandar para um laboratório em Dublin, e uma equipe de perícia vai...

— Ele era meu!

— Sally, seja razoável, você...

Ataquei Angela com os punhos fechados, socando-a no rosto, na barriga, nos braços. Ela se enroscou feito uma bola, dobrando-se para a frente, protegendo a cabeça com as mãos e os cotovelos. Tia Christine me arrastou para longe dela.

— Sally! Para com isso agora. — O tom dela era igual ao da minha mãe quando estava com raiva.

A fúria diminuiu com a mesma velocidade com que apareceu. Eu me sentei na cadeira do corredor. Tia Christine levou Angela para a cozinha. Ouvi as duas sussurrando. Eu tinha feito uma coisa ruim. De novo. Muito ruim. Fiquei balançando para a frente e para trás na cadeira. Eu não conseguia controlar minhas emoções. Talvez devesse ser presa.

— Angela, desculpa, de verdade. Perdi a cabeça.

Ela estava segurando um saco de ervilhas congeladas no rosto, na altura da mandíbula. Tia Christine estava de pé junto a ela. Graças a Deus não tinha sangue.

Angela ergueu a mão para que eu parasse de falar, balançou a cabeça e estremeceu de dor.

— Meu Deus, Sally! Você estava fora de controle. Eu não tinha ideia de que você era capaz de ser tão violenta. Esse tipo de comportamento é totalmente inaceitável.

Dava para ver que tia Christine estava com raiva e, quando me aproximei, ela deu um passo para trás. Ela também estava com medo.

— Não sei por que fiz isso, não tenho a menor ideia.

Eu podia sentir o calor subindo pelo meu rosto de novo.

— Alguma coisa naquele urso provocou isso, Sally — disse Angela. — É por isso que ele tem que ser investigado. Se o seu pai biológico mandou o urso pra você, talvez seja possível rastreá-lo. Não sabemos se vai funcionar, mas precisamos tentar. Pense no dano que ele fez à sua mãe biológica e a você. Eu vou ficar bem, mas você podia ter me machucado feio. Quantas vezes você já teve impulsos violentos como esse?

Descrevi os sete incidentes em detalhes, três quando eu tinha 7 anos, um quando eu tinha 8 anos, e outro quando eu tinha 9: minha mãe depois falou que era birra de criança. Uma vez, quando eu tinha 14 anos, com o homem no ponto de ônibus, e a última vez na escola, um ano depois, quando uma garota na mesa atrás de mim cortou uma das minhas marias-chiquinhas. Quase fui expulsa, mas acabei levando só uma semana de suspensão. Eu quebrei o braço dela. Tive que escrever uma carta para ela dizendo que estava arrependida.

— E, desde a última vez, não aconteceu mais nada, até hoje?

— Não, eu juro. A gente pode, por favor, buscar o Toby?

— Não — respondeu Angela —, de jeito nenhum. Olha o efeito que ele tem sobre você!

— Não é uma boa ideia — concordou tia Christine.

— E eu vou pra cadeia?

— Não. Mas você tem que entender que isso é sério, Sally. Você é uma mulher adulta. Se eu desse queixa, a polícia poderia te prender. Você nunca, jamais deve atacar outra pessoa. Entendeu?

— Entendi, Angela, mas...

— Entendeu?

— Entendi.

— Dadas as circunstâncias, Christine, acho que não vou poder ficar para o jantar. Preciso ir pra casa deitar um pouco. Você pode me dar uma carona? Vim a pé do vilarejo.

— Claro, sem problemas.

— Obrigada. Vão ser só uns minutinhos.

As duas me ignoraram. Assim que a porta da frente se fechou, ouvi um som de gordura queimando vindo do forno. Desliguei o fogo. O frango estava levemente tostado em cima.

Tentei colocar as coisas em perspectiva. Eu não ia para a cadeia. Angela ia ficar bem. Tia Christine agora estava com medo de mim. Por que eu tinha perdido a cabeça daquele jeito?

Trinchei o frango e servi os legumes em dois pratos, então abri uma garrafa de água com gás e estava servindo um pouco no copo de tia Christine quando ela voltou.

— Não sei o que te dizer, Sally. Acho que a Jean estava certa em se preocupar com algumas decisões que o Tom tomou em relação ao seu desenvolvimento. Mas a Angela acha que não é tarde demais.

— Não é tarde demais pra quê?

— Você precisa de muita terapia, querida, porque você não pode continuar assim. Não é normal.

— A minha vida é normal pra mim.

— Esse é o problema. O Tom nunca te estimulou a... mudar. Você precisa de amigos, de uma vida social, de um emprego, de um parceiro, se quiser. Você foi privada de tanta coisa e nem percebeu.

— Na última carta, meu pai falou que tinha cometido erros, mas que não tem nada de errado comigo, que eu sou só um pouco estranha.

— Você acabou de atacar fisicamente a única pessoa que sempre te apoiou. Você vai ter que compensá-la. O que acha que pode fazer?

— Eu podia comprar flores e escrever uma carta pra ela.

— É um bom começo, mas como você pode garantir que não vai atacar mais ninguém de novo? Você precisa de ajuda.

Eu sabia que ela estava falando de psicoterapia. Era o que minha mãe queria que eu tivesse feito quando estava na escola.

— Acho que posso tentar fazer terapia?

— A Angela vai ficar aliviada ao ouvir isso. Não deixa de falar isso na carta.

Naquela noite, fui para a cama e pensei em Toby e em onde ele poderia estar.

O dia seguinte era véspera de Natal, e eu só queria ficar sozinha. Deixei tia Christine me abraçar ao se despedir de mim. Pedi desculpas de novo. Ela disse que íamos manter contato e que eu deveria visitá-los em Dublin, depois do Natal, quando já tivesse feito algumas sessões de terapia. Fiquei na dúvida.

Eu me sentei para escrever uma carta de desculpas para Angela. Acrescentei que concordaria em fazer terapia se ela achasse que isso iria me impedir de machucar pessoas com quem eu me importava. Disse a ela que não se preocupasse com o saco de ervilhas. Eu podia muito bem comprar outro no posto Texaco. Desejei a ela e a Nadine um feliz Natal e disse que ia passar o Natal sozinha.

Fui andando até o vilarejo. Estava barulhento, cheio de gente e luzes de Natal piscando para todo lado. Coloquei meus protetores de ouvido e fui comprar flores no posto Texaco. Saí o mais depressa que pude e fui até a casa da Angela. Empurrei a carta pelo buraco da porta, coloquei as flores no capacho e fui embora depressa. Eu entendia o que era sentir vergonha. Era uma das emoções com as quais eu tinha contato.

20

Peter, 1974

"Mulher idiota" eram as palavras que meu pai costumava dizer quando estávamos vendo televisão. As mães na televisão eram bonitas, limpas e em geral bem-vestidas, elas assavam tortas de maçã para os filhos e cuidavam dos machucados nos joelhos deles. Aquele fantasma era inútil. Ela era uma mãe horrível, tão ruim que precisava ser acorrentada feito um cão raivoso.

Ficamos um bom tempo sem falar, mas eu queria saber algumas coisas. Ela botou a cabeça para fora aos poucos, mas não olhou para mim. Então limpou o sangue do olho com o cobertor. Não sangrou muito depois disso.

— Como o bebê vai sair da sua barriga?

— Da última vez, você saiu por aqui. — Ela apontou para a região entre as pernas. — Doeu, mas foi rápido. Tinha uma espécie de corda em volta do seu pescoço, mas ele tirou.

— O meu pai?

— É. Ele ficou feliz com você. E foi bom comigo por um tempo depois disso. Mas na época eu não sabia que ele ia te roubar de mim. Eu tinha 12 anos, acho, mas não sei quantos anos tenho agora. Perdi a conta.

— Você não sabe quantos anos tem? Que burra.

— Você já deve estar na escola. Aposto que é inteligente.

— Eu não vou pra escola. O papai me ensina aqui.

— Ah, aposto que os seus amigos sentem a sua falta.

— Não tenho amigos. O papai é meu melhor amigo.

— Você não sente falta de ter outras crianças da sua idade pra brincar?

Eu me lembrei do dia no zoológico. Vários grupos de crianças conversando animadas umas com as outras.

— Você não devia fazer perguntas. Mulher idiota.

Peguei minha garrafa de leite e servi num copo que estava na bandeja que meu pai havia preparado. O jeito como ela olhava para a garrafa foi muito estranho.

— Nunca viu leite antes?

— Não desde que você era bebê. Na época, ele me dava leite, pra eu conseguir te amamentar, mas, quando ele te levou, nunca mais ganhei leite de novo.

Servi mais no copo e entreguei para ela com cuidado. Suas mãos tremiam tanto que fiquei com medo de que derramasse, mas ela agarrou o copo com força e bebeu tudo de um gole só, feito um bicho sedento.

Ela começou a chorar.

— Obrigada. Muito obrigada. Eu sei que você é um bom menino. Metade de você vem de mim. A metade boa.

Arranquei o copo dela.

— Você não tem educação — eu disse. — É mal-educado beber assim.

Ela olhou para o chão.

— Sinto muito, tem... tanto tempo.

Fui até a geladeira e guardei o bacon com o resto do leite e um pouco de manteiga e queijo. Deixei a batata, o pão, a banana, o cereal e a lata de ervilhas na prateleira em cima da geladeira, junto com o chocolate e a batata frita de saquinho, que eram meu lanche especial de sábado à noite.

Na geladeira, encontrei quatro garrafas com um líquido claro.

— O que é isso?

— Minha água.

— Cadê a sua comida? — perguntei a ela.

Ela remexeu debaixo do cobertor e levantou meio pacote de biscoito recheado.

— Ele só me dá isso. Posso... posso comer o miolo da sua maçã?

— Joguei no lixo.

— Não me importo.

Ela foi até a lixeira e pegou o resto da maçã.

— Isso é nojento, comer de uma lixeira.

— Eu tô com fome. Essa comida que você tem aí. Tem suficiente pra nós dois?

— Ele falou que a comida era pra mim.

— Mas se tiver muito pra você, posso ficar com as sobras? Por favor? — Seus olhos estavam se enchendo de lágrimas novamente, e eu não sabia o que devia sentir.

— Não — falei —, é contra as regras.

Tentei ignorá-la lendo meus livros, mas ela queria ver o que era. Eu não deixei, então ela me pediu que lesse em voz alta para ela. Li cinco páginas de *As viagens de Gulliver*, e ela falou que eu lia muito bem e que estava orgulhosa de mim e que aquela era uma história muito legal. Fiquei desconfiado. Comecei a chorar.

— Eu quero o meu pai.

— Ah, meu menino lindo. Ele é um homem malvado. Você acha certo ele me manter trancada aqui, quase sem comida, no escuro, sem livros?

— Aqui também não tem televisão.

— Nossos vizinhos tinham uma televisão. Você tem uma aqui? Nessa casa?

Fiz que sim com a cabeça. Se eu não dissesse nada, não estava respondendo às perguntas dela.

— Uau. A casa é grande?

Pensei na pergunta. Acho que era. Tinha muitos quartos. No dia em que fomos ao zoológico, passamos por muitas casas, mas a maioria ficava amontoada uma na outra. Na televisão, eu via casas grandes e pequenas. Decidi que a nossa casa era grande, mas não ia contar isso para ela.

Fui até a pilha de roupas que meu pai havia colocado na cadeira ao lado da minha cama e achei meu pijama.

— Precisa de ajuda pra tirar a roupa? — perguntou ela.

Eu a ignorei e me despi. Olhei para o relógio. O ponteiro pequeno estava entre o sete e o oito. Já tinha passado da minha hora de dormir.

— Ah, você tem um relógio! Que horas são?

— Hora de dormir. — Eram 19h25. Eu tinha acabado de aprender a ver as horas e queria me exibir, mas não fazia sentido me exibir para alguém tão burro feito ela. Meu pai já estava um pouco cansado disso. Falou que eu não precisava ficar repetindo as horas para ele de cinco em cinco minutos.

— Tá bom.

— Preciso escovar os dentes. — Passei por ela para ir ao banheiro e, dessa vez, fechei a porta.

Fiz xixi de novo e escovei os dentes. Não tinha espelho ali, e a toalha era fina. Quando abri a porta, ela estava ajoelhada na minha frente. Estava com os braços esticados. Tentei passar por ela, mas ela me envolveu rápido com os braços, apertando minha cabeça com o rosto e me beijando. Lutei violentamente.

— Me solta, me solta!

— Eu te amo tanto, não consigo evitar. Às vezes, acho que te escuto pela porta, mas ele colocou esse isolamento todo nas paredes, então não dá pra saber se é só a minha imaginação. Ele nunca me fala nada sobre você. E disse que, se eu tentasse conversar com você pela parede, ia te castigar. Estou tão feliz por você estar aqui.

Seus braços me apertaram, e eu gritei em sua axila. Então ela me soltou, e eu corri para o meu canto.

— Desculpa, Peter, me desculpa. Só queria te abraçar um pouquinho.

— Vou contar pro papai. Ele vai te castigar muito.

— Eu preciso...

— Não tô nem aí. Cala a boca. Não fala mais nada. Você é ruim e maldosa.

Eu me deitei na cama de armar e apaguei o abajur.

Estava com medo de dormir, mas devia estar cansado, porque acordei e vi tênues feixes de luz entrando pelas frestas da janela tapada. Por um momento, não sabia onde estava, mas então relembrei todo o horror. Acendi o abajur e vi que ela estava ao lado da minha cama, o mais perto que conseguia de mim, me encarando de novo.

— Peter? Desculpa. A gente pode, por favor, tentar de novo? Me desculpa.

— Eu tô com fome.

— Posso preparar um cereal pra você?

Olhei para a prateleira em cima da geladeira. O chocolate tinha sumido. Eu tinha guardado para hoje à noite, como meu pai havia me orientado. O pão também estava pela metade. A banana tinha sumido. Só restava meia cenoura.

— Você comeu a minha comida! Você comeu o meu chocolate.

— Comi. Eu precisei comer. Você não tá vendo? Ele me mata de fome aqui. Ainda tem o suficiente pra você jantar.

Não falei nada, mas coloquei a roupa depressa e amarrei o cadarço. Então fui até ela e a chutei o mais forte que pude com o sapato de couro, várias vezes, no rosto, na cabeça, na barriga gorda. Ela se enrolou numa bola, choramingando e gritando. Papai tinha razão. Agora ela sabia que eu estava no comando. Ela não tentou falar comigo de novo por muito tempo. Ficou debaixo do cobertor, soluçando ali, e, de vez em quando, gritava de dor.

Gritei para ela calar a boca.

Fiz meu próprio cereal e me sentei na minha cama de armar. Tentei não chorar. Eu queria o meu pai. Odiava aquele fantasma. Sacudi a porta e olhei para o lugar onde ficava a janela. Não tinha vidro. Só tábuas de madeira. Dava para ver os feixes de luz passando, mas eu não conseguia ver o jardim. Li meu livro e brinquei com meus carros de caixa de fósforos, tentando esquecer onde eu estava. Sentia falta da televisão. Fiquei me perguntando se meu pai tinha me mandado para aquele lugar como castigo. Mas o que eu tinha feito para merecer aquilo?

21

Sally

No dia do Natal, levantei cedo e acendi a lareira da sala. Depois que minha mãe morreu, o Natal para a gente era sempre a mesma coisa: peru assado no almoço, em geral feito por mim. Eu bebia uma taça ou três de vinho tinto, o que fazia com que eu me sentisse quente e tonta, e depois sonolenta. Comíamos na frente da televisão porque havia muita coisa para assistir. Nós dois gostávamos de *Os caçadores da arca perdida*, e quase todo ano o filme passava em algum canal. Indiana Jones era bonito, e, quando eu pensava muito nele, sentia uma coceirinha na calcinha. Perguntei ao meu pai o que isso significava, e ele falou que significava que, teoricamente, eu era heterossexual.

Neste primeiro Natal sem meu pai, estava passando um filme antigo de Abbott e Costello na televisão. Tomei meu chá com torradas na frente da televisão. Meu pai costumava gargalhar alto com filmes assim, e eu ria com ele, mesmo achando as palhaçadas dos dois homens muito idiotas, mas meu pai gostava quando eu ria. Às vezes, eu ria espontaneamente. Tinha um programa chamado *You've Been Framed*, cheio de vídeos curtos de gente caindo das maneiras mais bobas e se machucando. Era engraçado.

Mas percebi que nada era engraçado quando você assiste sozinho.

Às 11 horas, o telefone tocou. Era Nadine.

— A gente tinha te convidado para o almoço de Natal aqui, e o convite ainda está de pé, mas, se você machucar a Angela de novo, eu vou te bater com tanta força que você não vai nem saber mais que dia é hoje.

— Acho justo — respondi.

— E outra coisa — continuou ela. — Nada de falar daquele ursinho de pelúcia idiota na minha casa.

— Tá bom.

— Você consegue chegar aqui em meia hora?

— Consigo, obrigada.

Quando Nadine abriu a porta, estendi a mão para apertar a dela, e ela a pegou, e eu apertei bem firme para mostrar que estava muito arrependida.

— Está tudo bem — disse ela. — Você é uma doida, mas é a nossa doida. — Ela riu, e eu ri, porque era verdade, e era bom sentir que eu pertencia a alguém. Pedi desculpas a Angela de novo. As ervilhas congeladas tinham funcionado, porque o rosto dela não estava marcado.

Fiz muitas perguntas naquele dia, mas obtive poucas respostas. Angela não sabia de nada, exceto que eu tinha sido adotada. Ela tinha pesquisado a minha história na internet, mas só conseguiu encontrar alguns fatos básicos. O dia em que minha mãe biológica havia sido sequestrada, o dia em que fomos descobertas. A data de nascimento de Conor Geary e sua situação familiar (ele tinha uma irmã com quem não tinha contato). O dia em que minha mãe morreu. Angela não sabia exatamente como ela tinha morrido, mas que foi considerado um suicídio. Os relatos de que eu tinha sido adotada no exterior.

Tirando isso, tivemos um bom dia. Eu não tinha pensado em comprar presentes, mas Angela e Nadine me deram um suéter roxo que era macio e brilhante. Fiquei surpresa por elas não ligarem a televisão em nenhum momento. Elas mexeram no Spotify e tentaram me fazer dançar junto. Beberam muito. Eu bebi três taças de vinho, e esse é o meu limite. Mesmo assim, fiquei com sono, mas fiquei feliz de ir andando de volta para casa.

No minuto em que entrei em casa, liguei o aquecimento central e a televisão. Fiquei decepcionada por Angela não ter me dado respostas sobre o que tinha acontecido comigo. Entrei no escritório do meu pai e abri a caixa rotulada como CONFIDENCIAL. Havia Polaroids antigas identificadas como "Denise e Mary Norton". Minha mãe biológica era tão jovem e frágil, e, na maioria das fotos, parecia apavorada. Nas fotos em que estava de boca aberta, não dava para ver dente nenhum. Na maioria delas, estava abraçando uma criança pequena. Na cama, numa cadeira de escritório, de pé ao lado de um aquecedor. Ela usava roupas que não combinavam e que pareciam engolir seu corpo emaciado. Demorei um pouco para perceber que a criança era eu, apesar da legenda. Eu não me parecia com Denise, não pareço, embora ela devesse ser nova quando morreu. Comparei fotografias minhas de quando eu estava no final da adolescência e no início da casa dos 20 anos com as fotos da minha mãe. Não havia semelhança. Nas fotos em que ela estava sozinha, seu rosto estava coberto de lágrimas, e os braços, estendidos. Para mim?

Não a reconheci, mas, após olhar com mais atenção, eu me reconheci. Meu rosto estava tenso e magro, diferente das fotos da minha festa de 7 anos, nas quais eu parecia bem nutrida, ainda que triste. Denise estava esquelética. Em algumas fotos, estamos sorrindo uma para a outra, e ela parece estar falando comigo. Eu não olho para a câmera. Apesar das circunstâncias, meu sorriso parece genuíno e espontâneo. Meus olhos afundados brilham. Toby não aparece em nenhuma das fotos.

Fui até o espelho e tentei reproduzir o sorriso, mas sou uma mulher adulta. É ridículo tentar sorrir como uma criança.

Na caixa, havia também umas fitas pequenas e um gravador. As fitas estavam numeradas e datadas. Coloquei a fita de número um, do dia 11/04/1980, no aparelho, mas as pilhas tinham acabado havia muito tempo. Coloquei pilhas novas e apertei o play. Reconheci a voz do meu pai na mesma hora.

> Tom: Denise, pode entrar, não precisa ter medo, aqui você está segura. Ninguém vai te machucar aqui. E essa é a sua menininha, Mary?

Eu!

> Denise: [gritando] Deixa a porta aberta, por favor, abre a porta!
> Criança: [chorando]
> Tom: Desculpa. Jean, pode deixar a porta aberta, por favor?
> Denise: Onde ela tá indo? Eu não quero que ela vá!
> Jean: Tom, talvez fosse melhor eu ficar, não?

A voz da minha mãe!

> Tom: Tem razão. Pronto, Denise, melhor assim? A Jean vai ficar aqui, e a porta vai ficar aberta. Você pode sentar aqui, e a Mary pode ficar... ah, tá, tudo bem, vocês podem ficar juntas. Onde for mais confortável.
> Denise: [murmura]
> Tom: Você dormiu ontem à noite, Denise? Eu sei que deve ser tudo muito estranho pra você, depois de... ter ficado longe por tanto tempo.
> Denise: [murmura uma pergunta]
> Criança: [sussurra uma resposta]
> Tom: Não precisa mais falar tão baixinho, Mary.
> Denise. Não fala com ela!
> Jean: Posso levar a Mary para a sala de brinquedos?
> Denise: Não!
> Tom: A sala é aqui do lado. Você pode ficar vendo enquanto ela brinca.
> Denise: Não. Eu disse que não!

[*Um longo silêncio. Jean tosse*]

Tom: Você viu a sua mãe e o seu pai ontem à noite, Denise, como se sentiu?

Denise: Eles parecem velhos.

Tom: Já se passaram catorze anos. As pessoas envelhecem. Você acha que mudou nesses catorze anos?

Denise: Imagino que sim.

Tom: Jean, você pode dar uma olhada nessa pasta e ver se tem alguma foto da Denise antes...

Jean: Sim, tem umas aqui.

Tom: Denise, quer ver como você era há catorze anos?

Tom: Você está fazendo que sim ou que não?

Denise: Eu quero ver.

[*Sons de movimento*]

Achei que a fita tivesse parado, mas foi só mais um longo silêncio. Depois, ouvi um barulho de papel sendo rasgado, uma confusão e a criança, eu, choramingando. Meu pai continuava calmo.

Tom: Por que você rasgou as fotos, Denise?

Denise: Eles querem ela. Eles não me querem.

Tom: Quem?

Denise: Meus pais. Eles querem aquela menina de volta.

Tom: Aquela menina é você, Denise.

Denise: Eu não conheço ela.

Tom: A Jean me contou que a visita foi difícil, Denise. Você tem 25 anos agora, não é isso? Você consegue imaginar como foi para os seus pais, sentindo a sua falta por todos esses anos, imaginando o que tinha acontecido com você?

Denise: Por que eles não continuaram me procurando?

Tom: Bom, é...

Jean: Eles nunca perderam a esperança de que você estivesse viva. Sua mãe não falou isso ontem à noite?

124

Denise: Eles não tentaram o suficiente.

Tom: Sabe, Denise, não dá pra ficar procurando uma pessoa pra sempre.

[*Criança sussurrando*]

Jean: O que foi, Mary?

Denise: Não fala com ela.

Jean: Desculpa.

Denise: Me dá isso.

Tom: A boneca?

Denise: Me dá.

[*Ruído de movimento*]

Tom: Pode ser que a Mary goste de brincar com uma boneca. Ela já viu uma antes?

Jean: O que você está fazendo com a boneca, Denise?

Denise: Estou fechando todos os botões da roupa. Ela não devia ser uma vadiazinha.

Parei a fita. Eu sabia o que tinha acontecido com Denise. Como ela havia me protegido. Não me lembrava da voz dela nem do rosto nas fotografias, mas fiquei muitíssimo triste por aquela estranha. Meu pai costumava dizer que eu tinha empatia em abundância, mas que eu não a usava com tanta frequência quanto deveria.

Olhei as anotações do meu pai e peguei um documento aleatório.

Denise Norton
Data de nascimento: 05/04/1955
Dia: 26/09/1980
SEMANA 24

É difícil saber se estou fazendo algum progresso com Denise. Sua capacidade mental está severamente comprometida, e eu poderia estimar que sua idade mental está próxima de quando ela foi sequestrada: 11 anos. A contradição é que ela é uma mãe extremamente superprotetora. Mary sabe andar e falar, embora nunca use a voz completamente, e apenas sussurre. Jean diz que não há razão física para isso. Ela sabe usar o banheiro, mas só vai quando a mãe está presente. Mary tem aproximadamente 5 ou 6 anos, segundo os médicos, e ainda não esteve na presença de outras crianças. Denise segura a mão dela e precisa estar em contato físico com a filha o tempo todo. Já tentamos colocar um berço ao lado da cama de Denise, mas ela se recusa a soltar a criança. Mary, sentindo o medo da mãe, também não quer largá-la. Havia um colchão no quarto e um quarto de criança no anexo onde elas eram mantidas, embora seja possível que elas sempre tenham dormido juntas no colchão. Pelas fotos que vi, o quartinho não parecia habitado. Denise raramente responde a perguntas sobre suas circunstâncias em Killiney. Jean tem algumas suposições, mas nenhuma certeza de nada.

Mary e Denise leem os mesmos livros. Denise não demonstra interesse em livros adultos nem em jornais (isso pode ser uma bênção!), mas significa que a leitura de Mary é avançada para sua idade. A caligrafia de Denise não progrediu além do ano de seu sequestro. A capacidade de leitura de Mary está muito à frente de seus pares, não que ela já tenha conhecido algum.

Tivemos outra tentativa de sessão de terapia em família com Denise e os pais dela ontem. Denise não se mostrou comunicativa e bateu no pai quando ele a beijou no topo da cabeça, ao sair. A medicação só amenizou um pouco a raiva e a volatilidade. O Sr. e a Sra. Norton ficaram arrasados e perguntaram repetidas vezes quando vamos conseguir "consertar" a Denise. Eles acham que podemos magicamente restaurá-la ao normal e que então vão poder levá-la para casa. Eles estão ansiosos, assim como nós, pela separação de mãe e filha. Querem ver a filha sem o fardo de Mary. Em consulta com os pais dela, todos concordamos em dizer a Denise que Conor Geary está morto e que ela jamais vai vê-lo novamente. A segurança neste local é alta, e a caça ao psicopata que destruiu pelo menos uma vida continua. Apareceram testemunhas, e videntes estão lucrando com o caso, mas não há pistas concretas.

Denise não reagiu quando dissemos que ele estava morto e que nunca mais poderia machucá-la. Ela não confia em nenhum de nós.

Tanto Jean como eu tentamos iniciar conversas a respeito dele, mas somos recebidos com gritos que perturbam tanto ela como a criança. Não sei como podemos abordar o assunto do que ele pode ter feito com ela. Minha crença sincera é que Denise foi maltratada e brutalizada por tanto tempo que qualquer tipo de vida normal é extremamente improvável.

Às vezes, ela conversa com Jean, quando elas saem para dar uma volta pelo jardim. Ela deixa Jean segurar a outra mão de Mary enquanto caminham juntas. Então, de certa forma, Jean fez mais progressos do que eu. Denise quer saber o nome de todas as flores, então ensina à pequena Mary os nomes e a grafia. Jean diz que Mary pergunta constantemente por Toby. Denise explicou que Toby é um urso de pelúcia. Os pais de Denise confirmaram que, quando ela foi sequestrada do jardim da casa deles, em 1966, estava com um ursinho de pelúcia que ela chamava de Toby.

Denise me agrediu fisicamente só uma vez na última semana. A criança estava chorando, então, instintivamente, estendi a mão para consolá-la. Denise veio para cima de mim como um pitbull e mordeu meu braço, sem soltar a criança nem por um instante. Mais uma vez, tivemos que encerrar a sessão mais cedo, e Jean levou as duas de volta para a ala delas.

A parte boa é que Denise e Mary melhoraram fisicamente. As duas ganharam peso. Denise come tudo o que lhe oferecemos, e Mary copia tudo o que a mãe faz. Denise é uma jovem bonita, exceto pela falta dos dentes, mas tem a mente de uma criança. Ambas gostam da hora do banho e choram quando precisam sair. Mas estão com uma aparência melhor. Tivemos que cortar o cabelo da Denise para impedi-la de puxá-lo, mas ela ainda tenta, várias vezes ao dia, e Mary a imita.

Elas estão completamente isoladas aqui. Jean e eu achamos que ainda é muito cedo para apresentar Denise a outras pessoas.

Quanto a nós, estamos um pouco cansados de viver no campus. São quatro enfermeiras e mais uma pediatra atendendo Denise e Mary na nossa unidade, mas eu e Jean logo vamos precisar de um descanso. É exaustivo dedicar tanto esforço a um caso com tão pouca recompensa.

A questão é que há esperança para a criança, se conseguirmos que tanto ela como a mãe permitam alguma separação gradual. Vamos continuar tentando. Mas este é o caso mais difícil em que já trabalhei, assim como para Jean. Se não fizermos nenhum avanço com Denise em breve, ela pode acabar com todos nós.

Toby era meu urso, e o urso da minha mãe. Minha mãe também puxava o cabelo quando estava angustiada.

22

Peter, 1974

Passaram-se horas, e ela dormiu, eu acho. Rasguei um naco de pão e passei um pouco de manteiga, para servir de almoço. Peguei o resto da comida e coloquei debaixo da cadeira, do lado da minha cama de armar.

Quando o relógio marcou 17 horas, gritei, para ela acordar. Ela tinha que fazer meu jantar. Bacon, purê de batata e ervilhas.

Ela levantou a cabeça e falou:

— Tem alguma coisa errada com o bebê. Eu tô sentindo.

— Não tô nem aí, faz o meu jantar.

Ela fez muita força para se levantar, e estava com o rosto vermelho e suado. Suas pernas tremiam.

— Você me machucou. Acho que você machucou o bebê.

— O papai disse que eu podia. — Meu pai não tinha falado nada de bebê nenhum. Ela podia estar inventando aquilo tudo. De qualquer forma, era uma ladra. Eu estava chateado por causa do chocolate.

Ela começou a falar de novo, mas toda hora parava, para respirar fundo.

— Ele costumava fazer batata para mim, anos atrás... Agora fico meses sem ganhar uma batata... Não lembro a última vez que comi uma cenoura.

Ela gritou de novo e segurou a barriga.

— Ainda não tá na hora. Ele disse que faltavam umas seis semanas, mas quando foi isso? É difícil saber os dias aqui.

Eu não sabia do que ela estava falando. Mas me senti mal de ter dado tantos chutes nela.

— Desculpa — eu disse.

Ela olhou para mim e estava chorando e sorrindo ao mesmo tempo.

— A culpa não é sua, querido. Você vive com um monstro. Como poderia ser um menino normal? Que tipo de homem diria que tudo bem chutar e bater numa mulher grávida?

— Papai não é um monstro! É o melhor pai do mundo!

— Mas ele te mantém trancado. Você não tem amigos, não vai pra escola. Você já conheceu alguma outra criança?

— Não, e também nunca conheci uma mulher. Ainda bem.

— Mas e quando você vai às lojas? Ou se você fica doente? Você nunca viu uma enfermeira?

— O papai sabe me consertar. Ele é dentista.

Ela se curvou de dor de novo.

— Ah, é?... Eu não sabia... Eu devia ter...

Ela levou os dedos aos buracos onde seus dentes deveriam estar. Ela obviamente não escovava os dentes.

— Você tem que fazer o meu jantar. Estou com fome!

O rosto dela estava molhado de suor. Ela se endireitou, pegou uma frigideira e fritou umas fatias de bacon. O cheiro era delicioso. Ela amassou as batatas com um garfo, abriu a lata de ervilhas e despejou em outra panela amassada, para esquentar. Então jogou tudo num prato e empurrou pelo chão na minha direção, gemendo o tempo todo.

— Para de fazer esses barulhos.

— Eu não estaria fazendo barulho se você não tivesse me machucado. Achei que você estava arrependido.

— Não estou mais. Você é uma ladra e roubou a minha comida, e o bacon nem está crocante do jeito que eu gosto.

Ela parou, respirou fundo por um tempo e se apoiou na pia.

— Ai, meu Deus, você é igualzinho a ele. Se você não escapar, ele vai te transformar num monstro também.

Ela bateu de costas contra a parede e escorregou até o chão. Então dormiu de novo, bem ali.

Comi meu jantar e depois a batata frita de saquinho.

Em determinado momento, ela se arrastou pelo chão até o colchão, puxou o cobertor sobre si mesma e chorou.

Eu chorei também. Que mãe horrível eu tinha. Tudo aquilo era um pesadelo.

Não conversamos pelo resto da noite, nem mesmo quando passei por ela para lavar o rosto, escovar os dentes e fazer xixi.

No meio da noite, ela me acordou, gritando:

— Me ajuda! Por favor, Deus, me ajuda!

Mas eu não queria ajudá-la nem sabia como.

— Shh! — eu disse.

De manhã, ela foi ao banheiro. Ouvi ela fazer xixi e depois encher a pia com água. Ouvi gemidos e barulho de água.

Enquanto ela estava lá dentro, me vesti e comi meu cereal.

Ela saiu do banheiro molhada da cabeça aos pés. Estava sem roupa. E continuava tremendo. Olhei para seu corpo nu, a barriga redonda e os dois seios, sacos de carne caídos em cima da barriga. Eu nunca tinha imaginado como as mulheres eram quando estavam nuas. O bumbum dela parecia normal, mas largo, e ela tinha pelos entre as pernas e debaixo dos braços. Eu não conseguia parar de olhar. Ela me viu olhando.

— Estou morrendo de calor. Não consigo colocar a roupa, está muito quente.

— Vai se vestir, sua mulher idiota.

— Aahhhhh! — gritou ela, segurando a barriga e, antes de cair no colchão, vi sangue escorrendo pelas pernas dela.

Fiquei apavorado. Não sabia como ajudá-la, mas queria que aquilo parasse.

— Para com isso — ordenei, mas ela estava chorando agora. Meu pai tinha dito que chegaria às 11 da manhã de hoje. Mas ainda eram 9h30.

— Acho que o bebê está morrendo. Acho que eu vou morrer também. — Ela estava ofegante e respirava fundo. — É isso que você quer? Você tem que falar para alguém que eu tô aqui... Meu nome é Denise Norton. Por favor, lembra disso... Eu achava que as pessoas iam vir me procurar, mas acho que já desistiram. Você é a única pessoa que sabe que eu estou aqui. Por favor, assim que você sair hoje, precisa contar pra alguém que eu estou aqui. Denise Norton. Denise Norton. Você é meu filho.

— Pra quem eu ia contar isso?

Ela então chorou de soluçar.

— Você pode correr para a estrada e contar para a primeira pessoa que encontrar.

— Não tenho permissão para sair do jardim.

— Você não entende? Se ao menos você tivesse idade para entender... nós dois somos prisioneiros. — Ela estava ficando com a respiração mais fraca. Voltou a dormir. Dava para ver o sangue se espalhando pelo cobertor. E se ela morresse? Será que meu pai ia ficar bravo comigo? Fui até a geladeira e enchi um copo com leite. Fui até ela e segurei o copo na frente do rosto dela.

— Leite é bom pra você — eu disse e tentei levantar a cabeça dela. Ela acordou um pouco e tentou beber o leite, mas a maior parte escorreu no colchão. — Você quer o meu queijo? — Abri o pacote, e ela devorou.

— Denise Norton — repetiu ela, várias vezes. — Você tem que contar pra alguém. Se eu morrer aqui, eles não vão saber quem eu era.

— Para de falar essas coisas.

— Alguém sabe que você existe? Não é normal ficar trancado atrás de um portão. Ele é um monstro. Você não percebe?

Então eu gritei e me afastei dela.

— Não é nada. Você é que é um monstro, e eu te odeio! — Tentei dar outro chute nela, mas acertei o canto da parede.

— Sabe de uma coisa? Acho que também te odeio — disse ela. — Tenho vergonha do que ele fez com você.

Meu pai chegou às 10h55. Quando ele viu a sujeira e o sangue, me mandou para o meu quarto e disse que era para eu ficar lá.

— Mas é domingo — reclamei.

— Vai pro seu quarto — rosnou ele para mim, e corri para o quarto ao lado.

Ele não disse "oi" nem me abraçou. E se ele me colocasse no quarto dela como punição por tê-la matado? E se me acorrentasse ao aro preso na parede? Passei horas e horas no meu quarto, com medo de sair, embora a porta não estivesse trancada e eu estivesse com fome. Tapei os ouvidos quando ouvi, ou pensei ter ouvido, alguns gritos abafados.

Por fim, meu pai apareceu e, pela expressão em seu rosto, tentei entender se ele estava com raiva ou não. Ele abriu a porta e se agachou para falar comigo.

— Me desculpa, rapazinho, eu não devia ter te colocado nessa situação. Prometo que nunca mais vou te deixar com ela. Achei que não ia ser justo te deixar sozinho por duas noites inteiras, mas talvez tivesse sido melhor.

— Ela morreu?

— O quê? Não. Ela teve um bebê.

— Meu irmão ou irmã?

— É uma menina. — Ele fechou a cara.

— Elas estão bem?

— Estão. Você chutou ela?

— Você disse que eu podia.

— Pois é. Acho que não me dei conta de que você chutava tão forte. Ela vai acabar ficando bem. Vamos comer alguma coisa?

Eu fiquei assistindo à televisão enquanto o meu pai cozinhava.

Eu não conseguia parar de pensar em Denise Norton e na minha irmãzinha.

— Pai, ela falou que eu morei com ela nos primeiros anos e que depois você me tirou dela. É verdade?

— Não exatamente. Eu precisava dela pra te amamentar. Você sabe o que é isso, né?

Fiz que sim com a cabeça. Meu pai tinha umas revistas da *National Geographic*. Eu tinha visto fotos.

— Mas assim que você cresceu um pouquinho, eu te trouxe pra ficar comigo. Depois disso, ela não te servia de mais nada. Eu te ensinei a ler e a escrever.

— Ela não tem livros. Você pode dar alguns dos meus livros pra ela?

Meu pai não respondeu, e, pelo jeito como fechou a cara, percebi que não tinha gostado da pergunta. Mas eu não conseguia parar de pensar. Quando meu pai serviu uma torta de carne com cebola, eu perguntei:

— Pai, o que ela fez?

Ele entendeu o que eu queria dizer.

— Coisas terríveis. Quando você estiver mais velho eu conto.

— Acho que você devia dar uns cobertores novos para ela.

Ele se aproximou e segurou minha mão.

— Peter, ela é uma vadia nojenta e agora botou no mundo outra vadia nojenta. Elas não merecem a sua consideração. Eu queria que você tivesse uma mãe melhor.

Assenti, ansioso.

— Eu também. — Então: — O que é uma vadia?

— Uma cachorra — respondeu ele e riu, então fez cócegas em mim, e eu ri também.

— Ela disse que eu era um prisioneiro que nem ela. Isso é verdade, pai?

— Claro que não, você é tão importante para mim. Quero que você fique seguro.

— Você quer que ela fique segura também?

—Ah, Peter, você viu como ela é. Você ia gostar que ela ficasse andando pela casa com a gente?

— De jeito nenhum!

— Pois é. Agora esquece ela. Sinto muito que você teve que passar por isso. Não vai acontecer de novo. — Fui até o meu quarto e anotei a data na parede atrás da minha cama com um giz de cera. *15 de setembro de 1974*. Não sei por que fiz isso, mas é uma data que nunca esqueci.

Nas semanas seguintes, tentei esquecer a vadia e o bebê. Às vezes, à noite, quando tudo ficava em silêncio, eu ouvia o bebê chorando no quarto ao lado. E ouvia meu pai entrando para dar comida e outras coisas.

Eu tinha muito mais perguntas para ele, sobre por que eu não ia à escola, e por que não podia ter amigos, e por que não tinha permissão para passar do portão de casa, mas meu pai ficou triste quando eu fiz essas perguntas. Disse que achava aquilo muito desolador e que ele estava fazendo o melhor que podia.

*

Meses depois, eu trouxe o assunto à tona de novo.

— Eu queria poder ir pra escola e conhecer outras crianças. Na televisão, as crianças estão sempre brincando juntas. No zoológico, naquele dia, tinha um monte de crianças e famílias, igual na televisão.

Desta vez, ele balançou a cabeça e me chamou para sentar ao seu lado.

— Eu não queria te contar isso até você ter um pouco mais de idade, Peter, mas você tem uma doença.

— Como assim?

— Chama-se contágio hominídeo necrótico. Se você tocar outra pessoa, pode ficar doente e morrer, uma morte dolorosa. Lembra quando fomos ao zoológico? Eu não soltei a sua mão nem por um momento. É muito perigoso para você. Você não pode jamais se misturar com outras pessoas. É a única maneira que eu tenho de salvar a sua vida. Foi por isso que tive que deixar você com ela, quando viajei a trabalho. Você não pode pegar a doença dos seus pais. Não tem mais ninguém com quem eu possa deixar você. Eles podem te matar.

— Mas e quando eu crescer?

— Não sei. Espero que surja algum tratamento, mas não existem muitas pesquisas sobre essa doença no momento.

— O que acontece se eu tocar em outra pessoa?

— Aos poucos, você vai virando pedra, igual na história da Medusa. Lembra? A mulher com serpentes no cabelo? É uma morte angustiante. Quem olhava para ela virava pedra. Mulheres e meninas são particularmente perigosas, sabe, mas tocar qualquer pessoa colocaria você num risco considerável.

Isso explicava por que meu pai tinha ficado tão triste quando fiz todas aquelas perguntas.

— Então eu vou ficar aqui pelo resto da minha vida?

— Meu pobre menino, vamos ter dias especiais, no seu aniversário, mas precisamos ter muito cuidado. Você é feliz aqui, não é?

— Às vezes eu me sinto sozinho.

— E é por isso que você tem livros escolhidos especialmente para você no seu quarto. Você pode ter aventuras extraordinárias com Homero, ou escalar montanhas com Sir Edmund Hillary, e pilotar um avião como o Biggles.

— Meus livros preferidos são os que têm crianças que são amigas umas das outras.

Ele bagunçou meu cabelo com carinho.

— Você lê muito bem para uma criança da sua idade. Infelizmente, seu gosto não acompanhou.

— Então... Eu vou ficar aqui pelo resto da minha vida, com você?

— Vamos viver um dia de cada vez. Nunca se sabe quando pode surgir a cura.

— E a minha irmã?

Ele tirou as mãos das minhas.

— O que tem ela?

— Eu morreria se tocasse nela? Ela não pode vir morar com a gente?

— De jeito nenhum. Todas as mulheres são perigosas.

— Até as bebês?

Ele não respondeu. Eu não perguntei mais nada.

23

Sally

Entre o final de um ano e o início do outro, li todos os documentos e ouvi todas as fitas. Algumas das anotações do meu pai eram registros médicos, mas outras eram como um diário pessoal. Não havia mais nenhuma menção a Toby. Os registros confirmavam que meus pais moraram comigo e com Denise numa unidade especializada no Hospital St. Mary e que ficavam de plantão o tempo todo. Éramos um enigma psiquiátrico. Nunca houvera um caso como o nosso na Irlanda. Meu pai se correspondia com psiquiatras nos Estados Unidos, mas nenhum dos casos americanos correspondia exatamente ao meu e ao da minha mãe biológica. Meu pai foi avisado que talvez fossem necessários anos de trabalho para desfazer o dano e foi aconselhado a prosseguir lentamente.

Denise era sedada à noite, mas, mesmo sob sedação, não me soltava. Ela, por fim, começou a falar mais e logo aprendeu a ler palavras mais compridas, junto comigo. Uma psicopedagoga entrou para a equipe de apoio, mas admitiu que era difícil ensinar mãe e filha ao mesmo tempo, pois eram uma distração constante uma para a outra.

Certa vez, meus pais tiraram uma semana de férias da unidade. Quando voltaram, foram três semanas até Denise ou eu falarmos com eles novamente.

Meu pai tentou "de tudo que se pode imaginar" para que Denise falasse com ele ou com minha mãe sobre Conor Geary, mas ela chorava, o que também me fazia chorar, ou ficava em silêncio e puxava o cabelo. Meu pai perguntou se mais de um homem a havia atacado e a forçado a fazer coisas que ela não gostava com o corpo. Nessa ocasião, ela ficou em silêncio completo, embora a fita sugerisse que ela tenha negado com a cabeça.

Meu nascimento tinha que ser registrado oficialmente, e meus pais precisaram decidir o dia em que eu nasci. Eles escolheram 13 de dezembro de 1974. Tentaram organizar uma festinha para o meu aniversário de 6 anos com a equipe toda, mas Denise não gostou da cantoria, e eu não entendi o conceito de soprar velas num bolo. Meu pai suspeitava de que Conor Geary tenha nos ameaçado em algum momento com fogo. Denise gritou e jogou o bolo na parede. Ainda bem que não me lembro desse aniversário.

Ler sobre minha mãe biológica era... estranho. Ela era nervosa, agressiva e violenta. Era incapaz de falar sobre as experiências terríveis que sofrera, ou não estava disposta a isso. Era evidente que meu pai estava frustrado com ela. Ela não entendia que ele estava ali para ajudá-la. E não demonstrava sinal nenhum de afeição ou leveza, exceto comigo. Dava para ver pelas anotações que, quanto mais tempo ele passava com Denise, menos gostava dela.

Por fim, ele decidiu que Denise e eu precisávamos ser separadas. Eu tinha começado a progredir e já não estava mais sussurrando. Começara a demonstrar "sinais normais de curiosidade" condizentes com a minha idade. Àquela altura, Denise às vezes soltava a minha mão, e, nas sessões no consultório do meu pai, ela me deixava brincar com os brinquedos, num canto, mas nunca tirava os olhos de mim. Após conversar com os outros membros da equipe, ele concluiu que eu jamais me desenvolveria naturalmente sob a sombra de Denise. Eu copiava os comportamentos violentos e agressivos dela com frequência. O plano era tentar uma separação durante a noite, quando estivéssemos dormindo. Os pais de Denise deram permissão, embora não fosse tecnicamente necessário. Ela estava sob a curatela do tribunal.

No dia 15 de maio de 1981, Denise foi fortemente sedada. Estávamos na unidade havia mais de um ano. Denise tinha acabado de completar 26 anos. Eles me colocaram com Jean, num quarto separado, contíguo ao da minha mãe biológica, e arrumaram uma cama de puxar para uma enfermeira no quarto de Denise. Meu pai dormiu no andar de cima. A enfermeira Crawley recebera orientação para, caso fosse necessário, dar mais sedação a Denise durante a noite, mas ela não deveria, em hipótese alguma, deixar que nós nos reaproximássemos.

Todos os membros da equipe estavam em alerta máximo, mas meu pai disse que ninguém poderia ter previsto o que aconteceu. Meus pais passaram a maior parte da noite acordados, mas meu pai acabou dormindo por volta das 5 da manhã. Às 5h30, Denise começou a gritar. Meu pai não interveio. Vinte minutos depois, a enfermeira começou a gritar. Quando ele entrou no quarto, Denise já estava meio morta. Ela bateu a cabeça repetidas vezes na parede com tanta força que sofreu uma hemorragia cerebral. Minha mãe biológica morreu no hospital um pouco mais tarde naquela manhã, sem ter recobrado a consciência. A enfermeira tentou contê-la ao máximo, mas Denise tinha uma força sobre-humana. A enfermeira Crawley ficou arrasada, assim como meus pais.

Foi instaurado um inquérito. Meu pai foi absolvido, embora tenha expressado uma culpa terrível. Ele escreveu que, ainda que devastados, os pais de Denise talvez tenham ficado aliviados. As visitas dos últimos catorze meses tinham sido extremamente difíceis para eles e se tornaram cada vez menos frequentes com o passar do tempo. O pai de Denise havia desistido de vê-la. Denise via todos os homens adultos como uma ameaça. A filha deles se fora muito antes de morrer. Ela nunca permitira que a mãe a segurasse ou a abraçasse. Esquivava-se do pai. Meu pai era o único homem que ela via. Em retrospecto, meu pai achou que eles deveriam ter nomeado uma psiquiatra mulher para cuidar do caso Norton, mas ele era o único profissional com a experiência adequada para lidar com pacientes profundamente traumatizados na época e nos abraçou como um projeto especial. Tia Christine comentou que os homens tomavam todas as decisões naquela época.

Jean passou a cuidar diretamente de mim e do meu desenvolvimento. Na manhã da morte da minha mãe, eu também havia acordado e lutado para entrar no quarto de Denise. Vi seu corpo inconsciente e a cabeça ensanguentada. Jean me agarrou e me abraçou e tentou me acalmar, mas eu chutei, gritei, lutei e escapei de seu abraço e me enrolei junto da minha mãe moribunda até que a ambulância veio levá-la.

Mal comi ou falei nos primeiros três meses após a morte de Denise. Os pais dela não vieram mais fazer visitas. Não queriam me ver. Declararam oficialmente que não me levariam para casa se eu fosse liberada. Fiquei sob curatela judicial. Aos poucos, fui me apegando mais a Jean; não em um sentido físico, mas eu confidenciava minhas preocupações a ela. Falei que a minha mãe tinha ido com o Toby e que eu tinha medo de ficar sozinha. Meu pai registrou algumas sessões individuais comigo e, com o tempo, "apesar das deficiências de Mary", ele especulou que eu poderia ser reabilitada.

O Conselho de Saúde emitiu um comunicado à imprensa anunciando que Denise Norton havia cometido suicídio, o que era uma tragédia. Não foram dados detalhes das circunstâncias. Os nomes da minha mãe e do meu pai também não foram divulgados. Os jornais da época diziam que Conor Geary agora tinha uma morte nas mãos. Era como se ele tivesse assassinado Denise.

Mesmo tendo sido inocentado pelo inquérito, meu pai sabia que sua reputação no pequeno campo da psiquiatria irlandesa estava irremediavelmente manchada. Por acordo mútuo, ele renunciou ao cargo.

A ideia de me adotar foi da minha mãe. Meus pais estavam casados havia cinco anos, e minha mãe tinha problemas de fertilidade. Ela não podia ter filhos. Meu pai viu naquilo uma chance de se redimir comigo. Em suas anotações, ele disse que me criar poderia "amenizar a vergonha" que sentia pela morte de Denise. Após uma consulta com o Conselho de Saúde e com o Conselho de Adoção, ficou decidido que eles podiam me adotar formalmente. "Foi como se uma porta tivesse sido aberta", escreveu meu pai. "Jean e eu éramos os únicos adultos aos quais Mary respondia e, apesar da forma como conduzi o caso da mãe dela, eu ainda era um psiquiatra sênior com diploma de medicina válido. Jean tinha especialização em clínica geral. Quem melhor para cuidar de uma criança tão problemática?" Foi assim que ele se referiu a mim. Uma criança problemática.

Minha mãe havia se candidatado para assumir um consultório de clínica médica no condado de Roscommon, e meu pai iria parar de atender e passar a trabalhar com pesquisa, em casa. Os documentos da adoção foram assinados em 30 de novembro de 1981. Recebi um novo nome: Sally Diamond. Renasci e me mudei para Roscommon com meus novos pais.

Eu queria ter as anotações da minha mãe daquela época. Vasculhei a casa em busca de qualquer coisa que ela tivesse escrito, mas me lembro do meu pai destruindo um monte de coisas no incinerador, depois da morte da minha mãe.

Quando terminei de ler, dei as anotações do meu pai para Angela ler também. Ela disse que as achou extremamente perturbadoras. Eu fiquei fascinada. Era como ler ou assistir a um documentário sobre a vida de alguém num lugar distante, num tempo distante.

Eu queria saber onde Conor Geary estava. "S" tinha que ser ele. "S" sabia quem eu era e onde eu estava e esteve na minha vida desde o meu nascimento até os meus 5 anos. A polícia comparou a caligrafia na nota curta assinada como "S" com a de Conor Geary em arquivos odontológicos de quase quarenta anos antes e não encontrou semelhanças, porém quem mais poderia ser? Eu sabia que ele devia estar vivo.

Não queria mais nada com o Toby agora.

Em fevereiro de 2018, comecei a fazer psicoterapia intensiva com Tina, uma psicoterapeuta em Roscommon. Ela era um pouco mais velha do que eu e tinha cabelos escuros que estavam começando a ficar grisalhos nas têmporas. Tina usava um batom laranja e esmalte branco. Nós nos sentávamos em poltronas que combinavam. Desde a primeira sessão, ela insistiu para que eu a olhasse no rosto ao falar com ela. As primeiras consultas foram difíceis. Como eu me sentia em relação a isso, a aquilo e aquilo outro?

— Bem — eu dizia.

— Bem não é uma emoção.

Comecei a explorar minhas emoções. Descobri que sentia raiva, que me sentia ressentida, magoada e ansiosa, além de agradecida, afetuosa, gentil, atenciosa e solitária. Tina disse que a principal questão para mim era confiança, mas que, dada a minha formação, isso era totalmente razoável. Gostei disso. Eu era razoável.

Em março, a polícia entrou em contato. O Ministério Público não ia me processar por descarte ilegal de restos humanos. A queixa contra mim fora retirada. Eu não estava preocupada com aquilo. A detetive Howard ficou chocada quando eu disse isso a ela.

— Você não estava preocupada por ter acusações criminais pairando sobre você?

— Na verdade, não. Quer dizer, foi um simples mal-entendido. Muito obrigada.

— A decisão não foi minha. Você tem que agradecer ao seu advogado.

— Vou escrever para ele hoje à noite.

Howard também me informou que o urso havia finalmente sido examinado pela perícia. Apesar da nossa limpeza, eles conseguiram encontrar esporos de pólen na costura das costas. Descobriu-se que o pólen era nativo de flores cultivadas apenas na Ilha Norte da Nova Zelândia. A caixa de sapatos era de uma loja de Wellington. A caixa tinha entre 8 e 10 anos. A polícia ia reabrir o caso arquivado do desaparecimento de Conor Geary e agora a Interpol estava envolvida nas buscas. Uma fotografia do meu pai biológico tirada 43 anos antes foi distribuída e publicada em jornais da Nova Zelândia e da Irlanda.

Todos os arquivos e as fitas do meu pai foram levados, embora eu tenha recebido cópias de tudo.

Seguiu-se uma nova onda de atividade mediática. Mais telefonemas e cartas de jornalistas internacionais. Eu desligava o telefone ou batia a porta na cara deles. Martha criou um grupo de WhatsApp do vilarejo para dissuadir os jornalistas de me procurarem. E dar pistas falsas sobre onde eu estava e o que andava fazendo.

Concluí o curso de informática no final de junho de 2018. Havia cinco pessoas na minha turma. Todos sabiam exatamente quem eu era, mas eram muito mais velhos do que eu. Quando começaram a me fazer perguntas, fiquei ansiosa. Tina sugeriu que eu dissesse a verdade: eu não tinha memória do sequestro nem de nada daquela época. Funcionou. Meus colegas perderam o interesse e passaram a me tratar normalmente. Toda semana, um aluno da turma levava um bolo. Na minha vez, fiz o brownie do meu livro de receitas da Delia Smith. Todo mundo falou que estava uma delícia.

Sob a orientação de Tina, tentei conversar com eles antes e depois das aulas. Fiquei surpresa com o quanto queriam falar, sobre os netos viciados em drogas, as unhas do pé encravadas, os descontos da semana no supermercado popular. Eu não tinha muito o que dizer, mas eles não pareciam perceber, e eu não me importava de ouvir. Eles riam muito. Eu raramente sabia do que estavam rindo, mas acho que não era de mim.

Agora eu tinha um e-mail e podia procurar o que quisesse no Google. Eu via o jornal toda noite na televisão e tirei meu título eleitoral. Eu me livrei do telefone fixo e aprendi a usar o celular.

Na biblioteca, encontrei vários artigos antigos de jornal sobre Conor Geary. Ele era comparado ao lorde Lucan, um aristocrata que matou uma babá e depois desapareceu da face da Terra. Havia sites sobre *true crime* que especulavam para onde ele tinha ido e o que havia acontecido comigo, todos eles agora atualizados com a notícia de que eu havia incinerado meu pai e fotos minhas no dia do enterro.

Havia fotos antigas, em preto e branco, do pequeno anexo onde morávamos. Os trincos do lado de fora das portas, a janela coberta com tábuas. O vaso sanitário e a pia de aspecto sombrio. O colchão com os cobertores finos. Meu quartinho vazio. Eu não me lembrava de nada daquilo. Antigos pacientes do consultório odontológico de Conor Geary o descreveram como quieto e antissocial. "Ele ficava na dele", disseram.

24

Peter, 1980

Passaram-se anos. Eu perguntava constantemente ao meu pai se tinham descoberto uma cura para a minha doença, mas ele sempre fazia que não, meio triste. Como eu já tinha 12 anos, ele explicou melhor a doença. Eu não ia virar pedra, mas tocar alguém que não fosse meu parente faria a minha pele apodrecer até o osso, e o tecido necrótico iria se espalhar depressa por todo o meu corpo até chegar aos órgãos internos. Eu iria basicamente me decompor de fora para dentro, e a dor seria terrível. Meu pai achava que o processo seria rápido, mas, quando perguntei se ele queria dizer cinco minutos ou dez horas, ele falou que eu não devia pensar nisso.

Tive outros Dias Especiais, mas fiquei apavorado quando fomos ao circo, não pelos leões, mas pelas crianças e pelos pais que se sentaram ao meu lado. Subi no colo do meu pai, mesmo sendo velho demais para isso, e ele me enrolou no casaco dele. As outras crianças riram de mim.

Saber da minha doença me dava pesadelos. Eu implorava ao meu pai que passássemos os nossos Dias Especiais sozinhos, então ele alugou um projetor e assistimos a filmes de caubói numa tela grande. Numa outra vez, ele comprou um catálogo de livros, e eu podia escolher quantos quisesse. Escolhi livros sobre Neil Armstrong, a Segunda Guerra Mundial e uma enciclopédia ilustrada de dinossauros. Meu pai achou que foram ótimas escolhas. O melhor dia de todos foi quando saímos de casa a pé e fomos andando por uma estrada comprida e sinuosa até um trilho do trem. Debaixo da linha do trem havia um túnel que dava numa praia e no mar. Meu pai tinha comprado um calção de banho para mim. Nós nos sentamos numa toalha na areia grossa com cascalho, então meu pai disse que podia me ensinar a nadar. Notei que ele tinha umas marcas estranhas na barriga e nos ombros, mas, quando perguntei o que eram, ele apenas balançou a cabeça, e eu sabia que queria dizer que não era para falar daquilo.

Gritei quando meus dedos tocaram a água fria, e meu pai me carregou nos ombros e depois me baixou devagar na água, enquanto eu gritava de susto e animação.

— Peter! Para de gritar feito uma menina.

Esse sempre foi o pior insulto que meu pai podia me fazer, e cheguei a chorar um pouco, mas a água salgada disfarçou as lágrimas, e logo estávamos jogando água para cima, e eu estava mergulhado até o pescoço, rindo com meu pai. Aprendi a nadar naquele dia. Fiquei boiando de costas, olhando as nuvens se movendo no céu mais azul. Depois, voltamos para a areia, nos secamos com as toalhas e nos sentamos. Ninguém se aproximou de nós, e foi normal. Perguntei se podíamos fazer aquilo todo ano, e ele disse "claro que sim", e me senti o menino mais sortudo do mundo.

Pouco depois do meu aniversário de 8 anos, meu pai parou de me trancar no quarto quando saía para trabalhar. Eu comecei a ajudar na cozinha. Meu pai renovava meus livros com frequência, de modo que eu só tinha dois ou três de cada vez. Ele disse que eu estava grande demais para os brinquedos, e, quando eles sumiram junto com as roupas que tinham ficado pequenas, eu me perguntei se todas essas coisas tinham ido para a minha irmã, no quarto ao lado. Meu pai tinha uma regra rígida de que eu devia manter os meus pertences no meu quarto. Eu não tinha muita coisa, só livros, roupas e cadernos, e alguns soldados de brinquedo que eu escondia, porque tinha medo de que meu pai dissesse que eu era velho demais para eles.

Comecei a perceber que a nossa vida não tinha nada de normal, não só a minha e a do meu pai, mas também as das duas no quarto ao lado. Eu as ouvia o tempo todo, andando pelo quarto. Ouvia meu pai visitando-as à noite. O som era sempre abafado, e eu nunca distinguia as palavras. O fantasma gritava muito, e a criança chorava muito. Já tinha lido centenas de livros, e ninguém nas histórias vivia igual a nós, nem como minha mãe e minha irmã. Perguntei isso ao meu pai. Por que eu não podia dormir num dos quartos do segundo andar? Por que eu tinha que dormir no quarto do anexo, do lado dela? Por que ele não tinha amigos? Por que não tínhamos telefone? Ele disse que tinha muitos amigos, que via todo dia no trabalho. Perguntei como era o trabalho de dentista, o que ele fazia exatamente, e ele explicou sobre obturações e próteses. Meus dentes estavam em excelente estado, porque eu era muito cuidadoso e escovava logo pela manhã, depois do jantar e antes de dormir. Perguntei se ele não queria ir ao bar com os amigos depois do trabalho. Ele respondeu que não consumia bebida alcoólica e que preferia não me deixar sozinho em casa por mais tempo do que o necessário. Perguntei por que não havia outras mulheres loucas e perigosas trancadas, e ele me deu um livro chamado *Jane Eyre*.

— Foi escrito por uma mulher, mas você vai entender o que eu quero dizer.

De fato, Bertha Mason era aterrorizante, mas Jane era simpática. Nunca tinha lido livros sobre mulheres. Denise Norton não tinha tentado me machucar, eu falei, então meu pai disse:

— Eu nunca quis ter que te contar isso, mas... — Ele levantou o suéter e havia uma cicatriz cruzando toda a sua barriga. — Ela me esfaqueou.

Ele me lembrou dos hematomas e dos olhos roxos com que aparecia às vezes pela manhã. Na época ele me dizia que era desastrado, mas, naquele momento, admitiu que era ela quem infligia os ferimentos. Ele abaixou a gola da camisa e me mostrou o mais recente, uma marca de mordida no ombro. Ele era como o pobre Sr. Rochester no livro. Fiquei chocado e tive certeza de que nunca mais queria ver a minha mãe.

Depois ele me deu *Medeia* e *Macbeth* para ler.

— Tá vendo o que ela obrigou ele a fazer? Ele era um homem fraco. É por isso que um homem tem que estar no comando. Temos que mostrar a nossa superioridade.

Perguntei ao meu pai por que ele não mandava prender a minha mãe. Ela poderia ir para a cadeia ou para um hospital psiquiátrico. Ele me encarou por muito tempo e depois respondeu:

— Eu não ia ser capaz de colocar minha própria mulher na cadeia. Ia ser cruel demais. Você não tem ideia do que acontece nesses lugares. — Se a Denise não servia para nada, por que meu pai não a deixava ir embora? — Um homem tem suas necessidades. — Foi tudo o que ele me ofereceu como resposta.

— Pai, ela disse que está aqui desde que tinha 11 anos. Isso é verdade? Você se casou com ela quando ela tinha 11 anos?

Ele jogou a cabeça para trás e riu.

— Ela é tão burra que nem sabe quantos anos tem.

— Quantos anos ela tem? Ela não tem dentes, então deve ser velha.

— Exatamente. — Ele sorriu para mim.

Eu estava começando a descobrir por mim mesmo quais seriam as necessidades de um homem. Eu tinha uma certa reação quando via meninas bonitas na televisão e sabia que tinha algo a ver com meu pênis, porque, quando estava sozinho na minha cama e pensava naquelas meninas, não conseguia deixar de brincar comigo mesmo, resultando no que uma das enciclopédias chamava de "ejaculação". Eu fazia até dormindo. Tinha medo de perguntar ao meu pai sobre isso. Não sabia qual seria a reação dele. Ele havia comentado de passagem alguns meses antes que masturbação era contra as leis de Deus. Eu não sabia o que aquela palavra significava na época, mas agora tinha certeza.

Guardei minha nova descoberta só para mim, mas achei uns livros de anatomia humana na biblioteca do meu pai, com desenhos de homens e mulheres nus, e setas apontando para as várias partes do corpo. Eu estava na puberdade. A única mulher nua que eu já tinha visto era minha mãe idiota. Vulva e vagina foram as palavras que ficaram na minha mente. Aprendi como os bebês eram feitos. Meu pai colocou o pênis na vagina e na vulva dela e plantou sua semente nela. Por que ele faria isso se a odiava e se sentia tanta aversão a ela? Ele deve ter feito isso duas vezes. "Um homem tem suas necessidades", foi o que ele dissera. Agora eu entendia.

Essa não foi a única coisa que mudou naquele ano. Tudo mudou. Numa tarde de primavera, eu estava na minha mesa, na sala de estar, estudando textos gregos quando, da minha janela, vi um homem pular o mato junto do muro alto, do lado esquerdo do jardim. Levei um susto. Nunca tinha visto ninguém entrar na nossa casa antes sem que isso tivesse sido combinado previamente. Às vezes, vinha alguém abastecer o tanque de óleo do sistema de aquecimento que ficava nos fundos do jardim, e meu pai me aconselhava a ficar no meu quarto. Nesses dias, ele dizia que tinha que amordaçar Denise Norton e a criança, para que não fizessem barulho. Ele explicava que era uma vergonha ter uma esposa louca e uma filha burra. Elas eram o "nosso segredo". Era estranho. Para quem eu ia contar alguma coisa?

O homem tinha cabelo comprido, estava de calça jeans e uma jaqueta preta, e esgueirou-se pelas árvores altas na lateral do nosso terreno, então, disparou na direção dos fundos da casa, correndo agachado. Um ladrão!

Saí de fininho da sala a tempo de ouvir o barulho de vidro quebrando. Corri até o anexo, para me trancar no meu quarto, mas, antes de chegar até lá, ouvi ela gritando, mais alto do que nunca. Devia estar deitada no chão, gritando pelo vão do pé da porta.

— Meu nome é Denise Norton, eu fui sequestrada! Estou trancada aqui. Meu nome é Denise Norton. Por favor, arromba a porta! Me deixa sair!

Ouvi um barulho na cozinha, depois corri para a janela da sala de estar de novo. O homem deve ter saído pela mesma janela, e, enquanto corria pelo gramado, dava para ver sangue jorrando da mão dele. Ele se enfiou na cerca viva e pulou o muro. Corri de volta para o anexo. Ela ainda estava gritando o nome repetidas vezes. Eu já sabia onde meu pai guardava a chave e fui até o armário da cozinha para buscá-la, dentro da caneca. Quando abri a porta, ela estava se esticando na direção dela, ainda acorrentada pelo tornozelo, segurando a criança pequena pela mão.

— Ah, graças a Deus! — disse ela, soluçando, então parou abruptamente. — É você? Peter? Achei que eram os passos de outra pessoa. Você está tão alto.

Ela contorceu o rosto, e lágrimas silenciosas escorreram por sua face. Olhei para a menina ao seu lado, que me observava por trás do quadril da mãe. Estava em silêncio, e era magra também, tinha olhos enormes, mas era mais pálida do que qualquer outra criança que eu jamais vira. A pele era quase azul. No outro braço, ela estava segurando o meu urso, Toby. Denise estava mais limpa do que na última vez que a vira. Continuava magra, mas sem a protuberância na barriga. Estava usando um pijama velho do meu pai. O cabelo, embora limpo, estava escorrido pelas costas, amarrado com um pano. Olhei para o quarto. Ela tinha um abajur com uma luz forte agora, e, em cima da prateleira da geladeira, havia algumas batatas e maçãs. Ela tinha três cobertores, e o colchão parecia um pouco mais novo do que aquele do qual eu me lembrava. Desta vez, não havia hematomas visíveis.

— Peter... — Ela arfou ao tentar pronunciar as palavras. — Ele está aqui? De quem eram aqueles passos? Não era você, nem ele. E ouvi um barulho de vidro quebrando. O que aconteceu?

Dei um passo para atrás. Ela estendeu os braços para mim.

— Por favor, fica, por favor. Você precisa conhecer a sua irmã, Mary. — Parei e olhei de novo para a menina. A mãe continuou balbuciando: — Eu prometo que não vou fazer perguntas. Devo ter me enganado sobre os passos. Desculpa. Nunca mais vou fazer isso. Não conta pra ele. — Avancei e tomei o urso das mãos da menina. Ela começou a chiar e a chorar. A mãe então levantou a voz. — É o único brinquedo que ela tem. É a única coisa que ela tem. Peter!

Andei de costas na direção da porta.

— Por favor, não conta pra ele! Ele vai me matar dessa vez. Ele vai matar a sua irmã! — Ela caiu de joelhos.

Eu estava mais forte agora do que no nosso último encontro. Dei um chute e acertei o rosto dela.

— Não fala comigo.

— Ai, meu Deus — exclamou ela, enquanto o sangue escorria do nariz. — Você é igual a ele. Ele vai me matar e você nem liga. — Fiquei chocado com o sangue, chocado com o que tinha feito. Eu me virei e fui embora, trancando a porta ao sair.

Peguei o urso, passei por cima do vidro quebrado e voltei para o meu quarto. Guardei o urso debaixo do meu travesseiro e fiquei de vigia, observando a cerca viva, até meu pai chegar em casa.

Meu pai ficou furioso quando contei o que tinha acontecido. Ele me fez repetir cada parte do incidente, palavra por palavra.

— Tem certeza que ela falou o nome dela?

— Tenho, falou várias vezes. Ela ficou gritando.

— Você acha que ele ouviu?

— Com certeza.

Eu nunca o tinha visto tão zangado.

— Tô fodido! Aquela puta desgraçada. O ladrão vai contar pra alguém. — Então ele subiu correndo para o segundo andar e gritou para eu arrumar uma mala. Eu nunca o tinha ouvido usar aquele palavrão antes. Eu não tinha mala. Fui atrás dele, até o seu quarto, no segundo andar, e o encontrei vasculhando as gavetas freneticamente.

— Para onde a gente vai? — perguntei, com a voz trêmula.

— Não importa.

— Eu levo o quê?

Ele jogou uma mala de pano na minha direção. Quase bateu na minha cabeça.

— Para de choramingar que nem uma menina. Leva o que você vai precisar... Não, espera, leva tudo o que você tem. Não deixa nada pra trás. Não fica aí parado. Anda logo!

Corri para o meu quarto.

— Quanto tempo a gente vai ficar fora? — gritei.

— Muito tempo.

Eu não tinha ideia de quanto tempo isso significava. A mala era pequena. Revirei o quarto. Eu tinha três mudas de roupa, quatro livros, três cadernos. Hesitei, então peguei Toby de baixo do travesseiro e o enfiei no fundo da mala. Eu não tinha falado para o meu pai que havia pegado o Toby. Minha intuição dizia que ele não ia gostar. Não havia mais nada no meu quarto. Torci para estarmos indo para um lugar que tivesse uma cama maior, porque, nesta, meus pés já estavam sobrando para fora do colchão.

— Anda! — chamou meu pai. — Entra no carro.

Abri a porta da frente e, enquanto corria na direção do carro, vi meu pai atravessar o corredor na direção do anexo. Em seguida a ouvi gritando, e ele rugindo, e a criança chorando.

25

Sally

Conor Geary tinha 45 anos quando fugiu da Irlanda, em 1980. Ele tinha 31 quando sequestrou minha mãe, aos 11 anos, em 1966; e 39 quando eu nasci, em 1974. Ele teria 83 anos hoje. Ele tinha uma irmã, Margaret, que era tecnicamente minha tia. A polícia me falou que ela morava na casa de Killiney, onde Denise e eu ficamos presas.

Eu queria falar com ela. Em junho de 2018, mandei uma carta para o infame endereço.

Ela respondeu imediatamente. Queria me conhecer, se explicar e pedir desculpas. Em agosto, Margaret veio almoçar comigo e com tia Christine, em Roscommon.

Nós éramos parecidas. Ela fechava as mãos em punhos da mesma forma que eu.

Ela chorou durante o almoço inteiro de um jeito muito irritante. Eu tinha que ficar pedindo para ela repetir o que havia dito enquanto assoava o nariz. Tia Christine sussurrou que eu devia ter paciência.

— Desculpa — eu disse para Margaret. — Tenho problemas de desenvolvimento emocional por causa dele. Aliás, não posso te chamar de tia Margaret. Não parece certo.

— Eu entendo. Você não precisa explicar. — Margaret disse que tinha muita vergonha do irmão. Ela admitiu que eles tiveram uma educação estranha. — A nossa mãe era muito severa com o Conor. Não estou justificando o que ele fez, mas a infância dele não foi fácil. O nosso pai morreu quando éramos crianças, e parecia que ela esperava que ele assumisse o lugar do pai... em todos os sentidos. E ele se voltou contra mim. Ele era... agressivo comigo, do jeito que ela era agressiva com ele. Só quando saí de casa foi que percebi como a nossa criação era deturpada, como aquilo era... perverso. Nunca entendi por que ele também não foi embora. Passei uns anos no Canadá, trabalhando como babá, e quase nunca voltava para casa. Eu costumava escrever, mas nenhum dos dois respondia, até que o Conor escreveu para me dizer que a minha mãe tinha morrido. Eu tinha só 27 anos.

Conor herdou a casa da família, e Margaret ficou sem nada. Conor se recusou a vender a casa e dividir o dinheiro com ela. Ela voltou para o Canadá depois do enterro da mãe com muito pouco. Eles ficaram anos sem se falar, até que o crime foi descoberto.

— Depois que o Conor fugiu, a casa ficou vazia por muito tempo. Fiquei com medo de voltar, por causa da atenção da imprensa. Acabei voltando para a Irlanda de vez em 1990 e arrumei um emprego como gerente de uma casa de repouso, perto de casa. Eu tinha ganhado um dinheiro no Canadá. Não o suficiente para reformar a casa toda, mas o bastante para demolir o anexo onde você e a sua mãe ficaram presas. A minha vida acabou. Como eu ia fazer amigos, ter relacionamentos? Assim que descobriam quem era o meu irmão, as pessoas saíam correndo.

— Por que você voltou pra casa então? Por que não ficou no Canadá?

— Não sei, sempre tive uma vontade muito grande de voltar. Foi só quando fiz as malas e voltei que percebi que não tinha nada para mim aqui.

— Isso é muito triste, o número de vidas que o seu irmão destruiu — comentou tia Christine.

— Mas, se ele não existisse, eu nunca teria nascido — argumentei.

Tia Christine e Margaret se olharam e sorriram.

— Do que vocês estão sorrindo?

— É um ponto de vista único — comentou tia Christine. Aquele era o tipo de resposta que me irritava.

Margaret disse que abraçara a Igreja e que encontrava consolo em Deus. Ela agora tinha amigos num grupo de oração. Disse que eu era bem-vinda na antiga casa, mas a ideia me deixou enjoada. Fiquei sabendo que Conor Geary tinha ganhado muito dinheiro como dentista. Ele nunca teve que pagar aluguel nem o financiamento da casa, então tinha bastante na conta bancária, antes de sacar tudo e fugir, para recomeçar a vida onde quisesse. Eu parecia com a família dele, não havia dúvida disso. Eu também era antissocial e tinha poucos amigos. Talvez eu tenha herdado essas características dele?

Tia Christine era extremamente gentil. Ela vinha me visitar e dormia lá em casa sempre, e me levou duas vezes para sua grande casa vitoriana em Dublin, onde me hospedou com ela e tio Donald. Ele era quieto e frágil, e, embora ela dissesse que os dois tinham a mesma idade, parecia muito mais velho.

Eles tinham um piano em casa. Pela poeira, dava para ver que não era usado havia muito tempo, mas eles gostavam quando eu tocava. Donald se ajeitava para ouvir e dizia que era "relaxante".

Eu estava fazendo o possível para desenvolver minhas habilidades sociais em Carricksheedy. Fui ao bar do vilarejo com minha antiga amiga da escola, Stella, e fomos ao cinema, em Roscommon, no outono, mas, mesmo com o protetor de ouvido, o barulho e a intensidade foram demais para mim. Tive que sair no meio do filme. Stella não se importou. Nem dava mais para notar a gagueira dela.

Ela me mostrou fotos dos filhos, do marido e do cachorro. Stella sugeriu que eu arrumasse um cachorro para me fazer companhia. Eu não estava muito certa de que ia querer uma companhia que fizesse cocô onde bem entendesse e que depois não fosse capaz de limpar. Stella diz que eu sou engraçada. Eu acho que ela que é. Ela me mandou uns romances para eu ler. Eram histórias bem escritas, mas eu tinha dificuldade de me relacionar com elas. Stella acha que eu devia começar a namorar. Não falei que ela é engraçada? No meu aniversário, ela me mandou um cartão, um cachecol de lã e um gorro. Eram macios e quentes. Eu tinha 44 anos agora.

Martha também era gentil. Era sempre direta comigo, quando eu falava coisas que não eram apropriadas. Pedi a ela que apontasse esses erros. Tina achou a ideia ótima. Eu já não presumia que as pessoas queriam dizer exatamente o que tinham dito. "Ler nas entrelinhas" era algo que eu colocava em prática todos os dias.

Fui jantar na casa da Martha algumas vezes, e, toda vez que via Udo, ele me ensinava um pouco de igbo, que é a língua nativa dele. Ele faz uma comida nigeriana muito gostosa. Cuidei de Maduka e Abebi algumas vezes, e eles são os amigos dos quais mais gosto. Eles sempre dizem o que querem dizer. Naquele ano, eles me convidaram para o almoço de Natal. Tia Christine me convidou uns dias depois, mas eu falei que os Adebayo eram mais divertidos.

Tina ficou encantada com meu progresso e me incentivou a escolher presentes adequados para a família. Perguntei às crianças o que elas queriam, e isso foi fácil. Para Udo e Martha, comprei uma cesta de queijo no supermercado grande de Roscommon. Enfrentei as multidões especialmente para isso. Ainda bem que inventaram protetor de ouvido.

26

Peter, 1980

Quando passamos pelo portão, meu pai exclamou:

— Certo, calma, pensa. Pensa! — Estava falando consigo mesmo.

Quinze minutos depois, paramos na frente do Allied Irish Bank. Eu já tinha visto propaganda do banco na televisão.

— Espera aqui — rugiu ele para mim. Eu não tinha intenção de ir a lugar nenhum. Meu pai ficou um tempão lá dentro e, quando voltou para o carro, reclamou: — Filha da puta! Tive que chamar o gerente. É o meu dinheiro. Eu tenho direito de tirar tudo, se quiser. Não é uma vagabunda prepotente que vai me impedir de fazer isso.

Depois, pegamos uma rua menor e paramos na frente de um prédio. Tinha uma porta que dava para a rua e, do lado dela, havia uma placa de metal na qual se lia:

CONSULTÓRIO ODONTOLÓGICO GLENDALE
Tel. 809915
DR. CONOR GEARY
CIRURGIÃO-DENTISTA

Era ali que meu pai trabalhava. Eu queria entrar também, mas ele me mandou ficar no carro. Alguns minutos depois, ele saiu do consultório com umas pastas e um diploma emoldurado. Ele desmontou o quadro, jogou a moldura no jardim da casa ao lado e enrolou o diploma, então abriu o porta-malas do carro e o guardou na mala. Não me atrevi a fazer perguntas.

Meu pai voltou a dirigir, e seguimos pela rua principal até uma estrada costeira. Ele estacionou o carro no píer, e nós saltamos. As gaivotas desciam até junto das nossas cabeças. Meu pai tirou um chapéu do bolso e colocou os óculos. Eu nunca tinha visto nada daquilo.

— Vamos para a Inglaterra — disse ele —, e depois vamos dar um jeito de tirar um passaporte.

Fomos andando juntos, e ele sorria e às vezes cumprimentava com a cabeça quando uma pessoa passava por nós, mesmo que fossem mulheres, sempre tocando no chapéu. Andamos por cerca de dez minutos até o porto das barcas e entramos numa fila. Fiquei à distância, com medo de tocar nas pessoas, mas ele me puxou para junto de si e segurou a minha mão. Na vez dele, comprou duas passagens de segunda classe para Holyhead. Eu sabia, pelos meus livros de geografia, que Holyhead ficava no País de Gales. Mas não ia contestar meu pai em nada. Ele estava bem nervoso. Apertava a minha mão com muita força e estava com a mandíbula contraída.

Eu deveria estar animado. Estávamos indo para o exterior pela primeira vez. Mas aquilo definitivamente não parecia uma viagem de férias. Estávamos fugindo. Mas por quanto tempo? E de quem? Meu pai não queria dar parte do assalto para a polícia? Ele sempre ria da polícia na televisão. A gente via *Garda Patrol* toda semana. Ele ria e chamava os policiais de "molengas incompetentes". Eu tentava entender, mas ficava muito confuso. Embarcamos no navio e subimos o que pareciam ser lances intermináveis de escada até chegarmos ao convés, ao ar livre.

— Qual é o nome dessa cidade, pai?

— Dún Laoghaire. Dê uma boa olhada na Irlanda, filho, vai levar um bom tempo até vermos esse lugar de novo. — A raiva se fora, e notei que seus olhos estavam brilhando por trás das lentes claras dos óculos. Meu pai ia chorar? Que nem uma menina?

Estávamos em meados de março, e fazia um frio congelante naquele convés. Todos os outros passageiros estavam amontoados lá dentro. Por fim, a sirene soou, e o navio deixou o porto, avançando devagar no início, mas ganhando velocidade assim que passamos pelos píeres de granito, um de cada lado, feito braços estendidos, nos empurrando para o mar.

— Estamos indo na nossa própria odisseia — anunciou ele, com a voz meio triste.

— Pai. — Agora que a raiva dele havia diminuído, eu me sentia pronto para perguntar. — Não estou entendendo o que está acontecendo. Por que estamos indo embora tão de repente?

Ele levou as mãos à cabeça.

— A gente tem que ir. Só isso. Aquele ladrão. Se ele contasse o nome dela pra alguém, as pessoas iam vir e te levar. Iam colocar as mãos em você, e você ia morrer. Eu tô fazendo isso por você.

— Mas por que as pessoas iam me levar?

— Ela é tão louca que acha que eu a sequestrei. Você acha que o ladrão não vai contar pra alguém? A polícia pode acreditar nela ou pode acreditar em mim, mas uma coisa é certa, eu não ia conseguir impedir os policiais de colocarem as mãos em você, e esse é um risco que não estou disposto a correr. Estamos indo embora para salvar a sua vida. A sua doença é tão rara que a maioria das pessoas não acredita, nem entende. Lembra quando eu te mostrei as fotos do Menino da Bolha de Plástico? Era lá que você ia parar, se tivesse sorte, se eles não te matassem antes.

Ele baixou os óculos e me encarou nos olhos.

— Entendeu?

— Entendi — respondi, solenemente. Eu me lembrava da história do Menino da Bolha de Plástico. Ele era uns dois anos mais novo que eu, e a doença que tinha era tão ruim que até o ar podia matá-lo, então passava o tempo todo numa câmara, num hospital. Meu pai me disse que a minha doença era parecida, só que a minha morte ia ser pior se eu fosse contaminado. Meu pai me amava o suficiente para fugir comigo, tudo para me manter em segurança. — Mas quando eles descobrirem que ela é louca e perigosa, podemos voltar pra casa?

— Talvez esteja na hora de ampliarmos os nossos horizontes. Você não quer ver o mundo?

Fiz que sim, animado.

— Bom menino. Agora vamos descer e procurar alguma coisa pra comer? Não jantamos. Fica perto de mim.

Não lembro quanto tempo durou a travessia. Umas três horas? Quando chegamos, eu estava cansado, mas meu pai disse que tínhamos que pegar um ônibus para Londres. Ficamos esperando numa estação de ônibus fria, batendo os pés no chão para nos aquecer. Eu estava cansado demais para continuar animado. Nunca tinha entrado num ônibus antes. Despertei um pouco ao subir os degraus íngremes. Encontramos assentos vagos no meio do ônibus. Estava escuro demais para ver muita coisa lá fora. Adormeci assim que o ônibus partiu e mal percebi o meu entorno quando fizemos uma parada para ir ao banheiro. Quando entramos em Londres, era quase de manhã, mas a cidade era tão grande que levou quase uma hora até chegarmos a um prédio enorme e de aparência suja. A placa na entrada dizia Estação de Euston.

— Aqui é o centro da cidade? — perguntei, mas ele não respondeu. Estava com a mandíbula tensa, olhando atentamente pela janela.

Quando descemos do ônibus, uma mulher esbarrou em mim. Eu gritei, e meu pai me puxou para perto de si, enquanto a mulher exclamava, agressiva:

— Eu mal toquei nele, por que essa histeria? — E eu estava mesmo histérico, esperando a dor chegar, mas meu pai me arrastou para um canto e falou:

— Está tudo bem, está tudo bem, ela não tocou na sua pele, só na parte detrás do seu casaco, você vai ficar bem. — Mas eu tinha certeza de que ela havia esbarrado na parte detrás da minha cabeça também. Fiquei apavorado, esperando a dor chegar, mas ela não veio. — Peter, para com isso agora. Você não pode chamar atenção para nós assim.

Por entre meus soluços, eu disse a ele que ela tinha tocado a minha cabeça. Ele me tranquilizou, falando que meu cabelo ia me proteger. Havia um grupo pequeno de pessoas olhando para nós. Abracei meu pai e me aconcheguei em seu ombro. Eu podia ouvi-lo dizendo para as pessoas:

— Está tudo bem agora, ele acabou de acordar, está meio desorientado, sabe? Ele está bem agora. Não tem nada com o que se preocupar.

— Ele já tá bem grandinho pra esse escândalo todo, você não acha? — A mulher nos encarou.

O grupo dispersou depressa, pessoas ocupadas, que precisavam chegar a algum lugar. Continuei agarrado a ele até me acalmar.

— Não liga praquela vadia idiota — disse ele.

— Pai — falei —, lembra que você falou que, com o tempo, talvez a doença fosse embora? Quando que isso pode acontecer?

— Não consegui descobrir se é possível. Mas não quero que você se preocupe com isso, vou manter você em segurança.

— Então, desde que eu não faça contato com a pele de ninguém, eu vou ficar bem?

— É, foi o que a minha pesquisa mostrou.

Olhando para todas aquelas centenas de pessoas andando de um lado para o outro à minha volta, fiquei preocupado.

— Pai, não vamos morar aqui, vamos?

— Nao. Precisamos ir para um lugar bem mais tranquilo. Com sorte, só vamos precisar passar uns poucos dias aqui.

Ele pegou um livrinho com mapas e nós começamos a andar. Depois de uma hora, meu estômago roncou e eu perguntei:

— Falta muito? Podemos tomar o café da manhã?

Paramos numa cafeteria pequena e abafada, com mesas sujas e chão imundo de lama. Meu pai me colocou numa mesa longe da janela e foi até o balcão, para fazer o pedido. Eu queria ir para casa. Um homem olhou para mim e acenou. Virei o rosto. Duas mulheres de saias curtas, botas altas e blusas brilhantes sem manga entraram e fizeram o pedido gritando para o homem atrás do balcão, então se sentaram perto da janela. Dava para ver o sutiã da mulher de cabelo escuro, e era vermelho. Eu nunca tinha visto mulheres como aquelas antes. Não sentiam frio, vestidas daquele jeito? Usavam um batom vermelho forte e tinham as pálpebras pintadas de preto. Elas sopravam nuvens de fumaça de cigarro no ar. Assim que comecei a sentir uma ereção na calça, meu pai agarrou minha cabeça e virou meu rosto para ele, enquanto colocava um sanduíche de bacon e uma xícara de chá na minha frente.

— Não olha pra elas. Putas — ordenou ele. — Elas fazem sexo com homens em troca de dinheiro. No mínimo acabaram de sair do turno da noite.

— Tem homem que paga pra fazer sexo? Por que eles não se casam? Mesmo que se casem com uma louca, ainda podem fazer sexo com ela, igual você.

Ele me encarou, e fiquei com vergonha na mesma hora.

— Do que você está falando, seu bobinho? — A raiva estava bem evidente.

— Está nos livros de biologia que você me deu e nas enciclopédias. Você deve ter feito sexo com ela duas vezes. Senão, como eu estaria aqui? Ou aquela menina?

Meu pai pegou o chá e tomou um gole demorado. Não falamos nada por um tempo, então ele acrescentou:

— A menina foi um acidente.

Eu sabia que era melhor não falar mais nada. Mas não entendia como ele podia fazer sexo por acidente. Comemos os nossos sanduíches e bebemos o chá em silêncio, e não me atrevi a olhar para aquelas mulheres de novo, embora pudesse ouvir suas gargalhadas e sentir o cheiro da fumaça de cigarro e do perfume delas.

Eu estava pensando em outra coisa também.

— Pai, como você vai ganhar dinheiro agora? Você vai se demitir do seu emprego para sempre?

Ele franziu o cenho.

— Temos dinheiro suficiente para um tempo, mas vamos ter que economizar por enquanto. Nada de guloseimas. Tá bom? Só até eu pensar num plano.

Fiquei preocupado.

— Você não tem um plano?

— Ainda não, mas até hoje à noite eu vou ter.

Saímos da cafeteria e continuamos andando. As ruas eram ainda mais sujas, e as casas, mais pobres. Por fim, paramos na frente de uma que tinha uma placa na janela anunciando "Vagas".

Meu pai bateu à porta. Um homem pequeno atendeu, de calça jeans e camiseta. A camiseta estava manchada, e o tapete atrás dele era imundo.

— Oi — disse meu pai —, estou procurando um quarto pra mim e pro meu filho, por duas noites, por favor?

— Você é irlandês? — perguntou o homem e, antes que ele pudesse responder, completou: — Volta pra merda da sua casa e leva as tuas bombas contigo. — E bateu a porta na cara do meu pai. Ele ficou furioso.

— Deve ter pensado que eu era do IRA — disse. — Eu? Um terrorista?

27

Sally

O ano de 2019 chegou, e minhas sessões de terapia com a Tina estavam indo bem. Nós estávamos trabalhando com dessensibilização sistemática, para a ansiedade e o TEPT. Quando as pessoas apertavam minha mão ou acariciavam meu braço ou até me abraçavam, eu tentava não me esquivar. Também estava fazendo terapia de ruído, para me aclimatar a níveis "normais" de som. Ainda achava difícil. Tina achou que as aulas de ioga da Martha estavam me ajudando a relaxar. Martha só me tocava durante as aulas, com muita gentileza, para me orientar a fazer as posições certas. No começo, os alongamentos e as flexões não pareciam naturais, mas fui me acostumando. Sabia que me centrar e conhecer meu próprio corpo ajudava a me acalmar quando eu me deparava com situações difíceis.

Tina achou que eu devia arrumar um emprego. Ela disse que eu precisava de um propósito na vida. Expliquei que já tinha sido rejeitada como babá. Mas Tina me pediu que pensasse no que eu mais gostava de fazer na vida. Acho que gosto muito de tocar piano. Tina perguntou se eu já tinha considerado dar aulas de piano. E se eu era paciente. Eu achava que não. Fizemos duas sessões sobre paciência.

Eu era boa no Google e descobri uma coisa chamada terapia de regressão, que podia me ajudar a lembrar. Tina foi absolutamente contra isso e, depois que ela explicou, eu entendi. Qual o sentido de me lembrar de uma coisa tão traumática? E qual era a probabilidade de que qualquer coisa de que eu me lembrasse ajudasse a capturar Conor Geary agora?

Um dia, em fevereiro, eu estava conversando com Udo, na loja do posto Texaco. Ele me disse que as crianças estavam ansiosas para as férias do meio do trimestre. Apontei para o guarda-chuva e disse que ia torcer para que o tempo melhorasse, porque Abebi havia me dito que queria acampar. Ele me agradeceu a informação e falou que ia ter que decepcionar a filha. Segundo ele, eles iriam morrer de frio numa barraca. Contei do trabalho da Stella na organização de apoio aos sem-teto.

— Na semana passada, teve um rapaz que morreu de frio em Dublin. Você pode falar isso pra ela — sugeri.

— Sally, você não pode falar uma coisa dessas pra uma criança. Ela pode ter pesadelo. Até os políticos deveriam ter pesadelo com isso.

— Obrigada por me avisar, Udo, vou acrescentar isso à minha lista. — Eu tinha uma lista de coisas que não devia discutir com as crianças, feita por Martha. Aceitei um rápido abraço, então ele saiu da loja.

Caroline estava ao balcão. Tínhamos trocado algumas receitas, e meu repertório de refeições havia melhorado muito. Depois que Udo foi embora, ela comentou:

— Primeiro as lésbicas, agora os negros. — O rosto dela estava repleto de reprovação.

— Qual é o problema? — perguntei.

— Eles estão tomando conta de tudo — disse ela. — No mês passado, mais três famílias estrangeiras se mudaram para o vilarejo. Tudo por causa daquela porcaria daquela fábrica de carne, no Mervyn Park.

— É bom. Mais clientes pra você — argumentei.

— Não é o tipo de cliente que eu quero.

— Por quê?

— Não sou racista, mas a Irlanda devia ser dos irlandeses.

— Mas a Abebi e o Maduka são irlandeses. Eles nasceram aqui.

— Eles nunca vão ser irlandeses — rebateu ela.

— Não é bom ser racista, Caroline — eu disse.

— Você não entende um monte de coisas, Sally, e essa é uma delas.

— Eu entendo racismo.

— Para de me chamar de racista.

— Para de ser racista.

O rosto dela ficava cada vez mais vermelho.

— Olha aqui, sua aberração, no começo, eu tinha pena de você, mesmo depois do que você fez com o coitado do seu pai, porque você estava sozinha, mas agora todo mundo tem pena de você pelo que aconteceu com você quando era criança. Como que a gente vai saber se você não é igualzinho ao seu pai verdadeiro? Sua psicopata. Saia dessa loja e não volte nunca mais!

Ela estava gritando agora, e os outros dois clientes no estabelecimento olhavam para nós. Saí o mais rápido que pude, sem levar nem pagar as compras. Fiz meus exercícios de respiração e mantive a calma, mas aquilo era muito inconveniente. A partir de agora, ia ter que fazer compras no mercadinho Gala e aprender de cor as prateleiras de lá.

Enquanto seguia de volta para casa, um carro encostou do meu lado, e o motorista baixou a janela.

— Oi, você tá bem? Eu vi o que aconteceu lá no posto. Que bruaca. Depois que você saiu, eu disse umas poucas e boas pra ela. Você devia reclamar com o gerente.

— Ela é a gerente.

— Posso te dar uma carona? Seu nome é Sally, né? O meu é Mark. Acabei de me mudar pra cá. Ainda bem que sou branco, né?

— Isso é uma piada?

— O quê? É... lógico!

Mark abriu a porta do carona junto de mim. Ele tinha olhos gentis, e seu rosto parecia amistoso. Tinha entradas na cabeça. O carro era velho. Dava para ver que estava de calça jeans, camisa e gravata. Não dava para ver os sapatos. Mas não se deve julgar um livro pela capa, ou um sequestrador-estuprador pelo sorriso.

— Não, obrigada. Não pego carona com estranhos.

— Nossa. Que burrice a minha achar que... olha, desculpa. Eu não sou... tipo... um psicopata.

— Isso é exatamente o que um psicopata diria.

Comecei a andar um pouco mais depressa. O carro permaneceu um bom tempo onde estava. Alcancei o alto da pequena colina e entrei na minha estradinha, e o carro não passou por mim. Talvez não fosse um sequestrador, mas, se tinha uma coisa que meu pai não me deixava fazer quando eu era pequena, era entrar em carros de estranhos. Agora eu sabia o motivo, lógico. Foi o que a minha mãe biológica fez, e, enquanto Conor Geary ainda estivesse solto por aí, ele poderia voltar para me pegar. Esse homem, no entanto, Mark, não era Conor Geary. Ele devia ter uns 50 e poucos anos.

Apesar de ter feito mais alguns exercícios de respiração, estava um pouco abalada com as experiências do dia quando entrei em casa. Queria contar para alguém o que tinha acontecido. Pensei em ligar para Stella, mas ela estava no trabalho, e já estava ligando para Martha quando me lembrei do que Tina havia dito sobre empatia. Talvez fosse doloroso para Martha ouvir que Caroline era racista. Mas eu podia contar a ela sobre o homem. Podia? Como ia explicar por que ele tinha começado a conversar comigo sem contar o que Caroline havia dito? Interrompi a ligação. Eu precisava de mais amigos.

Foi nesse dia que decidi mudar de casa. Não gostava de me sentir agitada sozinha. Pela primeira vez na vida, queria estar perto de outras pessoas.

Liguei para Geoff Barrington, o advogado, que me mandou ligar para um corretor. Ele me deu o telefone de um e me falou de um site no qual eu podia procurar imóveis à venda. Ele também me disse que era melhor eu começar a procurar uma casa antes de colocar a minha à venda. Segundo ele, essa era uma decisão importante, e eu devia buscar orientação de alguém. Pensei que estivesse buscando a orientação dele. Mas ele disse que ia cuidar da parte financeira para mim.

Presumi que ele queria dizer que eu devia ligar para Angela. Eu iria esperar até o fim de semana, quando ela estaria livre. Enquanto isso, entrei no site e passei algumas horas felizes olhando as casas do condado. Eu não queria um apartamento, embora tivesse um à venda no vilarejo. Queria estar próxima das coisas, mas não queria dividir um corredor. A maioria das casas disponíveis tinha três quartos, mas eu só precisava de um, talvez dois.

No sábado à tarde, passei na casa de Angela e Nadine e discuti com elas minhas opções. Na mesma hora, Nadine sugeriu a casa abandonada e em ruínas na Bracken Lane, na frente do estúdio de ioga de Martha

— Está à venda há anos.

— Eu não posso morar ali — argumentei.

— Use a sua imaginação — disse ela. — Pense em como poderia ficar.

— Você nunca viu aqueles programas de reforma de casa na televisão? — perguntou Angela.

— Já, eu adoro, mas quero ter um banheiro igual ao de vocês. Ocuparia metade daquela casa.

— Mas você pode construir uma extensão, dobrar ou triplicar a área do imóvel, não? Aposto que dá pra comprar aquela casa a preço de banana. Você ia precisar fazer uma inspeção estrutural e contratar um arquiteto. Olha a nossa cozinha. Você acha que foi construída com o resto da casa, em 1904? Você acha que o nosso chuveiro paradisíaco é uma característica da arquitetura vitoriana?

Nadine começou a rabiscar no verso de uma carta. Ela desenhou a frente da casa.

— Até onde vai o imóvel? Tem uns 15 metros de profundidade? Você quer um jardim? Ou quem sabe só um pátio pequeno, que não dê muito trabalho? Sempre imaginei que aquela casa podia ficar linda, com claraboias nos lugares certos. Mas você vai precisar ver a questão da drenagem da água. Deve ter um motivo pelo qual ninguém toca naquele imóvel há vinte anos ou mais. — Nadine estava animada. — Na segunda-feira, vou ligar pra prefeitura. Vamos ver o que eles dizem. Você estaria fazendo um favor a eles. A única razão pela qual não foi demolida é porque fica numa rua secundária, fora de vista. Mas você ia estar no coração de Carricksheedy. Quem será que é o dono?

Angela riu.

— Ih, pronto — disse ela. — Agora a Nadine vai ficar obcecada com isso. Eu sempre falei que desenhar móveis era pouco para ela.

— Desculpa, desculpa! Estou me empolgando. É que tem muito potencial. As opções são aquelas casas geminadas pequenas, de três quartos, na rua principal, ou aquelas conjugadas sem graça, também de três quartos, no conjunto habitacional perto do Mervyn Park. Mas ouvi dizer que estão construindo mais, porque o parque empresarial está crescendo. A sua própria casa pode valer um bom dinheiro, Sally. O terreno tem alguns hectares, não tem?

Agradeci e expliquei que tinha que ir, porque ia à festa da Martha.

— Uma festa?

— É, não vou a uma festa desde que era criança. Estou nervosa.

— Não precisa ficar nervosa. Divirta-se!

— Mas eu não conheço ninguém lá, tirando o Udo, a Martha e as crianças. Eles vão dar uma festa para os funcionários novos do Mervyn Park.

— Você vai tirar de letra. Toma uma taça de vinho ou um chá com açúcar antes de sair de casa, pra relaxar. E lembra que a maioria dessas pessoas também não é daqui. Você vai estar lá para recebê-las. Tenta conversar com as que acabaram de chegar. Elas não sabem nada sobre você. Todas as outras pessoas do vilarejo já conhecem a sua história.

— Quase toda a minha história. Ninguém sabe tudo. Nem eu. Angela olhou para Nadine, que se ocupou, cortando legumes.

— Com que roupa você vai? — perguntou Angela. Olhei para a minha saia preta e apontei para o suéter que elas tinham me dado no Natal do ano anterior.

— Peça a uma das suas amigas para ir às compras com você, um dia. Seu pai não gostava de gastar dinheiro, mas você não precisa ficar comprando em lojas de segunda mão. Você está bem de dinheiro, sabe? A Jean adorava fazer compras, e pode ser que você goste também.

— Acho que não.

— Sério? Conversa com a Tina sobre isso. Você pode achar terapêutico.

— Ou posso achar um inferno.

— Pode ser que não. Você não vai saber se não tentar.

Martha e Udo moravam no conjunto habitacional novo nos arredores do vilarejo. No início da festa, fiquei sozinha num canto da cozinha, fingindo estar interessada nas plantas do parapeito da janela. Aos poucos, as pessoas foram se apresentando. Conheci as pessoas de quem Caroline estava falando. Um casal era do Brasil, Rodrigo e Fernanda. Havia uma mulher indiana divorciada,

Anubha, com dois filhos, e um casal negro inglês, Sue e Kenneth, e os três filhos. O jardim era grande e, apesar do mau tempo, as crianças estavam brincando juntas lá nos fundos, numa casa na árvore que Udo havia construído. Elas faziam muito barulho. Fiz uma concessão e coloquei só um dos meus protetores de ouvido.

Seguindo as dicas que Tina me dera antes da festa sobre como me socializar, contei um ou dois fatos sobre mim: moro sozinha e gosto de tocar piano. Debussy é o meu compositor preferido. Eu estava procurando emprego.

O outro desafio era perguntar às pessoas algo sobre elas. Perguntei a Rodrigo e Fernanda se planejavam ter filhos. Martha me interrompeu, me levou para um canto e me explicou baixinho que eu não devia fazer perguntas pessoais. Queria que Tina tivesse me passado umas regras por escrito, para eu decorar. Depois, Fernanda me contou que eles estavam tentando ter filhos. Eu sabia que isso significava que estavam fazendo muito sexo e percebi por que a pergunta era tão pessoal. Rodrigo me perguntou qual era a minha experiência profissional. Eu disse que nunca tinha trabalhado.

— Minha mãe faleceu quando eu era nova, e eu cuidei do meu pai até ele morrer, há 15 meses. — Eles se solidarizaram comigo.

O pai do Rodrigo também havia morrido no ano anterior. Perguntei como tinha sido o enterro dele, e Rodrigo descreveu as tradições no Brasil, que eram bem parecidas com as irlandesas, embora ele tenha ficado surpreso que aqui as pessoas dessem comida para as famílias que estavam de luto.

— Quem pode pensar em comer numa hora dessas?

— Eu posso comer a qualquer momento — respondi.

Fez-se uma espécie de silêncio, e pensei em falar com Anubha, a indiana pequena e bonita. Depois de me apresentar, ela disse que adoraria aprender a tocar piano, mas que não tinha tempo, pois era mãe solo de duas crianças pequenas.

— O que aconteceu com o pai? — perguntei. Martha estava atrás de Anubha, acho que monitorando minha conversa. Ela cobriu o rosto com as mãos, e achei que talvez tivesse feito a pergunta errada de novo.

— Me trocou por uma grã-fina em Dublin — respondeu Anubha.

— Ele ainda visita as crianças?

— Ah, sim, ele é bom com elas, *shukar hai.*

Então começamos a conversar sobre línguas. *Shukar hai* era o equivalente híndi a "graças a Deus".

— Você disse que estava procurando emprego? O Mervyn Park está crescendo. Agora não é só a fábrica de processamento de carne que tem lá. Vai abrir uma empresa farmacêutica no mês que vem. Se você tiver conhecimentos básicos de informática, talvez possa trabalhar em alguma função administrativa, não? Mas eles não devem pagar muito.

— Não é pelo dinheiro — expliquei. — Minha terapeuta acha que ia ser uma boa ideia. — Anubha franziu a testa ligeiramente. Eu não conseguia saber o que ela estava pensando, mas então ela sorriu para mim.

Um recém-chegado apareceu no pátio com uma garrafa de cerveja na mão. Udo anunciou:

— Todo mundo já conhece o Mark? Ele acabou de começar na contabilidade. — Várias pessoas o cumprimentaram. Mark era o homem que havia encostado o carro perto de mim no dia anterior e presenciado minha discussão com Caroline. Ele era irlandês. Ele apertou a mão da maioria das pessoas, mas se aproximou de mim meio sem graça.

— Meu nome é Mark Butler. A gente se conheceu ontem, lembra?

— Você tentou me fazer entrar no seu carro — eu disse.

— Eu sei — respondeu ele —, não consigo parar de pensar no quão estúpido eu fui. Não é à toa que você achou que eu era um psicopata. Quer dizer, eu meio que... Eu sei da sua história. Alguém aqui contou. Me sinto um idiota. Por favor, aceite minhas desculpas.

Suspirei. Ele não parecia ameaçador agora.

— Posso pegar outra taça de vinho pra você?

— Pode, obrigada.

Eu me afastei, e Sue e Kenneth se aproximaram de mim. Sue era a nova professora primária do vilarejo, e Kenneth trabalhava no controle de qualidade do setor de desossa do Mervyn Park, e era vegetariano. Achei engraçado um vegetariano trabalhar numa fábrica de carne. Perguntei a eles se podíamos trocar umas receitas. Eu tinha gostado de trocar receitas com Caroline, mas, agora que ela não era mais minha amiga e tinha me expulsado da loja da Texaco, eu precisava de um substituto. Sue se ofereceu para me emprestar um livro inteiro de receitas. Combinamos de nos encontrar para tomar um café na semana seguinte. Kenneth estava quieto. Acho que falei mais do que ele. Eu já tinha notado que o vinho me deixava mais falante.

Comentei que os filhos deles eram os mais barulhentos do jardim. Sue disse que era muito apertado para eles no apartamento e que era muito bom ter um jardim para brincar e soltar a voz. Pedi desculpas, caso meu comentário tivesse parecido grosseiro. Expliquei que nem sempre dizia a coisa certa, por causa do meu desenvolvimento mental. Sue me garantiu que eu não a tinha deixado desconfortável.

Mark apareceu e se sentou na cadeira que ela havia desocupado, então me entregou minha terceira taça de vinho do dia.

— Preciso avisar — disse ele em voz baixa — que denunciei a gerente da loja da Texaco pro escritório central deles. Se ela costuma agir assim, não deveria estar naquele emprego. Pode ser que eles tentem entrar em contato com você, para confirmar o incidente.

— Obrigada, eu ia fazer isso na segunda-feira.

Tentei pensar em algo para dizer.

— Vou colocar minha casa à venda.

— É uma decisão importante. Onde você vai morar?

— Ainda não sei, mas a casa é meio isolada, e tanto minha médica quanto minha terapeuta falaram que eu devia ser mais sociável e ficar perto de gente, então provavelmente vou morar no vilarejo.

— Você está sendo sociável hoje. — Ele sorriu. Os dentes dele eram brancos e uniformes.

Fiquei encantada com o elogio, mas admiti que achava o convívio social muito difícil.

— Às vezes ofendo as pessoas sem querer, porque digo o que penso. Gostei dos seus dentes.

Ele me olhou com uma cara estranha.

— Está vendo? Isso é um exemplo. Eu nunca deveria comentar a aparência das pessoas.

— Mas não foi ofensivo. Talvez você não devesse comentar negativamente a aparência das pessoas.

— Não foi isso o que a Tina disse. Se, por exemplo, eu dissesse que bom que você é magro, isso poderia indicar que eu ia achar ruim se você engordasse. E, se você engordasse, você poderia ficar triste com você mesmo.

Ele riu.

— Ah, sim, aprendi há muito tempo a nunca dar parabéns a ninguém pela gravidez até me mostrarem o exame de ultrassom.

Eu ri espontaneamente disso.

— É errado dizer que você tem uma risada bonita? — perguntou ele.

— Essa é a minha risada de verdade. Meu pai sempre dizia que, quando as pessoas riem, eu devia rir com elas, e eu faço isso quando tenho certeza de que elas não estão rindo de mim, mas às vezes é difícil saber.

— Você é honesta.

— É, acho que é por causa da minha inexperiência social e do isolamento. Embora eu acredite que seja uma coisa boa.

— Então você ainda acha que eu sou um psicopata?

— Não tenho como saber, tenho?

— Verdade. Eu gosto da sua honestidade.

— Então, onde você morava antes de vir para Carricksheedy?

— Em Dublin. Tem mais de um ano que estou procurando uma desculpa para me mudar para essa parte do país.

— Por quê?

Ele desviou o rosto e fitou a casa da árvore:

— Ah, sabe como é, ar puro... Uma vida tranquila. — A pergunta parecia incomodá-lo, então tentei outra abordagem.

— Você tem filhos?

— Não, só uma ex-mulher, Elaine.

— Você a traiu?

Ele me encarou por um momento e acho que ficou irritado.

— É. Traí. Joguei fora um casamento muito bom por um caso com uma garota com metade da minha idade.

— Você também é honesto.

— A sua... vulnerabilidade faz com que eu ache que tenho que ser honesto com você.

— Sua esposa vai te perdoar?

— Ela seguiu em frente. Tem um filho com o marido novo.

— E a garota por quem você a deixou?

— Me largou. Não estava pronta para se casar. Fim de papo.

— Você mereceu.

— Acho que sim. E você? Pelo que li e ouvi, você nunca teve um relacionamento, é isso mesmo?

— É.

— Você não quer ter um relacionamento? Não gostaria de se apaixonar?

— Não sei. Teoricamente, sou heterossexual. Mas definitivamente não quero sexo.

A essa altura, o volume da conversa geral havia diminuído. Martha agarrou Mark pelo braço e o levou para o jardim. Sue se sentou ao meu lado de novo.

— Parecia uma conversa muito pessoal, Sally. Tem certeza de que deseja compartilhar esses detalhes da sua vida?

Fiquei desanimada de novo. De alguma forma, eu tinha dito a coisa errada e notei que as pessoas estavam olhando na minha direção. Ouvi Anubha perguntando para Fernanda:

— O que foi que ela falou?

E Udo comentou com Kenneth:

— Não sei se vou com a cara desse Mark.

E Kenneth assentiu, parecendo confuso. Fui até Udo.

— Está na minha hora. Obrigada pelo convite, a festa estava ótima.

— O Mark falou alguma coisa que te deixou chateada?

— Hoje não. Acho que eu falei uma coisa que era para ser particular. — Havia um zumbido na minha cabeça. — Talvez eu tenha bebido vinho demais. Por favor, explique a todos sobre a minha deficiência e agradeça à Martha. — Segui depressa na direção do corredor e peguei meu casaco.

Eu não tinha passado no teste de ir a uma festa. Fiz uma anotação mental para conversar com Tina sobre isso, na nossa próxima sessão.

28

Peter, 1980

Na terceira tentativa de achar hospedagem, tivemos mais sorte. A casa era limpa, embora ficasse numa rua imunda, e a dona era falante e simpática, e tinha a pele marrom. Ela se apresentou como Mona.

— Vocês estão aqui de férias? Vão fazer algum passeio?

— Estamos procurando imóveis na região. — Meu pai sorriu calorosamente para ela.

— Vão se mudar para Londres? Da Irlanda? Agora? Haja coragem.

Meu pai ficou quieto.

— Que menino lindo você tem. Qual é o seu nome, rapazinho?

— Steve — respondeu meu pai, antes de mim. Ela se abaixou, e eu não sei se ia apertar minha mão ou dar um tapinha na minha cabeça, mas eu me esquivei dela. — Não liga pra ele — disse meu pai —, está naquela idade estranha. Steve não gosta que toquem nele. — E deu uma piscadinha para ela.

— Ah, logo, logo, isso vai mudar, não vai? — Ela riu enquanto eu olhava para meu pai. Steve?

— Vou pagar adiantado, se não tiver problema.

— Bom, você é o meu tipo preferido de hóspede. Por mim, tudo bem. Quantas noites?

— Duas, pra começar, e depois a gente vê.

— Quer só o café da manhã ou prefere incluir o jantar também?

— Quanto custa? — perguntou ele.

— Dez libras por noite, querido, 12 se quiser jantar. Você não vai achar nada mais barato que isso por aí.

— Bom, Steve — perguntou meu pai —, vamos jantar também?

Fiz que sim com a cabeça.

Meu pai contou as notas.

— Vou pagar duas noites então, por favor, e amanhã eu te aviso se vou ficar mais tempo.

— Ótimo. Bom, o banheiro fica no corredor à esquerda, e tem um chuveiro no seu quarto. Pode falar comigo se precisar de alguma coisa. O jantar é às 19 horas, tá bom? — Ela entregou as chaves e disse que podíamos entrar e sair a hora que quiséssemos.

Quando chegamos no quarto, vimos que havia um beliche e um boxe de plástico com um chuveiro, no canto. Sempre quis dormir na cama de cima.

— Pai! Posso dormir em cima? Por favor?!

— Pode. — Então ele levou o dedo aos lábios. Ficamos em silêncio por um instante e ouvimos Mona cantarolando consigo mesma.

Meu pai baixou a voz.

— As paredes são finas, vamos ter que sussurrar.

— Por quê?

— Não queremos que elas fiquem bisbilhotando a nossa vida.

— Elas quem?

— As mulheres — respondeu ele.

— É por isso que você falou que o meu nome era Steve?

Ele sorriu.

— Acho que combina com você. Que nem o Steve Austin. O homem de seis milhões de dólares. Vamos te chamar de Steve a partir de agora?

— Vamos!

— E qual vai ser o meu nome? Estou cansado de Conor Geary.

— James? Que nem o capitão James Cook!

— James, é, gostei. E o sobrenome?

— Armstrong, que nem o Neil Armstrong.

— James e Steven Armstrong. Gostei.

Pela primeira vez desde que vi o ladrão, me senti à vontade. Meu pai estava sorrindo para mim.

— Certo, acho que é melhor você ficar aqui, por segurança. Vou dar uma olhada na região e ver o que consigo descobrir.

— Onde estamos, pai?

— Em Whitechapel, na zona leste de Londres.

— Aqui é seguro?

— Eu sempre vou manter você seguro, Steve.

Sorrimos um para o outro. Ele revirou a mala e pegou uns envelopes.

— Vou ter que conversar com um homem sobre uns passa-portes.

— Que homem?

— Ainda não sei.

— Pai?

— O que foi, Steve? — No começo, eu ria toda vez que ele me chamava assim.

— A minha doença é segredo?

— Depende de você, mas eu ficaria com medo de contar para as pessoas, elas podem resolver te testar. Todo mundo que tem isso mora num hospital. Eu te mantive longe de hospitais esses anos todos.

— O lugar onde a gente vai morar pode ser longe das cidades? Ele sorriu.

— Era exatamente isso que eu estava pensando.

Ele saiu, me alertando que deixasse a porta do quarto trancada.

*

Ficamos 13 noites naquela pensão. Meu pai saía todos os dias. Ele não fazia mais a barba pela manhã. Disse que estava deixando crescer. E sempre colocava os óculos e o chapéu quando saía de casa. Mona perguntou por que eu não ia com ele, e eu mandei a mulher cuidar da própria vida. Depois disso, ela não fez mais perguntas. Meu pai falou alguma coisa dos meus hormônios para ela. Ele era sempre gentil e sorridente com ela. Eu ficava sozinho no quarto, e às vezes meu pai trazia um sanduíche. O jantar da Mona era sempre estranho. Arroz e ensopado de carne picante. Levamos um tempo para nos acostumar, nós dois, mas, ao final da nossa estada ali, descobrimos que gostávamos de curry. Mona ainda explicava como fazia e que temperos usava.

— Pai — perguntei, certa noite, colocando a cabeça para fora da cama de cima, para olhar para ele lá embaixo, de cenho franzido —, você gosta da Mona?

— De quem?

— Da dona da pensão.

— Não seja ridículo.

Eu gostava dela, mas achava que meu pai não aprovaria.

Meu pai muitas vezes voltava exausto e cansado. Certa noite, enquanto ele trocava de roupa para dormir, notei hematomas nas suas costelas. Ele explicou que tinha tropeçado numa lixeira e estremeceu de dor ao vestir a manga do pijama.

Um dia, ele me fez ir com ele. Fiquei assustado e animado. Havia muita gente em volta, e eu tinha medo de esbarrar nas pessoas, então meu pai meio que foi me guiando, atrás de mim, com as mãos nos meus ombros. Gostei disso. Era uma espécie de jogo. Não fomos longe. Ele me levou até a entrada da estação de metrô de Whitechapel. Eu sabia tudo sobre os trens que andavam debaixo da terra, mas não queria entrar num deles. Eu tinha visto na televisão as pessoas aglomeradas feito sardinhas em lata, segurando nas barras do teto. Não consegui conter as lágrimas que brotaram em meus olhos. Paramos em frente à roleta e viramos à esquerda. Meu pai olhou para mim.

— O que foi?

— Não quero entrar no metrô.

— Eu também não, então deixa de ser uma mulherzinha e seca essas lágrimas, porque temos que tirar fotos.

Fiquei confuso e enxuguei os olhos com a manga da camisa, mas ele me levou até uma cabine pequena no canto da estação. Quase não tinha espaço para nós dois lá dentro, e ele falou que tínhamos que entrar um de cada vez. Esperei do lado de fora na vez dele de entrar. Dava para ver o flash azul por baixo da meia cortina amarela. Esperamos três minutos, então uma fileira de quatro fotos saiu de um buraco na lateral da cabine. No começo, as fotos era todas brancas, mas depois, como num passe de mágica, a imagem do meu pai começou a aparecer, primeiro a barba nova e bem cuidada, depois o restante do rosto. Em seguida, foi a minha vez. Ele ajustou o banquinho giratório, e olhei para o espelho que ia bater minha foto.

— Quando o flash disparar, não pisca — avisou ele, e fechou a cortina. Abri os olhos o máximo que pude quando os flashes vieram, mas, mesmo assim, quando minha imagem surgiu do borrão, eu estava com os olhos fechados em duas das quatro fotos. — Tudo bem, só precisamos de uma boa. — Ele me levou de volta para a pensão, e fiquei sentado lá, lendo *Tom Sawyer*, entediado, pois já tinha lido aquela história muitas vezes.

No dia 31 de março, meu pai voltou todo orgulhoso com dois passaportes nos nomes de Steven Armstrong e James Armstrong. Eram dois livrinhos azul-marinho com as nossas fotos e as datas de nascimento. O aniversário do meu pai estava errado no dele, mas ele falou que isso não importava. Em cima dizia "Passaporte Britânico", com um brasão real no meio e, lá embaixo, em letras menores, "Nova Zelândia".

— Depois de amanhã, Steve, vamos embarcar na jornada mais épica das nossas vidas. Vamos navegar pelo mundo até a Nova Zelândia. A nossa nova casa. — Eu me lembrava da Nova Zelândia no nosso globo. Eram duas ilhas compridas que pareciam ter caído da Austrália. Eu sabia que era a terra do pássaro kiwi e do time de rúgbi All Blacks, que tinha montanhas e geleiras, e que o clima não era muito diferente do da Irlanda. Eu também sabia que a população da Nova Zelândia era aproximadamente do mesmo tamanho que a da Irlanda, embora o país fosse três vezes maior. Ia ter muito espaço para nós lá.

— Não vai demorar muito?

— Imagino que sim, mas você não tem nem ideia de como esses passaportes foram caros e difíceis de arrumar. Tive que lidar com uns homens muito malvados, mas acabei conseguindo, no final. Viajar de avião é muito arriscado, e acho que não é seguro pra você, com todo aquele ar circulando entre os outros passageiros. Vamos ter que comprar uma casa e um carro quando chegarmos lá. — A empolgação dele era contagiante. — Olha, trouxe uns presentes pra você.

Ele tinha comprado luvas e um chapéu com abas nas orelhas que cobriam minha cabeça quase toda, para me manter a salvo de tocar as pessoas sem querer. E me deu três livros novinhos. *Flora e fauna da Nova Zelândia, Nova Zelândia: história e cultura de uma grande nação* e *Os heróis da Nova Zelândia.*

— Nós não somos mais irlandeses?

— Não, Steve, somos neozelandeses, nascidos e criados naquele país, membros da Commonwealth. Tenho parentes na Irlanda e fui para lá de férias depois que saí da escola. Foi lá que eu conheci a sua mãe e me casei com ela. Fiquei morando lá e me formei como dentista. Você nasceu um ano depois, quando a gente voltou para a Nova Zelândia. Sua mãe morreu de câncer no Natal do ano passado, e nós a trouxemos para casa para enterrá-la no cemitério onde a família dela está. Agora, estamos voltando para casa. Essa é a nossa história. Estamos mudando a história, meu menino.

Havia alegria em sua voz.

— E outra coisa, a polícia encontrou a Denise e aquela fedelha. Tem um mandado de busca e apreensão em meu nome. Eles estão procurando um irlandês viajando sozinho na Inglaterra, mas por enquanto só deu nos jornais irlandeses. Ainda não divulgaram a história aqui. Acho que a idiota da sua mãe se esqueceu de você. Parece que eles não sabem que você existe e, quando souberem, nós vamos estar do outro lado do mundo.

29

Sally

Em março de 2019, finalmente recebi notícias da Nova Zelândia. O inspetor Baskin, de Dublin, era o responsável pelo caso, mas ele mandou a detetive Andrea Howard na minha casa com as informações. Ela me explicou que a polícia da Nova Zelândia não tinha conseguido encontrar nenhuma pista sobre Conor Geary. Eu fiquei me perguntando por que tinha demorado tanto, mais de um ano.

— No começo, quando circulamos a fotografia, apareceram muitas pistas. Todas elas tiveram que ser verificadas e eliminadas, e todas se provaram falsas. Algumas pistas pareciam promissoras. Um imigrante irlandês que foi um conhecido pedófilo, mas ele é duas décadas mais novo que o Conor, então foi descartado. Um dentista que passou uns anos na Irlanda e morava não muito longe de onde uma jovem foi raptada, na Nova Zelândia, em 1983. Mas ele era neozelandês e morreu há décadas. E ele tinha um filho mais velho que você. Outro beco sem saída. E, por fim, um dentista que foi acusado de molestar uma jovem paciente há vinte anos, mas a mulher em questão acabou se revelando uma testemunha muito pouco confiável. Ela acusou muitos homens ao longo dos anos, alguns dos quais nem estavam vivos na época dos supostos incidentes. Muitos outros nomes foram lançados. As pessoas às vezes acham que estão ajudando, quando na verdade estão obstruindo a investigação.

— Isso tudo é informação inútil — comentei.

— É, bom, eu só queria te manter atualizada. O pacote foi enviado da Nova Zelândia, mas a pessoa que mandou podia estar só de passagem. Não tem muita informação para seguir adiante.

— Vocês vão continuar procurando? E eles também? Na Nova Zelândia?

— Bom, como eu falei, exploramos todas as possibilidades.

Fiquei insatisfeita com esse desfecho. Acontece que a falta de notícias, ao contrário do que se diz, não era um bom sinal. Era apenas a ausência de notícias, e nada mais.

— Não sei quem te mandou aquele urso, Sally, mas pode ser um urso diferente, alguém tentando mexer com a sua cabeça. Tem muita gente esquisita por aí. Na época que a sua mãe foi sequestrada, saiu em todos os jornais que ela estava com um ursinho de pelúcia.

— O urso era meu. — Eu estava com raiva.

— Se você está dizendo que é, então tá.

— Eu não minto.

Eu sabia que era meu. Tinha certeza absoluta, mas tentei fazer meus exercícios de respiração e ver as coisas do ponto de vista da detetive Howard. Dava para entender a dúvida dela, mas eu estava esperando havia mais de um ano, e ela não tinha resposta nenhuma.

Mais uma vez, ela me perguntou se eu me lembrava de alguma coisa do meu cativeiro. Àquela altura, eu sabia por que não me lembrava de nada. O prontuário do meu pai incluía listas de todos os medicamentos que eu havia tomado, tanto na unidade psiquiátrica com a minha mãe como um ou dois anos depois de eu ter sido adotada. Angela comentou que as dosagens eram muito incomuns, que eu devo ter passado pelo menos um ano praticamente como um zumbi, até finalmente ser retirada das drogas. Não me lembro de tomar comprimidos. Talvez fosse misturado com a minha comida. Como meu pai ousou fazer isso comigo?

Na consulta seguinte com Tina, eu estava fervilhando. Como de costume, ela me ajudou a racionalizar meus sentimentos. Eu não estava errada em ficar com raiva. Era uma resposta perfeitamente normal. Mas ela me fez olhar as coisas do ponto de vista do meu pai. Se eu tivesse me deparado com uma criança que tivesse vivido uma situação terrível, eu não tentaria apagar aquelas lembranças dela? Ouvi o que Tina tinha a dizer, mas fiquei preocupada que talvez aqueles sentimentos enterrados pudessem emergir um dia, e que eu não fosse capaz de controlá-los. Na maioria dos dias, eu empurrava tudo para o fundo da minha mente, mas aquela raiva toda estava se tornando cada vez mais ardente, sobretudo desde a visita da detetive Howard. Tina perguntou se eu me sentia ameaçada pelas notícias, se eu me preocupava que, de alguma forma, Conor Geary voltasse para mim, mas não era isso que me assustava. Eu ficava imaginando o que ele poderia ter feito depois. Pedófilos deixam de ser pedófilos se não forem pegos? Eu não tinha medo dele, mas odiava que ele soubesse onde eu estava. "S" estava por aí, em algum lugar.

— Mandar Toby foi o jeito dele de me avisar que ainda pensa em mim, que ainda está no controle.

Eu o odiava. Disse a Tina que queria matá-lo. Ele tinha cometido um crime hediondo e se safado. O que o impedia de fazer aquilo de novo e voltar para a Irlanda?

— Depois da visita da detetive Howard, saí pela porta dos fundos e quebrei um vaso no quintal. Nunca tinha feito nada parecido antes. A minha raiva me assustou.

Tina me pediu que me concentrasse nos meus exercícios de respiração e me perguntou se eu continuava fazendo ioga em casa.

Eu contei que tinha decidido vender a casa. O que era ainda mais urgente agora, porque não me sentia segura ali sozinha. Ela perguntou se um sistema sofisticado de alarme faria com que eu me sentisse mais segura. Eu sabia que era impossível me esconder numa cidade pequena, mas também estava com muito medo de me mudar para um lugar desconhecido e maior; até Roscommon era grande e barulhento demais para mim.

— Ele vai me achar, se voltar.

— Não acho que ele se interesse muito por mulheres adultas, Sally. Ele tem o quê, 84 anos agora? Deve estar frágil. Duvido que você corra algum perigo físico diante dele. E ainda não sabemos ao certo se foi ele quem mandou o urso, embora pareça provável. Tem mais alguma coisa que te preocupa a respeito dele?

Eu me lembrei da conversa com Mark, na festa de Udo e Martha.

— Meu medo de sexo e relacionamento. Acho que pode ser porque testemunhei coisas. O Google tem me ajudado muito, Tina, e sei que você não vai aprovar, mas não acho que eu tenha uma deficiência social. Emocionalmente, sou uma criança. Quem diz o que pensa o tempo todo? Crianças. Quem não pensa em sexo ou em relacionamento? Crianças.

— Sally, nunca é uma boa ideia se autodiagnosticar, mas pode ser que tenha alguma verdade no que você está falando. Embora você certamente não tenha uma deficiência social nem seja infantil.

Contei da festa e da minha conversa com Mark. Ela ficou quieta por um momento.

— Esse Mark, ele conhece a sua história, né?

— Tanto quanto uma pessoa capaz de usar o Google conhece.

— Você acha que ele pode estar te sondando porque está interessado em você... digo, romanticamente?

— Não.

— Por que não?

— Bom, não é óbvio? Sou uma pessoa problemática.

— Isso não tem nada de óbvio, Sally. Se eu te visse num bar ou numa festa, acharia você bonita. E, desde que você começou a fazer ioga, há certa leveza nos seus movimentos.

— Estou mais consciente dos meus músculos abdominais. Tenho trabalhado nisso.

— Você tem um rosto muito bonito. Parece bem mais nova do que é. Não tem nem um único fio de cabelo grisalho. Nenhuma ruga.

Fiz uma careta.

— É, igual a uma criança.

— Não, igual a uma mulher adulta e bonita.

— Mas eu falei pra ele, na frente de todo mundo, que não queria fazer sexo nunca. E acho que as pessoas ficaram chocadas.

Ela fez uma pausa e me pediu que respirasse fundo por um minuto.

— Você parece estar confortável com a sua assexualidade. Agora acha que isso é algo do qual deve se envergonhar?

Eu não tinha pensado nisso. Assexual.

— Mas, Tina, eu fantasiava com o Harrison Ford, bastante.

Ela sorriu.

— Acho que todas nós já fizemos isso. Sally, eu não sou terapeuta sexual, mas...

— Tá bom. Eu não preciso de sexo, nem quero nem sinto falta. Eu nem me masturbo. Acho que você tem razão. Sou assexual. Isso é um alívio.

— Um alívio, por quê?

— Eu gosto de rótulos. Deficiência social. Assexual.

— Você não tem uma deficiência. Mas talvez seja melhor não falar da sua sexualidade com pessoas que você não conhece direito. Isso é uma coisa pessoal.

— Você faz muito sexo? — Eu estava curiosa.

— Não vou responder a essa pergunta. É pessoal e particular.

— Certo, entendo.

Depois disso, fizemos terapia de toque. Deixei Tina escovar o meu cabelo. Foi surpreendentemente relaxante. Ela ficou chocada que eu nunca tenha ido a um salão de beleza. Eu sempre cortava meu próprio cabelo e o prendia num coque. Era mais fácil assim. Ela então massageou meus ombros um pouco. Não vi sentido nisso.

Quando eu estava saindo, ela me lembrou de novo dos exercícios de respiração e de controlar a raiva.

— É mais fácil na teoria do que na prática — falei.

— Não quebre coisas. Não ataque ninguém, a menos que a pessoa represente um perigo para você. Basta respirar fundo. E toque o seu piano.

Já tínhamos ultrapassado o nosso tempo, mas eu tinha que perguntar.

— Você acha que eu podia dar aula de piano mesmo sem qualificação?

— Acho que sim, mas você provavelmente teria que pedir uma autorização da polícia antes de trabalhar com crianças. Dar aulas requer muita paciência, mas você está aprendendo isso toda vez que vem aqui. Mas conseguir autorização da polícia pode ser meio complicado, por causa do incidente com os restos mortais do seu pai. Vamos esperar um pouco mais?

Naquela tarde, fui tomar um café com Sue e Mark. A garçonete ouviu o nosso pedido sem anotar. Eu podia fazer aquilo, mas não poderia trabalhar num lugar com uma música tão ruim. Ela sorria para todas as pessoas com quem falava. Tirei garçonete da minha lista mental de possíveis empregos.

Mark chegou primeiro e, enquanto ele se sentava, Sue apareceu. Antes de a garçonete sorridente nos trazer os cardápios, houve muito do que hoje sei que se chama "jogar conversa fora". Sue me entregou um livro de receitas do Jamie Oliver, e eu dei a ela uma pilha de páginas impressas com receitas do site da BBC, mais as que eu havia copiado de Caroline, do posto Texaco.

— Então você gosta de cozinhar?

— É uma boa forma de passar o tempo, mas era melhor quando meu pai estava vivo, porque tinha alguém para apreciar.

— Você devia dar um jantar! — sugeriu Mark.

Eu não sabia o que responder, então mudei de assunto.

— Como estão as coisas no Mervyn Park? — perguntei.

Mark e o marido de Sue, Kenneth, trabalhavam lá. Mark cuidava das folhas de pagamento.

— Eu fico pedindo pra ele dar um aumento pro Kenneth toda hora — comentou Sue.

— Você sabe que eu daria se pudesse. Acho que, com sorte, a empresa só vai começar a dar lucro no quinto ano de operações.

— Estou só provocando, Mark — rebateu Sue.

— E a procura por emprego? Alguma perspectiva? — Mark me perguntou.

— É difícil — respondi —, estou com 44 anos e não sei o que quero ser quando crescer. — Essa foi a minha piadinha, mas nenhum dos dois riu.

— Quando eu tinha 10 anos, queria ser detetive — disse Mark.

— Eu queria trabalhar com moda — comentou Sue.

— Acho que eu só quero tocar piano. Sou boa no piano.

— É mesmo? — perguntou Mark. — Você compõe ou só toca?

— Às vezes componho umas coisas curtinhas, mas prefiro tocar. Debussy, Bach, John Field.

— Quem sabe você não toca pra gente no seu jantar? — sugeriu Mark, piscando para Sue.

— Ah, ia ser tão lindo — comentou ela.

— Não sei. Nunca dei uma festa.

— Nunca? Nem quando era criança?

Mark piscou lentamente, e Sue cobriu a boca com a mão.

— Ah, desculpa, não tive intenção… Falei sem pensar. Eu fiquei sabendo do… de quando você era criança.

— Eu sei, pedi pra Martha explicar quando fui embora da festa dela no sábado.

Mark me fitou com seriedade.

— Queria que você não tivesse saído correndo. Não tinha nada do que se envergonhar.

— Mark, você está interessado em mim romanticamente?

Duas marcas vermelhas surgiram nas bochechas pálidas de Mark.

— Uau — exclamou Sue —, vocês querem um pouco de privacidade?

— Não, por favor, eu preciso saber. Conversei sobre isso com a minha terapeuta. E acho que você está flertando comigo. Mas não tenho certeza. Nunca recebi esse tipo de atenção de um homem.

Antes que Mark pudesse responder, Caroline, do posto Texaco, apareceu, esmurrando a janela e gritando alguma coisa para mim.

— O que é isso? — exclamou Sue, enquanto Caroline avançava pela porta e vinha marchando direto até nossa mesa.

— Sua filha da puta! — gritou ela. — Eu perdi o emprego porque a louca que incinerou o próprio pai disse pro escritório central que eu era racista.

— Fui eu que liguei pra eles — interveio Mark. — Eu estava lá quando você falou aquelas coisas sobre os nossos amigos. Não bota a culpa na Sally, fui eu.

— Eu liguei pra confirmar os detalhes — acrescentei.

Sue parecia pouco à vontade. Caroline olhou feio para ela.

— Então quer dizer que você arrumou amizade com mais um deles. — Caroline cuspiu as palavras em cima de mim.

A garçonete sorridente não estava mais sorrindo. Ela apareceu atrás de Caroline.

— Caroline — disse ela —, eu vou ter que pedir pra você se retirar. Não toleramos comportamento agressivo no nosso estabelecimento.

— Ah é, mas você não tem o menor problema em servir aquela ali, né? — devolveu ela, apontando para Sue.

Mark ficou de pé na mesma hora, mas a não mais sorridente garçonete pousou a mão no ombro dele e falou com toda a calma:

— Vai embora, Caroline. Você está proibida de pisar aqui.

— Pode ficar tranquila — exclamou ela. — Eu vou embora daqui mesmo. Não vou ficar aqui, junto com esse monte de aberração. Cansei desse lugar. Vou me mudar pra Knocktoom. Aliás, Valerie — acrescentou ela, assim que chegou à porta —, a sua quiche é uma merda.

Depois que ela bateu a porta, fez-se um silêncio, e todos os olhares se fixaram ou em Caroline, que saiu pisando firme enquanto descia a colina, ou em nós três. Em seguida, voltaram-se todos para Valerie e começaram a bater palmas, incluindo Mark e Sue, e por fim eu. Num instante, fez-se um clima de festa. Risos. Várias pessoas vieram à nossa mesa e garantiram a Sue que ela era muito bem-vinda em Carricksheedy. Um senhor afirmou que precisávamos variar o pool genético do vilarejo, porque as pessoas ali tinham a pele tão branca que chegavam a ser azuis. Ao sair, logo depois disso, ele exclamou:

— Melhor quiche da Irlanda! — E os demais clientes riram e aplaudiram.

Mark perguntou a Sue:

— Você está bem? — E ela enxugou as lágrimas dos olhos.

— Acho que não esperava que isso acontecesse aqui. — Ela tinha ficado chateada.

A garçonete, que obviamente se chamava Valerie, veio até nossa mesa.

— Sinto muito que isso tenha acontecido no meu café. A refeição de vocês hoje fica por conta da casa.

Mark e Sue protestaram e insistiram que nada daquilo era culpa de Valerie. Ela era imensamente gentil. Agradecemos e pagamos a conta, dividindo-a por três (como Tina havia sugerido). Mark e Sue tinham que voltar para o trabalho e saíram às pressas.

Ao sair, agradeci a Valerie.

Mark não tinha respondido à minha pergunta.

Tia Christine me ligou e avisou que tio Donald estava muito doente.

— Ele vai morrer? — perguntei.

— Acho que sim — respondeu ela, aos prantos.

Pensei na coisa certa a dizer.

— Sinto muito. Espero que ele não esteja sofrendo. — Tentei me sentir triste por tio Donald. Não consegui. Mas me senti triste por tia Christine.

— Eles estão mantendo o Donald confortável por enquanto, mas ele está piorando muito rápido.

Considerei que este não era o momento certo para contar a ela sobre a minha dificuldade em controlar a raiva.

— Espero que ele morra em paz, dormindo, igual ao meu pai.

— Acho que é o melhor que podemos esperar.

— Há quanto tempo vocês são casados?

— Quase quarenta anos.

— Isso é muito tempo.

Eu queria perguntar a ela com que frequência eles transavam, se ela gostava, se ia cremá-lo, se eu devia ir ao enterro, mas não o fiz.

— Não consigo imaginar a vida sem ele. É câncer de estômago, com metástase no pulmão e no fígado. Não tem mais esperança. Pensei que íamos ter mais tempo juntos.

— Isso é triste. — Pessoalmente, eu achava que quarenta anos era tempo de sobra.

— Obrigada, minha querida. É melhor eu voltar pro quarto dele agora. O tempo é precioso. Ligo pra você se tiver alguma novidade, tá bom?

Eu sabia que ela queria dizer a notícia da morte dele.

— Sinto muito — disse, novamente.

— Obrigada, você é uma boa menina. Tchau. — Sua voz tremeu antes de ela desligar.

Eu tinha lidado bem com a conversa. Mesmo sendo uma mulher, e não uma menina. Senti uma pequena sensação de triunfo, que poderia contar a Tina no mês seguinte. Empatia! Eu tinha sentido e expressado empatia.

30

Peter, 1982

No dia 2 de abril de 1980, eu e meu pai deixamos a Inglaterra. Viajamos na barca de Dover para Calais como passageiros a pé, e depois para Gênova, na Itália, mas então veio a terrível viagem de vários meses de Gênova até Port Said, no Egito, e pelo canal de Suez até Colombo, Cingapura, Sydney, e, por fim, Auckland, às vezes escondidos em navios cargueiros, à custa de subornos generosos, e às vezes como passageiros comuns. Meu pai parecia estar gostando da expedição, "vendo o mundo", segundo ele, mas eu passei a maior parte do tempo com medo e/ou enjoado. Eu me escondia na nossa cabine e raramente subia até o convés.

Quando chegamos à Nova Zelândia, meu pai estava de bigode e com uma barba cheia. Ele nunca mais se barbeou, embora a mantivesse bem aparada, "igual o Sigmund Freud", disse ele. E também usava óculos de aros grossos com lentes claras. Só quem o conhecesse bem o reconheceria como Conor Geary, e eu era a única pessoa que o conhecia bem.

Em Auckland, alugamos uma casa pequena por dois meses. Meu pai havia mudado o nome no diploma de dentista para James Armstrong e se registrou na Associação Odontológica da Nova Zelândia com esse nome, usando uma carta que conseguiu forjar do Conselho de Odontologia da Irlanda. Ele também teve que fazer algum tipo de avaliação, mas passou com facilidade.

Depois nos mudamos para Wellington, e meu pai conseguiu um trabalho como dentista. Ele incorporou o sotaque local depressa e me incentivou a fazer o mesmo. Mas para mim era mais difícil, já que não via muita gente.

A maior mudança foi que eu não era mais um segredo. Meu pai tinha orgulho de me apresentar às pessoas que conhecíamos. Embora às vezes tivesse que explicar minha doença, ele minimizava o problema, e depois me dizia que não queria que as pessoas ficassem com pena de mim. Mas comecei a conversar com outras pessoas pela primeira vez. Foi muito difícil. Eu nunca sabia o que dizer.

Ele contava a história triste da pobre mãe e esposa falecida. Isso provocava simpatia e fazia com que as pessoas parabenizassem o meu pai por me criar sozinho.

Fomos convidados para almoçar na casa de outro dentista. Eu fui com o chapéu e as luvas, e meu pai ofereceu a explicação habitual a respeito da minha rara condição, mas eu não conseguia tirar os olhos da esposa e das filhas do colega dele. Meninas um pouco mais velhas do que eu, que se comportavam de forma absolutamente normal. A mãe também era normal. Ela tinha feito um bolo, assado um frango e pedido às filhas que exibissem os suéteres de tricô feitos por ela. Eu falei pouco. Meu pai explicou que eu era tímido, pois, na Irlanda, tive que ser educado em casa.

Mais tarde, na nossa casa, expressei minha admiração pela mãe e pelas filhas. Meu pai olhou para mim com estranheza e depois disse que era hora de seguir em frente, de montar o próprio consultório.

Nos mudamos para Rotorua, onde os imóveis eram baratos. Era 1982, e eu tinha 14 anos. O lugar cheirava a ovo podre, por causa do sulfeto de hidrogênio que pairava sobre as águas termais. A nossa casa ficava numa estradinha menor, a uns cinco quilômetros da cidade. Havia um casebre no terreno ao lado, mas, tirando isso, o vizinho mais próximo ficava a quilômetros de distância. Na estrada, na frente de casa, passavam uns caminhões madeireiros com bastante regularidade, mas, tirando isso, quase não havia tráfego.

Tínhamos dois quartos, uma cozinha e uma sala de estar comprida e escura, e mais um celeiro nos fundos, a uns dez metros da casa. A construção era de madeira e não tão bonita quanto a casa da Irlanda, que tinha o jardim bem cuidado, a entrada larga e os pilares de pedra. Meu pai disse que era uma aventura, um recomeço. Nenhum de nós acreditou naquilo. Meu pai ia de carro até o consultório novo todos os dias. Ele o havia comprado da viúva de um dentista recém-falecido. O recepcionista era um rapaz chamado Danny. Eu o vi muito pouco. Acho que ele imaginou que eu tinha algum problema mental, porque não conseguia conversar com ele. Eu estava desesperado para socializar, mas minha falta de articulação dificultava muito. Quando falei isso para o meu pai, ele me alertou que não interagisse com outras pessoas. Elas podiam me matar sem querer, segundo ele.

Durante os longos dias em que ele estava no trabalho, eu explorava a região. O nosso terreno não tinha cerca nos fundos, e levei três semanas até descobrir que havia fontes termais naturais a uns três quilômetros naquela direção, sob um penhasco íngreme. Fiquei com medo de testar a pele naquela água, mas, quando contei ao meu pai, ele ficou tão animado quanto eu. Partimos num dia frio de maio e nadamos na piscina natural de água quente antes de nos refrescarmos no lago de água fria ao lado. Era muito melhor do que a praia na Irlanda. A água não teve efeito prejudicial algum na minha pele. Depois disso, meu pai e eu passamos a ir até lá nos fins de semana, tanto no verão como no inverno.

Na propriedade contígua à nossa, morava um menino que parecia alguns anos mais velho que eu. Ele dirigia a própria caminhonete. Fiquei fascinado. Dava para vê-lo da minha janela e, quando meu pai estava no trabalho, eu me pendurava na cerca adjacente, ansioso para conversar. Pelo que pude ver, ele morava com a mãe. Eles saíam de manhã cedo, e ele voltava à tarde, então ela voltava de carona, lá pelas 21 horas, ou mais tarde nos fins de semana. Quando ele chegava da escola, ficava chutando uma bola de rúgbi no quintal e cuidando das galinhas, que eu podia ouvir no galinheiro do outro lado da propriedade.

Observei meu vizinho e concluí que havia algo de gentil nele. Era pobre, a julgar pelas roupas e pela casa, mas dava para ouvi-lo falando com a mãe. E ele era respeitoso com ela. Ela parecia velha. Então me perguntei se não era sua avó.

Agora que eu estava mais velho, começava a questionar a maneira como meu pai falava das mulheres. A Nova Zelândia fora o primeiro país do mundo a dar às mulheres o direito ao voto, um fato que enfureceu meu pai quando comentei com ele. Quando mencionei a senhora na casa ao lado, ele fechou os olhos até eu parar de falar. Havia certos assuntos proibidos para o meu pai, e era assim que ele expressava isso. Fechava os olhos para calar a questão.

Eu me perguntava sobre a minha mãe e a minha irmã, no quarto ao lado, anos antes. Lembrei que tinha chutado sua barriga grávida. Aquilo não podia estar certo, apesar de o meu pai ter me incentivado a fazer isso. Se ele estava certo sobre tudo, por que estávamos do outro lado do mundo, com uma história nova e nomes novos?

Mas minha mãe tem que ter sido o problema. Ele era meu pai, cuidava de mim, nunca levantara a mão para mim. Eu tinha presenciado evidências da loucura e da agressividade dela. Uma vez, quando minha irmã era bebê, eu perguntei a ele por que não a pegava e deixava nos degraus da igreja, mas ele disse que era um ato de caridade deixá-la ficar com Denise.

— É tudo o que ela tem — explicou ele. — Não sou cruel a ponto de separá-las. Já foi ruim o suficiente quando tirei você dela, eu não seria capaz de fazer isso de novo.

Meu pai obviamente tinha um coração bondoso.

31

Sally

Alguns dias depois do incidente da cafeteria, Mark me ligou. Lembrei a ele que eu tinha feito uma pergunta antes da interrupção de Caroline.

— Por que você está tão interessado em mim?

— Bom, é meio complicado, mas eu queria ser seu amigo, cuidar de você. Não é que eu tenha pena de você, mas também não quero dar a impressão errada.

— O que tem de complicado nisso? — Manifestei minha suspeita. — Você é jornalista?

— Nossa, não, sou contador e novo no vilarejo. Acho você fascinante, a sua história. Fiz alguma coisa ou falei algo errado?

— Você perguntou sobre o meu histórico de relacionamento. A minha terapeuta achou que você podia estar interessado em ter um relacionamento comigo.

— Estou interessado em outra pessoa, mas está muito no começo ainda, e tenho medo de estragar tudo. Lembra da Anubha?

Respirei aliviada.

— A Anubha parece muito legal, e vocês dois são divorciados. Você devia chamar ela pra sair.

— Bem que eu gostaria, mas, tecnicamente, sou chefe dela, então pode parecer assédio no local de trabalho.

— Quem sabe ela não está esperando você convidar? Ela tem dois filhos, então provavelmente gosta de sexo.

Ele riu. Fiquei chateada.

— Eu não estava brincando. Ela parece simpática.

— Ela é.

— Mas por que você me chamou pra tomar um café?

— Eu queria que você soubesse que eu não fiquei desconfortável com a nossa conversa na festa da Martha. Não podemos ser amigos?

Concordei em tentar.

— Acho que você precisa ter cuidado, Mark. Mesmo que ela goste de você, os filhos podem não gostar.

— Você daria uma boa consultora amorosa.

— Paga bem?

— Na verdade, não.

— Ainda estou procurando emprego.

— Tem que ter alguma coisa que você possa fazer. Quer que eu pergunte no Mervyn Park?

— Quero, por favor. Ah, Mark?

— O quê?

— Estou com raiva do meu pai biológico. A polícia não encontrou nenhum vestígio dele na Nova Zelândia. Ninguém sabe onde ele está agora.

Houve uma pausa.

— Posso passar na sua casa? — perguntou ele.

— Pra quê?

— É mais fácil falar pessoalmente, ainda mais sobre ele.

— Tá bom, pode vir jantar. Vou fazer torta de carne moida. Lá pelas 18 horas?

— Está ótimo.

— Mas não é um jantar social, tá bom?

Ele riu e completou:

— Nem um encontro, tá bom?

Eu ri.

Mark apareceu depois do trabalho, e eu o atualizei explicando como Toby nos direcionou para a Nova Zelândia.

— Toby? — exclamou ele, alerta. Expliquei sobre o urso. Ele perguntou se podíamos usar o computador do meu pai para ver a cobertura dos jornais da Nova Zelândia. Nós esmiuçamos página após página, retratos falados e modelos 3D de qual deveria ser a aparência de Conor Geary hoje. Não havia nada nas notícias que a detetive Howard já não tivesse me contado. Mark estava muito sério. — Na época, eu vi a nova chamada por informações, mas não sabia que tinha relação com o Toby. Tem certeza de que não se lembra de nada dele, do tempo que passou no cativeiro?

— Não, você não acha que eu ajudaria a pegá-lo se pudesse? A Denise também quase não falava dele.

— Como você sabe?

— Está tudo nas anotações do meu pai.

— Que anotações?

Expliquei sobre os diários e as anotações médicas do meu pai.

— Posso ver?

— Pra quê?

— Quero ajudar, Sally.

— Não acho certo. Não preciso da sua ajuda. Sei ler muito bem. São prontuários pessoais meus e da minha mãe biológica.

— Mas, sabe como é, um olhar de fora pode enxergar alguma coisa que você não viu. Eu podia avaliar de um ponto de vista menos parcial?

— Não tem quase nada sobre Conor Geary lá.

— Mas talvez tenha alguma pista?

— Não tem pista.

— Como você sabe? Você tem uma mente literal. Talvez eu consiga ver alguma sutileza que você não viu.

A persistência me enfureceu.

— A polícia tem uma cópia. Eles investigaram as anotações minuciosamente. A Angela, minha médica e minha amiga, leu comigo. Mark, você pode ir embora, por favor? Você está me deixando desconfortável.

Sua postura sorridente tinha desaparecido. Ele abriu a boca para falar alguma coisa, mas então pareceu mudar de ideia. De repente, pareceu contrito.

— Nossa, me desculpa. Eu me empolgo com as coisas. Esse caso foi tão famoso na minha infância.

— Todo mundo fala isso.

Ele olhou para mim, e eu não sabia dizer se estava triste, com raiva ou feliz. Eu definitivamente não estava me sentindo à vontade.

— Mark, você pode ir embora?

— É, eu não... — Ele não terminou a frase, mas pegou o casaco no encosto da cadeira e saiu.

Eu não conseguia me decidir se queria ser amiga do Mark ou não. Ele parecia ter um lado sombrio.

No dia seguinte, ele pediu desculpas novamente por "ser tão intenso". Tina disse que eu devia aceitar desculpas que se mostrassem sinceras. Então eu aceitei.

A casa abandonada da Bracken Lane era uma boa distração. Fui com Nadine visitar o lugar três vezes. Era só uma casca. As paredes estavam intactas, mas o telhado havia cedido do lado esquerdo. Nadine fez um esboço de como achava que poderia ficar. Seu entusiasmo era contagiante.

A inspeção estrutural voltou com uma lista de problemas, o pior deles era que havia um córrego subterrâneo que tendia a aumentar de volume no inverno. Por isso as tábuas do piso estavam todas podres. Nadine viu nisso um desafio para elevar o nível do chão e incorporar o córrego ao design da casa, expondo-o sob uma lâmina grossa de vidro e fazendo-o atravessar a sala de estar com luzes subterrâneas que o iluminassem à noite.

Nadine falou que, se eu comprasse a casa, ela faria o projeto e administraria a obra por dez por cento do custo. Havia vinte anos que a casa estava vazia. Após três dias de negociações, no dia 2 de abril de 2019, os proprietários aceitaram minha oferta. Nadine achava que eu poderia me mudar até o fim do outono.

Então havia a pequena questão de vender minha própria casa e o terreno. Minha casa já era limpa, então não precisei arrumar muito, mas o corretor sugeriu que o terreno talvez valesse mais do que a casa e que eu não precisava me preocupar em repintar. Eu estava com medo da mudança. Tina falou que era um progresso: abraçar a mudança.

Mark e eu saímos para tomar café ou para beber algumas vezes com Udo e Martha, ou com Anubha, Sue e Kenneth, e um dia ele fez um churrasco no apartamento dele, no domingo de Páscoa, 21 de abril. O churrasco foi na varanda. Ele morava no mesmo prédio que Kenneth e Sue. Ele foi um perfeito cavalheiro em todas essas ocasiões, embora não tenha deixado de me irritar perguntando se havia mais algum desdobramento na busca por Conor Geary.

Eu gostava do jeito como ele brincava com as crianças e fazia truques de mágica para entretê-las. Ele e Anubha pareciam manter distância um do outro. Mark me confidenciou que achava que ela não estava interessada.

Eu tinha começado a fazer compras no mercadinho Gala, na rua principal do vilarejo. Demorei um pouco para me orientar e me acostumar com os produtos disponíveis em cada corredor. Eles tinham uma variedade surpreendentemente grande de coisas e, quando pedi folhas frescas de curry (para uma das receitas do Jamie Oliver), a senhora simpática disse que ia encomendar especialmente para mim.

— Sabe — comentou ela —, acho que estamos precisando aumentar as opções de ingredientes étnicos aqui. Não queremos perder clientes para o supermercado de Roscommon.

Mostrei outra receita para ela, que anotou todos os ingredientes e me garantiu que definitivamente iria fazer estoque deles no futuro. Segundo o crachá, ela se chamava Laura. Comecei a me apresentar.

— Ah, nós sabemos quem você é! — disse ela. — Você é famosa por aqui

— Espero que não seja uma fama ruim — comentei. Achei que era uma boa piada, e ela também, porque riu.

Contei que era apegada à rotina.

— Então descubra qual vai ser a sua rotina aqui, e pode deixar que eu aviso se houver alguma mudança. O que você acha? — perguntou ela.

Saí da loja me sentindo mais leve, mais animada e feliz. Eu me senti como se tivesse feito mais uma amiga.

32

Peter, 1982

O menino que morava na casa ao lado se chamava Rangi. Eu tinha ouvido a senhora chamá-lo assim. Rangi nunca prestava atenção em mim até que, um dia, ele chutou a bola meio sem jeito, e ela caiu do meu lado da cerca. Saí correndo da nossa varanda para pegar, mas, em vez de jogar de volta, fiquei segurando, parado junto à cerca, esperando que ele se aproximasse. Depois de ficar um minuto me encarando, ele veio.

— O que deu em você? Por que não chuta a bola de volta?

— Meu nome é Steve — eu me apresentei.

— Rangi.

— Eu sei.

— Devolve a bola, então?

Eu a joguei na direção dele e, mesmo me atrapalhando no lançamento, ele a pegou com habilidade, com uma das mãos embaixo da perna.

Ele começou a se afastar sem me agradecer. Tive que detê-lo.

— Você vai à escola? É pra lá que você vai todo dia de manhã?

— É, ué?! — Ele respondeu como se a minha pergunta tivesse sido uma acusação.

— Sorte a sua — comentei. — Tenho uma doença que não me deixa chegar perto de outras crianças. Se elas me tocarem, eu posso morrer.

— Ah, é? Como você pegou isso? Eu ia gostar de não ter que ir pra escola.

— É ruim — respondi, sentindo pena de mim mesmo. — Não tenho amigos.

— Você tem televisão? — perguntou ele.

— Tenho. Você pode assistir comigo se quiser, antes do meu pai chegar...

— De onde é o seu sotaque? — ele quis saber.

Eu achava que não tinha sotaque.

— Sou irlandês — respondi, então me corrigi, de acordo com a nossa história. — Quer dizer, eu nasci aqui, mas morei na Irlanda desde neném. Voltei tem dois anos.

— Ah, é? A Irlanda tem um time de rúgbi, não tem? É lá que tá tendo uma guerra. Você já foi bombardeado?

Ele pareceu decepcionado quando admiti que nunca tinha visto uma bomba, nem uma arma, e que a guerra era só numa parte pequena da Irlanda que pertencia ao Reino Unido. Dava para ver que ele estava perdendo o interesse, então mudei de assunto.

— Quantos anos você tem? — perguntei.

— Quinze. E você?

— Catorze. Você pode dirigir essa caminhonete?

— Mais ou menos. Os policiais não perguntam. Por quê? O seu pai é da polícia? — Rangi ficou desconfiado.

— Não, ele é dentista. Você mora com a sua mãe?

— Não, aquela é a minha tia Georgia. Cadê a sua mãe?

— Ela morreu. — Houve uma pausa. Achei que ele ia dizer que sentia muito, mas Rangi ficou quieto. Então falei: — Quer entrar e ver televisão? Você só não pode me tocar.

— Não, seu esquisito. Por que eu ia querer tocar você?

Estava dando tudo errado. Ele estava indo embora.

— Até outra hora, então? — exclamei, tentando não transmitir meu desespero na voz.

Ele não olhou para trás.

Naquela noite, na hora do jantar, contei para o meu pai, meio nervoso, que tinha conversado com o vizinho.

— O menino moreninho? — perguntou ele, torcendo o nariz de nojo.

— É, bom, a tia dele é branca, então acho que ele é mestiço. Ele foi mal-educado.

— Não se meta com eles. Quase não comprei essa casa quando vi quem morava do lado. Acho que é por isso que foi tão barata.

— Mas eu queria ter um amigo, alguém da minha idade...

Ele largou a faca e o garfo.

— Andei pensando nisso — disse. — Deixa comigo.

Fiquei empolgado. Nas semanas seguintes, meu pai começou a reformar o celeiro. Eu o ajudei a puxar eletricidade da casa principal por uma trincheira subterrânea que nós cavamos. E nos debruçamos sobre livros de construção para descobrir como expandir a tubulação da casa até o canto do celeiro. Meu pai instalou uma pia grande, um vaso sanitário e um chuveiro moderno. E depois comprou um fogão e uma geladeira. E forrou as paredes com caixas de ovo.

— Isolamento acústico — disse ele. — Eles vão querer ter privacidade. Vou procurar um inquilino, uma pessoa nova que possa trabalhar de casa e te fazer companhia.

Fiquei encantado com a ideia, mas, então, meses depois, quando o tal jovem não apareceu, acabei decepcionado.

— É difícil achar a pessoa certa — comentou meu pai —, mas não se preocupe, vou continuar procurando.

Algumas semanas depois de ter falado com ele pela primeira vez, Rangi Parata apareceu na nossa porta.

— Posso ver televisão na sua casa?

Meu pai só ia voltar dali a duas horas.

— Lógico — respondi, abrindo a porta e me afastando bastante dele. Liguei a televisão. Estava passando uma novela.

— A gente pode ver o rúgbi? — perguntou Rangi.

Mudei para outro canal.

— Esse?

— É.

— A Irlanda não é tão boa quanto o All Blacks, mas...

— Ah, é, eu sei disso. Ninguém é.

No intervalo do jogo, durante os comerciais, ele perguntou:

— Tem cerveja aí?

— Tem Fanta. Quer?

— O seu pai não bebe?

— Não.

Rangi olhava para a televisão, e eu olhava para ele.

— Para de olhar pra mim, seu estranho — falou ele. — Você é bicha?

— Não! — Meu pai tinha me explicado sobre gays e lésbicas, e eu já tinha visto outras palavras para descrevê-los nos livros e na televisão. — Quase nunca vejo gente da minha idade.

— É? Bom, para com isso.

— Desculpa.

— O seu banheiro fica dentro de casa?

— O seu não?

— Não. A gente só tem uma fossa, do lado de fora.

Eu já havia me perguntado o que devia ser o galpão nos fundos da casa dele. Tinha visto tanto ele como a tia entrando e saindo dali com um balde na mão. Achei que fosse algum tipo de poço.

— Você quer usar o banheiro?

— É, depois.

— Como é na escola?

— Uma merda. Quer dizer, é uma merda se você for que nem eu. Eles não gostam do meu tipo lá.

Eu sabia que ele queria dizer mestiço, mas não sabia qual era a mistura dele.

— Você é meio maori?

— Sou. Meu pai era maori total.

— Que legal.

— Você tá de sacanagem com a minha cara?

— Não. Acho exótico.

— O que é isso?

— Diferente, mas diferente bom, e não estranho.

— Incomum?

— É.

— Gostei. Exótico. — Ele olhou para mim e sorriu pela primeira vez.

Na outra vez que ele veio, trouxe o dever de casa. Era bem simples. Equações matemáticas que eu já dominava desde os 10 anos. O material de leitura era O *Hobbit*, que eu tinha lido aos 7 anos. Vi um dever de casa corrigido pela primeira vez, com os comentários da professora em caneta vermelha. Rangi mal conseguia juntar as letras cursivas. Ele me pediu que fizesse o dever de casa para ele, e fiquei tentado, para conquistar sua amizade, mas, em vez disso, me ofereci para ajudar. Logo Rangi ia terminar a escola e começar um estágio na área da construção. Ele precisava passar nas provas para tirar o certificado de conclusão de curso.

Sentamos à mesa da cozinha, um de frente para o outro, enquanto eu explicava os exercícios de compreensão de inglês e os problemas de matemática. Ele aprendia depressa.

— Por que você não conseguiu aprender isso na escola? — perguntei.

— Fico ocupado demais, de olho nos outros. — Ele explicou que, em outras áreas de Rotorua, havia uma guerra de gangues, e que ele estava tentando ficar de fora. Embora fosse apenas meio maori, os alunos brancos imaginavam que ele estava envolvido, e os alunos da gangue maori o odiavam por se manter de fora. Ele me mostrou hematomas recentes no braço, onde levara um soco. A escola já não parecia tão atraente.

— Assisto às aulas, não falo com ninguém e vou embora. Eu costumava ficar no armazém, com uma menina que eu gostava... — "Armazém" era como eles chamavam o mercadinho da esquina, já tinha visto adolescentes reunidos na frente da loja. — Mas o irmão dela me achou na escola e me deu um murro.

— Acho que nunca vou conseguir ter uma namorada ou uma esposa.

— Então você vai ficar sem sexo? Pra sempre? Dureza, hein, parceiro.

— Quer dizer que você também não tem amigos?

— Acho que não.

Sorri.

Meu pai não sabia da nossa amizade. Eu tomava cuidado para não deixar vestígio nenhum dele após as visitas, chegava até a dar descarga no vaso sanitário toda vez que Rangi usava o banheiro, já que ele sempre esquecia. Eu tinha avisado que meu pai não o queria na nossa casa. Ele não ficou surpreso, mas ficou feliz que eu ainda quisesse que ele me visitasse.

No dia 10 de dezembro de 1982, uma sexta-feira, Rangi ganhou meio dia de folga, para comemorar o fim dos estudos. Ele tinha uns dias de férias antes das provas para tirar o certificado de conclusão de curso. Comemorar o Natal no verão ainda era um conceito estranho para mim, mas eu gostava. Rangi chegou em casa na caminhonete e pulou a cerca. Ele me mostrou um bilhete da professora. "Melhorou muito", ela tinha escrito. "Rangi se dedicou muito este ano. Esse menino vai ter um futuro brilhante."

Ele gritava e comemorava feito um caubói, chutando a poeira com os pés descalços. Rangi não usava sapatos no verão. Pelo que vi na cidade, muitas crianças também não usavam.

— Obrigado, cara, olha o que você fez por mim! A professora disse que eu vou arrasar nas provas.

— Foi você que conseguiu, Rangi, você. — E foi mesmo.

Então me veio uma ideia.

— Vamos nadar no lago, para comemorar.

Ele também teve uma ideia.

— Não sou muito de nadar, mas trouxe umas cervejas. Vamos ver esse lago. — Ele quase tocou o meu ombro, num gesto de carinho, acho, mas desviei no último segundo.

— Não me toca!

— Desculpa, cara, esqueci.

Ir ao lago foi um erro. Aquela amizade toda era um erro, e foi tudo culpa minha, mas, naquele dia, me senti mais feliz que nunca na vida. Eu tinha um amigo de verdade, que estava grato pela minha ajuda. Íamos nos divertir e agir feito adultos e beber cerveja. Havia alguns meses que eu tinha completado 15 anos e sabia que era ilegal consumir bebida alcoólica antes dos 20. Meu pai teria ficado uma fera se descobrisse, mas, naquele momento, eu não estava nem aí.

Quando chegamos às piscinas termais, colocamos os calções de banho, um de costas para o outro, para provar para nós mesmos e para o outro que não éramos gays, embora eu não pudesse deixar de notar o físico de Rangi. Ele era forte como um homem. Comparado a ele, eu era pálido, magro e esquelético. Ele não só tinha hematomas no braço, mas várias cicatrizes redondas e pequenas no peito. Não pude deixar de perguntar o que eram.

— O que foi isso?

— Minha mãe é uma vadia — disse ele. — É por isso que eu não sei nadar. Não conseguia tirar a blusa na escola sem que as pessoas ficassem perguntando. Marca de cigarro.

— Ela queimou você?

— Queimou, aquela doida varrida... quando eu era criança. Nem sei onde ela está hoje em dia. Deve tá presa. Não conta pra ninguém. Acho que em você eu posso confiar, *Pākehā*.

Acho que *Pākehā* significava "homem branco". Fiquei feliz que ele confiasse em mim.

— E pra quem eu ia contar? Mas, enfim, ela parece igualzinha à minha mãe! — exclamei, contente por termos isso em comum, mães doidas e perigosas.

— Ah, é? Achei que ela tivesse morrido...

Fazia meses que eu não pensava nela. Rangi era meu melhor amigo, meu único amigo. Ele tinha me contado um segredo. Eu podia contar para ele, não?

— Acho que eu queria que ela tivesse morrido. A gente teve que ir embora da Irlanda porque ela mentiu sobre o meu pai.

Contei tudo para o Rangi, enquanto ele abria duas latas. Dei um longo gole na minha, achando que ia ser que nem suco de maçã, mas o gosto era horrível, igual a chulé. Cuspi na grama.

Rangi riu de mim.

— É sério? Você nunca bebeu cerveja na vida?

Fiz que não com a cabeça, então tentei dar outro gole.

— Vira, vira, vira! — exclamou ele.

Eu não queria mais cerveja, então deixei as outras cinco latas para ele.

— Mas acho que isso não tá certo — comentou ele, depois que contei o que tinha acontecido quando passei o fim de semana com a minha mãe. — Você não devia ter chutado a sua mãe, ainda mais se ela estava grávida.

Dei de ombros.

— Meu pai falou que eu podia.

— Pra mim, não tá certo — repetiu ele, e me senti desconfortável. Eu me arrependi de ter contado para ele. — Minha tia Georgia diz que nunca é certo bater numa mulher.

213

Pensei na tia velha dele e em seus longos dias de labuta, limpando a casa dos outros, e depois indo trabalhar no bar, à noite. Acho que meu pai não ia dar muita importância para a opinião da tia Georgia. Por que Rangi dava tanto valor às mulheres? A tia dele era um burro de carga. A mãe era violenta. Mudei de assunto, e logo estávamos conversando animados sobre rúgbi, já que os Lions vinham jogar na Nova Zelândia de novo, naquele inverno. Desde que conheci Rangi, comecei a me interessar mais pelo esporte. Ele adoraria jogar pelo time da escola, mas a implicância que ia sofrer por parte das outras crianças não valia o esforço.

Entrei nas piscinas termais, que eram rasas. Na mais funda, a água batia no meu pescoço. Rangi se juntou a mim e nós ficamos boiando por um tempo.

— Delícia — comentou.

Quando saímos, o sol estava quente nas pedras ao redor da piscina natural.

— A gente tem que se refrescar — eu disse. — Vamos entrar no lago frio.

— Não, Stevie, vou ficar aqui — respondeu Rangi. Estava na cara que ele se sentia desconfortável com o calor, o suor escorrendo pelo tronco.

— Vem — chamei —, você vai assar se ficar aí.

— Mas eu não sei nadar, né? — Sua voz estava levemente arrastada pela cerveja.

Eu me senti especial por Rangi ter me mostrado aquelas cicatrizes. Éramos melhores amigos.

— Então tá — falei —, quer dizer que você não sabe nadar e eu não sei beber cerveja. Estamos quites, mas pelo menos eu tentei.

Ele me seguiu até o lado do penhasco onde a água era fria. Desci me segurando às pedras e entrei na água. Ele me seguiu e se sentou na beirada, mergulhando os pés no lago.

— Cara, isso é bom — disse ele.

— Entra! — eu o encorajei. — Dá para se segurar na grama da beirada.

— Qual a profundidade disso?

— Não sei, não dá pé pra mim. — Afundei na água e nadei por alguns segundos, então vi e ouvi as bolhas quando Rangi mergulhou, perto demais de mim. Me afastei.

Não sei o que aconteceu depois. Talvez a cerveja tenha lhe dado coragem, e ele tentou nadar para longe da segurança da pedra, para se juntar a mim, mas eu estava nervoso, porque ele estava chegando perto demais, e me afastei ainda mais. Então notei que ele estava com dificuldade. A menos de três metros de mim, não conseguiu tocar o fundo e começou a entrar em pânico. Eu podia vê-lo debaixo da água. Ele inclinava a cabeça em direção à superfície, mas não conseguia subir. Emergi e tentei gritar para ele, apontando as pedras a menos de dois metros de distância, mas em nenhum momento ele conseguiu botar a cabeça para fora da água. Se tivesse tentado boiar, teria alcançado as pedras e se sentido seguro, mas ele estava de olhos fechados. Eu queria ajudar. Queria guiá-lo para a beirada. Teria sido tão fácil conduzi-lo, agarrar seu braço, mas tocá-lo significava morrer, apodrecer do jeito mais angustiante, e eu estava com muito medo. Não tinha ninguém por perto para ajudar. Ele se debateu, engolindo mais água em vez de puxar o ar que não conseguia alcançar. Eu subia e mergulhava, subia e mergulhava, gritando com toda a força por socorro, enquanto os pulmões dele se enchiam de água. Vi meu amigo se afogar.

Mais tarde, pensei em todas as maneiras pelas quais podia ter salvado Rangi. Eu podia ter quebrado um galho de uma árvore ali perto e esticado para ele. Podia ter usado uma das toalhas para puxá-lo. Não sei quanto tempo durou o afogamento. Foram anos. Foram segundos. Foi um inferno.

33

Sally

Tio Donald morreu no dia 29 de junho. Tia Christine me pediu que fosse ao enterro, em Dublin. Eu e ela mantínhamos contato. Eu sempre dava notícias para ela sobre a terapia, contava sobre os meus amigos novos, sobre a Nova Zelândia, sobre a venda da casa etc. Ela parecia tanto com a minha mãe que era quase como se ela tivesse voltado para a minha vida. Mas eu não conhecia Donald e não estava com muita vontade de ir ao enterro.

Eu tinha passado os primeiros anos da vida em Dublin, no cativeiro, lógico, e voltara àquela cidade uma ou duas vezes, quando minha mãe ainda era viva, e depois para visitar tia Christine, mais recentemente. Mas na época que eu ia com a minha mãe, quando era adolescente, me sentia totalmente oprimida pelo tamanho do lugar, pelo barulho e pelas multidões. Assisti a muitos programas ambientados em cidades do mundo todo e, embora Dublin fosse um lugar pequeno se comparado a Londres ou a Nova York, o tamanho me assustava. Não podia imaginar como seria andar de carro ou de ônibus lá.

Tina e Angela disseram que eu devia ir ao enterro, e que devia fazer isso por uma questão de gentileza, depois de tudo o que tia Christine tinha feito por mim. Angela sugeriu que eu pedisse a uma amiga que fosse comigo. Tina achou que era a oportunidade perfeita para que eu colocasse em prática todas as coisas nas quais vinha trabalhando: toque, empatia, paciência, diplomacia, autocontrole etc.

Pedi a Sue que fosse comigo. Ela se ofereceu para dirigir. Era verão, e ela estava de férias na escola onde trabalhava como professora, então passar uma noite em Dublin era exatamente o que estava precisando. Sue disse que me deixaria na igreja e depois iria encontrar uma prima. No dia seguinte, me buscaria na casa de tia Christine e podíamos ir às compras em Dundrum, como já havíamos combinado de fazer uma vez. Ela disse que podíamos almoçar lá e depois pegar a estrada e vir direto para casa. Eu podia levar os protetores de ouvido para amenizar o barulho, e podíamos passar no shopping logo cedo, antes que ficasse muito cheio.

Na segunda-feira do enterro, Sue passou cedo na minha casa. Eu estava com minha roupa de enterro, a mesma que eu tinha usado no do meu pai.

— Sally, por favor, não se ofenda, mas esse chapéu vermelho chamativo? Não combina bem — comentou Sue.

— O quê? Mas meu pai disse que era pra usar em ocasiões especiais.

— Acho que ele quis dizer ocasiões festivas, como festas ou casamentos. Não é o tom certo pra um enterro.

— Mas várias pessoas disseram que gostaram no enterro do meu pai. Estava todo mundo mentindo pra mim? Por que mentiriam?

— Ninguém quer contrariar a pessoa principal ali no enterro. Talvez, devido ao episódio da incineração, as pessoas tenham ficado felizes de ter o chapéu como uma distração... Até onde eu sei, pouca gente te conhecia bem o suficiente pra falar alguma coisa.

Senti um rubor subindo pelo pescoço.

— Você acha que as pessoas estavam rindo de mim?

— Não, mas é um pouco estranho.

— Eu sou um pouco estranha.

— Quando formos às compras amanhã, podemos escolher roupas com consciência.

— Com consciência?

— É — respondeu ela.

Sue me acompanhou até a igreja. Chegamos um pouco atrasadas. Pouco mais da metade da igreja estava ocupada. Ela me aconselhou a não olhar para ninguém, seguir direto até o banco da frente e ficar ao lado de tia Christine. Em seguida, ela foi embora, dizendo que me buscaria na casa de tia Christine pela manhã. Eu tinha tomado um comprimido para lidar com os estranhos. Angela me avisou que, neste caso, eu não deveria fazer nada que pudesse aborrecer tia Christine. Era melhor estar controlada. Hoje em dia, ela só me medicava em raras ocasiões.

Tia Christine me cumprimentou com um abraço caloroso, que pude retribuir. Ela me apresentou à irmã de Donald, Lorraine. Lorraine e minha tia estavam chorando. O caixão estava no altar, com uma fotografia de Donald em cima. Ele era um senhor de cara alegre. Eu não me virei para olhar as pessoas atrás de mim, mas ouvi a vigária falar da vida de Donald por entre as orações murmuradas.

Eu me animei um pouco quando ela disse que ele gostava de tocar jazz no piano. Tia Christine nunca tinha comentado que ele tocava piano, embora eles tivessem um em casa. Eu havia tocado nele.

Eu me distraí de novo. Lorraine estava imóvel em seu casaco preto de aparência cara. Tia Christine assoou o nariz no lenço diversas vezes e, a certa altura, parecia estar quase se engasgando nas lágrimas. Fiz o que já tinha visto na televisão, coloquei a mão na dela, e ela a apertou com força. Eu deixei.

Ao final da cerimônia, a vigária disse que todos ali presentes estavam convidados a passar na casa de tia Christine depois do enterro. Tia Christine, Lorraine e eu seguimos o caixão pelo corredor central até a porta da igreja, onde os agentes funerários o colocaram num carro. Mantive os olhos voltados para o chão. Era muita gente. Do lado de fora, tia Christine e Lorraine foram cercadas por pessoas. Senti como se estivesse sufocando, então recuei na direção da porta da igreja e fiquei surpresa ao ver Mark ali, de terno preto e gravata.

— Oi, Sally.

— O que você está fazendo aqui? — perguntei.

— A Anubha me disse que você vinha ao enterro. Achei que podia precisar de apoio.

— Mas... como... você tirou o dia de folga no trabalho? A Sue me deixou aqui.

— Você devia ter me pedido ajuda.

— Por quê?

— Não sei... Queria... ajudar.

Fiquei confusa, mas grata, naquele mar de estranhos. Tia Christine me chamou para me apresentar a algumas pessoas.

Mark segurou a minha mão.

— Quer que eu vá junto?

— Quero, por favor.

Apresentei Mark à tia Christine, mas, na confusão de pessoas tentando oferecer condolências, não deu para explicar direito.

— Você quer que eu passe na casa dela depois? — ofereceu Mark, enquanto me conduziam, apressados, para dentro do carro com tia Christine e Lorraine, para irmos para o cemitério. Dei o endereço a ele e pedi que me encontrasse lá dali a uma hora. Ele tinha vindo até Dublin de carro.

Poucas pessoas foram até o túmulo, então para mim foi mais fácil de administrar. No carro, a caminho de casa, tia Christine perguntou quem era o meu amigo.

219

—É o Mark. Tem uns meses que ele se mudou para Carricksheedy. Espero que não tenha problema eu ter convidado ele para ir à sua casa, tem?

— Tudo bem. Vocês... estão namorando?

— Não, de jeito nenhum, ele é meu amigo.

Lorraine fungou.

— Deve ser um amigo muito bom, para dirigir essa distância toda para ir no enterro de uma pessoa de quem nunca deve ter ouvido falar.

Dava para ver que Lorraine não gostava de mim. Não sei por quê. Tentei me colocar no lugar dela. Quem eu era para ela? A sobrinha adotiva da cunhada, alguém que não tinha a menor relação com seu falecido irmão. Ela no mínimo sabia da minha história. No mínimo sabia que eu tinha tentado cremar meu pai.

— Lorraine, sei que você acha que eu não devia estar aqui. Eu não conhecia o Donald muito bem, mas a tia Christine me pediu que viesse, e a minha terapeuta sempre me diz que eu devo tentar socializar com mais gente.

—Ah... Não quis dizer isso... Desculpa. A missa foi linda, não foi?

— Eu não sabia que o tio Donald tocava piano.

Lorraine ficou mais falante e contou da época em que Donald tocava piano nos clubes de jazz do Soho, quando eles eram jovens. Ela também era viúva e morava numa cidadezinha em Sussex, na Inglaterra. Ela tinha uma filha que não havia podido comparecer ao enterro porque a filha dela tinha acabado de ter um bebê.

— Então você é bisavó?

— Sou, é um privilégio viver tempo o bastante para conhecer o seu bisneto. Só preferia que a minha neta tivesse se casado antes de ter o filho, mas as coisas não são mais como eram na nossa época, não é, Christine?

Tia Christine disse que gostaria que ela e Donald pudessem ter tido filhos, e Lorraine pediu desculpas por ter sido insensível.

— Eu sou insensível o tempo todo — eu disse. — Não consigo evitar. É por causa da minha criação.

Lorraine olhou pela janela, e tia Christine pousou a mão no meu braço. Acho que ninguém queria discutir a minha criação.

Quando chegamos em casa, ajudei a arrumar bandejas de san-duíche, tortas de maçã e salgadinhos de linguiça que os vizinhos e amigos tinham trazido. Os que estavam no cemitério entraram e logo foram seguidos por outros. Fiquei encantada ao ver Mark.

— Você está bem? — perguntou ele.

— Melhor agora que você está aqui.

Eu o apresentei formalmente à tia Christine e a Lorraine.

— Sally com certeza está feliz de ter um amigo aqui. E aí, como vocês se conheceram?

— Ele parou o carro perto de mim e tentou me fazer entrar.

— O quê?

— Foi um mal-entendido — explicou Mark, depressa —, mas eu tinha acabado de me mudar para Carricksheedy, e a Sally foi uma das minhas primeiras amigas. Você é irmã da mãe dela, não é isso?

Tia Christine falou um pouco de Jean. Mark ofereceu suas condolências pela morte de Donald.

— Então, você e a Jean eram próximas? Você deve ter sido um grande apoio quando ela adotou a Sally — comentou ele.

— Ah, sim — respondeu minha tia, distraída.

Ela me pediu que verificasse se todo mundo tinha se servido de chá ou café e que eu oferecesse os sanduíches. Respirei fundo. Ninguém me conhecia ali. Eu nunca tinha visto nenhuma daquelas pessoas antes. Mantive os olhos baixos, enquanto circulava com o chá e o café, e depois com as travessas de comida. Mark continuou conversando com tia Christine.

Com o passar da tarde, segui até a sala de jantar e comecei a tocar piano. Escolhi algumas sonatas de Mozart. Nada muito triste, nem muito animado. As pessoas entravam e saíam da sala e me elogiavam.

Pouco tempo depois, Mark apareceu, um pouco agitado.

— Já vou. Quer uma carona para Carricksheedy?

— Não, obrigada, vou passar a noite aqui e amanhã de manhã vou às compras com a Sue.

Ele pareceu decepcionado.

— Certo. Te vejo no vilarejo. Eu te ligo mais pra frente.

— Obrigada, Mark.

— Alguma notícia da Nova Zelândia?

— Não.

Ele se abaixou e me beijou no rosto.

— Se cuida, Sally.

Eu me senti bem. Voltei para a cozinha, servi mais bandejas e ofereci chá, café e vinho para quem estava bebendo.

No final, ficamos só Lorraine, tia Christine e eu. Enquanto recolhíamos pratos, copos, xícaras e guardanapos, elas conversavam sobre Donald.

Eu estava cansada. O dia não tinha sido tão difícil quanto eu imaginara, mas o comprimido havia acabado com a minha energia.

— Amanhã eu queria conversar com você, Sally, antes de você ir embora — avisou tia Christine. — Obrigada por ter vindo. Você ajudou muito, não foi, Lorraine? — Lorraine assentiu. — Você se importa de dormir no quarto menor, Sally? Lorraine está no quarto de visitas maior.

Eu me importava. Um quarto diferente sempre me incomodava.

— Logo você vai ter uma casa toda nova, não vai? — comentou Lorraine, o que não deixava de ser verdade.

Fui dormir num quarto com um colchão cheio de calombos, mas dormi bem.

*

Acordei cedo como de costume e fui até a cozinha, onde encontrei tia Christine já sentada à mesa. Enquanto eu enchia o bule, ela me chamou para eu me sentar com ela.

— Esse tal Mark, como vocês se conheceram?

Expliquei que tínhamos nos tornado amigos pela Martha.

— Você sabe alguma coisa do passado dele?

— Ele é separado. Teve um caso com uma mulher mais jovem, mas não deu certo.

— Entendi. Mas você não chegou a comentar que ia chamá-lo para o enterro, comentou?

— Desculpa. Eu não chamei. Ele apareceu na igreja.

— Ele... Desculpa perguntar, mas qual é exatamente a sua relação com ele?

— Ele é um amigo. Trabalha como contador no Mervyn Park, a fábrica de processamento de carne.

— Tem certeza de que ele não quer ser mais do que só amigo?

— Ah, tenho, eu falei pra ele que não tem a menor chance de isso acontecer. Por causa do sexo, da intimidade e tudo o mais. Além do mais, ele disse que gosta da minha amiga Anubha. Eles trabalham juntos, mas ele é chefe dela, então é meio complicado.

— Sally, ele me fez muitas perguntas sobre você, sobre quando você era nova, sobre o que a Jean tinha falado do tempo que você passou sequestrada. Foi estranho e, devo dizer, não foi uma conversa apropriada para o enterro do meu marido.

— Sinto muito. Mas eu sempre me divirto um pouco quando outras pessoas fazem coisas que não são apropriadas. — Eu ri. Tia Christine, não.

— Qual é o sobrenome dele?

— Butler.

— Você confia nele?

— Confio. A Tina disse que eu devia confiar mais nas pessoas e não presumir que todo mundo é um psicopata.

— Você não acha estranho ele aparecer num enterro sem ser convidado?

— Bom, eu o chamei pra vir pra cá.

— Mas não para a igreja?

— Não, ele ficou sabendo pela Anubha. Ele disse que procurou os detalhes na internet. Mark não queria que eu ficasse sozinha. Ele sabe que eu acho difícil lidar com estranhos.

— Mark Butler. — Ela anotou o nome. — Contador. E onde ele morava antes de se mudar para Carricksheedy?

— Dublin, acho?

— Sabe onde?

— Não. Por que você está perguntando tudo isso?

Ela sorriu para mim, parecendo mais leve.

— Provavelmente não é nada. Vai ver ele gosta mais de você do que você imagina...

Fiquei pensando nisso.

— Aliás, Sally — acrescentou ela —, você foi maravilhosa no piano. Todo mundo ficou emocionado. Você toca tão bem, e sem partitura!

— Ajuda a me acalmar.

— Ontem ajudou a mim e a Lorraine. Foi muito gentil da sua parte.

— Eu meio que estava fazendo aquilo pra mim...

— Aceite o elogio — disse ela. — Donald teria tocado ragtime se estivesse aqui.

— Imagino que você teria preferido que fosse ele, e não eu.

Seus olhos se encheram de lágrimas. Sem jeito, tentei abraçá-la, como Tina havia sugerido. Ela me apertou com força e depois me soltou. Eu não me importei.

Mal podia esperar para dizer a Tina que tinha passado nesse teste social com louvor.

34

Peter, 1982

Depois que Rangi se afogou, juntei todas as minhas coisas e voltei para casa, para esperar meu pai. Por que não tínhamos um telefone? Eu sabia que o Rangi não tinha, mas nós não éramos pobres. Precisávamos ter um telefone. Eu sabia que tia Georgia ia chegar tarde em casa. Eu me deitei na cama, não conseguir parar de tremer.

Devo ter dormido, porque, quando me dei conta, estava ouvindo a voz do meu pai.

— Quem quer peixe "cum" batata? — Era o nosso jantar especial de sexta-feira, e meu pai gostava de falar o nome do prato com sotaque neozelandês.

Saí do quarto enrolado no lençol e desatei a chorar.

— O que aconteceu?

Contei a história toda, começando pelo fato de que Rangi e eu tínhamos nos tornado amigos, que ele sempre vinha ver televisão na nossa casa, e que eu o ajudei com o dever de casa, até o seu afogamento.

Meu pai olhava para mim com cara feia.

— O que foi que eu falei? Não falei pra você ficar longe dele? — Na frase seguinte, ele perguntou: — O que vocês levaram pro lago? — Falei das toalhas, do balde gelado com latinhas de cerveja do Rangi. — Você bebeu álcool? — Ele estava gritando agora. — Você deixou alguma coisa sua pra trás, qualquer coisa?

— Pai, você tem que chamar a polícia, uma ambulância, você tem que ir na cidade e contar pra tia Georgia. Ela trabalha no bar The Pig and Whistle.

— Responda a minha pergunta. Você deixou alguma coisa pra trás?

— Não.

— Para de chorar que nem uma menininha. Não vamos fazer absolutamente nada. Tá me ouvindo? Você quer ser acusado de afogar o seu "amigo"? — Ele pronunciou a palavra com sarcasmo.

— Mas, pai, se ele tivesse me tocado, eu teria morrido. Era ele ou eu! Eu não sabia o que fazer.

Ele então suavizou a voz.

— Eu sei disso, mas a polícia não vai ver dessa forma. Eles acreditaram naquela vadia da Denise, não acreditaram? Não dá pra confiar neles. E a sua doença é tão rara que a maioria das pessoas nem acredita que ela existe. Se te prendessem, iam te matar em questão de horas.

— Mas, pai...

— Chega. Vai pegar os pratos. A comida já deve estar fria.

Fiquei olhando para ele sem sair do lugar.

— Agora! — esbravejou ele.

Fui andando mecanicamente até o armário e peguei pratos, garfos e facas, sal e vinagre no armário junto da pia, e levei tudo para a mesa da cozinha.

Ele abriu o jornal e foi direto para a página com a programação da televisão.

— O que você costuma ver numa sexta-feira à tarde?

Olhei para o jornal e enumerei os programas aos quais assistia.

— Tá. Se alguém perguntar, você ficou em casa hoje, porque estava muito quente. Você assistiu a esses programas de televisão. Você notou que o Rangi chegou em casa perto da hora do almoço e depois não o viu mais. Tá legal? Cadê as latas de cerveja vazias?

— Deixamos na beira do lago. A camiseta dele ainda está lá.

— Ótimo. Afogamento acidental, porque o idiota daquele moleque estava bêbado.

— E a tia Georgia?

— O que tem ela? Vai ter que se mudar agora, porque não pode dirigir. Vai ser bom pra gente. Vou comprar a casa dela. É perigoso ter vizinhos tão próximos. É só um barraco. Posso até pagar mais do que vale... ou melhor não, pode levantar suspeita.

Eu não entendia o que ele estava falando. Tentei fazê-lo entender.

— Pai, meu amigo morreu. Meu único amigo. Na vida.

Ele apertou a minha mão.

— Sei que tem sido difícil, mas você tem a mim. Sempre vai ter a mim.

Minhas lágrimas pingaram no prato, formando uma piscina com o vinagre. Ele não entendia.

Fui dormir por volta das 21 horas, como de costume. Ainda estava claro lá fora, mas eu me sentia ansioso para me entregar ao esquecimento do sono. Às vezes, tia Georgia era deixada em casa por outro funcionário do bar lá pelas 21h30, 23 horas, no máximo. Apesar da exaustão, eu não conseguia dormir.

Às 22h15, alguém bateu fraquinho à nossa porta. Ouvi meu pai ir andando até a varanda.

— Desculpa incomodar, senhor, mas o meu menino não está em casa, e eu queria saber se o Stevie viu ele hoje?

— Meu filho, Steven, já foi dormir, como o bom menino que é.

— Ah, eu sei que ele é um bom menino, mas você se importa se eu falar com ele?

— Você quer que eu acorde o meu filho a essa hora?

— É, é só que eu tô preocupada. O Rangi não é de sair sozinho.

— Rangi?

— É, é o nome dele. O Stevie é amigo dele.

— O Steven e o Rangi não são amigos. O Steven sempre reclama que o seu filho vem aqui sem ser convidado. Ele o encorajou a beber cerveja. O Steven é um garoto tranquilo e se intimida facilmente. Quando o Rangi voltar pra casa, por favor, peça pra ele não incomodar mais o meu filho.

Eu não conseguia acreditar no que estava ouvindo. Como meu pai podia ser tão cruel? Ele sabia que o Rangi tinha morrido e, no entanto, estava deixando a tia dele achar que era algum tipo de arruaceiro que me intimidava.

Tia Georgia voltou para casa.

Saí do meu quarto, furioso.

— Pai!

— Fala baixo.

— Por que você falou aquilo pra ela?

— Porque é o que eu acho. Ele foi uma má influência pra você. Já vai tarde. Ela vai levar uns dias até fazer alguma coisa. Não é do tipo que vai até a polícia. Quando o corpo aparecer, talvez eles venham aqui, façam umas perguntas, mas você fala o que a gente combinou, tá bom? Agora, volta pra cama.

Obedeci, mas não gostei. Ele não conhecia o Rangi. Nunca sequer tinha falado com ele. Meu pai mentiu sobre ele.

Na manhã seguinte, uma van veio buscar tia Georgia, como de costume. Ela passou um bilhete por baixo da nossa porta, pedindo que ligássemos para o chefe dela se o Rangi aparecesse. Presumiu que tínhamos um telefone.

Naquele sábado à noite, após encerrar o expediente no bar, ela bateu à nossa porta de novo e perguntou ao meu pai se tínhamos visto Rangi e depois quis saber se poderia usar o nosso telefone.

Desta vez, meu pai fingiu um pouco mais de preocupação.

— Sinto muito, Srta. Sisterson, mas eu perguntei para o Steven, e ele não viu o Rangi ontem, mas disse que ouviu a caminhonete dele chegando perto da hora do almoço. Ele lamenta saber que o seu menino está desaparecido. Vamos ficar de olho, mas infelizmente não temos telefone. Para quem queria ligar?

— Para a polícia! Tem mais de um dia que o Rangi sumiu. Não é do feitio dele. Não deixou nem um bilhete.

— As crianças não entraram de férias ontem? Ele não pode ter ido acampar com algum amigo?

— Sem a caminhonete? Sem levar uma mochila? Ele não tem amigos. Ele acha que o seu Stevie é amigo dele. Só fala dele.

— Bom, sinto muito que o Steven não ache o mesmo. Boa noite, Srta. Sisterson.

Meu pai ficava me chamando de Steven para a tia Georgia, embora me chamasse de Steve ou até de Stevie. Não me lembrava da última vez que ele tinha me chamado de Peter. "Steven" era um jeito de me distanciar de Rangi, como se o nome que ele usava para mim fosse ilícito de alguma forma.

Meu pai veio até o meu quarto de novo.

— Acho que ela vai chamar a polícia amanhã. Não esqueça. Repita a nossa história. Fique dentro de casa. Ela não trabalha nos domingos, né? Não deixa ela te ver.

No dia seguinte, ela bateu à nossa porta de novo logo cedo.

— Desculpa incomodar, Sr. Armstrong, mas o senhor podia me levar até a cidade? Não sei dirigir, sabe... e preciso dar parte do desaparecimento do meu menino.

Meu pai fez papel de bom vizinho. Ele me disse que ficasse em casa enquanto levava tia Georgia até a delegacia. Eles voltaram três horas depois. Da minha janela, dava para ver que ela estava com o rosto manchado de lágrimas. Ela levou o lenço do meu pai aos olhos.

Meu pai falou que, quando a polícia percebeu pelo nome dele que Rangi era meio maori, disseram a ela que no mínimo estava com alguma gangue, envolvido em alguma coisa ruim, que provavelmente estava querendo fugir das provas, que estavam chegando. Tia Georgia mostrou o bilhete da professora que ele tinha deixado na mesa da cozinha, para provar que Rangi não era membro de gangue. Ele era um menino solitário, dissera ela. A polícia perguntou onde estava a mãe dele e quis saber por que era a tia que estava dando parte do desaparecimento. Quando ela foi forçada a revelar o nome da mãe de Rangi, Celia Parata, os policiais se entreolharam. Pelos risinhos, meu pai achou que no mínimo era uma prostituta. Eles sugeriram que Rangi Parata ia acabar aparecendo. Meu pai disse que eles não levaram a sério. Nem sequer anotaram nada ou pediram uma descrição dele.

Meu pai me contou isso todo alegre. Fiquei com nojo dele, de mim mesmo. Queria dizer a tia Georgia que Rangi estava morto, que era para ela parar de ter esperanças, parar de esperar que ele voltasse para casa. Ele nunca ia voltar para casa.

Antes do final da semana, o corpo inchado de Rangi foi encontrado do outro lado do lago, mais perto da cidade. Nunca me questionaram. O *Daily Post* relatou um trágico afogamento. Tia Georgia não me olhava mais nos olhos ao entrar em casa e sair. Uma viatura da polícia a deixou em casa duas vezes, a primeira no dia 18 de dezembro, e depois no dia seguinte. À noite, do meu quarto, dava para ouvi-la chorando alto, e a minha vontade era de consolá-la, confessar tudo e explicar que tinha sido um acidente, que era a minha vida ou a dele e que eu tive que escolher a minha, e que ele fora meu melhor amigo.

O Natal na nossa casa foi estranho. Meu pai fingiu que estava tudo normal. Comemos na varanda, brindando com Coca-Cola. Meu pai me deu um toca-discos, e eu dei para ele um livro sobre a cultura maori. Uns dias depois, achei o livro no lixo.

35

Sally

A ida às compras no dia seguinte ao enterro do tio Donald não foi totalmente bem-sucedida. Sue parou o carro num estacionamento subterrâneo enorme, e saímos num prédio todo iluminado, vertiginosamente alto, claustrofóbico, com letreiros de neon para todo lado, música ambiente e, para uma manhã de terça-feira, muita gente circulando. Eu já tinha visto shopping centers na televisão, mas não esperava algo daquele tamanho.

— Não gostei daqui, Sue. Posso te esperar no carro?

— Mas o motivo disso tudo é renovar o seu guarda-roupa!

— Eu não tô gostando.

— Aqui, segura a minha mão — disse ela. — Eu tenho uma ideia. Vamos numa loja com bastante variedade. Você pode ir direto para o provador, e eu levo uma seleção de coisas para você experimentar.

Recentemente, tinha descoberto que abraçar ou segurar a mão de amigos é uma coisa reconfortante. Deixei Sue me levar até uma loja chamada Zara. Ela falou com uma vendedora enquanto eu fiquei ali, tentando não tremer, com as pessoas pegando freneticamente itens aleatórios nos cabides e abandonando do outro lado sem arrumar direito, puxando suéteres do meio de uma pilha bem dobrada e largando-os de qualquer jeito. Uma vez, pensei em trabalhar numa loja de roupas, mas minha mandíbula estava doendo de tanto ranger os dentes. Eu jamais conseguiria suportar aquilo.

Ela voltou com uma moça jovem e bonita. As duas me levaram para um provador grande, com espelhos de corpo inteiro em ambos os lados. Eu me sentei e fiquei esperando. Dez minutos depois, Sue voltou com os braços carregados de roupas. Agradeci e comecei a experimentar suéteres, calças, casacos, botas, bijuterias, coletes, blusas, sobretudos, camisetas, saias curtas e compridas, tênis, calças jeans e cardigãs. De tempos em tempos, Sue conferia como eu estava indo, trocava o tamanho de peças das quais eu tinha gostado mas que não serviam, e devolvia coisas que não me agradaram tanto. Ali no provador havia seis vezes a quantidade de roupas que eu tinha no meu armário. A vendedora levou alguns itens direto para o caixa. Fiquei atordoada com tantas opções: seda, algodão, veludo, jeans, paetês e peles. Gostei do que vi no espelho. Todas as diferentes versões de mim.

Comprei tudo de que gostei. Enquanto eu passava o cartão do banco, Sue pulava, animada

— Só tem mais um lugar pra eu te levar — avisou ela.

Eu estava exausta, e as bolsas de compras estavam pesadas.

Pegamos o elevador até o último andar, e, quando percebi, Sue estava me levando para um salão de beleza.

— Cabelo, manicure, limpeza de pele, cílios, sobrancelha, maquiagem… acho que você devia fazer o pacote completo.

Estávamos do lado de fora, em frente à porta. Eu parei.

— Por quê?

— Não me leve a mal, você é linda, mas não tem curiosidade de saber como ia ficar com um penteado diferente, mechas louras ou cachos no cabelo? Eu nem sei como é o seu cabelo solto. É muito comprido? Limpeza de pele é uma coisa tão relaxante. É uma forma de fazer uma coisa por você.

— Não, obrigada, Sue, eu não ligo de mudar as minhas roupas, mas não quero mudar a aparência da minha cabeça.

— Você não tem curiosidade?

— Não.

— Ah, Sally, por favor? Deixa eles fazerem um penteado em você. Se você não gostar, depois é só tirar. Faz uma coisa por você.

Eu estava ficando agitada. Levantei a voz.

— Eu falei que não.

Sue ficou vermelha. Estava irritada.

— Marquei tratamentos pra nós duas. Eu vou fazer uma limpeza de pele e os cílios. Quer esperar no carro?

— Quero, por favor.

Ela jogou as chaves do carro para mim.

— Pega o elevador até o nível 1. Estacionamento A. — Ela abriu a porta do salão e desapareceu atrás do vidro fumê.

Eu não entendi qual tinha sido meu erro naquela situação. Não combinamos nada a respeito de cabelo, maquiagem e sobrancelha quando planejamos essa viagem. Era só para comprar roupas. O que a Sue queria dizer com "fazer uma coisa por mim"? Como podia ser por mim se eu não queria, nem nunca tinha pedido aquilo? Será que ela achava o meu cabelo horrível? A cor das minhas sobrancelhas estava errada? Eu gostava delas. Tina disse que eu era bonita e elegante. Sue havia acabado de falar que eu era linda. Eu sabia que era gordinha, mas não ligava. Para que mudar minha aparência?

Quando Sue voltou para o carro, eu estava pronta para dar minha explicação, mas, antes que pudesse dizer qualquer coisa, notei seus cílios.

— Uau — falei —, ficou lindo!

— Você podia ter...

— Olha, Sue, desculpa, acho que foi um mal-entendido. Adorei os cílios e fico feliz que isso te faça se sentir melhor, mas eu sou diferente. Para mim, essas roupas todas já são uma grande mudança. Gosto do meu cabelo do jeito que ele é. Não quero mudar o meu rosto, nem as minhas unhas nem o meu cabelo. Espero que você entenda. Foi gentil da sua parte oferecer, mas eu não sou igual a você. Nem nunca vou ser.

— Está tudo bem — respondeu ela, mas com uma voz que me dizia que não estava nada bem. — Acho que você também não vai querer almoçar aqui, vai?

Rangi os dentes e por um momento me arrependi da decisão de deixar de ser surda. Não havia mal-entendidos quando as pessoas achavam que eu não podia ouvi-las.

— Preferia não almoçar aqui, se você não se importar. Tem algum lugar aqui perto que seja mais silencioso e menos brilhante?

— Eu conheço um lugar — disse ela, e saiu com o carro da vaga.

Cinco minutos depois, estávamos numa cafeteria numa fazenda urbana, a Airfield House. Era um lugar claro, mas iluminado por luz natural, nada estroboscópica nem de neon. Os outros fregueses eram idosos ou mães com carrinhos de bebê e crianças pequenas. Escolhi uma mesa nos fundos.

Sue ainda estava de cara feia. Eu não sabia como consertar a situação e não queria perder outra amiga, embora Caroline da loja da Texaco não tenha sido uma grande perda.

Comemos em silêncio por um minuto ou dois, então Sue soltou um longo suspiro.

— Você tem razão — disse ela. — Eu não entendo, e não é justo da minha parte culpar você. Acho que a culpa é minha de imaginar que você ia querer mudar e experimentar. Às vezes acho difícil te entender, entrar na sua cabeça.

— Pra mim é a mesma coisa. — Fiz que sim enfaticamente, e nós rimos juntas, uma risada espontânea, porque sabíamos que tentar "ser" a outra era uma bobeira sem sentido.

Conversamos sobre as roupas que tínhamos comprado e quais ocasiões eram mais adequadas para cada peça.

— E aquela minissaia com a blusa brilhosa é pra paquerar.

— Sue, você sabe que eu não vou fazer isso.

— Você devia considerar a possibilidade! Tá na cara que o Mark tá interessado.

— Bom, eu deixei bem claro que não vai acontecer nada entre a gente.

— E mesmo assim ele foi de Carricksheedy até Dublin e depois voltou pra você não se sentir sozinha num enterro? Conta outra! Ele gosta de você.

Eu já tinha falado para a Sue que achava que era assexual. Não disse mais nada.

— Como está indo a terapia do toque?

— Bem. Já consigo dar e receber abraços. Apertar a mão em geral não tem problema, mas preferia que as pessoas não fizessem isso logo depois de assoar o nariz.

— Mas, um ano atrás, você teria achado isso impossível. A sua terapeuta já conversou com você sobre masturbação?

— Ela já tocou no assunto. A Tina quer que eu fique dez minutos me olhando num espelho de corpo inteiro toda noite e, na semana seguinte, acho que é pra eu começar a acariciar todas as diferentes partes do meu corpo, se me sentir à vontade com isso.

— É uma pena que você seja assexual.

— Não, não é. Já vi cenas de sexo na televisão. Os gemidos e os gritos são desagradáveis. Já reparou que nos filmes de comédia as mulheres sempre gritam e os homens grunhem, e, nos filmes românticos, as mulheres gemem e os homens respiram forte. Qual é o certo?

235

— Ai, eu não sou a melhor pessoa pra responder isso, mas garanto que não existe certo nem errado. Quando acontece, você segue a sua intuição.

— Nunca vai acontecer, Sue.

— Coitado do Mark.

— Ele está interessado em outra pessoa.

— Que pena.

— Pra mim, não.

Sue riu de novo. Fiquei me perguntando se Mark e Anubha estavam se entendendo. Eu não via os dois juntos, e Anubha raramente falava dele quando nos encontrávamos.

Paguei o almoço, a gasolina e comprei um chocolate quando paramos na estrada, a caminho de casa. Sue tocou umas músicas pop e me ensinou a letra de algumas canções da Adele e do Hozier. Achei que talvez conseguisse tocar no piano depois. Não era Bach, mas até que eram agradáveis.

— Você canta muito bem — comentou Sue.

— Quando eu era adolescente, minha mãe sempre me encorajava a cantar, mas estou sem prática.

— Você podia fazer aula ou entrar num coral, não?

— Sinceramente, com a terapia, a ioga e esse dever de casa de aprender a me acariciar, já ando bem ocupada.

— Tem um coral maravilhoso em Roscommon. É outra forma de conhecer gente. Você teria medo de cantar na frente de outras pessoas?

— Não, acho que não. Cantar é mais fácil do que falar sobre mim.

— Conversa com a Tina, aposto que ela vai te incentivar a participar.

— Pode ser.

Sue estendeu a mão e apertou a minha.

— O seu futuro é tão empolgante.

Apertei a mão dela em resposta, e sorrimos uma para a outra por um instante, até que Sue voltou a se concentrar na estrada.

O corretor telefonou.

— Ótima notícia — anunciou ele. — Sua propriedade tem despertado muito interesse, ou, como eu suspeitava, o terreno. Os três principais concorrentes são: uma construtora, a Morgan Homes, que tem um projeto para cinquenta casas. A fábrica farmacêutica que está se mudando para o Mervyn Park quer um conjunto habitacional de baixa densidade para os executivos e funcionários da empresa. E tem também um supermercado alemão interessado. O terreno se estende por meio hectare ao longo da estrada. Nunca vi nada despertar tanto interesse em Carricksheedy na minha vida!

— Isso é bom — comentei.

— Bom? É maravilhoso — rebateu ele.

— Certo.

— Desculpa a empolgação, mas acho que você não entende o dinheiro que pode ganhar.

A obra na casa estava andando. Eu só queria o suficiente para torná-la o mais agradável possível.

— Mas o que eu vou fazer com isso?

— Com o dinheiro? Qualquer coisa. Abrir seu próprio negócio? Investir em ações? Seu futuro está garantido. Nós mesmos temos algumas oportunidades de investimento que podem te interessar.

— Eu posso escolher qual empresa vai comprar o terreno?

— Desculpa, o quê?

— Não acho que um supermercado alemão seja uma boa ideia aqui. E um conjunto habitacional? Todas as casas vão ter jardim?

Houve uma pausa.

— Normalmente, a gente vende para quem dá o maior lance. É assim que funciona.

Ele citou números que me deixaram chocada. A casa certamente seria demolida, não importava quem fosse o comprador.

— Acho que eu gostaria de conversar com os potenciais compradores.

— Por quê? Eu sou o corretor. Eu e o advogado organizamos tudo para que você não precise falar com eles.

— Mas e se eu quiser? Isso é ilegal?

— Srta. Diamond, não sei o que dizer. Ilegal não é, mas... olha, por que você não pensa mais um pouco? Mas não demora. São propostas boas.

— Vou pensar. Você pode me mandar por e-mail os detalhes de todos os compradores? Entro em contato com você assim que der, tá bom?

Ele deu um suspiro profundo.

Angela concordou comigo:

— Você está mais do que certa. Um supermercado alemão iria acabar com o Gala.

Pensei na Laura, do mercadinho Gala, e que ela agora estava estocando gengibre, *garam masala*, folhas de curry e sementes de feno-grego. Ela tinha se esforçado para acomodar a nova comunidade que estava se juntando à cidade. Ela tinha acabado de pedir permissão da prefeitura para ampliar a loja.

— Quer dizer — acrescentou Angela —, você é doida de não aceitar a melhor oferta. Mas, se tem o luxo de ser ética, definitivamente deve apoiar o Gala. Eu te admiro por isso.

Exasperado, o corretor pediu às três partes interessadas que me apresentassem suas ideias de desenvolvimento. A última era a melhor. A proposta da Morgan Homes incluía construir casas particulares e moradias sociais e mais acessíveis. Eles também tinham um projeto de manter uma área verde no centro da propriedade, onde haveria um parquinho infantil. Muitos funcionários do Mervyn Park recebiam salários baixos, e talvez o mesmo acontecesse com a fábrica farmacêutica, que ainda estava sendo construída.

O corretor não ficou tão contrariado quando eu disse que queria vender para a Morgan Homes. Ainda assim, o valor foi muito maior do que eu imaginava. Fiquei me sentindo mal pelo vizinho fazendeiro, Ger McCarthy, que, em comparação, tinha feito uma proposta bem modesta, para usar a terra como pasto para gado, mas consegui negociar o terreno dos fundos de volta para ele por uma quantia simbólica, e ele ficou grato por isso. A Morgan Homes ficou aliviada de não ter que lidar com a área. O córrego que corria embaixo da minha nova casa brotava naquele terreno nos fundos da minha propriedade, e a Morgan Homes iria ter que aterrá-lo de alguma forma. Para eles, era uma terra inútil, mas de grande benefício para Ger McCarthy.

Nadine estava ocupada com o chalé. Ela me mandava e-mails com esquemas de cores e azulejos, armários de cozinha, móveis para o quarto, acessórios de guarda-roupa, revestimentos de piso, cômodas, persianas e cortinas, estantes, portas e janelas. Mais uma vez, me senti perdida com tantas escolhas e, no final, pedi a ela que escolhesse tudo. A casa delas era linda, e eu confiava mais no gosto dela do que no meu. Eu finalmente ia me mudar.

36

Peter, 1983

A tia de Rangi, Georgia, se mudou para a cidade. Ela não podia morar tão longe sem saber dirigir. Era Rangi quem fazia as compras no supermercado. E com frequência levava e buscava a tia em seus vários empregos. Meu pai comprou o barraco e o terreno por uma ninharia. No último dia dela na casa, semanas após a descoberta do corpo de Rangi, eu a vi seguir até a lateral do galpão com um machado e, uma a uma, as galinhas se calaram. Ela deixou duas galinhas depenadas na nossa varanda, em agradecimento ao meu pai pela ajuda com a polícia e por tirar a propriedade de suas mãos, disse ela num bilhete.

Desde que nos mudamos para Rotorua, eu só tinha ido ao minimercado com meu pai apenas algumas vezes. À biblioteca e à livraria eu ia com mais regularidade. No verão, eu botava um boné e vestia uma camisa grande de manga comprida que cobria as minhas mãos, para não tocar nas pessoas. Eu também nunca usava bermuda. Falei para o meu pai que eu já tinha idade suficiente para dirigir, mas ele disse que não tinha paciência para me ensinar. Fiquei arrependido de não ter pedido ao Rangi que me ensinasse. Sei que ele teria feito isso.

Algumas semanas depois que tia Georgia se mudou, meu pai sugeriu que fôssemos a um parque de vida selvagem local, perto do lago Rotorua. Era janeiro de 1983, ainda estava quente, e as festas de fim de ano seguiam a todo vapor. Meu pai disse que tínhamos que aproveitar. Apesar da tragédia, eu estava ansioso para sair de novo e ver gente.

Dirigimos até a parte norte do lago Rotorua. Havia algumas famílias acampadas na beira do lago. Meu pai não parecia muito interessado em entrar na floresta nem em explorar a vida selvagem. Como eu, estava olhando para as pessoas. Por fim, saímos na direção de uma trilha na floresta. Vimos uma menina loura, pequena e magra subindo numa árvore. Meu pai parou para olhar. Ficamos um tempo parados, impressionados. Ela subiu até o alto e depois olhou para baixo, nervosa.

Meu pai gritou para ela:

— Está tudo bem?

— Acho que não consigo descer. Tem um gambá bem do meu lado. Estou com medo — disse ela. Dava para ver o bicho gordo a dois metros do rosto dela, no mesmo galho, dormindo profundamente.

Olhei para ela de novo, consternado de não poder ajudar. Seria mais fácil subir, pegar na mão dela e levá-la de galho em galho. Gambás eram inofensivos, mas uma chatice. Gritavam e cuspiam quando se sentiam ameaçados, e tinham garras muito afiadas. Rangi havia dito que todo mundo odiava aquele bicho.

— Por que você não pula? Eu te pego — disse meu pai.

— Estou com medo — repetiu ela, parecendo querer chorar.

— Tá bom, então a gente vai ter que deixar você aí — falou meu pai, movimentando-se como quem ia embora.

Ela começou a soluçar.

— Pai, a gente não pode fazer isso.

— É, acho que não — concordou ele. — Cadê a sua família? — gritou para ela.

— Do outro lado do lago. Minha mãe me mandou sumir até as 6 da tarde.

— Bom, isso não parece justo. Quer que eu suba e te pegue?

Meu pai escalou a árvore com uma agilidade surpreendente; às vezes ele pisava com certa insegurança, mas chegou até ela sem dificuldades. Ele segurou na mão dela e a conduziu de galho em galho, como eu teria feito, se pudesse. O gambá continuou dormindo.

No final, ela pulou da árvore, a mais ou menos um metro do chão, e pousou bem na minha frente.

— Esse é o meu filho, Steve. Qual é o seu nome, mocinha? — perguntou meu pai.

— Lindy Weston. Oi, Steve. — Ela era tímida e enxugou o rosto sujo de lágrimas com o antebraço.

— Meu nome é Sr. Armstrong, mas pode me chamar de James, se quiser.

— Oi, Lindy — falei.

— De onde você é? — perguntou ela.

— Nasci em Dunedin, mas morei muito tempo na Irlanda. — Essa era a nossa história.

Meu pai seguiu em frente, enquanto eu conversava com Lindy. Eu estava nervoso, embora não houvesse motivo para isso, não naquela época.

— Minha vizinha é irlandesa, não me pergunta de onde. Ela fala que nem você.

Eu não conseguia pensar em nada para dizer, então, ela continuou:

— Você mora aqui agora ou está só de férias?

— Não estamos de férias, não. Moramos em Rotorua.

— Você não estuda na minha escola?

— Não, não vou a escola nenhuma. Eu estudo em casa, mas acho que estou quase terminando. Fiz todos os livros didáticos de todas as disciplinas até o sétimo ano, mas agora meu pai me deixa estudar o que eu quero.

— Você estuda mesmo sem precisar?

— E como — disse meu pai, voltando-se para nós a fim de se juntar à conversa. — Agora ele está estudando botânica e jardinagem, não é, filho?

— É, quero cultivar e vender legumes. A nossa terra é boa.

— Deve ser por causa da chuva — comentou ela. — Aqui chove muito.

— Na Irlanda também — comentou meu pai.

— Você tem irmãos ou irmãs? Eu tenho dois irmãos, eles vivem brigando. Um tem 17 e o outro tem 18 anos.

— Não, sou filho único. Quantos anos você tem? — perguntei.

— Tenho 14.

— Ah, é? — perguntou meu pai, e vi uma sombra cruzar seu rosto. — Achei que fosse mais nova.

— Não, tenho 14. E você? — perguntou ela para mim.

— Quinze — respondi, e ela olhou para mim.

— Gostei do seu cabelo. Minha mãe não deixa meus irmãos usarem cabelo comprido.

Eu me senti corando.

— O Steve, coitado, tem uma condição médica rara — interrompeu-a meu pai. — Ele não pode tocar nas outras pessoas, a menos que sejam parente de sangue.

Eu soube de cara que meu pai estava avisando Lindy para não tentar me tocar. Aquilo não me ocorrera até ele dizer. Ela virou-se para o meu pai como se ele tivesse um parafuso a menos.

— É sério? Nunca ouvi falar disso. — Ela então me encarou. — E se você quisesse ter uma namorada?

— Acho que não posso ter uma namorada.

— É mesmo? Nunca?

— Não, não pode — afirmou meu pai, de forma categórica.

— Que loucura. Nunca ouvi falar de uma coisa dessas.

— A maioria das pessoas não conhece. É uma doença rara.

— Como se chama? Vou perguntar pro meu pai, ele é médico.

— Contágio hominídeo necrótico — respondeu meu pai. — Aposto que o seu pai vai saber o que é, mas não deve conhecer nenhum caso. Só uma em cada seis milhões de pessoas tem isso. Só consegui obter informação sobre essa doença em revistas médicas alemãs que precisei traduzir.

— Uau, que droga. E mesmo assim você pode andar por aí, como se fosse totalmente normal. E bicho de estimação? Você pode ter um cachorro ou um gato?

— Eu não quero correr esse risco com o Stevie. Ele é muito importante pra mim.

— Essa é a coisa mais triste que eu já ouvi.

Ouvir o comentário daquela menina que eu não conhecia me deixou triste também. Nunca tinha pensado no que as outras pessoas poderiam pensar de mim. Será que Rangi também sentia pena de mim?

Estávamos no meio da floresta agora, seguindo a trilha pelo mapa do meu pai.

— Acho que é melhor eu voltar, senão vou me atrasar. — Ela conferiu as horas no relógio.

— Bom, esta trilha sai direto onde paramos o carro... Podemos te dar uma carona até o outro lado do lago, se você quiser... Tá bem aqui depois dessa curva.

— Ia ser ótimo, muito obrigada, Sr. Armst... James. Sabe, minha mãe não gosta quando eu chamo os adultos pelo primeiro nome. Você acha que isso é por quê?

— Talvez ela seja um pouco antiquada, não?

— Vou falar pra ela que você disse isso.

Todos nós rimos. Lindy era um verdadeiro alento.

Quando chegamos ao carro, meu pai levantou o banco dele para Lindy se sentar atrás. Fomos embora, e Lindy foi conversando, animada, com a gente. Ela se manteve atrás do meu pai com todo o cuidado, para não me tocar por acidente. Apreciei a atenção. Depois pegamos a estrada principal.

Lindy disse:

— Você errou o caminho, James. Era pra ter pegado uma saída à esquerda lá atrás. Quer que eu salte aqui?

— Acho que você devia jantar com a gente. O que você acha, Stevie? — sugeriu meu pai, acelerando.

— Eu ia adorar, mas é melhor falar com os meus pais primeiro, não? Eles vão ficar uma fera se eu sair com dois estranhos sem avisar.

Meu pai não disse nada. Ele saiu da estrada principal e nós começamos a seguir por estradas menores, na direção da nossa casa.

— James, Sr. Armstrong, o que você tá fazendo?

— Não se preocupa, Lindy, a gente te leva de volta daqui uma hora, tá bom?

Lindy ficou em silêncio. Olhei para ela e sorri.

— Vai ser divertido — falei, embora estivesse pensando que meu pai ia ficar furioso se eu o deixasse esperando uma hora em algum lugar, não que eu jamais tenha ido a lugar algum sem ele.

Mas, quando chegamos à nossa casa, em vez de entrar, meu pai pousou as mãos nos ombros de Lindy e a conduziu na direção do celeiro. Ela se esquivou do toque dele.

— Eu não tô gostando disso. Quero ir pra casa. Quero a minha mãe. — Ela começou a chorar.

— Pai, talvez fosse melhor levar ela de volta. Ela tá chateada. Isso não tá certo.

Ele a empurrou na direção da porta do celeiro, abriu e a jogou lá dentro, então fechou a porta de novo e a trancou com um cadeado que eu nunca tinha visto antes.

— Você queria um amigo. Arrumei uma amiga pra você. Agora para de choramingar!

Dava para ouvi-la esmurrando a porta, mas o som estava muito abafado. A última coisa que fizemos foi cobrir o forro de caixas de ovos com outra camada de gesso, inclusive na porta. Se ela estava gritando, não dava para ouvir.

37

Sally

Uma semana depois que a casa foi vendida, ouvi de um advogado que a irmã de Conor Geary, Margaret, havia morrido fazia dois meses. Margaret conseguira manter-se discreta esse tempo todo. Sua morte não foi anunciada, nem o parentesco com Conor Geary. O advogado entrou em contato comigo para dizer que Margaret Geary havia deixado a casa para mim no seu testamento. Uma casa grande, no centro do terreno, numa região agradável de Dublin. A casa onde eu havia sido mantida em cativeiro com a minha mãe. Era minha herança de família.

A papelada correu depressa, e coloquei a casa à venda assim que possível. Ninguém sabia que eu era a vendedora. Geoff Barrington tratou da parte legal. Não contei para ninguém, exceto para Tina. Dessa vez, não liguei a mínima para quem era o comprador, queria que a casa fosse demolida. Aceitei a primeira oferta. Era uma quantia bastante significativa de dinheiro. O que eu ia fazer com aquilo tudo?

Quando saiu a notícia da venda da minha própria casa em Carricksheedy, acabei decidindo dar uma festa. Todos os meus amigos me incentivaram. Um ano antes, quem poderia prever que eu teria tantos amigos assim? Tina também me convenceu de que era uma boa ideia. Eu podia pedir às pessoas que levassem um prato de comida para dividir e, em troca, podia oferecer a elas algum móvel ou utensílio doméstico de que não fosse precisar mais. As únicas coisas com as quais eu queria ficar eram meu piano, minha cama e talvez a mesa do escritório do meu pai.

A festa foi marcada para um sábado à tarde, no dia 14 de setembro. A lista de convidados era longa: Angela e Nadine, tia Christine (que ia passar a noite comigo), Mark, Stella e o marido, Kieran, Kenneth e Sue, Anubha, Martha e Udo, Laura (do mercadinho Gala), Fernanda e Rodrigo, Valerie (da cafeteria), Ger McCarthy, e mais todos os filhos. Dezesseis adultos e sete crianças ao todo.

Também convidei Geoff Barrington, o advogado, por educação, mas felizmente ele recusou, e Tina, que disse que era melhor mantermos nosso relacionamento num nível apenas profissional.

Aluguei um toldo e um castelo pula-pula para as crianças. Também contratei uma segurança. Uma mulher. Falei com ela por telefone e a pesquisei na internet. Era alta, forte e cheia de tatuagens. Quando contei para Sue e Martha, elas ficaram surpresas, mas ressaltei que minha mãe fora tirada de um jardim num dia de sol. Além do mais, embora me esforçasse para não pensar naquilo, lá no fundo da minha mente, sabia que Conor Geary ainda estava por aí em algum lugar. Ele sabia onde eu morava. Não queria correr o risco de que ele ou alguém igual a ele sequestrasse crianças no meu jardim.

Como se projetar toda a minha nova casa não fosse o suficiente, na véspera da festa, Nadine chegou com enfeites e luzes para pendurar nas árvores. Ela me ajudou a tirar dos armários todas as coisas que eu não queria levar comigo para a casa nova. Marcamos tudo o que estava disponível para que as pessoas pegassem com post-its amarelos. Os convidados podiam levar o que quisessem. Nadine sugeriu que provássemos um pouco do vinho para ter certeza de que era bom. Ela era uma companhia tão boa, conversamos bastante sobre a casa nova. Eu ia poder me mudar em meados de outubro.

— Ainda vão faltar uns retoques finais — explicou ela —, mas já vai dar pra morar lá.

Para a minha surpresa, dormi bem na noite anterior à festa. Acordei com a boca seca e uma leve dor de cabeça. Acho que talvez não devêssemos ter provado o tinto, o branco e o rosé. Foi difícil sair da cama.

Sue apareceu cedo para ajudar, trazendo vários potes com salada de feijão, arroz temperado e pastéis. Dois homens chegaram num caminhão e, em meia hora, eles montaram o castelo gigante no local que Nadine havia escolhido. Eles foram simpáticos e desejaram uma boa festa. Voltariam na segunda-feira para buscar.

Quando o caminhão fez a curva na estrada, Sue olhou para mim e então para o castelo. Ela tirou os sapatos e gritou:

— Vem!

Ela correu na direção dele e pulou lá dentro, quicando quase até o teto. Parecia divertido. Tirei os tênis e corri para lá também, e logo estávamos as duas pulando, de mãos dadas, batendo nas paredes macias e uma na outra, e dando gargalhadas.

Dez minutos depois, estávamos deitadas de barriga para cima, ofegando.

— Ai, meu Deus — disse ela —, você vai ficar com isso até segunda-feira? Meus filhos podem voltar amanhã? Por favor?

— Acho que todas as crianças deviam usar enquanto puderem.

Ela sorriu para mim.

Mostrei-lhe a tenda com o toldo, com os pratos, guardanapos, talheres e copos arrumados, prontos para a festa.

— Vai ser demais!

— Tomara que sim.

Sue foi para casa, para voltar com Kenneth e as crianças às 14 horas.

Escolhi um vestido de seda curto e bonito, com um laço nas costas. O decote era em formato de coração. Quando o experimentei na Zara, Sue disse que eu ia precisar passar um creme bronzeador nas pernas. Eu não tinha aquilo, e minhas pernas tinham cor de perna, então fiquei contente. O vestido era confortável. Meu corpo estava confortável. A ioga havia me deixado mais flexível. Eu podia me esticar e me dobrar sem gemer nem estalar nada.

Naquele sábado, gostei do que vi no espelho. A saia curta girava e se abria na bainha. Escovei o cabelo e o deixei solto para ver como ficava. Mudava muito a minha cara. E não gostei da sensação nos ombros, então fiz meu coque de sempre. Eu gostava do meu rosto. Gostei das pequenas rugas nos cantos dos meus olhos quando sorri para mim mesma. Eu estava bonita.

Às 13h45, para me acalmar enquanto esperava, toquei piano. Eu me lembrei das músicas da Adele que Sue tinha colocado para tocar e cantado para mim, baixinho no começo, depois mais alto, para tentar imitar a voz poderosa dela. Alguém bateu à minha porta. Recebi Lina, a segurança. Dei a ela a lista de convidados e pedi que tomasse cuidado e não deixasse ninguém mais entrar.

— Você é aquela menina, né? Mary Norton? No começo, não estava entendendo nada, mas depois eu pesquisei o seu nome no Google.

— Sou, mas, por favor, me chama de Sally. Não quero discutir o passado.

— Tá bom. E onde você quer que eu fique?

Mostrei o lugar onde queria que ela ficasse, para direcionar os carros para o fim da estradinha, embora a maioria das pessoas viesse a pé do vilarejo, pois fazia um dia bem bonito.

— Fica de olho principalmente em homens velhos, por favor.

— Ele nunca foi pego. Eu li sobre isso. Mas você não acha que ele está na Irlanda, acha?

— Sinceramente, eu não sei. Se acontecer alguma coisa estranha, quero que você sopre forte nesse apito. — Entreguei a ela um apito de emergência que tia Christine me dera vários meses antes, depois que o Toby chegou pelo correio. Eu dormia com ele do meu lado, na cama. Não era possível ouvir o apito a mais do que cem metros da casa, mas o barulho podia assustar um intruso.

Os primeiros a chegar foram Rodrigo e Fernanda.

— Uau — disse Fernanda —, você está ótima! — Rodrigo concordou com a cabeça.

— Obrigada! Estou me sentindo muito bem hoje. Fernanda, você está... — Eu me detive.

Rodrigo sorriu.

— Sorte a sua que a Fernanda está grávida — disse ele, e os dois riram. Dei parabéns para os dois e recebi uma bandeja grande de pães de queijo fofinhos.

Eu os conduzi pela casa e apontei os itens que achei que poderiam querer.

A próxima a chegar foi Valerie, que apareceu na lateral da casa com uma bolsa enorme de confeitos preparados especialmente na cafeteria, naquela manhã.

— Eu nem sabia que tinha uma casa aqui e morei a vida toda nesse vilarejo.

— Bom, ela não vai continuar aqui por muito mais tempo.

— Fiquei sabendo! Que emocionante. Aliás, você está linda. Adorei o vestido! Posso pegar uma cerveja? A caminhada do vilarejo até aqui me deixou com sede.

— A cerveja está aí pra isso. Tem copo lá na tenda, se você quiser.

Abri a garrafa para ela, e Valerie bebeu direto do gargalo. Meu pai não gostava de gente que não usava copo, mas agora eu entendia que ele era antiquado. Tentei imaginar o que ele pensaria de mim agora, de vestido curto, dando uma festa.

Ger McCarthy chegou com um saco de maçãs e batatas.

— Você pode dar para as pessoas de presente, no final da festa — sugeriu ele.

As pessoas foram aparecendo uma atrás da outra, e logo o jardim estava animado, com gente conversando. As crianças correram na direção do castelo. Talvez mais tarde eu vestisse minha calça jeans e fosse até lá de novo.

Mark e Anubha chegaram separados. Fiquei observando os dois, mas eles não pareciam gravitar na direção um do outro nem sequer demonstrar o menor interesse um no outro. Abebi me abraçou e se sentou no meu joelho, enquanto colocava na minha cabeça uma coroa de papel que havia feito. Todo mundo disse que eu estava linda, e Stella me fez dar uma volta para o vestido girar, então todos bateram palmas. Havia muito mais comida do que podíamos dar conta, e eu sabia que ia pedir às pessoas que levassem um pouco para casa.

Martha tinha uma caixinha de som que conectou ao celular, e logo o ambiente se encheu de música, nem todas do meu gosto, mas algumas pessoas começaram a dançar. As pessoas ficavam pedindo a Fernanda e Rodrigo que dançassem samba, mas eles disseram que, apesar de serem brasileiros, não sabiam sambar. Stella e Kieran se ofereceram para demonstrar. Sue, Kenneth e os filhos se juntaram a eles, rebolando um junto do outro, dando gritinhos e rindo. Naquele dia, o barulho não me incomodou.

Tia Christine ficou surpresa ao me ver cercada por tanta gente.

— Mas de onde veio todo mundo? — perguntou.

— São meus amigos — expliquei.

— Ah, querida, que maravilhoso. Estou tão orgulhosa de você. — Seus olhos se encheram de lágrimas, e eu sabia que ela estava pensando em Donald. Dei um guardanapo a ela. — Obrigada, é… Eu não ia vir. Parece errado comemorar… tem tão pouco tempo ainda, e sou muito mais velha que essas pessoas.

Mark apareceu ao nosso lado.

— Christine, que bom te ver. Vem sentar aqui na sombra. Posso montar um prato pra você ou prefere ver o que tem antes?

— Obrigada, Mark — agradeci-lhe, enquanto tia Christine se deixava ser levada para o outro lado da tenda.

Achei muita gentileza da parte do Mark se preocupar com ela. Minha tia pareceu um pouco desconfiada a respeito dele depois do enterro, mas então ouvi os dois rindo sob o toldo. Ele arranjou uma cadeira e uma mesa, sentou-se com ela e lhe serviu uma bebida. O sol estava quente. Eu estava bebendo devagar, diluindo o vinho com água o máximo possível. Parecia o dia perfeito.

Mais tarde, instalou-se uma calmaria, o que combinava com meu estado de espírito. Rodrigo acendeu as velas de citronela ao ar livre. O clima estava agradável, mas o crepúsculo era a hora do dia em que os insetos que picam saem para brincar.

Mark foi me procurar e me ajudou a levar os copos para a cozinha.

— Antes que você pergunte — falei —, não recebi nenhuma notícia da Nova Zelândia. Acho que Conor Geary não está mais lá, ou nunca esteve, e talvez tenha mandado a encomenda de lá só pra me confundir.

— Filho da mãe. E ficou livre pra sequestrar outra criança, aonde quer que tenha ido.

— Eu me esforço pra não pensar nisso. Queria que você parasse de falar nele.

— Certo. Desculpa.

— Aliás, se você gosta da Anubha, vai ter que se esforçar um pouco mais com ela.

— O quê?

— Você não falou que gostava dela?

Ele ficou corado.

— Acho que sim. Mas... É difícil quando você trabalha no mesmo lugar que a outra pessoa.

Não entendo de relacionamentos. Deixei passar.

Ouvi gargalhadas altas lá fora, e, quando saí, Angela e Nadine estavam no pula-pula. Sue deu uma piscadinha para mim.

— Sal! Eu sabia que isso ia acontecer!

Angela voltou, ofegante.

— Meu Deus, preciso tomar juízo. Tem noção de quantos ferimentos eu posso imaginar como resultado de adultos bêbados pulando num castelo inflável? — Ela deu um tapinha nas minhas costas. — Que festa maravilhosa, Sally. Achei que nunca ia ver esse dia. Era isso que a Jean queria pra você. Amigos e diversão!

Felicidade era isso? Hoje, rir e sorrir parecia fácil.

Até eu ouvir o apito estridente.

38

Peter, 1985

Meu pai deixava Lindy trancada no celeiro, igual fazia com minha mãe, no anexo. Com o tornozelo algemado à parede. O desaparecimento dela foi notícia no telejornal durante várias semanas, mas ninguém comentou ter visto a menina entrar no nosso carro. Acho que meu pai tinha parado o carro meio longe do estacionamento principal por um motivo e, se alguém nos visse, pareceríamos uma família normal. Lindy não foi forçada a entrar no carro. Não houve grito nem choro. Não chamamos atenção. Naquele dia, meu pai tinha me pedido que deixasse o chapéu em casa, então não havia nada de diferente na nossa aparência.

A teoria da polícia era que ela tinha caído no lago, mas os mergulhadores não encontraram nenhum corpo, claro. Passei as semanas seguintes preocupadíssimo com o que tínhamos feito. Meu pai guardava a chave do celeiro consigo o tempo todo. Ele me disse que, se a deixássemos sair, iríamos os dois para a cadeia. Ele me lembrou que eu não ia sobreviver na prisão, porque os policiais iriam tocar em mim. Ia morrer numa agonia terrível. Ele agia como se tivesse sequestrado a menina para me fazer um grande favor, para me dar uma amiga. Mas por que uma menina?

Depois das primeiras semanas, eu visitava Lindy todo dia, assim que ele chegava em casa. Ele abria a porta e depois me trancava com ela por uma ou duas horas. No começo, foi horrível, porque ela ficava muito histérica e angustiada. Ela tentou fugir muitas vezes naquele primeiro ano. Jogou água fervendo na gente. Meu pai se queimou feio, mas eu consegui desviar a tempo. Depois disso, ele desligou o gás do fogão do celeiro, e ela ficou sem comida quente por um mês, e foi um inverno rigoroso. Mas toda vez que meu pai tirava as coisas do alcance dela ou descobria um túnel novo, que ele então bloqueava, eu tentava facilitar a vida dela. Eu estava economizando para comprar uma televisão para ela. Eu via as novelas que ela gostava para poder contar o que estava acontecendo com os personagens. Instalei lâmpadas novas, para iluminar mais o local. Dei vaselina, para aliviar os ferimentos da corrente no tornozelo.

Meu pai às vezes a deixava sair, para os fundos da casa, mas ela sempre tentava fugir, mesmo quando ele estava segurando uma das pontas da corrente. Eu queria que ela aceitasse aquilo, que entendesse que o lugar dela era ali com a gente. Depois de dois anos, era tarde demais para libertá-la. Ela agora era nossa. Lindy também me detestava, até que percebeu que eu não odiava as meninas tanto quanto meu pai. Ela implorava a mim que eu a soltasse, e eu pedia isso ao meu pai, várias vezes, mas ele sempre ficava bravo, e entendi que não era para tocar mais no assunto.

Quanto mais velho eu ficava, mais sentia o meu isolamento. Como Lindy devia se sentir? Eu estava ganhando um dinheiro com a minha horta. Meu pai e eu demolimos a casa de Rangi e lavramos a terra. Eu cultivava legumes, verduras e algumas frutas: batata, cenoura, acelga, vagem, fava, pastinaca, morango, repolho e alface. Eu vendia para Kai, o gerente do mercadinho Clayburn, na cidade. O melhor era ter a produção mais variada possível. Assim, se alguma colheita não desse certo por algum motivo, eu sempre tinha outra coisa para vender. Eu queria ter meu próprio dinheiro, e isso me mantinha ocupado enquanto meu pai estava no trabalho.

Meu pai finalmente cedeu e me ensinou a dirigir. Aprendi rápido e logo tirei minha carteira de motorista. Tive que explicar ao examinador por que eu estava de luva no verão, e ele foi compreensivo, embora tenha ficado muito curioso sobre a minha doença. Ele se sentou bem perto da porta do carona para não encostar em mim. Passei na prova com facilidade. Depois que tirei a carteira, meu pai não pareceu se incomodar com a minha independência. Depois disso, raramente saímos juntos. Eu resolvia coisas para ele nos fins de semana. Muitas vezes fazia as compras para nós três. De vez em quando, dava carona para ele até o consultório e depois o buscava lá. Eu queria comprar coisas das quais meu pai não sabia. Coisas para Lindy.

Quando decidi repintar meu quarto, encontrei aquele ursinho de pelúcia velho. Pensei em Denise de novo e naquela menina. Eu era tão pequeno quando passei aquelas duas noites com ela, tantos anos antes. Por que ela tinha o Toby, um brinquedo? Se ela tinha se casado com meu pai, o que levara para o casamento além de um urso velho? Meu pai sempre disse que ela não tinha família.

Tentei lembrar que idade ela devia ter. Certamente era adulta, uma adulta grávida quando a conheci, mas que idade tinha quando eu nasci? Ela e meu pai foram mesmo casados? Não teria sido melhor para ela ser internada num hospital psiquiátrico? Meu pai parecia desprezá-la. Não lhe dava roupas novas nem muita comida, e definitivamente não gostava dela, mas fez sexo com ela. Ela queria? Minha mãe também parecia odiá-lo. E se ela não queria fazer sexo com ele, então ele a forçava? Eu não queria pensar naquilo. Meu pai era um homem tão bom em tantos aspectos. Mas aí tinha a Lindy.

*

Eu comprava mantimentos básicos que ela mesma pudesse cozinhar e pegava livros para ela na biblioteca. Meu pai insistia que ela não devia receber material de escrita ou desenho, nem caneta, lápis ou giz de cera. Mas eu comprava uns presentes, chocolates ou roupas usadas num brechó, sabonetes e xampus cheirosos, toalhas novas também. Meu pai falou que não adiantava ser gentil com ela, porque eu nunca ia poder tocá-la. Eu sabia disso. Mas, quanto mais vulnerável e assustada ela parecia, mais eu gostava dela. Enterrei meus desejos físicos por ela. Eu me perguntava se meu pai estava transando com Lindy. Não tinha coragem de perguntar a ela, porque tinha medo da resposta. Uma vez, de manhã, ele apareceu com o rosto arranhado. Disse que havia tropeçado no espinheiro depois que levou o café da manhã para Lindy. Era mentira, porque Lindy preparava o próprio café da manhã. Outra vez, vi sangue seco acumulado no ouvido dele. Por que demorei tanto tempo para perceber que meu pai era um pedófilo?

Uma vez, me juntei a Lindy à noite, e ela estava particularmente quieta. Coloquei o saco de comida ao seu alcance, depois voltei para o canto e comecei a falar sobre o dia. Havia sangue na camiseta dela. Enquanto ela guardava as coisas em silêncio, notei que faltava um de seus dentes da frente.

Lindy teve que soletrar para mim, e as palavras ecoaram as memórias da minha infância. Era março de 1985. Eu não comentei sobre o dente dela, nem sobre o sangue. Tentei fingir que não tinha percebido. Ela esperou até que eu estivesse sentado na única cadeira, sentou-se no chão, bem na minha frente, e me encarou.

— Steve, ele disse que ia me matar se eu te contasse, mas o seu pai não está me mantendo aqui para eu ser sua amiga. Você tem 17 anos, não pode ser tão inocente assim. Seu pai é o filho da puta de um estuprador. Ele me estupra duas vezes por semana desde que eu cheguei aqui. E, se eu resisto, ele me castiga. — Ela levantou as mangas para eu ver os hematomas em seus pulsos.

Mandei Lindy calar a boca.

— Você acha que meu dente caiu? — perguntou ela, e lembrei da gengiva da minha mãe. Lindy estava só expressando o que eu já suspeitava havia muito tempo. Eu tinha entendido tudo, e ela sabia disso. — Sabe, Steve, você sempre soube. Se não fosse a sua doença, você estaria me estuprando também.

Fiquei horrorizado.

— Eu juro que jamais ia te machucar, eu não sabia de nada.

— Eu não acredito em você. Agora você sabe. O que vai fazer a respeito?

Eu não conseguia olhar para ela, não conseguia pensar no que dizer. Tranquei a porta ao sair do celeiro, como de costume, e ignorei suas lágrimas e sua frustração.

Minha mãe era outra Lindy. Lembrei-me de todas as coisas que ela havia me dito. Ela tinha 11 anos quando ele a sequestrou. Eu me lembrei da minha irmãzinha, Mary. O que será que tinha acontecido com elas? Eu tinha chutado minha mãe quando ela estava grávida. Minha própria mãe. Lindy estava dizendo a verdade.

Eu já tinha visto bastante televisão, e não só ficção, também já tinha visto alguns *reality shows* e sabia que as mulheres podiam ser inteligentes e engraçadas, doces e gentis. Às vezes lidava com elas na cidade, a esposa e a irmã de Kai. Eles eram da Polinésia. Meu pai tinha feito comentários depreciativos sobre eles.

Eu nunca havia confrontado meu pai antes. Nunca precisei. Vivia em negação. Ele sempre foi gentil e carinhoso comigo, sempre me protegeu. Mas tivemos algumas discussões. Por exemplo, eu implorava para termos um telefone, mas ele se recusava, dizendo que era desperdício de dinheiro. Eu dizia que ele era teimoso.

A situação de Lindy era algo que eu não podia mais ignorar. Passei a noite em claro, a mente em turbilhão. Não tomei o café da manhã com meu pai no dia seguinte. Fiquei na minha horta. Naquela noite, era a minha vez de fazer o jantar. Quando ouvi o carro dele se aproximando na estrada, meu estômago deu um nó. Eu tinha queimado as costeletas de porco e cozinhado demais as batatas. Coloquei o prato na frente dele e me sentei do outro lado da mesa. Fiquei observando-o enquanto ele se servia de um copo de água. Eu estava nervoso e enjoado demais para comer.

— Tá tudo bem? Você parece meio pálido — comentou ele, com a voz preocupada.

— Eu estava pensando na minha mãe. Você a estuprava. — As palavras saíram meio atrapalhadas.

A faca dele bateu na mesa.

— Eu tenho 17 anos, pai. Quantos anos ela tinha quando você a engravidou? Era mais velha ou mais nova que a Lindy?

Ele bateu o punho na mesa com tanta força que tudo o que estava em cima dela pulou. O copo de água que ele tinha servido tombou.

— Não vou aceitar isso...

— Você a sequestrou. Você a tirou da família dela e a prendeu naquele quarto do lado do meu. Você a fez passar fome, bateu nela e a castigou, e a estuprou. Você está estuprando a Lindy e batendo nela, arrancando os dentes dela. Você faz com a pinça ou com o alicate para extração?

O copo de água rolou de lado pela mesa.

— Filha da puta, mentirosa! Não acredite numa palavra...

— Ela não me falou nada. Eu que entendi. Acho que sempre soube, mas não queria que fosse verdade. Não consigo acreditar numa palavra do que você diz, pai. Você fugiu da Irlanda e me arrastou junto e agora eu sou cúmplice do sequestro da Lindy. — A água do copo escorria para o chão.

Ele rosnou para mim:

— E o que você quer que eu faça? Quer que eu deixe ela ir embora? O que você acha que vai acontecer com você? Quem vai te proteger como eu? Como você disse, você é cúmplice. — Ele empurrou a cadeira para trás e se levantou, me encarando. O copo tombado rolou na mesa e se espatifou no chão de madeira. Fiquei apavorado diante da ideia de ser preso, apavorado com a ideia de ficar sozinho, de ter uma morte terrível. Mas achava que sabia distinguir o certo do errado.

— Pai, você tem que soltar a Lindy. Você é um pedófilo, e essa é a verdade.

— E o que você faz com ela toda noite, hein? Conversa, lê?

— É! O que você tá sugerindo? Você sabe que eu não posso tocar nela.

O rosto dele ficou pálido. Meu pai segurou a mesa com as duas mãos. Ele balançou a cabeça como se tivesse água nos ouvidos.

— Se eu for preso, você vai junto. Você já tem idade pra ir pra uma prisão de adultos. Sabe o que eles iam fazer com você lá?

Li muitos livros sobre prisão ao longo dos anos. *Papillon* estava marcado na minha mente.

Saí correndo da cozinha e peguei a chave do carro. Meu pai veio atrás de mim, gritando.

— Você não pode fazer nada sem se matar, seu garoto idiota!

Peguei o carro naquela noite e dirigi durante horas, mas para onde eu podia ir, e para quem eu podia contar aquilo tudo?

39

Sally

Assim que ouvi o apito, achei que ia passar mal. Era ele. Eu tinha pedido a Udo e a Nadine que corressem e ajudassem Lina, a segurança, caso o apito soasse, e os dois dispararam pela lateral da casa. Todo mundo parou, se perguntando o que estava acontecendo, menos as crianças, que continuaram brincando no pula-pula. Na mesma hora, contei quantas crianças havia. Estavam todas lá. Expirei, mas a conversa tinha diminuído. Pedi a todos que ficassem onde estavam. Entrei na casa e peguei um atiçador na lareira. Senti a raiva fervendo dentro de mim. Finalmente.

Quando abri a porta da frente, ouvi uma mulher gritando.

— Essa aberração matou o próprio pai e vocês nem ligam!

Lina tinha dado uma chave de pescoço nela, mas eu não conseguia ver seu rosto. Udo gritou para mim.

— Está tudo bem, é só aquela racista maluca que trabalhava na loja da Texaco. Ela se recusa a ir embora.

Era Caroline.

— Você não tinha nada que vir morar aqui. Por que não volta pro seu país? — gritou ela para Udo.

Lina a estava puxando de costas pela estradinha.

— A minha mulher é médica — disse Nadine —, a gente devia te internar.

— Sapatão!

Lina tapou a boca de Caroline com a mão.

— É pra chamar a polícia, Srta. Diamond?

O atiçador na minha mão pareceu ganhar vida própria. Eu estava tão nervosa e enfurecida com a possibilidade de que pudesse ser Conor Geary que não sabia o que fazer com a minha raiva. Corri na direção de Caroline com o atiçador erguido. Nadine me agarrou pela cintura.

— Sally! Tá maluca?

Udo tomou o atiçador da minha mão.

Lina puxou Caroline para longe de mim. Ela tirou a mão da boca de Caroline, mas continuou segurando-a com firmeza pelo pescoço e pelo ombro.

— Todo mundo aqui viu! Ela ia me atacar com aquela vara. Isso é tentativa de agressão. Vocês são testemunhas. Se alguém aqui vai chamar a polícia, sou eu! — gritou Caroline.

— Eu não vi nada — exclamou Nadine. Ela se virou para Udo e Lina. — Vocês viram a Sally tentando atacar alguém?

— Eu não — respondeu Udo, e Lina fez que não com a cabeça, vigorosamente.

— Tá vendo, você tá imaginando coisas — continuou Nadine. — Precisa ser internada. Agora, você vai vazar daqui ou quer que a gente chame a polícia?

Estava todo mundo mentindo agora. Minha cabeça começou a zumbir.

Caroline correu de volta para a estrada, gritando que éramos uns mentirosos e umas aberrações, enquanto Udo e Lina a observavam partir.

Nadine me levou até o escritório do meu pai, eu havia colocado um papel na porta que dizia "Favor não entrar".

— Espera aqui — disse ela —, vou chamar a Angela.

Angela sempre parecia ter os comprimidos certos na bolsa.

— Toma isso e me conta o que aconteceu. — Ela me deu um copo de água.

— Você sabe por que eu contratei a Lina. Quando ouvi o apito, achei que fosse ele. Senti uma fúria e não consegui controlar a raiva. Eu estava pronta pra matá-lo, e mesmo sendo só a Caroline, eu...

— Você precisa contar isso pra Tina. Você precisa aprender a administrar essa raiva, Sally. Agora, fica aqui até se acalmar antes de voltar pra festa. Ninguém lá nos fundos ouviu o que aconteceu. Até onde eles sabem, a Caroline tentou atrapalhar a festa. Está todo mundo muito feliz por ela ter sido colocada pra fora. Ninguém gosta dela. Ela é obviamente meio perturbada.

— Que nem eu?

— Ela não é nada que nem você. Tire um tempinho e faça os seus exercícios de respiração. Nada de beber depois desse comprimido, tá bom?

— Tá. — Respirei fundo. — Angela? E se eu tivesse matado a Caroline?

— Isso não aconteceu. Não adianta nada ficar imaginado o pior cenário. Quer que eu fique com você?

— Não, vou ficar bem. Obrigada.

Esperei 15 minutos lá dentro antes de sair e, embora a festa lá fora ainda seguisse a todo vapor, a alegria que eu sentia havia desaparecido. Eu me sentia entorpecida. Comi um pouco e fiquei um tempo sentada com tia Christine.

— Ouvi falar da penetra — comentou ela —, que cara de pau! Sei que ela já arrumou problema com você antes.

— É, ela perdeu o emprego por minha causa.

— Parece que mereceu.

Eu me sentia vazia. Sem vida.

— Você está cansada? Minha nossa, já são 19h30. Que horas você acha que a festa vai acabar?

— Não quero interromper a diversão das pessoas.

— A festa está maravilhosa, Sally, que sucesso. Conheci vários dos seus amigos. Parece que as pessoas gostam de você aqui.

Fiquei me perguntando se as pessoas iam continuar gostando de mim se soubessem que eu quase ataquei Caroline com um atiçador de lareira. Fiquei me perguntando se Udo e Nadine me viam de outra forma agora. Udo estava me observando. Eu não queria que ele contasse para Martha o que eu pretendia fazer. Por fim, ele se aproximou de mim.

— Você tá bem? Aquilo foi intenso.

— Desculpa.

— Você deu um susto nela. Você tava uma fera. Pra falar a verdade, eu fiquei um pouco assustado também.

— Eu contratei a segurança para o caso do meu pai biológico aparecer. Quando ela apitou, achei que era ele.

— Mas você viu que não era, não viu?

— Eu sei, mas eu estava com muita raiva. Não sabia o que fazer com a raiva.

Ele ficou em silêncio por um momento.

— Graças a Deus você estava lá, Udo. Eu podia ter machucado a Caroline.

Ele riu.

— Não tem graça. Você sabe que eu estou fazendo terapia, né? Ainda tenho problemas por causa da minha infância.

— Olha, acabou. Você não machucou ninguém. E quem sabe do que a Caroline é capaz? Ela também é aterrorizante. Aquela lá vai ter uma baita de uma ressaca.

— Ela estava bêbada?

— Muito. A Lina não conseguiu se livrar dela. Por isso apitou. Ela não vai te incomodar de novo. Acho que a vergonha vai ser maior agora.

— Eu também estou com vergonha.

— Escuta, você deu um susto na gente, mas agora passou. Relaxa.

O remédio que Angela me deu estava fazendo efeito. Comecei a me sentir mais relaxada. Isso era algo que eu iria trabalhar na outra semana, com a Tina.

No jardim, Ger McCarthy pegou uma caixa que parecia muito velha e tirou um acordeão de lá de dentro, então começou a tocar algumas músicas tradicionais antigas. Valerie, Angela, Nadine, Stella e Kieran (que tinham deixado os filhos com o irmão), e Laura se aproximaram, e nós fizemos um círculo com as nossas cadeiras e toalhas de piquenique.

Foi então que tia Christine deu um tapinha no meu ombro.

— Sally, não queria te preocupar, mas acho que tem alguém no escritório do seu pai… Ouvi um barulho lá dentro. Móveis sendo arrastados. Mas tem um aviso na porta pedindo pra ninguém entrar. Você está dando falta de algum convidado?

Olhei em volta e contei as pessoas na minha cabeça.

— O Mark.

— Vamos ver o que ele tá fazendo.

Tia Christine e eu pedimos licença. Atravessamos o corredor em silêncio, então eu abri a porta. Mark estava sentado à mesa, com uma lanterna, lendo os documentos antigos do meu pai.

— Mark! — exclamou tia Christine. — O que você está fazendo?

Ele largou a pasta, e os papéis caíram todos no chão. Eu ia guardar tudo num depósito. A polícia estava com os documentos originais, na minha casa haviam ficado só as cópias.

— Você já tinha pedido para ver esses documentos antes. Por quê? — eu quis saber.

Ele passou direto por nós, me empurrando contra a mesa, e saiu pela porta da frente.

— Não estou gostando disso, Sally. Não estou gostando nem um pouco disso. Ele está muito interessado na sua história. Hoje não falou nada, mas, no enterro do Donald, ele me torrou a paciência perguntando o que tinha acontecido.

— Ele me disse que tinha ficado fascinado com o caso.

— Ele me falou a mesma coisa — acrescentou tia Christine. — Na época, eu tive certeza de que era um jornalista, procurei o nome dele no Google, mas a formação dele é toda em contabilidade. Mas que loucura... revirar os documentos antigos do Tom. Que desplante! O que ele está procurando?

Peguei meu celular e liguei para ele. Caiu direto na caixa postal. Deixei uma mensagem irritada, exigindo saber o que ele achava que estava fazendo.

Declarei que a festa tinha acabado. Alguns dos convidados estavam bêbados. Stella me abraçou e disse que eu era a sua melhor amiga. Eu expliquei que Sue era a minha melhor amiga, e ela achou aquilo hilário. Nadine e Angela estavam um pouco instáveis. Kieran, que estava sóbrio, disse que iria levá-las para casa. Os outros queriam ir a pé. Eles me agradeceram mais uma vez o dia maravilhoso.

Valerie e Laura saíram juntas, me deixando sozinha com tia Christine.

— Acho que você não devia entrar em contato com o Mark de novo. Se ele mandar alguma mensagem pedindo desculpa, tudo bem, mas não responda. Amanhã eu vou contar pra Angela — disse tia Christine.

— Por que pra Angela?

— Ele tem um jeito estranho demais. Fica te observando e fala de você o tempo todo, e eu sei que você me falou que ele estava interessado naquela menina indiana, Anubha, né? Mas ele nem tentou falar com ela hoje. Ele está obcecado por você, Sally. E não é de uma forma saudável. A Angela é a sua guardiã não oficial no vilarejo. Ela tem que saber disso.

Fiquei emocionada. Contei a tia Christine o que tinha acontecido mais cedo com a Caroline e a minha tentativa de atacá-la.

— Não consigo imaginar a raiva que você deve ter aí dentro. Você teve sorte de ter gente lá pra te segurar. A sua experiência foi única, Sally, e, mesmo que você não se lembre, você sabe o que ele fez. É horrível. Ainda assim, a Caroline é outra história.

— Coitados do Udo e da Nadine. E da Lina. Nem parei pra pensar em como as palavras da Caroline devem ter afetado eles. Amanhã eu ligo pra eles pra pedir desculpas.

— Boa menina.

— Tia Christine?

— O quê?

— Eu sou uma mulher, não uma menina.

— Desculpa, é porque eu te conheço desde pequena.

— Como eu era então? Na primeira vez que você me viu.

— Posso ser sincera? Você era quieta. A Jean e o Tom tratavam você como se nada tivesse acontecido. No primeiro ano, eles não te matricularam na escola. Você dormia muito. A Jean e o Tom discordavam nisso. Ela não achava que você tinha que ser sedada. Não me leve a mal, mas o Tom era arrogante, vivia teimando que era mais qualificado. Você não gostou quando o Donald veio te visitar comigo. Ele ficou chateado, sabe? Ele nunca teria machucado ninguém na vida, mas você fugiu dele. A Jean era a única que podia te segurar ou te abraçar e, mesmo assim, você resistia um pouco, se bem que talvez isso não seja tão incomum em crianças de 6 anos.

— Eu não perguntava sobre a minha mãe? Sobre a minha mãe de verdade?

— Não, o Tom estava determinado a fazer com que você se esquecesse dela.

— Deu certo.

— Talvez tenha sido melhor assim... A gente nunca vai saber.
Fiz que sim, pendendo a cabeça na direção do peito.

— Vamos dormir. Estamos as duas exaustas. E amanhã as crianças vão voltar.

As crianças chegaram ao meio-dia em ponto. Eu tinha dito que elas podiam ficar de meio-dia às 15 horas. Udo se ofereceu para ficar de vigia na frente da casa, e eu aceitei de bom grado. Eu o avisei para também não deixar Mark entrar. Disse que tínhamos nos desentendido na noite anterior e que eu não queria vê-lo. Udo não perguntou mais nada. Tentei pedir desculpa pelas agressões racistas de Caroline, mas ele falou que não precisava

Fiz uma limonada para as crianças e servi o bolo que tinha sobrado da festa. Angela apareceu, admitindo estar de ressaca.

— Você não tem remédio pra isso?

— Pra vergonha, não. Eu cantei. Na frente das pessoas. Na frente dos meus pacientes. Eu subi no pula-pula, nessa idade, apesar de eu mesma ter mandado todo mundo tomar cuidado.

— Eu vi — comentei, rindo.

— Nadine ainda está dormindo. Ela está pior do que eu.

Tia Christine e eu contamos para ela o que tinha acontecido com Mark.

— Meu Deus, qual é o problema desse cara? Quando ele apareceu aqui em Carricksheedy, Sally?

— Acho que mais ou menos em fevereiro ou março, não lembro... Na primeira vez que o vi, ele tentou me fazer entrar no carro dele, mas depois pediu desculpas. E ele foi tão educado, preocupado. Mas estava sempre perguntando como estava a investigação sobre Conor Geary, e sobre o que eu lembrava da infância. Pedi pra ele parar mais de uma vez. Ele já tinha pedido pra ver aqueles documentos.

— Talvez ele seja um desses nerds viciados em *true crime*, não?

— Você acha que ele pode ter arrumado um emprego aqui de caso pensado, pra se aproximar da Sally?

— É possível.

— Onde ele mora?

— No mesmo prédio da Sue e do Kenneth.

— E a família dele?

— Ele tem uma ex-mulher, Elaine. Nunca falou dos pais, nem de irmãos. Ele é de Dublin.

— Você já pesquisou o nome dele no Google?

— Eu pesquisei — disse tia Christine. — Não achei nada suspeito. Ele trabalhou em várias empresas de contabilidade, mas parecia estar numa posição mais sênior do que a que ocupa aqui. Achei uma ou outra foto, algumas antigas, de uns 15 anos atrás, em que a ex-mulher aparece. O nome dela é Elaine Beatty.

— E em que escola ele estudou?

— Não achei nada com mais de vinte anos.

— Ele tem perfil no LinkedIn?

Eu conhecia o LinkedIn. Tinha feito um perfil lá quando estava procurando emprego. Eles me mandavam notificações irritantes sobre trabalhos que eu não podia fazer ou que não me interessavam.

— Tem, mas não diz onde ele estudou.

Fiquei confusa.

— Que diferença faz a escola onde ele estudou?

— Não sei — respondeu Angela —, mas vou fuçar um pouco.

— Tem outra coisa — acrescentei. — Tem um tempo que eu perguntei se ele estava romanticamente interessado em mim, e ele falou que estava interessado na Anubha, mas ontem ela me disse que ele praticamente a ignora no trabalho.

— Se fazendo de difícil?

— Acho que eles nem gostam um do outro.

— É tudo muito estranho.

Sue veio buscar os filhos e se juntou a nós, na sala de estar. Ela me perguntou se eu sabia alguma coisa sobre Mark sair de férias.

— Por quê?

— Eu o vi colocando malas e caixas no carro. Perguntei pra onde ele estava indo, e ele murmurou que estava com pressa e foi embora.

— Isso tá me cheirando mal — comentou tia Christine.

Sue queria saber o que estava acontecendo. Angela explicou calmamente que estávamos um pouco preocupadas com ele, que o comportamento dele tinha sido estranho.

— Tem que ter uma explicação — comentou Sue. — Ele sempre foi gentil com a gente, mas hoje de manhã foi mesmo muito estranho. — Ela saiu para chamar os filhos.

Angela sugeriu mantermos o assunto entre nós. Não fazia sentido causar alarde ou difamar Mark se ele fosse só um fanático por *true crime*. Não havia nada de ilegal nisso.

Elas saíram juntas. Eu me senti pouco à vontade sozinha em casa. Não via a hora de sair dali. Os incidentes com Caroline e depois com Mark haviam me deixado insegura.

O que aconteceu na manhã seguinte me deixou apavorada.

Não dormi bem. Botei um roupão por cima do pijama e fui até a cozinha para ligar a chaleira e preparar um chá. Depois do café da manhã, andei pela casa, anotando quem tinha colocado o nome nos post-its para poder organizar a distribuição das coisas. Ouvi uma batida na porta da frente e fui pegar a correspondência. Havia um envelope endereçado a Mary Norton, o nome que ganhei ao nascer. Tinha um carimbo postal da Nova Zelândia. Abri com as mãos trêmulas.

Era um cartão de aniversário. Na frente, havia uns gatinhos fofos, um cartão infantil.

É o seu aniversário de verdade, Mary. Hoje, dia 15 de setembro, você está completando 45 anos. Não sei se isso vai chegar no dia certo, mas acho importante você saber.

S

Estava um dia atrasado. Liguei para Angela, mas a chamada caiu na caixa postal. Era uma emergência. Liguei para a detetive Howard. Ela me disse que não tocasse no cartão. Ela ia mandar alguém à minha casa.

A campainha tocou cinco minutos depois. Eu me escondi na sala, mas espiei pela janela, para ver se era um policial. Vi que eram os homens que tinham vindo buscar o castelo pula-pula. Eles deram a volta na casa e desmontaram tudo. Não fui até eles. Eles puseram o castelo no caminhão. Não precisavam me ver. Eu já tinha pagado adiantado.

Meia hora depois, a campainha tocou de novo. Ouvi a voz de Angela.

— Sally, sou eu!

Eu a deixei entrar e, antes mesmo de mostrar o cartão, ela falou:

— Sally, Mark Butler não é quem ele diz ser.

40

Peter, 1985

Depois que confrontei meu pai, dirigi sem rumo por horas no meio da noite, até perceber que não havia nada que eu pudesse fazer sobre a situação de Lindy sem arriscar minha própria vida. Acabei voltando para casa e cheguei na hora do café da manhã. Meu pai não disse nada quando me viu. Ele sabia que eu não tinha ninguém e nenhum lugar para ir, e que minha doença me impedia de pedir ajudar, de qualquer forma.

Na noite seguinte, quando visitei Lindy, contei a ela sobre a briga.

— Então, agora que você sabe, por que não foi à polícia? — A voz dela estava esganiçada, histérica. — Você pode me soltar agora. O que está te impedindo de fazer isso?

Tentei explicar que não tinha nada que eu pudesse fazer, que o risco para mim era muito alto. Eu disse para ela que meu pai tinha insinuado que eu estava fazendo sexo com ela também, o que não fazia o menor sentido, por causa da doença. Ela ficou em silêncio por um tempo, então falou:

— Essa doença que você tem, não sei o que lá necrótico, é muito conveniente, você não acha?

— Como assim? Pra mim não tem nada de conveniente. Minha vida é um inferno.

— Ele mentiu pra você sobre tudo, sobre absolutamente tudo...

Alguns meses antes, eu tinha pedido ao meu pai que procurasse qualquer pesquisa nova que ele pudesse encontrar sobre a minha doença. Ele voltou para casa com umas cópias de fotos de cadáveres deformados e pessoas em camas de hospital, parecendo múmias enroladas em esparadrapo, em leitos isolados. Falou de uma pesquisa numa clínica alemã, mas o progresso era lento e havia poucos recursos, pois aquela condição era muito rara. Não havia cura em vista.

— Aposto que você não tem doença nenhuma. Ele usou isso para te manter longe das pessoas. Você nunca foi à escola. Você nunca teve uma mãe na vida, teve? O que aconteceu com ela?

Eu não queria contar da minha mãe.

— Não sei.

— Então, a sua vida todinha, foi só você e o seu pai. Você tem noção de como isso é maluco? Tira essas luvas ridículas e vem aqui e toca em mim, só na mão ou no braço. — Ela estendeu a mão até onde a corrente permitia. Eu me encolhi para longe dela.

— Ele não ia mentir pra mim sobre isso.

— Ele não te falou nem onde a sua mãe tá. Agora você sabe o que ele faz comigo. Eu nunca ouvi falar dessa doença. É no mínimo suspeito.

— Para com isso! — gritei com ela.

— Você tem que me soltar! Nós dois precisamos escapar — gritou ela, enquanto eu a trancava.

Pensei em tudo o que eu havia perdido na vida, se o que Lindy estava dizendo fosse verdade. E aí pensei em Rangi. Se eu não tivesse contágio hominídeo necrótico, podia muito bem tê-lo salvado. Se eu não tivesse contágio hominídeo necrótico, era responsável pela morte dele.

*

Naquela noite, não toquei no assunto com meu pai. Desde as grandes revelações do dia anterior, ele estava agindo como se nada tivesse acontecido. Ele cozinhou, e eu coloquei a mesa. Por fim, quando estávamos os dois à mesa, ele começou a falar.

— Peter — disse ele, e foi a primeira vez que usou esse nome desde que saímos de Londres —, você tem a sua doença, e eu tenho a minha.

— Que é o quê? — perguntei, mal-humorado.

— Deixa eu falar, por favor. Não tenho orgulho do que sou. Eu sei que é uma doença, essa atração por meninas pequenas, mas é uma doença que não consigo controlar. Igual a sua. Nós somos o que somos e...

— Você tem controle, sim — eu o interrompi. Eu não estava preparado para deixá-lo se fazer de vítima. — Você escolheu tirar a minha mãe do jardim da casa dela quando ela era uma criança, você escolheu sequestrar a Lindy no lago e, pior, fingiu que estava fazendo isso por minha causa.

Eu não o questionei quanto à minha doença. Eu mesmo ia pesquisar sobre aquilo.

— Eu sou doente, Peter, o que você espera que eu faça?

— Você devia se entregar à polícia. Dizer quem você é e o que fez na Irlanda.

— E o que ia acontecer com você?

— Eu ia dar meu jeito. E a minha irmã?

— Quem?

— A bebê que nasceu na Irlanda, naquele quarto! — respondi, levantando a voz.

— Ela não me servia de nada, Peter. Eu queria um filho, não uma filha, e eu não fui cruel. Podia ter tirado a criança da Denise, mas isso teria destruído ela.

— E você não acha que ela já estava destruída? Algemada na parede por sei lá quantos anos? Eu era muito novo pra entender, e você falou que eu podia chutar e bater nela. E você sabia que ela nunca ia revidar, porque me amava.

— Eu te amo — disse ele, e vi lágrimas em seus olhos.

Ele pousou a mão no meu braço, e eu deixei, tão faminto que estava de contato humano. Sempre tivemos um relacionamento tátil quando eu era mais jovem, mas, quando cheguei à adolescência, parecia menos apropriado. Eu aprendia tudo pela televisão, e meninos grandes não andavam de mãos dadas com o pai. Pai e filho nem se abraçavam. Eu me distanciei fisicamente do meu pai, embora sentisse uma falta imensa do seu toque. Naquele momento, tive pena dele. Mas não o suficiente para não passar a semana seguinte na biblioteca.

Em casa, meu pai e eu tínhamos um acordo. Ele não sabia o que eu fazia durante o dia, depois que o deixava no consultório. Achava que eu ficava trabalhando na plantação. Não falávamos sobre Lindy. Ele tinha deixado a chave na mesa da cozinha. Eu podia visitá-la enquanto ele estivesse no trabalho, mas tinha dificuldade de encará-la. Eu entregava a comida dela, mas, tirando isso, deixava-a sozinha.

Na biblioteca, pedi todas as revistas médicas que eles tinham, mas só havia a *New Zealand Medical Journal*. Repassei todas as edições dos últimos cinco anos. Não havia menção à minha doença, mas achei que talvez a Nova Zelândia fosse pequena demais. Meu pai tinha dito que era uma condição extremamente rara. A biblioteca aceitou encomendar edições do *British Medical Journal, The New England Journal of Medicine* e do *Journal of the American Medical Association*. Todas essas revistas eram citadas na da Nova Zelândia. Eu me lembrei do Menino da Bolha de Plástico. Seria a única criança no mundo a ter imunodeficiência combinada grave? Quão diferente era a minha doença? Como meu pai havia me diagnosticado num país pequeno como a Irlanda?

Desde que começara a frequentar as lojas, a biblioteca e a vender meus legumes, eu realizava todas as transações usando chapéus que cobriam as orelhas, luvas e várias outras camadas de roupas para me proteger, apesar do desconforto nos meses de verão, quando todos os outros meninos estavam de bermuda e camiseta regata. Eu mantinha o cabelo comprido de propósito, para cobrir o pescoço. Estava planejando deixar a barba crescer, mas ainda tinha pouco pelo no rosto. Sabia que as pessoas com quem eu lidava achavam que eu parecia estranho, mas meu pai havia me dito que não adiantava explicar, pois ninguém ia entender. Mesmo sendo tão cauteloso, várias pessoas já tinham esbarrado em mim, e eu havia ficado apavorado todas as vezes, mas nunca houve contato de pele. Meu pai era meu dentista, então meus dentes estavam saudáveis. Eu tinha amigdalite com frequência, mas meu pai sempre conseguia um antibiótico para me tratar. Eu nunca tinha me consultado com um médico. Talvez estivesse na hora.

41

Sally

— Então, quem é Mark Butler? — perguntei a Angela, enquanto ela me conduzia até a mesa da cozinha.

— Primeiro vamos fazer um chá pra você — disse ela, ligando a chaleira.

A campainha tocou. Fui até a porta com Angela logo atrás de mim. Ao abrir, me deparei com um policial jovem num uniforme grande demais.

— Sou o policial Owen Reilly, vim coletar uma evidência — explicou ele.

— Tá ali, o cartão e o envelope — falei, apontando para a mesa com o post-it de Martha. Expliquei rapidamente sobre o cartão de aniversário para Angela.

O policial o pegou com uma pinça e o colocou num saco de evidências.

— Precisamos falar pra ele sobre Mark Butler? — perguntei a ela. O policial Reilly olhou para nós, curioso.

— Acho que isso não tem nada a ver com a investigação — disse Angela. — Vamos deixar o homem trabalhar.

— Se tiver alguma coisa estranha acontecendo, é melhor contar — disse ele.

— É um assunto privado de família — explicou Angela. Ele pareceu chateado por não saber o segredo.

Eu também estava chateada. Assim que fechei a porta depois que o policial Reilly foi embora, me virei para ela e exclamei:

— Fala logo!

Ela me levou de volta para a cozinha, me colocou sentada numa cadeira e voltou a encher o bule.

— Pelo amor de Deus, Angela, eu não sou criança. O que você descobriu?

Ela serviu as duas canecas e as pousou na mesa, então se sentou na minha frente.

— Desculpa, não queria te assustar. Se eu achasse que ele era perigoso, teria falado para o policial, mas provavelmente não tem nenhuma relação.

— O que é? — Angela nunca me pareceu tão irritante assim antes. Era como se os olhos dela estivessem dançando na cabeça.

— Bom, por onde eu começo?

— Só começa! — Tentei não gritar.

— Eu achei a Elaine Beatty no Facebook.

Eu não tinha entrado em nenhuma rede social de propósito. Tina havia sugerido que não era uma coisa boa para a minha saúde mental. Eu queria amigos na vida real, e meu nome já era conhecido o suficiente para atrair voyeurs e, possivelmente, meu pai biológico.

— A ex-mulher do Mark?

— É, mandei uma mensagem para ela pedindo pra conversar sobre o Mark. Achei que ela fosse me ignorar, mas ela respondeu em menos de uma hora. Ela me passou um telefone, então eu liguei. Ela está preocupada com ele. — Angela fez uma pausa dramática. — Mark Butler é um homem problemático. Ele mudou de sobrenome no cartório, antes dos dois se casarem, por um bom motivo.

— Qual era o nome original dele?

— Mark Norton.

— Mas esse é o meu sobrenome, quer dizer, era o sobrenome da minha mãe biológica.

— Sally, ele é seu tio.

Foi bom estar sentada, mas, mesmo assim, tive que me agarrar à mesa.

— Ele tinha 4 anos quando a Denise foi sequestrada. Ele a adorava. Aquilo acabou com a família dele — explicou Angela.

— Espera, o quê? Não vi o nome dele em anotação nenhuma, em lugar nenhum. Nas fitas, a Denise nunca fala nele... pelo menos, eu acho que não...

— Talvez ela não conseguisse se conectar com a infância, com a vida antes do Conor Geary... Ela foi levada aos 11 anos, libertada aos 25. Passou mais tempo em cativeiro do que livre. Pode ser que nem se lembrasse dele. E aí ela morreu no hospital um ano depois.

— Ela se suicidou.

— É. Segundo a Elaine, os pais dele entraram em parafuso. O pai começou a beber. A mãe mal dava conta das coisas. A infância e a adolescência todinha dele foi correndo atrás de pistas. O desaparecimento da Denise dominou as vidas deles. Quando ele tinha 16 anos, os pais desistiram de procurá-la, e ele não conseguia perdoá-los por isso. E aí, quando ele já estava com 18, a Denise foi encontrada, com você. E ele não podia vê-la. Você lembra que ela não queria chegar perto de nenhum homem adulto na época, nem do próprio pai. O seu pai... digo, o Tom... era o único homem que ela aceitava ter por perto.

— E a mulher dele te contou tudo isso?

— Contou. Eles se conheceram na faculdade, em Dublin. Assim que as pessoas ouviam o sobrenome dele, queriam saber se ele tinha alguma ligação com as agora famigeradas Denise e Mary Norton. Os pais dele tinham se mudado para a França, a irmã havia morrido. Ele era uma figura lamentável, bebia demais, mas a Elaine achou que podia salvá-lo. Foi ideia dela mudar de nome, para poder escapar das perguntas constantes. Eles se casaram novos, aos 22 anos, e Elaine achou que, quando tivessem uma casa e uma família, ela ia conseguir ajudá-lo, e os dois poderiam viver uma vida normal. Mas ele continuava obcecado em encontrar o sequestrador da irmã e furioso com os pais por permitirem que você fosse adotada. Ele achava, como todo mundo, que você tinha sido adotada por uma família na Inglaterra.

— Vou ligar pra ele. Por que ele não me contou nada disso? — perguntei.

— Não, espera, temos que pensar nisso direito. A Elaine disse que ele se recusou a ter filhos porque tinha medo de que a história se repetisse, que o filho dele pudesse ser sequestrado e sofrer o que a Denise sofreu. Foi isso que fez o casamento deles chegar ao fim, depois de 14 anos. A obsessão dele. Até onde ela sabia, não houve caso nenhum.

— Ele mentiu pra mim.

— Ele e a Elaine mantiveram uma boa relação. Ela o obrigou a fazer terapia e a tentar encontrar novos interesses. E, por um tempo, ele ficou estável. Ela se casou novamente e está feliz com o novo marido e o filho, mas, depois da morte do seu pai, quando você apareceu nas manchetes e foi revelado que você era a bebê que nasceu no cativeiro...

— Você fala como se eu fosse um bicho no zoológico.

— Desculpa, eu devia ter escolhido melhor as palavras. Mas, Sally, foi aí que o Mark ficou obcecado de novo. A Elaine disse que ele foi ao enterro do Tom. E então, contrariando os conselhos dela, começou a procurar emprego em Carricksheedy. Ele estava desesperado para se conectar com você. A Elaine chegou a ligar para os pais dele, na França, e descobriu que a mãe tinha morrido. O pai, seu avô, ficou chocado por receber notícias suas, mas ele achou que o fato de que você tinha se desfeito do seu pai do jeito que fez era uma prova de que era tão perigosa quanto Conor Geary. Ele ligou para o Mark e falou pra ele te deixar em paz, mas o Mark não quis nem ouvir. O pai pediu pra Elaine intervir.

— Isso não faz sentido. Por que ele não me contou quem era?

— Não sei. Mas, Sally, você tem que se perguntar o que ele quer. Ele só queria te conhecer? Ou descobrir mais sobre o que aconteceu com a irmã, tentando ler os documentos do seu pai? Ou está procurando pistas pra encontrar Conor Geary? Ele enganou todo mundo direitinho.

— E se ele quisesse todas essas coisas? Se ele é irmão da Denise, meu tio... — a palavra soou estranha na minha boca —, bom, então, acho que ele tem o direito de ver as anotações.

— Ele ia ficar magoado ao ver que não foi mencionado nelas.

— Talvez. Mas ele tem o direito de saber a verdade, não tem? Vou ligar pra ele e perguntar tudo isso.

— A Elaine está preocupada com ele. Ele também não está atendendo as chamadas dela. Liguei pro Mervyn Park hoje de manhã. Ele faltou por motivos de saúde.

— A Tina falou comigo sobre instinto e intuição. Acho que ele estava genuinamente preocupado comigo, mas houve momentos em que ele foi intenso, e isso me deixava nervosa. O que você acha, como médica?

— Não posso te responder como médica. Primeiro, porque ele nunca foi meu paciente, e, segundo, mesmo que tivesse sido, eu não poderia te dizer. Mas, como observadora externa, e tendo conversado bastante com a Elaine nas últimas 24 horas, acho que, no mínimo, ele precisa de ajuda profissional. Ele não cometeu nenhum crime. Acho que sinto pena dele.

— Vou mandar uma mensagem. Ele provavelmente não vai atender se eu ligar.

Escrevi para ele. "Eu sei que você é meu tio. Precisamos conversar. Por favor, me liga."

— Angela, não quero mais ficar nessa casa. Não me sinto segura. A Nadine falou que a casa vai estar pronta pra receber a mudança no mês que vem. Será que dá pra eu me mudar antes?

42

Peter, 1985

Contágio hominídeo necrótico não existia. A médica com a qual me consultei em Auckland queria que eu fizesse uma avaliação psiquiátrica.

— Você tem certeza absoluta de que isso não existe?

— Onde você ouviu isso? — perguntou-me a médica. — Seus pais estão aí fora?

— É uma doença rara, você pode não ter ouvido falar, não?

— Você acredita que não pode tocar outros seres humanos? Falando sério, cadê os seus pais?

— Estão estacionando o carro.

— Eles falaram pra você...

— E o Menino da Bolha de Plástico? — eu a interrompi.

— Aquele pobre menino que mora no Texas? Acho que ele tem uma doença autoimune. Sua pele me parece normal. Você pode tirar o chapéu, as luvas e talvez o casaco, o suéter e a camisa, para eu ver melhor?

— Não!

— Prometo que não vou te tocar. E vou colocar luvas cirúrgicas, por via das dúvidas.

Terrivelmente tenso, tirei o chapéu, e meu cabelo comprido caiu de dentro dele, já minhas luvas revelaram mãos suadas. Despi a camiseta, e ela ficou andando ao meu redor.

— Não estou vendo nenhum abscesso, lesão, nem ferida. Não tem nenhuma cicatriz. Você se importa se eu checar seus batimentos cardíacos com um estetoscópio?

Ela encostou um disco de metal frio no meu peito e ouviu.

— Um pouco acelerado, porque acho que você está nervoso, mas totalmente dentro do normal.

Eu insisti.

— Vai ver você não ouviu falar, né? Deve ser chamado de CHN?

— Confia em mim, na faculdade de medicina, quanto mais estranha a condição, mais interessados nós ficávamos. Se essa coisa, contágio não sei o quê necrótico, se isso existisse, todo mundo saberia.

— Peter — continuou ela, usando meu nome antigo, o nome que dei para marcar a consulta —, você já foi atendido por um psiquiatra?

— Você está dizendo que eu não vou morrer se tocar na pele de outra pessoa?

— Eu estou dizendo que não vai acontecer nada, absolutamente *nada*. Quer tentar? — Ela tirou as luvas.

— E se você estiver errada?

— Quer esperar os seus pais? — Ela apontou para o estacionamento meio vazio que víamos pela janela.

— Eu tenho isso desde que nasci — expliquei.

— Onde você falou que mora mesmo?

Eu tinha dado um endereço falso, em Auckland, quando passei meus dados para a recepcionista. A Dra. Bergstrom pegou o formulário. Eu me vesti correndo, colocando novamente o chapéu e as luvas.

— Vou procurar meus pais — falei, seguindo em direção à porta. Ela tentou me deter, levantando-se da cadeira.

— Por favor, espera — pediu. — Eu acho que você precisa de ajuda, mas não do tipo... — Ela esticou a mão e tocou meu rosto,

Não estava usando luva. Contive um grito e corri porta afora, passando pela sala de espera e seguindo pela rua tão desorientado que demorei uns dez minutos para achar o carro.

Na mesma hora, conferi meu rosto no retrovisor, achando que ia ver minha pele derretendo. Eu sentia a pele queimando, mas, no espelho, parecia tudo normal. Fiquei trinta minutos sentado no carro num estado de terror e pânico, mas aos poucos percebi que a queimação era o que a minha mente havia antecipado que iria acontecer. Não havia sensação real nenhuma ali. Belisquei a pele para ver se ela estava de alguma forma anestesiada pelo toque da médica, mas senti o beliscão. O toque da mão nua no meu rosto não teve efeito algum. Eu mal podia acreditar.

Fui dirigindo até o centro da cidade com a mente tão confusa que, quando cheguei, não conseguia lembrar onde estava. Estacionei numa rua lateral e tirei o chapéu e as luvas, mesmo estando frio. Deixei tudo no carro. Andei por uma rua movimentada e entrei na livraria Whitcoulls. O homem atrás do balcão olhou para mim e sorriu.

— Oi! — disse ele. Eu não conseguia falar. Fui até a sessão de livros de Ngaio Marsh e escolhi um para Lindy, depois fui até o balcão. O homem perguntou: — Tá frio lá fora?

Fiz que não com a cabeça, ainda sem conseguir falar, e estendi a mão trêmula, com uma nota de vinte dólares. Ele pegou a nota da minha mão, sem me tocar, e se virou na direção da caixa registradora. Quando me entregou o troco, colocou o dinheiro na minha palma aberta, de novo sem tocar na minha mão. Guardei o troco e então segurei a mão dele e a apertei.

— Muito obrigado — eu disse.

Ele pareceu surpreso e, quando as lágrimas começaram a escorrer pelo meu rosto, o atendente me segurou pelo ombro.

— Tudo bem, filho? Aconteceu alguma coisa?

Minha mão formigou com o toque, mas não estava queimando, nem descolorindo, tudo o que ficara fora a impressão quente deixada pela mão daquele homem. Minha vontade era enterrar a cabeça no ombro daquele estranho, mas me virei e saí da loja.

Voltei para Rotorua, com a raiva aumentando à medida que eu acelerava. Cheguei à cidade na hora de buscar meu pai no consultório odontológico.

Ele acenou da janela e saiu, trancando a porta. Então, sentou-se no banco do carona e jogou a pasta no banco detrás. Saí com o carro antes de ele colocar o cinto de segurança.

— Qual é a pressa? — perguntou ele.

— Me fala de novo sobre o contágio hominídeo necrótico — pedi, tentando não transparecer frieza na voz.

— Engraçado você falar disso. Hoje, eu liguei para um imunologista em Melbourne, pra ver se tinha alguma novidade. Infelizmente ainda não há nenhum tratamento em vista, mas acho que você já está adaptado agora, Steve.

— Ah, é? E qual é o nome do imunologista? Talvez eu queira falar com ele.

— Acho melhor você deixar a parte médica comigo.

— Qual é o nome do médico?

— Dr. Sean Kelly.

— Um nome irlandês. Interessante. E em que hospital ele trabalha?

— St. Charles.

— Certo. E isso é um hospital geral ou especializado em doenças imunológicas?

Ele acariciou a barba e, quando olhei para ele, vi que estava me encarando.

— É um hospital especializado. Toda a verba de pesquisa agora tem ido pra essa doença nova de bicha, a AIDS.

Ele não demonstrou a menor hesitação, mas, até aí, meu pai era um especialista em mentir.

— E quando exatamente eu fui diagnosticado? Quer dizer, se eu nasci naquele anexo, como você sabia que eu tinha isso?

— Aquela putinha andou..

Tirei os olhos da estrada e o encarei.

— Não fala assim dela.

— Ah, pelo amor de Deus, Steve, você não pode acreditar em nada que Lindy Weston te diz. Ela é uma delas.

— Eu não tenho doença nenhuma, você mentiu pra mim sobre isso também.

— Bom, se você quer correr esse risco...

— E o Rangi? Eu estava a menos de um metro dele. Podia facilmente ter puxado ele pra borda, mas, pra me salvar, eu deixei ele se afogar.

— Ele era um mestiço e uma má influência. Ele te deu cerveja...

— Ele era inteligente e gentil. E meu amigo! — Não consegui não gritar.

— Presta atenção na estrada!

O carro saiu da pista, na estradinha da colina que dava na nossa casa. Tentei corrigir a direção, mas exagerei, e fomos parar do outro lado da estrada, seguindo na direção de um barranco íngreme. Entrei em pânico e pisei no acelerador, em vez de no freio. O motor rugiu pelo que pareceu um minuto inteiro, então estávamos voando. Nunca vou esquecer o barulho enquanto o carro girava e capotava. Depois, a polícia disse que caímos de uma altura de apenas 4,5 metros, mas a sensação foi de que descemos rolando um penhasco bem íngreme, batendo em todas as pedras no caminho, com a minha cabeça ricocheteando no teto do carro e no para-brisa, até que o vidro quebrou.

Nunca tinha ouvido meu pai gritar antes. Que som estranho. Abri a boca, mas, como num pesadelo, não saiu nada. Minha visão se encheu de sangue, e ouvi o ruído alto de metal se torcendo e ossos se quebrando enquanto despencávamos até parar. O carro estava de cabeça para baixo. Limpei o sangue dos olhos com as mãos trêmulas. A minha porta tinha sido arrancada. A do meu pai estava encravada na terra, com lama escorrendo pelo para-brisa quebrado em cima de nós. Soltei o cinto de segurança que estava enrolado nos joelhos e caí no teto do carro, antes de me arrastar para fora. Quando tentei me levantar e me orientar, senti uma dor forte no tornozelo direito. Olhei para o meu pai. Ele continuava gritando. Estava com a camisa manchada de sangue. O carro estava amassado ao seu redor, e ele parecia esmagado contra a porta. Na posição em que estava, ele não conseguia alcançar a porta. Seu braço direito estava quebrado e retorcido. O cheiro de gasolina encheu minhas narinas e notei uma chama na vegetação rasteira atrás do carro.

— Está pegando fogo — eu disse, com a voz trêmula.

Meu pai se arrastou na minha direção.

— Me tira daqui!

A cabeça dele estava imprensada lateralmente no teto do carro. Eu podia tê-lo soltado do cinto de segurança facilmente. Tenho certeza de que dava tempo. Podia ter puxado meu pai. Mas, em vez disso, subi o barranco com os cotovelos, arrastando o pé inútil, gemendo de dor. Meu pai estava gritando de novo, implorando:

— Não me deixa aqui! Peter! Por favor! — E depois, furioso:

— Eu sou seu pai. Me tira daqui!

Ouvi as chamas tomando conta do carro enquanto subia o barranco. Ouvi os gritos do meu pai. Não olhei para trás.

Acordei numa maca na beira da estrada, à noite, enquanto o paramédico levantava o meu pé direito. Outro segurou a minha cabeça com as mãos. O choque foi intenso, mas eu não tinha certeza se era o fato de que ele estava me tocando ou se era a dor no tornozelo. Minha camisa e o casaco estavam em farrapos na grama, na beira da pista. Minhas calças tinham sido cortadas. Não me atrevi a olhar para o pé. Os paramédicos falavam comigo numa voz calma e pesarosa.

— Qual é o seu nome, rapaz?

Qual era o meu nome mesmo? Eu me sentia exausto, cansado demais para falar. Um dos homens falou:

— Acho que ele vai ficar bem. Não está tossindo sangue nem apertando a barriga, então provavelmente não tem nenhum ferimento interno. Acha que era o pai dele?

Levantei a cabeça o suficiente para dizer:

— É, era o meu pai.

No hospital, todo mundo me tocou, enfermeiras, médicos, policiais, a assistente social, o capelão. Nos dois primeiros dias, ainda atordoado por causa da medicação, cada toque era uma alegria. Eu apertava a mão de todo mundo, chorava, ria alto diante da loucura do que tinha acontecido. Meu pé foi operado imediatamente. Eu tinha quebrado o tornozelo. Disseram que fora uma fratura sem desvio. Seis semanas de gesso e muletas, e eu ia ficar novo em folha.

Toda vez que uma enfermeira ou uma médica me tocava abaixo do pescoço, eu tinha uma ereção. A maioria notava e ignorava, mas algumas diziam com gentileza que eu não tinha nada do que me envergonhar e que era uma reação totalmente normal, principalmente na minha idade. A cada dia que passava, eu me sentia menos como uma aberração.

Tive uma laceração na linha do cabelo, onde a minha cabeça bateu no retrovisor. Os nove pontos que levei na testa me deixaram um pouco com cara de Frankenstein. A comida era razoável e tão saudável quanto a que meu pai e eu cozinhávamos. Eu estava numa ala com outros quatro homens, todos muito mais velhos do que eu. Eu nunca tinha compartilhado um quarto com ninguém antes, não desde aquelas duas noites quando eu tinha 7 anos. Os homens falavam comigo com simpatia. Uma enfermeira me contou que tinha dispensado um jornalista local que queria me fazer perguntas sobre os últimos momentos do meu pai. Ficaram todos perturbados quando expliquei que eu não tinha parentes vivos. Referiam-se a mim como órfão.

Todo mundo no hospital ficou com pena de mim. Eles me deram tudo o que pedi, inclusive um corte de cabelo e roupas novas.

A polícia concluiu que a morte do meu pai fora acidental. Eu disse que tinha desviado de um cachorro. Não era incomum ver cães por todos os lados em Rotorua, então todo mundo acreditou. A polícia foi gentil. Eles me entregaram um saco com os pertences que conseguiram recuperar no carro e com o cadáver queimado do meu pai: o relógio quebrado com a alça derretida, a aliança de casamento falsa, o enorme molho de chaves, uma pasta com alguns formulários de impostos e o jornal do dia, que voaram do carro durante a queda.

O *Rotorua Daily Post* fez uma arrecadação de fundos no meu nome. O povo de Rotorua foi extremamente generoso. Concedi uma entrevista a Jill Nicholas, a repórter da cidade. A assistente social me disse que, embora tecnicamente eu tivesse idade suficiente para morar sozinho, ela recomendava fortemente que eu ficasse com amigos por um tempo. Recusei a oferta, insistindo que vivia de forma independente havia anos, que cozinhava, fazia compras e ganhava meu próprio dinheiro com os meus legumes. Ela ficou surpresa quando soube que eu não havia frequentado a escola e que não tinha registro em nenhum consultório médico. Ela conseguiu um advogado para falar comigo por telefone, enquanto eu estava no hospital, para discutir o patrimônio do meu pai. Quando eu estivesse bem, ia poder conversar com ele no escritório dele, mas, enquanto isso, as generosas doações dos moradores de Rotorua bastariam para me manter. Eu podia comprar um carro novo, que era o que mais precisava no momento.

Dez dias depois do acidente, recebi alta com duas muletas e a recomendação de descansar o máximo possível. Uma enfermeira distrital me visitava todos os dias às 11 horas. A assistente social me deixou em casa, parando no caminho para comprar comida.

Ela avaliou a casa e ficou satisfeita quando viu que não havia degraus. A disposição dos cômodos era muito conveniente. Ela não se interessou em investigar o celeiro, mas deu uma volta pela minha horta. Então perguntou de novo se não havia ninguém para quem eu quisesse ligar. Pedi a ajuda dela para instalar um telefone, e ela pareceu surpresa e consternada por ainda não termos um. Ela disse que iria ver isso "com urgência". Relutante, a assistente social me deixou sozinho. A enfermeira passaria lá em casa pela manhã. A assistente social me deu um tapinha no braço e disse que eu era muito corajoso. Fiquei radiante com o toque.

Eu estava com saudade de Lindy, mas sabia que ela tinha acesso a água. Talvez a comida tivesse acabado, mas agora eu estava em casa. Ela ia ficar bem. E nunca mais ia ter que enfrentar meu pai de novo. Ele era a razão pela qual ela queria fugir. Agora, seríamos só nós dois. Ela ia gostar de ficar comigo.

Assim que a assistente social foi embora, tirei a chave da fechadura da porta dos fundos e fui mancando até o celeiro, levando uma bolsa de comida pendurada numa das muletas.

43

Sally

Na semana seguinte, a última de setembro, me mudei para a casa nova. O trabalho estrutural estava todo pronto. O banheiro e a cozinha estavam funcionando, mas não havia carpete nem cortinas. As paredes estavam rebocadas, mas não pintadas. O pátio não estava pronto, e os azulejos do corredor ainda não tinham sido colocados. A maioria dos móveis ainda não havia sido entregue, então pendurei lençóis no lugar das cortinas e trouxe comigo o sofá velho e a mesa com as cadeiras da cozinha. Nenhum dos meus amigos quis aquelas coisas. E comprei uns tapetes baratos para espalhar pelo chão, provisoriamente.

Nadine me apresentou a todo mundo que estava trabalhando na reforma e que ainda precisaria entrar na casa para terminar o que estava fazendo. Era desconfortável ter gente entrando e saindo a qualquer momento do dia. Eu passava o máximo de tempo possível fora de casa.

Sentia muita falta do meu piano, mas não podia trazê-lo para a casa com a reforma ainda em andamento, por causa da poeira, então passei uma semana com tia Christine, em Dublin, e toquei o piano dela todos os dias.

Minha tia ficou chocada quando soube de Mark Butler/Norton. Mas ela tinha uma vaga lembrança de que minha mãe dissera que Denise tinha um irmão.

— A Jean tinha muito mais contato com a família da Denise do que o Tom. Eu me lembro de ela dizer alguma coisa sobre o irmão estar velho demais, que a Denise não o teria reconhecido como a criança de 4 anos que ela tinha visto pela última vez.

Por que meu pai tinha jogado as anotações da minha mãe fora? Tia Christine soltou um suspiro.

— Seu pai não era perfeito, Sally.

Eu estava começando a entender isso. Fui uma adolescente teimosa, mas minha mãe muitas vezes me obrigava a fazer coisas que eu não queria. Hoje, depois de quase dois anos de terapia, percebi que minha mãe vinha tentando me integrar, me incentivando a entrar em clubes depois da aula e a ir a discotecas e a festas. Meu pai falou mais alto e me deixou fazer o que eu quisesse, sempre fazendo suas anotações. Eu me lembro de ouvir uma briga uma vez e da minha mãe gritando com ele: "Ela não é o seu estudo de caso, ela é a nossa filha."

Enquanto isso, Tina e eu seguimos trabalhando especificamente no controle da raiva. Quando contei para ela sobre a fúria avassaladora que senti em relação a Caroline, ela me ajudou a enxergar que eu estava incorporando a raiva que tinha visto na minha mãe biológica. A partir dos relatórios médicos, principalmente das fitas, e talvez de memórias reprimidas.

— Você sempre me disse, Sally, que não consegue ver a Denise como mãe, mas você deve ter testemunhado coisas ou pelo menos visto algumas das consequências dos abusos emocionais e físicos mais extremos. Quando você, alguém ou alguma coisa que você ama é ameaçado — acrescentou ela, referindo-se à vez em que ataquei Angela quando ela tirou Toby de mim —, a sua vontade é de atacar, como a Denise provavelmente fazia. A raiva é uma emoção secundária. A fúria pode ser causada por medo ou por qualquer emoção com a qual nos sentimos vulneráveis ou desamparados. Mas agora você é adulta, você não está trancada num quarto. Você pode usar poderes diferentes. Pode usar a sua voz e pode ir embora. Duas das ferramentas mais importantes que tem. Lembre-se, você não é uma criança trancada num quarto. A violência quase nunca é uma resposta apropriada.

Eu tinha muito o que pensar.

Mark nunca respondeu à minha mensagem, e, quando Angela me colocou em contato com Elaine, ela disse que também não tivera notícia dele.

— Estou preocupada — confessou ela —, mas ele já fez isso antes, desapareceu por semanas quando ficou estressado e depois voltou, cheio de desculpas e promessas de que nunca mais faria isso. É um padrão dele. Então, você é a minha ex-"sobrinha emprestada"?

Ela foi simpática e se ofereceu para se encontrar comigo.

— Melhor não. Não somos exatamente parentes, nós duas.

— Tudo bem, se você prefere assim.

— É que seria estranho, você não acha? A gente só precisa trocar informações. Podemos fazer isso por telefone. Não somos família.

— É verdade.

— Mark é meu tio e devia ter me contado isso.

— Você tem toda razão.

Sue me perguntou se tinha acontecido alguma coisa depois da festa. Kenneth comentara com ela que só se falava em Mark no Mervyn Park. Aparentemente, ele estava de licença por estresse e tinha deixado o apartamento. Eles estavam cheios de especulações sobre o que havia acontecido. Contei para ela, porque Sue era a minha melhor amiga. Ela ficou tão chocada quanto Angela, tia Christine e eu.

— Anubha achava que ele era louco por você. Ele falava muito de você, fazia várias perguntas. Um dia, no trabalho, ela acabou mandando ele calar a boca, porque ele ficava imaginando o que você deve ter passado quando era criança. Ela achava estranhíssimo, mas os outros pensavam que ele estava a fim de você, como se estivesse fascinado com a sua história de "pequena órfã Annie". Nossa, que estranho, Sally, e agora ninguém sabe pra onde ele foi?

— Não — fiz uma pausa. — Odeio esse filme. Pode apostar que amanhã não vai fazer sol, não em Carricksheedy. Não no inverno, pelo menos. — Sue riu. — Do que você está rindo?

— Acho que um musical não é pra ser levado tão ao pé da letra.

Enquanto as pessoas ainda estavam trabalhando na casa, mandei um chaveiro colocar trincos em todas as portas e janelas. Os trabalhadores saíram na primeira semana de outubro e, a partir de então, eu tinha um lugar lindo só para mim, além do meu banheiro dos sonhos. As linhas eram elegantes e retas. Eu mal podia acreditar que uma casa tão linda pudesse ser minha. O córrego atravessava a casa sob painéis de vidro e surgia por entre as pedras no quintal. Todos que visitavam a propriedade admiravam aquilo como se eu tivesse feito tudo. Eu dava a eles o cartão de visita da Nadine. Quando o piano chegou, finalmente me senti em casa. Eu me senti segura, acho, mas triste e um pouco assustada

Embora estivesse preocupada com Mark, estava muito mais angustiada com "S". A polícia não conseguiu descobrir nada sobre o lugar de onde o cartão fora enviado, exceto que havia sido postado na principal agência dos correios de Auckland, como todas as correspondências internacionais enviadas da Nova Zelândia. Isso me assustava. Conor Geary ainda estava por aí.

44
Peter, 1989

Demorei um pouco para superar a morte do meu pai. Senti o peso da doença fantasma deixando meus ombros. Tinha saudade dele, odiava-o e amava-o, mas não conseguia perdoá-lo. Não havia ninguém em quem concentrar minha raiva por todos os anos que perdi, os anos em que poderia ter ido à escola, os anos em que não precisava ter passado tanto desconforto físico, usando chapéu e luvas, anos de amizades, conexões, esportes e festas, e, mais particularmente, as décadas de vida que Rangi perdeu porque fui tolo o suficiente para acreditar no que meu pai me disse.

Mas eu sentia saudade da companhia, do carinho e da consideração dele.

Jill, do *Daily Post*, me encorajou a escrever uma carta aberta para agradecer às pessoas da região a generosidade, e ela queria outra foto minha em casa. Concordei em escrever a carta, mas não aceitei ser fotografado de novo. Anos de isolamento não iriam desaparecer da noite para o dia; a necessidade de fugir e me esconder nunca me deixou. Eu queria meu anonimato de volta, então fui de pequena celebridade local a recluso. Finalmente tinha um telefone, mas ninguém para quem ligar.

A logística de organizar o patrimônio do meu pai foi imensa, e escolheram uma assistente social e um advogado para cuidar de tudo para mim. Eu não vivia sozinho, mas todo mundo achava que sim. O dinheiro foi transferido para uma conta bancária no meu nome. Não tinha ficado rico e ia ter que trabalhar muito para pagar as contas, mas a casa agora estava no meu nome. Perguntaram por que eu não havia frequentado uma escola, e falei a verdade, que meu pai acreditava que eu sofria de uma doença e que, por causa dela, socializar poderia me colocar em risco. Tive que fazer o equivalente às provas do Certificado Nacional de Desempenho Educacional. Acho que as autoridades ficaram impressionadas por eu ter obtido uma nota tão alta e conseguido tirar o certificado. A assistente social também tomou o cuidado de me cadastrar na Receita Federal e explicou que meus rendimentos eram tributáveis. Ela conseguiu convencer as autoridades a não me multarem pelas receitas que eu já havia ganhado. As semanas de muleta foram difíceis. Eu dependia das assistentes sociais e das enfermeiras distritais para me levar à fisioterapia e me buscar, e para fazer compras. No mercadinho, enquanto enchia o carrinho de compras, elas comentavam que eu tinha um apetite enorme. Não sabiam que eu estava comprando comida para dois.

Quando destranquei a porta pela primeira vez, dez dias depois do acidente, Lindy estava meio louca de fome. Ela devorou o queijo direto do pacote e encheu a boca com batata frita de saquinho, gritando comigo por tê-la deixado sozinha por tanto tempo. Esperei que ela notasse que meu cabelo estava curto, os pontos na cabeça e as muletas que usava para me sustentar e, quando ela o fez, sentou-se na cama e olhou para mim.

— O que aconteceu? Cadê ele?

Contei do acidente de carro, relatei a discussão que o provocou, confessei que tinha deixado meu pai morrer. Meus olhos se encheram de lágrimas, e os dela também brilharam. Quando terminei de explicar, ela deitou a cabeça para trás, e seus cabelos penderam sobre os ombros, com o rosto bonito voltado para o teto. Mesmo com um dente faltando, ela ainda era linda.

— Acabou — disse ela. — Posso ir pra casa. — Então ela olhou para mim, desconfiada. — Cadê a polícia? Por que eles não estão aqui?

Fiquei olhando para ela. Nunca me ocorrera que, agora que meu pai se fora, Lindy iria querer ir embora. Ela era tudo o que eu tinha.

— Você é minha, Lindy. Vou te manter segura. Jurei que nunca estupraria você, que nunca ia te machucar. — Falei para ela que tinha deixado meu pai morrer para que ele não a machucasse mais, e era verdade. Queria que fôssemos amigos, e isso nunca poderia acontecer se eu a deixasse ir embora. Ela virou o rosto para a parede e uivou e gritou de um jeito que eu nunca tinha ouvido antes. — Lindy — chamei, baixinho —, vai ser melhor assim. Agora sou eu que estou no comando. Eu vou cuidar de você.

— Vai se foder, Steve! — gritou ela a plenos pulmões.

Ela me odiava. Se fugisse, iria dizer exatamente quem eu era e onde me encontrar. Eu já tinha sido cúmplice do sequestro de Lindy por dois anos, então havia duas fortes razões para mantê-la ali: eu a amava; e não queria ir para a cadeia. A primeira era a mais importante para mim.

Ganhei um carro velho de um dos antigos pacientes do meu pai. O consultório acabou sendo vendido, e minha herança caiu numa conta bancária no meu nome, e eu já podia seguir em frente sem assistentes sociais, advogados ou enfermeiras. Recuperei minha independência.

Em 1989, aos 21 anos, às vezes notava as meninas da cidade olhando para mim. Eu nunca tinha me dado conta da minha aparência antes. A cicatriz ficara mais discreta, uma linha fina e branca na testa. Não dava para notar a menos que você chegasse perto, e ninguém chegava perto. Eu me alimentava bem e me exercitava regularmente. Tinha entrado numa academia e estava fazendo musculação. Tinha alugado uma lojinha na cidade e me estabelecido como verdureiro. Ainda vendia para o mercadinho e também para outros pontos de venda em cidades vizinhas. Eu tinha estudado o que os outros produtores cobravam e vendia mais barato. Já cumprimentava alguns dos caras na academia e nas lojas para as quais fornecia, e alguns clientes também. Mas, agora que eu podia ter amigos, não queria. Não queria que ninguém se aproximasse muito de mim, porque eu tinha Lindy. Ela era o meu segredo. Ela não era a minha namorada, não ainda, mas eu sabia que ia acabar sendo. Eu estava preparado para esperar.

Eu era bom com ela. Eu a deixava ficar com os jornais depois que terminava de ler. Dei uma cama decente para ela, e uma televisão em cores. Comprava suas comidas preferidas, e não só o básico, como meu pai fazia. Ela adorava biscoitos Shrewsbury e MallowPuff, então eram o seu lanche especial de fim de semana. Comprei um aquecedor portátil para o inverno, porque ela sempre reclamava do frio. Quando eu viajava, comprava roupas e chinelos novos para ela, revistas femininas e batom. Acertar o tamanho era meio tentativa e erro, mas eu acabava conseguindo. Quando ela pediu absorventes, fiquei chocado que meu pai nunca tivesse comprado para ela. Depois disso, passei a comprar em grandes quantidades, duas vezes por ano, para ela nunca ter que pedir ou ficar sem. Dei um relógio e um calendário, para ela saber que dia e que horas eram. Comprei um toca-discos e um rádio. Fazia tudo o que podia para que ela ficasse feliz. E, no entanto, ela nunca estava feliz.

— Por que você continua me prendendo aqui? Se você não quer sexo, o que você quer? Eu nunca vou ser sua "amiga" — disse ela, com nojo. — Nunca vou olhar pra você como outra coisa que não o meu carcereiro, e você é um idiota se acha que isso vai mudar.

45

Sally

Finalmente recebi uma mensagem de Mark: "Por favor, para de entrar em contato com a minha ex-mulher. A Elaine não tem nada a ver com isso."

Fiquei uma fera. Eu só tinha falado com Elaine duas vezes. Não cheguei a encontrá-la, apesar de ela ter oferecido.

Respondi na mesma hora. "Tá bom. O que você queria comigo, Mark? É isso que eu não tô entendendo." E aí, depois de pensar um pouco, mandei outra mensagem. "Aliás, recebi outro cartão do 'S' um dia depois que você sumiu. Foi você que mandou? Você tá fazendo joguinhos mentais comigo?"

Logo depois, meu telefone tocou.

— Mark?

— E o cartão dizia o quê?

— Oi pra você também.

— Eu preciso saber o que ele falou.

— E eu preciso saber por que o meu tio apareceu aqui em Carricksheedy, fingiu que era meu amigo e depois sumiu sem dizer uma palavra.

— Eu queria te contar, é sério, mas precisava ter certeza. E eu estava prestes a contar. Eu juro, depois da festa. Queria contar pra você e pra sua tia Christine juntas. Mas achei que você ia ser que nem ela, que nem a Denise. — Sua voz falhou.

— Mark? — Houve um som abafado e, em seguida, sua voz cobriu-se de lágrimas.

— Eu achei que você ia ser que nem ela, mas você é que nem ele.

— Do que você tá falando?

— Sally, você é violenta e agressiva.

— O quê? Eu sei. Estou lidando com isso. Mark, eu preciso te ver. Estou magoada, confusa e zangada.

— Eu tenho medo da sua raiva.

— Eu também. Por favor, volta, pra gente conversar.

Foi preciso muito convencimento, ele estava relutante em voltar para a cidade, então combinei de encontrá-lo no fim de semana em Farnley Manor, num hotel de campo nos arredores de Roscommon.

Farnley Manor era um castelo bonito convertido em hotel, nas margens do rio Shannon. A primeira coisa que notei quando entrei no impressionante saguão de mármore foi um piano de cauda entre os sofás felpudos de cor champanhe.

Mark levantou-se de um dos sofás e acenou para mim. Aproximei-me dele como se fosse a primeira vez que o via e, quando estávamos frente a frente, estiquei os braços em sua direção. Ele aceitou o abraço. Fui tomada por uma emoção desconhecida e, quando dei um passo para trás, notei que ele estava pegando um lenço para limpar os olhos.

— Você é meu tio — eu disse.

Nós nos sentamos, e ele tinha pedido um chá completo, então logo serviram uma bandeja com vários bolos. Por fim, ele falou:

— Eu te vi, da janela da sala. Explodindo. Violenta. Na sua festa, com a Caroline... e aí você reapareceu como se nada tivesse acontecido.

Ele tinha me visto atacando a Caroline.

— Ah, Mark, você não tem ideia. Eu estava completamente apavorada. Estava com medo do Conor Geary aparecer. A Tina me disse que meu medo era irracional, mas meu cérebro não sabe que está sendo irracional na hora.

Ele ficou apenas me encarando.

— A Denise era assim também — acrescentei —, violenta.

— Minha irmã era a pessoa mais doce do mundo. Ela nunca atacaria...

— Ela passou a atacar as pessoas depois que o meu pai biológico acabou com ela. Está tudo nas anotações do meu pai.

— Por favor... me conta dela. Meu pai não fala nada, minha mãe morreu chamando o nome dela... você deve se lembrar de alguma coisa.

Expliquei mais uma vez que não tinha memória de Denise, mas que formara uma imagem dela a partir das entrevistas gravadas e dos relatos escritos do meu pai.

— Eu ia arquivar tudo num depósito, Mark, mas mantive comigo quando descobri quem você era. Você tem o direito de ver e ouvir tudo.

Uma das primeiras coisas que ele falou foi do Toby.

— O ursinho era meu. Eu tinha 4 anos quando a Denise foi sequestrada. Eu seguia a minha irmã o tempo todo. Ela brincava comigo. Às vezes, ela escondia o Toby no jardim da frente da nossa casa, numa cerca viva. Achei que você ia gostar de ficar com isso. Mandei restaurar e fiz cópias. — Ele pegou um envelope e me entregou. Havia apenas quatro fotografias, todas em preto e branco. Uma de uma menina de vestido e véu de primeira comunhão, com as mãos entrelaçadas e os olhos voltados para o céu. Uma menina bonita de olhos grandes e sardas nas bochechas. Na outra, ela estava mais velha, segurando a mão de uma criança mais nova, Mark, que, por sua vez, segurava um ursinho, novo em folha, mas que reconheci na mesma hora como Toby. O cabelo dela estava mais escuro. Em seguida, havia um retrato dela, sorrindo, com suas bochechas de anjinho. Eu já tinha visto aquela foto antes, mas só em imagens de jornais antigos na internet. A última era uma foto da família. Mark ainda bebê, Denise franzindo a testa. O pai estava com as mãos nos ombros dela. A mãe sorria para o bebê nos braços.

Lembrei-me das fotos nos arquivos do meu pai. Denise adulta, desnutrida, quase totalmente sem dentes, magra, irritada e com o cabelo escorrido. Agarrando-se a mim com todas as suas forças. Mark também tinha que ver aquilo.

— Essa foto — apontei para o retrato —, isso foi tirado pouco antes de ela ser sequestrada, certo?

Mark fez que sim, com os olhos vidrados.

Pensei em Abebi e Maduka, e nos filhos de Sue, e nos de Anubha. Eles eram pequenos, inocentes. Senti raiva de novo, mas me segurei ao olhar para Mark, o irmão de Denise. Eu queria ter tido um irmão. Alguém com quem dividir esses sentimentos. Alguém que sentisse tanta falta de mim quanto ele sentia da Denise.

— Eu não entendo — falei —, você era tão novo. Como podia sentir saudade de alguém que conheceu por tão pouco tempo?

— Ela dominou toda a minha vida. Algumas das minhas primeiras memórias são da minha mãe chorando, as luzes azuis da viatura na frente de casa, a polícia batendo à nossa porta. Estávamos sempre procurando, nos supermercados, nos shoppings, quando viajávamos de férias pelo país. Quando eu estava com 16 anos, não havia mais onde procurar. A nossa sala de jantar era um santuário. Tinha até um altar com aquela foto numa moldura prateada, no centro. As velas sempre acesas.

— Ah, Mark. — Eu estava imaginando como era ser ele. Estava me colocando no lugar dele. — Você não sentiu raiva? — perguntei, pensando que eu teria sentido.

— Um dia, cheguei da escola e vi minha mãe apagando as velas no altar. Ela queria desistir. — Ele deixou o rosto cair nas mãos.

— Tentei acender as velas de novo, mas meu pai me impediu. No dia seguinte, o altar foi desmontado, e a foto foi guardada numa gaveta. Eles pararam de falar da Denise, pararam de falar nela completamente. A nossa casa caiu em silêncio, e eu não conseguia saber o que era pior.

Senti uma tristeza genuína.

— Quando saí de casa, aos 18 anos, para ir pra faculdade, pareceu que eu estava respirando pela primeira vez. Eu trabalhava num posto de gasolina e morava de aluguel num apartamentozinho vagabundo em Rathmines, e, por seis meses, tive uma vida normal. Fiz amizade com gente que não sabia quem eu era, namorei, joguei muita sinuca. Finalmente eu estava livre daquilo tudo. E aí... ela foi encontrada

Deixei o silêncio se estender entre nós, porque eu sabia como a história continuava, ou achava que sabia. Uma pergunta, no entanto, me incomodava.

— Foi uma denúncia anônima, não foi?

— Acho que eu sei a resposta pra isso. Descobri num desses sites de *true crime*. Teve um cara que foi parar na prisão de Mountjoy que alegou ter ligado pra polícia, dizendo onde Denise Norton estava. Ele descobriu tentando assaltar a casa.

— O quê? Quando?

— A casa em Killiney, onde você estava presa. Parece que ele se gabava disso pros colegas de cela, mas era burro demais pra perceber que podia ter usado a informação pra diminuir uma das muitas sentenças de prisão. Mas a notícia acabou se espalhando.

— Ele ainda tá vivo? Quero falar com ele.

— Não, morreu em 2011. Eu fico uma fera quando penso que os carcereiros e a polícia passaram anos sabendo disso e nunca pensaram que talvez a gente quisesse falar com ele. Eu consegui confirmar com a irmã dele, há uns anos.

— Tá, você falou que ela foi encontrada? Mas nós fomos encontradas juntas.

— Eu sei, desculpa. Meus pais só estavam interessados na Denise. Não é que eles não ligavam pra você, mas eles não te viam como filha dela. E pra mim... era... — Mark cobriu os olhos com a mão novamente. — Passei a vida toda vivendo à sombra de um fantasma, e eu tinha acabado de dar um rumo para a minha vida. A imprensa só falava no resgate da minha irmã. Isso fez a atenção recair sobre mim de novo. Meus amigos queriam saber tudo sobre ela e o que tinha acontecido. Parte de mim queria que ela nunca tivesse sido encontrada, porque, depois disso, as coisas só pioraram.

— Como assim?

— Eu não podia visitar a minha irmã, e ninguém me explicava por quê. E achava que a Denise ia dar seu relato pra polícia e voltar pra casa, mas aí... tinha você.

— Eu era filha dela.

— Mas era filha dele também.

Fechei os olhos.

— Sem querer... olha, tenta se colocar no lugar dos meus pais.

Eu tentei, mas dessa vez não funcionou. Eu era uma criança. Uma vítima. Neta deles.

— Eu queria que meus pais te levassem pra casa e te criassem. Eu me ofereci pra voltar pra casa e ajudar, mas eles disseram que havia muitas questões envolvendo o seu desenvolvimento. Desculpa.

— O que o seu pai pensa agora? Você contou pra ele que me achou?

Mark fez que não com a cabeça.

— Ele viu a notícia do que você fez com Tom Diamond. Pra ele foi o suficiente. Não quis mais saber. Tentei explicar pra ele que eu estava em contato com você, que você era boa e gentil...

— Sou?

— Mas aí eu vi você atacando a Caroline, na frente da sua casa.

— Eu tenho raiva, Mark. Na maior parte do tempo, controlo isso dentro de mim, mas às vezes, quando me sinto ameaçada ou vulnerável, ela explode. Eu tô trabalhando nisso, eu juro, com a Tina.

— Sally, você perdeu o controle.

— Eu sei. Fiquei com medo de mim mesma. Me desculpa. Mas você sabe por que eu contratei aquela segurança naquele dia, não sabe? Eu estava apavorada, achando que ele podia aparecer. Conor Geary. Tinha um monte de criança no jardim. Ele sabe onde eu moro. — Pensei por um instante. — Mark, você algum dia já imaginou que talvez eu tenha herdado a minha falta de empatia do seu lado da família? Como os seus pais puderam me abandonar assim?

Ele pareceu angustiado.

— Eu não sei.

Mark também ficou chateado quando falei que não havia nada sobre ele nos documentos do meu pai nem nas fitas da Denise.

— Tem certeza? O meu nome nunca apareceu? Nunca?

— Ela não fala em você. Sinto muito.

— Eu tenho que ouvir essas fitas.

— Volta pra Carricksheedy — pedi. — Eles ainda não devem ter te substituído na fábrica.

— Eu tirei uma licença médica, mas achei que nunca mais ia voltar.

— Mark, você tem uma vida aqui, tem amigos. Tem… uma sobrinha. Eu também quero ouvir sobre a minha mãe biológica. Você acha que o seu pai ia entender agora? Ele pode gostar de mim. Ele é meu avô.

— Acho que não. Ele tá velho agora. Tem quase 90 anos. Acho que não dá conta de uma mudança tão grande.

Fiquei chateada que a minha existência fosse um inconveniente para meu próprio avô.

— Acho que a gente devia ir na minha terapeuta juntos. Você é da mesma geração que eu. Podia pensar em mim como sua irmã, não?

— Tipo a Denise?

Desta vez, fui enfática.

— Não, tipo a Denise, não. Nem a Mary Norton também. Tipo a Sally Diamond. É quem eu sou agora. Quer um sanduíche?

Mark riu. Não sei por que, mas aquilo quebrou a tensão entre nós.

— Vou voltar pra cidade. Vou avisar no trabalho que volto na segunda-feira.

— Vou explicar pros nossos amigos. A maioria deles já sabe que você é meu tio. Eles ficaram surpresos, mas entenderam. Você vai ser bem recebido.

Perguntei da Anubha. Ele admitiu que só tinha dito que estava interessado nela para me deixar tranquila em relação à aproximação dele. Manifestei minha desaprovação. Ele explicou que ainda amava a ex-mulher.

— Acho que a Elaine se preocupa com você também.

— Ela tem pena de mim, Sally.

— Mas ela te apoia. Vocês se casaram novos, não foi?

— Muito novos. Eu estava muito desesperado para ter uma família que não tivesse nada a ver com a Denise.

— Você mudou de nome.

— Isso foi ideia da Elaine. Uma das melhores que ela teve.

— Ela não casou de novo? E tem um filho?

Ele fez que sim.

Por fim, nos levantamos e nos abraçamos por uns dois segundos a mais do que era confortável para mim. Mark percebeu.

— Eu sinto muito, Sally, por tudo.

— Lamento que você tenha perdido a sua irmã de um jeito tão terrível.

— Mas encontrei uma sobrinha e uma amiga.

— Sem dúvida. — Sorri.

Ele foi embora, e eu fiquei mais um pouco, olhando para o piano de cauda. Durante o tempo que passamos ali, ninguém tocara. Fui até ele e puxei o banquinho com a almofada de veludo. Abri a tampa e pousei as mãos nas teclas. Toquei uma sequência de músicas tranquilas, orquestrações para me acalmar. Fechei os olhos e me entreguei à música.

Assim de terminar de tocar "Sonata ao luar", senti um toque no meu ombro. Atrás de mim, havia um homem de terno usando um crachá que dizia que ele era o gerente e que se chamava Lucas. Eu devia ter pedido permissão para tocar.

— Perdão, senhora, gostamos muito da sua música, você é obviamente uma profissional — comentou ele, e, de fato, as pessoas estavam me aplaudindo. Quando olhei para o saguão, havia muita gente batendo palmas e acenando para mim. — Não sei o que a senhora faz, e espero que não veja isso como uma ofensa, mas eu gostaria de saber se estaria disponível ou interessada em trabalhar meio período com a gente?

46

Peter, 1996

Nos cinco anos após a morte do meu pai, houve muitas novas tentativas de fuga. Lindy havia desistido, mas agora voltara a tentar.

Eu dera a ela material para escrever, algo que ela muitas vezes implorara ao meu pai. Ela dizia que queria lápis, giz de cera, caneta, qualquer coisa para escrever.

— O que você vai escrever? — perguntara ele, cheio de sarcasmo.

— Quero escrever histórias — respondera ela.

Ela me disse que queria muito escrever as memórias da família, dos amigos e da sua casa, porque tinha medo de esquecer. Quando intercedi por ela junto ao meu pai, ele falou que era melhor mesmo que ela esquecesse o passado, porque assim ia aceitar o presente mais facilmente. Assim que ele morreu e eu fiquei bem de saúde, comprei um pacote inteiro de canetinha e um bloco de desenho, canetas e cadernos. Disse a ela que nunca ia olhar o que havia neles e respeitei sua privacidade. Ela podia desenhar, escrever ou fazer o que quisesse com eles.

Na mesma semana, fui devolver os livros que havia pegado na biblioteca para ela. Lindy gostava de livros escritos por mulheres. Eu não era muito de ler. Já não ligava mais para as histórias de aventura da infância. Só tinha livros de não ficção, manuais de rotação de culturas, bricolagem, marketing, empreendedorismo e uma ou outra biografia de homens importantes. No caminho até a biblioteca, tive uma suspeita e folheei os livros. Foi aí que encontrei as anotações dela escritas nas margens e nas páginas em branco no final, dizendo o nome dela, o meu e o nome do meu pai, detalhando o que ele havia feito com ela, a data em que ela fora sequestrada e uma descrição aleatória do trajeto do lago até a nossa casa.

Tive que comprar livros substitutos para a biblioteca e explicar que os danificara sem querer. Nunca falei para Lindy o que descobrira, mas o humor dela melhorou visivelmente nos dias seguintes. Ela sorria mais e ria quando assistíamos à televisão juntos. Com o passar do tempo, à medida que ninguém aparecia para libertá-la, dava para ver sua confusão e raiva crescendo. Ela não tinha paciência comigo. Eu não reagia. Esperei as coisas voltarem ao normal e, depois de um tempo, até que voltaram. Depois, comprei uns livros aleatórios para ela na loja de caridade, disse que seria bom para ela montar a própria biblioteca. Lindy olhou para mim de cara feia. Ela sabia.

Eu tinha substituído a corrente do meu pai por uma corda macia, mas forte. Em dois dias, ela a cortou com uma faca de pão. Senti muita raiva de mim mesmo por não ter previsto aquilo. Quando cheguei, naquela noite, ela estava esperando atrás da porta, em vez de do outro lado do celeiro. Ela me atacou com a faca, mas eu reagi rápido e me virei de lado, então ela só me acertou na coxa, e não na barriga. Eu a empurrei na cama, e ela gritou feito louca. Achou que eu ia estuprá-la. Eu não era o meu pai, mas tive que trazer a corrente de volta. Enrolei uma espuma na algema. E também deixava ela mudar a algema de perna uma vez por semana, pois tanto tempo com a corrente na mesma perna fizera com que ela mancasse muito.

Noutra vez, ela jogou água fervendo de novo, mas eu sempre ficava desconfiado e me mantinha fora do seu alcance. Ela também tentou me envenenar, colocando água sanitária e detergente na minha comida (às vezes Lindy cozinhava para mim), mas o gosto ficou óbvio. Expliquei que tinha sido uma ideia muito burra. Se eu morresse, ela morria também. Ninguém ia vir procurar por ela, porque todo mundo achava que ela já tinha morrido. Ela ia morrer de fome, sozinha. Eu estava tentando protegê-la de si mesma. Lindy não estava pensando direito.

Nos últimos anos, eu tinha feito alguns ajustes no celeiro. Coloquei mais uma camada de isolamento, gesso e uma chapa de ferro ondulada na parte externa da construção. Três anos antes, eu havia descoberto que Lindy fizera um buraco na parede interna, atrás da geladeira. Ela tirara várias caixas de ovos do isolamento acústico. Peguei-a em flagrante. Não a puni. Só a segurei pelos braços até ela parar de chorar, então a soltei. Eu não era o meu pai.

Não escapava som algum do celeiro, e Lindy também nunca ouvia o mundo lá fora. Aquela foi sua última tentativa de fuga. Ela desistiu. Então estabelecemos uma relação menos conturbada. Ela parou de perguntar por que eu a mantinha ali e quando iria soltá-la. Parou de lutar comigo. Jantávamos quase sempre juntos, no celeiro. Às vezes Lindy se sentava do meu lado no sofá que eu tinha comprado, mas a gente não se tocava. Contei tudo para ela, sobre a minha infância na Irlanda, sobre a minha mãe e a minha irmã, sobre a nossa fuga para a Nova Zelândia. Ela ouviu com atenção e depois comentou:

— Quem sabe um assaltante não tenta invadir essa casa?

Minha vontade foi de não ter contado nada.

No verão, eu a deixava sair várias vezes para tomar sol, ar fresco e para se exercitar, e um pouco menos no inverno. Cheguei a levá-la às fontes termais e ao lago atrás da casa. Em todos os anos que moramos ali, eu nunca tinha visto ninguém. Não me atrevi a comprar roupa de banho para ela, mas ela tinha shorts e camisetas. Lindy reclamava que não conseguia nadar com a corrente presa, mas eu sustentava o peso para ela. Eu tentava não olhar para o seu corpo quando ela saía da água, mas era impossível não notar suas formas, os mamilos se sobressaltando nos seios. Nós nos deitávamos nas pedras e fazíamos piquenique. Ainda assim, eu não tocava nela.

Então, uma noite, no inverno de 1990, estávamos assistindo a um filme de terror na televisão, sentados no sofá, e, quando o assassino apareceu com um machado na mão, ela enterrou a cabeça no meu ombro. Instintivamente, passei o braço em volta dela e a apertei com carinho. Ela olhou para mim, e eu fitei seu rosto perfeito. Ela se aproximou e me beijou na boca, com ternura. Beijei-a também. Meu primeiro beijo. Ela se posicionou na minha frente e não tentou me impedir quando passei a mão pelas suas costas. Também não me impediu quando segurei sua nuca. Ela deitou o rosto no meu ombro e me beijou na boca novamente, a língua encontrando a minha, e eu fiquei excitado.

Ela também percebeu e se desvencilhou de mim na mesma hora.

— Nós... Eu não posso... — disse ela. — O seu pai...

— Eu não tenho nada a ver com ele.

— Eu sei que não. Eu nunca beijei ele. Quer dizer... ele me obrigava, não era... assim.

Nós nos beijamos de novo, apaixonadamente. Nossas bocas se encaixavam perfeitamente. Então eu me afastei.

— Boa noite, Lindy.

— Mas...

— Eu te amo — eu disse, ao trancar a porta ao sair.

Passaram-se seis anos, mas, em 1996, eu tive certeza de que ela me amava, 99 por cento de certeza. Quando consumamos nosso relacionamento, em 1992, eu tinha 25 anos, e ela, 24. Ela ficara terrivelmente traumatizada com meu pai, então eu a deixei ditar o ritmo e, embora fosse glacial, Lindy aos poucos aprendeu que eu jamais a machucaria, mas que também nunca iria deixá-la ir embora. Ela entregou a vida nas minhas mãos. E eu entreguei a minha nas dela. Eu tirava a corrente sempre que estávamos em casa. Mas ainda trancava a porta toda vez que saía. E, quando íamos às piscinas termais, usava uma corda, em vez de uma corrente. Lindy já não parecia se importar. Parte de mim achava que, se eu a soltasse, ela não ia fugir, mas não dava para ter certeza.

Quando eu não estava trabalhando, passávamos o tempo todo juntos. Eu praticamente me mudei para o celeiro com ela, só passava em casa para trocar de roupa e tomar banho, e de vez em quando eu cozinhava lá e trazia a refeição para Lindy. Pensei no que precisava fazer para trazê-la para a casa, mas o risco era grande demais. Às vezes vinha alguém consertar a caldeira, um mecânico ou um credor mais insistente.

As vendas iam mal. O mercadinho foi substituído por uma rede grande de supermercados que recebia todos os legumes e verduras de um fornecedor central, de outro lugar. Tive que encerrar o contrato de aluguel da loja. O único ponto de venda que eu tinha era uma feira, no fim de semana. Eu tinha fechado um acordo com o hospital da cidade para fornecer frutas e verduras, mas era um hospital pequeno, e tive que negociar muito para conseguir o contrato que mal valia a pena. Lindy ajudava. Ela tricotava cachecóis e chapéus com a lã que eu encomendava de um catálogo que ela viu num anúncio de revista. Ela enfeitava os cachecóis com borlas e pontas triangulares, e os chapéus com abas nas orelhas, iguais ao que eu costumava usar. E eu vendia na feira, junto com as minhas verduras. No inverno, eu ganhava mais com os produtos dela do que com os meus.

Eu insistia em usar contraceptivo. Lindy queria muito ter um bebê, mas isso ia gerar tanto problema, e eu mal estava ganhando dinheiro suficiente para pagar as contas. Não tínhamos como sustentar uma criança. Além do mais, o que eu ia fazer com um bebê? Criar comigo em casa, como eu fui criado, ou deixar no celeiro, com Lindy? Não tinha espaço para três ali dentro. E se ela gostasse mais da criança do que de mim? Eu insistia em usar camisinha, e ela acabava cedendo. Nunca a forcei nem a pressionei. E não a enganei para tomar a pílula. Cheguei a pensar nisso, mas não tinha como fazer isso e eu queria que nosso relacionamento fosse aberto e honesto.

Quatro anos depois, no início de 1996, quando ela me disse que estava grávida, fiquei surpreso. Fazia dois meses que ela não menstruava. Eu não tinha percebido. Foi a única vez que fiquei com raiva de Lindy. Ela tinha furado a camisinha com um alfinete? Tinha guardado os preservativos usados e se inseminado de alguma forma? Lindy jurou que não.

— A camisinha deve ter estourado. Acontece. Já li sobre isso.

— A gente não tem como sustentar uma criança, Lindy, você sabe disso.

— Vou economizar tudo. Posso começar a tricotar outras coisas. Suéteres, coletes. Posso fazer na metade do tempo. A gente vai dar um jeito, Stevie, eu juro, a gente consegue.

Ela não precisava implorar. O bebê já estava a caminho, e eu não tinha como impedir aquilo sem a machucar.

Passei meses em agonia, pensando em como íamos dar conta, enquanto via sua barriga crescer e a euforia dela aumentar em igual medida. Lindy sabia que não ia para uma maternidade, mas me usou de parâmetro.

— Sua mãe teve dois filhos sozinha. Se ela consegue, eu também consigo.

Fui de carro até Auckland para comprar livros sobre gravidez e parto. Nós dois lemos tudo, do início ao fim. Encomendei livros de obstetrícia.

Meu maior medo era que Lindy morresse no parto. Fingi o melhor que pude que estava feliz com a situação, e acho que Lindy tentou ao máximo acreditar em mim. Ela ficava especulando, um dia resolvia que ia ser uma menina, no outro, tinha certeza de que era um menino. Disse que íamos poder levar o bebê para as piscinas termais com a gente e listou as músicas infantis que íamos ensinar para ele ou para ela. A dor no meu peito ficava mais intensa a cada dia.

Lindy entrou em trabalho de parto no final de agosto de 1996. A bolsa estourou muito convenientemente quando ela estava tomando banho. Eu ficava por perto sempre que possível, porque tinha medo do que poderia acontecer se ela tivesse que lidar com aquilo sozinha. Quando entrei no celeiro e a encontrei agachada na cama, de quatro, sabia exatamente o que estava acontecendo. Tentei bloquear a lembrança da minha mãe entrando em trabalho de parto naquele quarto sombrio, 22 anos antes. Eu era novo demais para entender o que estava acontecendo na época.

Desta vez, estava preparado. Tinha uma bolsa com tudo pronto. Passei esterilizante em tudo e estendi um lençol de plástico na cama, enquanto Lindy bufava e ofegava por causa de uma contração. Após a contração, ela se deitou de costas, mas achou que era ainda mais dolorido. Era como se não houvesse uma posição na qual se sentisse confortável. Por fim, ela ficou de lado até a onda de dor seguinte chegar e seu corpo ficou coberto por uma película de suor.

— Isso é normal, né, Stevie? Está tudo normal?

Tentei lhe assegurar que sim.

Sete horas depois, com o crepúsculo caindo naquela noite de inverno, Lindy fez força pela última vez e deu um grito que era diferente de tudo o que eu tinha ouvido antes, e eu já ouvira muita coisa. A cabeça do bebê saiu. Enfiei as mãos nela e consegui envolver seus ombros minúsculos, e o restante do bebê projetou-se no lençol de plástico. Uma menina perfeita. Estava coberta por uma gosma quase roxa. Eu esperava aquilo, ou achei que esperava, mas nada pode preparar você para a realidade.

Lindy estava quase delirando de dor, medo e alegria, e esticou as mãos na direção da criança.

— Ela tá respirando? Ela tá respirando?

Eu não sabia dizer. A bebê estava se contorcendo e estreme-cendo nos meus braços. Eu queria limpá-la, mas Lindy se esticou cheia de gana pela filha. No instante em que a coloquei no peito de Lindy, ela abriu a boca minúscula e chorou feito um gatinho. Fui tomado por fascínio e admiração. Cortei o cordão com a te-soura esterilizada. Lindy e eu choramos. Ela estremeceu com mais algumas contrações até que, com um empurrão final, a placenta foi expelida. Fiz um chá para ela e comecei a limpar o sangue. Ajudei Lindy a ir para o chuveiro, e, juntos, lavamos nossa filha numa grande bacia de água. Lavei Lindy também, delicadamente. Ela estava exausta.

Esperei até que Lindy e o bebê estivessem dormindo, então tirei a garotinha dos braços da mãe e saí do celeiro, trancando silenciosamente a porta atrás de mim. Já passava da meia-noite. Levei-a para dentro de casa, enrolei-a firmemente nos cobertores que tinha comprado numa loja de caridade em Auckland e colo-quei-a na caixa de madeira que forrara com jornais velhos. Levei a caixa até o carro e a coloquei no chão, na frente do banco do carona, onde ninguém jamais se sentava, e dirigi até Auckland. Ela nem se mexeu.

PARTE 3

47

Sally

Estava tudo de volta ao normal no vilarejo. E eu tinha um trabalho que era perfeito para mim. Nos fins de semana, ia de carro até Farnley Manor e tocava piano. Às vezes, tocava também em dias de semana, se tivesse um casamento. Eu também tinha direito a tomar quantos chás e cafés quisesse, e a comer sanduíches e doces delicados nos meus intervalos. Não podia ter pedido por um emprego melhor.

Em meados de novembro, eu tinha mais de dois milhões de euros na conta relativos à venda da casa de Conor Geary. Era para a quantia ser de três milhões, não fosse o imposto. Geoff Barrington insistiu que eu devia procurar um consultor financeiro para decidir a melhor forma de investir aquilo, mas parecia um dinheiro sujo. Fiz uma doação anônima significativa para a organização de apoio aos sem-teto na qual Stella trabalhava e para a de saúde mental dos jovens, com a qual tia Christine estava envolvida, e deixei o restante no banco, até eu conseguir pensar no que fazer com aquela quantia.

Mark achou difícil se readaptar à vida no vilarejo. Apesar do que eu falava, tanto Martha como Angela o viam com desconfiança. Tina ficou chocada quando o levei na nossa consulta seguinte, mas, depois que expliquei tudo, ela disse que ia nos ajudar. Mark chorou muito naquela primeira sessão. Foi angustiante para mim, e todos nós concordamos que Mark e eu devíamos ter sessões com Tina separadamente por um tempo, antes de fazermos uma em família novamente.

Ele estava muito angustiado, obviamente, em especial depois que lhe entreguei todos os documentos e ele viu as fotos da irmã magra e desdentada pela primeira vez. Tina sugeriu que eu fosse honesta com ele, mas que também lhe desse tempo para entender os próprios sentimentos. Ela me avisou que ele poderia estar com raiva. Mas eu sabia disso, e entendia. Ele adorou a minha casa nova e logo se tornou a pessoa que mais me visitava.

A vida estava indo bem até eu receber uma ligação da Sra. Sullivan, da agência dos correios, um dia depois de eu fechar a venda da minha casa, em 28 de novembro.

— Sally — disse ela, ainda gritando comigo. Ela nunca chegou a entender que eu não tinha problema de audição. — A central em Athlone estava com uma carta endereçada para Mary Norton no seu endereço antigo. Entregaram para mim. Quer que eu deixe aí na sua casa?

Vesti o casaco na mesma hora e fui depressa até o correio, que ficava bem perto de casa. Peguei a carta das mãos da Sra. Sullivan com uma pinça.

— Pode ser uma evidência — expliquei. — Talvez a polícia peça a sua impressão digital.

Ela riu.

— Ai, Sally, você é muito engraçada. Tá brincando de quê agora? CSI Carricksheedy? — Ela deu uma gargalhada. Quando percebeu que eu não estava sorrindo, começou a se explicar, gritando: — É uma série de TV, Sally, sobre perícia.

— Obrigada, Sra. Sullivan, eu sei do que se trata.

Saí sem sorrir. Reconheci a caligrafia na mesma hora. Era "S". A carta tinha um carimbo irlandês. Quando cheguei em casa, liguei para Mark. Eram 16 horas, mas ele disse que viria na mesma hora.

Juntos, estudamos o envelope. Era mais grosso que os outros. Eu me perguntei se devíamos chamar a polícia primeiro, mas não conseguimos esperar. Mark tinha trazido umas luvas cirúrgicas da fábrica. Ele abriu o envelope com cuidado e eu tirei a carta. Junto com ela, veio uma caixinha pequena e uma caixa maior, com um rótulo que dizia KIT DE ATIVAÇÃO DE DNA.

Prezada Mary,

Meu nome verdadeiro é Peter Geary, e embora meu nascimento nunca tenha sido registrado na Irlanda, ou em qualquer outro lugar, eu nasci aqui. Sou filho de Denise Norton e Conor Geary. Seu irmão. Nasci sete anos antes de você, numa casa em Killiney. Nosso pai me afastou de Denise assim que aprendi a usar o banheiro. Eu não podia ver a minha mãe nem você, embora ficasse no quarto ao lado do seu, num anexo que o nosso pai construiu.

À medida que fui ficando mais velho, passei a poder circular pelas outras partes da casa. Você e a nossa mãe ficavam trancadas a sete chaves. Nos primeiros anos de vida, não vi nenhum outro ser humano a não ser os que apareciam nas páginas dos jornais que ele lia e, mais tarde, na televisão.

Não tenho lembrança de ver a minha mãe antes dos 7 anos, quando passei um fim de semana aterrorizante naquele quarto com ela. Percebo agora que ela foi terrivelmente maltratada e abusada. Ela estava nos estágios finais da sua gravidez, e eu fiquei muito assustado. Não vou entrar em detalhes aqui, pois não quero deixá-la chateada. Sei que você nasceu no dia seguinte ao que eu saí do quarto, e nunca mais te vi, exceto uma vez, no dia em que meu pai fugiu, me levando com ele. Você se lembra? Você devia ter 5 anos.

Não entendo por que ninguém procurou por mim. Eu sei que você e eu fomos separados, mas acredito que minha mãe sentia a minha falta, pelo menos até você nascer. Será que ela simplesmente se esqueceu de mim?

Em Londres, nosso pai conseguiu passaportes falsos e nós nos mudamos para a Nova Zelândia. Tive uma vida difícil lá. Fui educado em casa e, mesmo depois disso, ele continuou me mantendo isolado por muito tempo. A boa notícia para nós dois é que ele morreu há muitos anos. Não é mais uma ameaça para nenhum de nós.

E, no entanto, não me sinto livre dele. Minha vida foi arruinada e destruída. Só consegui obter alguma informação sobre você ou sobre ele, ou sobre minha mãe, graças ao advento da internet. Finalmente descobri que minha mãe tinha morrido. Depois que você virou notícia, quando se desfez dos restos mortais do seu pai adotivo, há dois anos, comecei a investigar o que tinha acontecido com você e onde você esteve. Os relatórios anteriores davam a impressão de que você havia sido adotada na Inglaterra.

Quando os jornais confirmaram posteriormente que você não tinha assassinado o Dr. Diamond e que era uma pessoa "diferente", percebi que provavelmente era como eu. Por isso mandei o Toby para você. Achei que ele podia lhe oferecer algum conforto num momento tão difícil.

Quando mandei o ursinho de pelúcia, não passou pela minha cabeça que isso levaria a uma caçada policial pelo nosso pai na Nova Zelândia. Não pensei direito nas consequências, mas você obviamente deve ter imaginado que foi ele quem mandou o urso, para atormentar você. A polícia veio atrás de mim e me questionou, mas eu menti e neguei tudo. Fui um covarde. Lamento muito, mas não queria ser arrastado para um escândalo público. Mostrei à polícia o passaporte falso do meu pai. Acho que eles não investigaram muito o caso, porque não voltaram mais. E, de qualquer forma, eles não estavam procurando um homem com um filho. Isso eu não entendo. Eles não pareciam saber que nosso pai tinha um filho...

Este ano, percebi que você provavelmente não sabia a sua data de nascimento, então mandei o cartão de aniversário, mas não sabia como ou se devia revelar minha identidade para você. Espero que a minha existência seja apenas uma surpresa e não um choque. Ou talvez você sempre soubesse de mim?

O principal motivo pelo qual estou entrando em contato é porque não tenho ninguém na vida. Nunca tive um amigo nem um colega, mas agora encontrei uma irmã que pode me entender. Você acha que isso é possível?

Neste momento estou em Dublin, num hotel. Comprei um celular pré-pago e, embora não esteja acostumado a falar ao telefone, posso fazer um esforço, se você quiser falar comigo.

A única coisa que peço é que não alerte a imprensa nem a polícia. Não suporto as pessoas olhando para mim, sou avesso a barulho, e odeio confusão e chamar a atenção dos outros. Como parece que ninguém sabe que eu existo, gostaria de continuar assim. Portanto, incluí uma amostra da minha saliva e um kit de teste de DNA que você pode usar para confirmar que sou quem digo ser. Você pode enviar o kit e aguardar os resultados antes de me ligar. Prometo que não vou ao seu vilarejo a menos que seja convidado.

Vou entender se você não quiser falar comigo. Tirei três meses de licença do meu trabalho de chefe de cibersegurança no Banco Nacional de Aotearoa. Tenho uma passagem de volta para a Nova Zelândia e só posso ficar aqui por no máximo noventa dias. Se as coisas não derem certo, ou se você não quiser me ver, posso voltar e continuar vivendo minha vida em reclusão. Acho que não é tão ruim quando se está tão acostumado quanto eu.

Steven Armstrong
086 5559225

— Nossa! — exclamou Mark e, inconscientemente, comecei a puxar o cabelo. Mark já me conhecia bem o suficiente para me guiar na direção do piano. Minhas mãos encontraram por conta própria a Partita N.º 2 em dó menor, de Bach.

— Chá ou vinho? — perguntou Mark.

— Chá — respondi. Tina havia me dito que recorrer ao álcool em momentos de estresse não era uma boa ideia.

Assim que tirei os dedos das teclas, minhas mãos começaram a tremer, até que Mark colocou uma caneca quente entre elas.

— Nossa — disse ele de novo. — Será que a gente chama a polícia?

— Não — respondi. — Eu tenho um irmão.

— A gente ainda não tem certeza disso. Pode ser qualquer pessoa testando a sorte — argumentou Mark.

— Mas pra quê? Por que alguém faria isso? O que ele tem a ganhar?

— Não sei. A não ser que seja um jornalista...

Levantei a caixinha e a abri. Havia um saco plástico selado e, dentro, um tubo de plástico contendo um líquido viscoso, a saliva dele. Na caixa maior havia um kit completo para mim. Não havia nomes, só números.

Peguei o panfleto informativo do teste de DNA.

— É fácil descobrir. Não está parecendo verdade, Mark? Eu acredito nele. Ele disse que não vai vir a menos que eu o convide. Mark, por que ele iria vir lá da Nova Zelândia se não tivesse certeza de que eu iria querer conhecê-lo?

— Como sabemos que ele estava na Nova Zelândia? Esse cara pode ser..

— Tem o Toby. Ele mandou o Toby.

— Mas a Denise nunca falou nele, a não ser que... — Mark arregalou os olhos.

— O que foi?

— Teve uma hora, nas entrevistas gravadas, que ela falou "meu menino".

— Não me lembro disso...

— Teve, eu tô sempre ouvindo as fitas. Tinha esperança de que ela estivesse falando de mim, mas não fazia sentido. Ela falou alguma coisa sobre não soltar você, porque "ele pegou o meu menino". Seu pai perguntou o que ela queria dizer, mas ela não respondeu. A gravação está cheia de ruídos. Achei que ela estivesse falando do Toby.

Quando ele falou, me lembrei da gravação. Eu também tinha achado que ela estava falando do Toby. Não havia nenhuma referência àquilo nas anotações. Meu pai também não tinha percebido.

— Ai, meu Deus — exclamei, fazendo as contas na minha cabeça. — Ela tinha 12 anos quando ele nasceu.

— Verdade. Puta merda.

— Eu tenho um irmão...

— Mas ele parece tão perturbado que pode ser perigoso.

— Você está me descrevendo há exatos dois anos.

— Tá bom. Tá bom. Mas eu também vou fazer um teste de DNA, pra garantir. Se você é minha sobrinha, então ele é meu sobrinho.

— Mark! — exclamei.

— O quê?

— Conor Geary tá morto!

— Calma, Sally, não se afoba. Segundo as instruções desse teste, pode demorar até um mês, e aí, se der positivo, você liga pro cara, tá bom? Até lá, você não vai fazer nada. Você tem que me prometer. Estou falando como seu tio agora, tá legal?

Servi mais chá. Depois do choque inicial, fiquei eufórica. Conor Geary, o bicho-papão que pairou sobre toda a minha vida, estava morto. E eu tinha um irmão, alguém que parecia ser exatamente como eu. Alguém que podia me entender completamente.

A espera foi uma agonia. Mandamos as amostras assim que Mark encomendou um kit para ele também. Mark fez tudo pela internet. Ele nos identificou com as iniciais, e não com os sobrenomes.

— Quem garante quantos outros parentes você pode ter por aí, Sally? Conor Geary pode ter tido outros filhos. A gente não conhece o Peter. Precisamos proteger a nossa privacidade.

Eu fiquei sendo S.D.; Mark, M.B.; e Peter, P.G.

Dois dias depois, Mark achou a fita com a referência ao "meu menino". As gravações tinham sido feitas antes da era digital. Meu pai estava perguntando a Denise sobre seu apego extremo a Mary (eu).

Tom: Denise, eu percebi que você sempre fica de olho na pequena Mary. Você sabe que está segura agora, não sabe? Que nunca mais ninguém vai te machucar?

Denise: [*Ininteligível*]

Tom: O que foi, Denise?

Denise: Eu ainda tenho medo.

Tom: Medo de quê?

Denise: De que ele vai levar ela embora.

Tom: Denise, ele não tá aqui. Você nunca mais vai ver ele.

Denise: Ele pegou o meu menino.

Tom: O quê?

Denise: Não importa. Eu não queria ele.

Tom: [*Com um tom de exasperação na voz*] Denise, você entende que não é bom para o desenvolvimento da Mary que você fique tão grudada nela? A menina precisa aprender a ter um pouco de independência. Mary?

[*Sussurros*]

Denise: Não fala com ela.

Tom: Por que não? Você acha que eu vou machucar a Mary?

Jean: Tom, talvez...

Tom: Jean, shh. Denise?

[*Um chiado agressivo, seguido de silêncio, então a gravação é encerrada*]

— O que será que ela quis dizer com "Eu não queria ele" — perguntei. — Por que ela não o queria?

— A gente não tem certeza de que ela estava falando do Peter.

— De quem mais ia ser? Ela falou: "Ele pegou o meu menino."

— É estranho, não é?

Mark estava irritado com meu pai.

— Você acha que a Jean percebeu alguma coisa?

— Não sei. Talvez ela estivesse insinuando que meu pai precisava ter mais paciência com ela. O jeito como ele falou aquilo de me machucar, a Denise pode ter interpretado como uma ameaça.

— Ele era assim com você? Impaciente? — perguntou Mark.

— Pelo contrário. Ele era gentil e tolerante comigo. Mas acho que eu sempre fui complacente. A gravação é de quase um ano depois do resgate. Ele devia estar exausto. Não tinha feito avanço nenhum com a Denise. Ela não colaborava muito, né?

— Depois do que passou? Você se surpreende com isso? — Mark levantou a voz.

— Desculpa. Eu esqueço que você a conhecia. Ela era sua irmã mais velha. Quem me dera se eu me lembrasse dela.

— Outra coisa pela qual podemos agradecer a Tom Diamond — comentou Mark, com um tom amargo na voz.

— Ele estava fazendo o melhor que podia, o que achava que era certo para mim. — Eu não aguentava ver as pessoas falando mal do meu pai. Ele pode não ter feito tudo o que deveria, mas fez o que fez pelas razões certas. Tive tempo de sobra para me colocar no lugar dele e imaginar o que teria feito se fosse ele. Tina me fez ver isso. Eu o tinha perdoado. — Não podemos mudar o passado — acrescentei para Mark.

— Uma coisa eu não consigo entender — continuou ele. — Se o Peter sabia esse tempo todo de você e da Denise, se ele lembra o que Conor Geary disse e fez, por que nunca foi à polícia? Ter medo da imprensa é uma desculpa esfarrapada para proteger um pedófilo, principalmente depois que ele já morreu.

— Eu entendo, Mark. Eu teria feito a mesma coisa. Ele não fez nada de errado. Pra que se deixar ser associado ao pai psicopata dele... o nosso pai?

Ignorei a cara feia com que ele me encarou.

48

Peter, 2012

Lindy levou cinco anos para me perdoar por ter dado o bebê. Ela a chamava de Wanda. A gravidez inteira, eu fingi que concordava com aquilo. Achei que era mais fácil deixá-la ter aquela fantasia. Ela estava tão feliz.

Eu tinha levado a bebê para a caixa que ficava na porta da catedral de São Patrício, em Auckland, no meio da noite. Estava frio. Torci para que ela sobrevivesse e a enrolei bem apertado nos cobertores. Quando me afastei, a ouvi começar a choramingar. Continuei andando pelas ruas desertas, entrei no carro e voltei para casa.

Quando cheguei, Lindy estava mais do que histérica. No início, achou que eu tinha levado a bebê para o hospital, porque tinha algo errado com ela. Não falei nada.

Nos anos seguintes, Lindy me atacou tantas vezes que tive que colocar as algemas de volta. Ela me esfaqueou com agulhas de tricô, facas e tesouras, marcou meus braços com uma mistura de açúcar e água fervendo, tentou me estrangular com um nó de forca. Fui parar na emergência do hospital duas vezes. Os funcionários do hospital acharam que eu tinha brigado com meus colegas. Deixei que pensassem isso. Uma enfermeira ameaçou chamar a polícia, mas, quando olhou para o meu prontuário médico e viu que eu era Steven Armstrong, o menino que tinha ficado órfão tão novo, mudou de ideia e me deu uma palestra sobre me envolver com a turma errada.

Lindy passou anos com raiva. Voltamos à antiga rotina. Eu ficava na casa e deixava as compras dela no celeiro uma vez por semana. Ainda a visitava todos os dias. Comentava sobre as matérias no jornal. Ela não respondia. A bebê abandonada na catedral de São Patrício virou notícia nacional, e acompanhei a história pelo rádio e pela televisão até ela ser adotada, seis meses depois. Respirei aliviado. Torci para que Lindy pudesse aceitar nossas circunstâncias agora, mas, sem pronunciar uma palavra, ela deixou claro que nosso relacionamento tinha acabado.

Quando eu tentava tocá-la, ela me repelia violentamente. Ela mal falava frases completas e, quando finalmente o fez, foi para renovar o desejo de ser libertada.

— Nunca mais vou tocar em você, Steve, nunca. Ou você me deixa ir embora, me deixa procurar a minha filha, ou me mata.

Ela também se recusava a tricotar para vender na barraca, e o dinheiro estava virando uma questão cada vez mais premente. Eu precisava fazer outra coisa para ganhar a vida. Eu era inteligente. Devia ter feito faculdade e me formado em alguma coisa. Tinha estudado tantos livros quando era novo, podia ter sido cientista, médico ou engenheiro. A razão pela qual não fiz isso foi porque não podia deixar Lindy. Então virei jardineiro, e agora nós estávamos no limite da pobreza. Eu continuava não conseguindo deixá-la ir. Eu me apegava à esperança de que um dia ela iria me perdoar.

Então me inscrevi nas aulas de informática do centro comunitário da região e aprendi umas habilidades básicas. Consegui um emprego de estagiário no escritório de uma corretora de imóveis. Eles gostavam do fato de eu ser reservado e não fazer nenhuma pergunta. Eu não saía para beber com eles às sextas-feiras, depois do trabalho. Após três meses, decidiram me promover. O que significava que iria ganhar mais dinheiro, mas teria que levar as pessoas para visitar imóveis. Eu não queria a promoção. Sabia pela televisão como as famílias normais funcionavam. Eu nunca tivera uma e não queria ser confrontado com aquilo no ambiente doméstico de outra pessoa.

Saí da corretora e arrumei um emprego numa instituição de caridade de combate ao câncer. O trabalho envolvia ligar para empresas de toda a baía de Plenty e convencê-las a se inscreverem num esquema de doação mensal. Eu não era bom. Não estava acostumado a falar com as pessoas, e o gerente disse que parecia que eu não me importava com a causa. Eu tinha que deixar aquelas pessoas sensibilizadas. O salário era só a comissão. No fim do mês, ganhei menos do que na corretora de imóveis. Voltei para a agência de emprego.

Apareceu uma vaga num banco na cidade. Era horário integral, catalogando as contas no novo sistema de computador. Durante a entrevista, as pessoas ficaram impressionadas por eu ter sido educado em casa. Um deles lembrou que a morte do meu pai tinha saído no jornal; ele havia feito uma doação para mim. Fui tratado como uma pequena celebridade:

— Você é aquele garoto?

Admiti que era reservado e que preferia trabalhar sozinho. Eles pareceram adorar isso. Eu estava me candidatando para uma função que teria de desempenhar sozinho, depois de um treinamento inicial. Uma semana depois, me ofereceram o emprego, que aceitei com prazer, em setembro de 1999.

O treinamento no sistema de computador do banco era um curso de vários dias, em Wellington. Não dava para ficar indo e voltando. Eu ia ter que deixar Lindy sozinha. Um dia antes da viagem, levei a bolsa de sempre com os mantimentos, mas, quando tentei avisar que ia passar uma semana fora, ela ligou o rádio no máximo, para abafar minha voz.

O curso poderia ter sido feito em um dia. A maioria dos outros participantes era mais nova. Eles pareciam ter dificuldade de compreensão. O sistema era muito fácil de aprender. E, no final da semana, ainda distribuíram umas cartilhas que explicavam tudo. À noite, voltávamos para o hotel ruim. As meninas iam jantar juntas. Várias apareciam de ressaca pela manhã. Eu comprava sanduíche e comia no meu quarto, vendo televisão. Eu me esquivava dos convites para me juntar aos outros. Uma das instrutoras comentou que minhas habilidades sociais podiam ser melhores, mas elogiou a rapidez com que eu aprendia.

Fiquei frustrado por passar tanto tempo fora. Mesmo sabendo que Lindy me odiava, meus sentimentos por ela não tinham diminuído. Muitas vezes me lembrava da expressão de êxtase em seu rosto quando coloquei a bebê em seu peito. Ela nunca tinha olhado para mim daquele jeito. Mas havia me dito que me amava. Até a bebê chegar, aquilo me bastava. Pensei muitas vezes em soltá-la e depois desaparecer, mas para onde eu iria? Não tinha dinheiro para pagar uma passagem de avião, embora tivesse mantido o passaporte em dia, por precaução. Eu acostumava manter um dinheiro separado para escapar, mas tive que usá-lo para pagar as contas. Lindy sabia meu nome verdadeiro e toda a minha história. Ela iria contar a alguém. Eu ia passar o resto da vida na cadeia. Ela pode até ter me amado um dia, mas certamente não me amava agora. Eu havia trocado as fechaduras da porta do celeiro muitas vezes nos últimos anos. Sabia que ela nunca ia conseguir sair.

Na sexta-feira, quando o curso acabou, dirigi as seis horas de volta até Rotorua a toda a velocidade. Cheguei em casa à meia-noite e fui direto para o celeiro.

Lindy estava deitada na cama, mas se sentou na mesma hora.

— Onde você estava? — perguntou. Estava com o rosto manchado de lágrimas e a voz mansa.

—Tentei te contar no domingo à noite, mas você não quis ouvir.

Ela desatou a chorar.

— Achei que você tivesse morrido. Foi igual quando o seu pai morreu, mas eu... Eu senti saudade.

Eu me aproximei dela e ofereci um abraço. Ela desabou contra o meu peito.

Nas semanas que se seguiram, conversamos mais do que nunca, quase como se estivéssemos compensando o silêncio dos últimos anos.

— Eu fiquei com tanta raiva de você. Tinha aceitado que você tivesse tirado a minha liberdade. Desisti de tentar fugir. Eu me apaixonei por você contra a minha vontade. Você sempre foi tão gentil e tão atencioso. O oposto do seu pai. Mas aí, tudo o que eu queria era um bebê. Eu não te enganei, juro. Por isso, quando fiquei grávida, achei que era um milagre. Eu nunca tinha te pedido nada em anos. Um bebê ia transformar a gente numa família de verdade. Eu teria alguém para amar incondicionalmente.

Isso me magoou, e eu falei para ela.

— Escuta — expliquei —, bebês ficam doentes o tempo todo. Eu nunca ia poder levar ela num hospital ou num médico. Você ia querer que a sua filha crescesse aqui? Desse jeito? — Gesticulei para o quarto sem janelas.

Ela olhou ao redor, com uma expressão confusa no rosto, e percebi que aquele celeiro tinha sido sua casa por mais tempo do que qualquer outro lugar. Fazia 16 anos que ela morava ali e, depois que meu pai morreu, Lindy se sentia segura ali. Ela tinha 30 anos. Aquele quarto sem janelas, com todos os confortos que eu tinha tentado acrescentar, era normal para ela. Com muito pesar, lembrei que a situação dela não era comum. Suas tentativas de fuga não tinham nada a ver com encontrar sua casa, mas com encontrar a filha. Eu sabia que era errado mantê-la presa, mas ela não tinha mais consciência disso.

333

Aos poucos, fomos nos reaproximando, até que, enfim, ela me deixou voltar para a sua cama. Ela não pediu para ter outro filho e, assim que pude pagar, fiz uma vasectomia, um procedimento relativamente indolor. Mais uma vez tirei a corrente, e ela ficou muito agradecida. Eu me senti um monstro. Era a palavra que minha mãe usava para se referir ao meu pai. Eu me lembrava disso.

No trabalho, terminei a catalogação digital das contas depressa. Escrevi para o departamento de TI da matriz e sugeri melhorias no programa que eles tinham desenvolvido, para torná-lo mais fácil de usar. Aprendi a usar outros softwares e, depois de recusar uma promoção para assistente-chefe de TI na sede do banco, em Wellington, comecei a procurar outro emprego. Trabalhei em vários lugares — um ano numa corretora de valores pequena, dois numa companhia de seguros —, mas nunca longe de Rotorua. Em 2004, virei especialista em TI do Rabobank, em Rotorua. Desta vez, eu tinha minha própria sala. As coisas estavam melhorando.

Na crise de 2008, o banco teve que cortar custos, e sofri um corte de salário, mas eles precisavam de mim, então não perdi o emprego. Em 2009, depois que cometeram uma fraude imensa de cartão de crédito nos Estados Unidos, me candidatei para uma vaga no nosso departamento de cibersegurança. Passei. Minha renda passou a ser boa o suficiente para sustentar nós dois com conforto.

À medida que ia subindo na empresa e me via participando de seleções de funcionários, tentava contratar todos os candidatos maoris que podia. O racismo corriqueiro do passado finalmente estava sendo visto como algo vergonhoso. A cultura maori estava sendo abraçada pela população *Pākehā*. A língua maori fora incorporada aos comunicados internos e todos os e-mails eram assinados tanto com "*Ngā mihi*" como com "Atenciosamente". Eu sempre pensava em Rangi e no potencial que ele tinha para ocupar todas as vagas que anunciávamos. Ele tinha talento em matemática, algo que só descobriu quando se dedicou aos estudos. Os tempos e as atitudes tinham mudado para melhor.

Eu havia instalado claraboias no telhado do celeiro, para Lindy receber luz natural. Cobrira as paredes com estantes de livros, perto da televisão. Reformei o banheiro dela. Ela não pedia nada, mas ria com prazer a cada presente ou melhoria. Quando íamos às piscinas de água quente, no verão, eu não precisava mais da corrente. Ela me dava a mão e nós caminhávamos lado a lado. Eu passava protetor solar em sua pele macia, para ela não se queimar. Fazíamos amor na grama. Ela voltou a fazer tricô.

As coisas estavam evoluindo, e, na primavera de 2011, não tranquei a porta uma noite. Depois, deixei sem trancar um fim de semana inteiro.

— Por que você não está trancando a porta? — perguntou-me ela.

— Eu confio em você. Eu te amo. Pode vir pra casa.

— Não, tudo bem, eu gosto daqui.

Ela não tinha curiosidade de ver a casa? Quando seguíamos na direção do lago, nunca passávamos pela casa. Da porta do celeiro não dava para ver. No fim de semana seguinte, convidei-a de novo. Desconectei o aparelho de telefone que nunca tocava e o escondi no carro. Ela entrou pela porta da frente e foi de cômodo em cômodo.

— É muito grande — disse, e acho que, comparada ao celeiro, era mesmo. Pedi que ela passasse a noite ali, mas Lindy não se sentiu confortável na minha cama e acabou me cutucando para dizer que ia voltar para o celeiro. Fiz que sim com a cabeça e fingi que tinha voltado a dormir. Fiquei olhando pela janela enquanto ela voltava. Acompanhei à distância e a vi abrindo a porta do celeiro e desaparecendo lá dentro. Ela fechou a porta ao entrar.

Passei a noite acordado, vigiando a porta, esperando que ela saísse sorrateiramente. Ela não saiu.

Na semana seguinte, liguei para o escritório e disse que estava doente. Todo dia, eu saía de carro pela estrada de terra e parava fora de vista. Então, voltava para a mata na frente de casa e ficava observando com binóculos para ver se ela ia tentar fugir. Toda noite eu chegava em casa "do trabalho" e a encontrava contente, vendo televisão, tricotando ou preparando o jantar. O máximo que ela fazia era caminhar em volta da casa, olhando pelas janelas. Ela nem tentava abrir a porta, embora eu a deixasse destrancada. Toda noite, ela me cumprimentava com alegria, um sorriso largo e os olhos azuis brilhando.

Por fim, acabei convencendo-a a jantar em casa comigo de vez em quando, mas ela sempre ficava nervosa lá.

— É o fantasma do seu pai — explicou ela, e, de fato, havia alguns pertences dele pela casa.

Não sei por que guardei os óculos e a bolsa de dentista. Joguei as duas coisas fora na mesma hora. Protegi meu laptop com senha, embora ela não tivesse ideia de como usar um computador. Eu tinha um celular do trabalho. Lindy já tinha visto celulares na televisão, mas não sabia como ligar. De qualquer forma, eu o deixava escondido.

Passaram-se alguns meses. Lindy tinha liberdade para ir aonde quisesse. No Natal de 2011, ela fez uma colcha de presente para mim. Comemoramos juntos, na casa, pela primeira vez. Eu tinha comprado uma árvore e enfeites de Natal, e ela arrumou tudo e colocou luzinhas. Eu também tinha comprado uma garrafa de vinho. Não estávamos acostumados a beber e ficamos bêbados depressa. Foi uma sensação gostosa. Nós nos sentamos na varanda na frente da casa, acolhidos do calor escaldante do verão, e brindamos como se fôssemos casados.

Cogitei se não era uma boa ideia levar Lindy à cidade. Descartei a possibilidade na mesma hora. Ela nunca tinha me pedido aquilo, e teríamos que arrumar um nome novo e uma história. Lindy parecia ter esquecido que havia sido sequestrada. Eu não queria fazer com que ela se lembrasse disso. E imaginei que ela podia se comportar de um jeito estranho com as outras pessoas. Não, Lindy era minha. Não ia me atrever a dividi-la com o mundo exterior. Eu estava mais feliz do que nunca. E ela também.

Em março do ano seguinte, cheguei em casa do trabalho um dia e fui direto para o celeiro, porque ela continuava preferindo ficar lá, mas então percebi que ela devia estar na casa. Chamei seu nome e fui de cômodo em cômodo. Encontrei Lindy desmaiada no chão do banheiro. Estava com o rosto suado e quente. Havia poças de vômito no chão, à sua volta.

Nas duas noites anteriores, ela havia se queixado de dores de estômago, e pedi que descrevesse em detalhes os seus sintomas. Eu sempre fazia isso quando ela não se sentia bem. Então eu ia à farmácia, descrevia os mesmos sintomas e levava para casa o que eles me vendiam. Ela me descrevera uma dor na parte inferior da barriga. Presumi que era menstrual, e ela concordou que a menstruação estava para vir, mas que aquela dor era diferente. Pela manhã, ela estava se sentindo pior e parecia pálida.

Depois do trabalho, fui à farmácia e descrevi a dor. A farmacêutica me pediu que apertasse o lado direito do abdome e, como não expressei mais incômodo, me deu um remédio para cólica e paracetamol para dor.

— Não é apendicite. Pode ser alguma coisa que você comeu — disse ela —, ou uma gastroenterite... está rolando uma onda por aí, sabe...

Em pânico, passei água fria nela, para diminuir a temperatura e acordá-la. Lindy gritava de dor e apertava o lado direito do corpo.

— Merda! Deve ser o seu apêndice, preciso te levar pro hospital. — Nem hesitei. Seria mais rápido do que chamar uma ambulância.

Ela gritou de novo quando a levantei e vomitou por cima do meu cotovelo.

— Estou com medo — conseguiu dizer.

— Não precisa ter medo, eles vão cuidar de você.

— Não — disse ela —, tenho medo deles. Das pessoas.

Lindy desmaiou de novo enquanto eu a levava para o carro. Eu já não me importava com as consequências. Nem pensei num nome, numa história nem na prisão que me aguardava. Deitei-a no banco detrás, virada para o lado esquerdo do corpo dela. Ela começou a tremer violentamente, mas parecia estar inconsciente. A cada curva, eu levava a mão em sua direção. Estava quase na rua principal quando ela fez um gorgolejo estranho. Todo o seu corpo se enrijeceu, então ela ficou mole. Parei no acostamento e passei para o banco detrás. Lindy estava com os olhos arregalados, em choque, mas não se movia. Pousei a mão sobre seu coração, mas não consegui sentir nenhum batimento cardíaco. Eu a sacudi e a abracei apertado. Um fio de bile escorreu da sua boca, mas eu a beijei assim mesmo.

— Por favor, não — sussurrei. — Por favor, por favor, volta.

Eu a levei para casa e a lavei na banheira. Sua pele estava manchada. Lavei e penteei os cabelos, com cuidado, para não deixar a cabeça afundar na água. Quando ela estava limpa e seca, coloquei sua roupa preferida, uma saia de algodão verde, botas de solado de borracha e um suéter azul macio. Envolvi-a cuidadosamente no tapete de pele de carneiro que ficava no celeiro. Antes de colocá-la no carro de novo, tive que limpar o banco e o piso com desinfetante.

Eram aproximadamente 2 horas da manhã quando fui dirigindo até o Lago Rotorua e parei no estacionamento deserto. Era uma noite de outono particularmente fria. Levei-a até a parte do lago mais próxima à trilha da floresta onde a vira pela primeira vez, uma garotinha corajosa, subindo numa árvore. Desenrolei o corpo enrijecido do tapete e a coloquei com todo o cuidado na água. O lago devia ser fundo naquela parte, ou talvez estivesse muito escuro, mas ela desapareceu de vista quase imediatamente

49

Peter, 2019

Quando Lindy morreu, em 2012, fiquei desesperado. Eu vivia por ela. Tirei uma longa licença do trabalho. Eu tinha muitos colegas que nunca haviam se transformado em amigos e, mesmo que tivessem, como poderia dizer para eles que o amor da minha vida, meu único amor, morrera? Eu não podia explicar isso numa terapia de luto; a intensidade e a duração do nosso relacionamento, a codependência. Quem poderia entender, mesmo que eu contasse a verdade? E eu não podia contar a verdade.

Eu não via motivo para tomar banho nem trocar de roupa. Fui duas vezes até o lago com a intenção de me afogar, mas, quando chegava ao fundo, Rangi estava lá, me empurrando para cima.

— Não tá na sua hora, *e hoa* — disse ele, ou pelo menos eu acho que foi isso.

Três mortes na minha consciência, meu pai, Rangi e Lindy, *kēhua*, e os três vinham brincar, tanto nos meus pesadelos como quando eu estava acordado. Os três implorando para que eu os salvasse, e eu poderia ter salvado todos.

Desmontei o celeiro aos poucos. Peguei os móveis e deixei na beira da estrada, em áreas remotas de toda a Ilha Norte. Sobrou apenas uma pilha de gesso e chapas de ferro ondulado. Não tive energia para mandar alguém recolher. Pelo menos o lugar já não parecia mais a casa dela. Na casa, porém, sua presença permaneceu.

O mistério da mulher não identificada encontrada no lago Rotorua três semanas depois de ter morrido tomou conta do noticiário. A imprensa divulgou que ela não tinha se afogado, que tinha morrido de apendicite, que estava completamente vestida, que ficara menos de um mês na água. Falaram muito do dente que faltava bem na frente. Seria uma característica importante para sua identificação, segundo a polícia. Alguns relatos comentavam o fato de que o corpo da mulher fora encontrado no mesmo lago onde uma jovem havia desaparecido quase trinta anos antes.

Eu tinha que fugir de Rotorua. Já havia recusado ofertas de emprego em Wellington e Auckland antes, mas, quando finalmente voltei a trabalhar depois de cinco meses, me mostrei disponível para essas vagas. Não havia nada que me ligasse a Rotorua. Talvez eu estivesse precisando de um recomeço. Mais uma reinvenção. Em janeiro de 2013, fui nomeado chefe de cibersegurança no Banco Nacional de Aotearoa, em Wellington. O salário e as condições eram excelentes.

Na arrumação para a mudança, retirei o que restava do celeiro e limpei toda a casa com água sanitária. Guardei muito pouco dos pertences do meu pai, além dos velhos documentos falsos. Eu tinha vivido sob um nome falso por tanto tempo, mas precisava de alguma evidência, caso alguém me questionasse.

Eu tinha prometido a Lindy que nunca iria ler seus cadernos. Rasguei tudo e espalhei em longas viagens no meio da noite.

Vendi a casa de Rotorua e aluguei um apartamento de frente para o mar, em Wellington Harbour, onde tentei me instalar, mas dava para ouvir as pessoas nos outros apartamentos, conversando, rindo, vendo televisão. Sentia o cheiro das refeições em família.

Esbarrava em tanta gente diariamente que me sentia mal. Depois de apenas um mês, comprei uma casa pequena no centro de um terreno na South Karori Road. Não dava para ver nenhum vizinho. Meu trajeto até o trabalho era de trinta minutos de carro.

O trabalho me deixava ocupado. Como de costume, eu mantinha distância dos colegas e recusava convites para ir a festas ou para sair para beber depois do expediente. Não participava das conversas de corredor.

Eu me sentia desesperadamente solitário. Cheguei a namorar pela internet, mas nunca tive um relacionamento. Às vezes dormia com alguma mulher, se ela quisesse. O sexo era apressado, fisicamente satisfatório, mas emocionalmente vazio. Com estranhos, eu jamais conseguia satisfazer minha necessidade de estabelecer uma conexão.

Quase um ano depois da sua morte, em janeiro de 2013, os testes de DNA finalmente associaram Lindy aos seus irmãos ainda vivos, Paul e Gary Weston. Os pais dela já haviam morrido, sem nunca saber o que acontecera à filha. Aos irmãos restava a pergunta premente de onde ela estivera pelos últimos 29 anos.

Pensei na minha mãe e na minha irmã, na Irlanda. Sempre pesquisava sobre as duas na internet. Havia muita informação. Os sites de *true crime* comparavam meu pai ao lorde Lucan, mas meu pai nunca matou ninguém. Não diretamente. Denise Norton morrera numa ala psiquiátrica de um hospital, mais ou menos um ano depois de ser libertada da casa do meu pai. Minha irmã, Mary Norton, havia sido adotada na Inglaterra. Conor Geary desaparecera. Procurei em todos os cantos por alguma menção ao filho de Conor Geary. Será que Denise não tinha contado sobre mim para eles? Será que tinha se esquecido? Ficara louca? Ou só apavorada? Que lavagem cerebral eu havia sofrido. Meu pai era maligno. E eu era, no mínimo, metade maligno. Precisava conviver com esse fato. Acabei adotando o hábito de procurar por atualizações na história de Denise Norton ao menos uma vez por mês.

Em dezembro de 2017, estourou uma história na Irlanda. Mary Norton, minha irmã, tentara cremar o pai adotivo. Vi uma foto dela. Alta e forte, de casaco preto e com um chapéu vermelho chamativo na cabeça, no enterro de Thomas Diamond. Ela se parecia comigo, o nariz, o formato dos olhos. Thomas era o psiquiatra da minha mãe e adotara minha irmã em segredo após a morte de Denise. Eu sabia quem Mary era, onde morava, o seu nome.

Uma luz se acendeu dentro de mim. Eu tinha uma chance de fazer uma coisa boa. De corrigir um erro. Eu me lembrava de ter arrancado aquele urso das mãozinhas dela. Podia devolvê-lo. Então o embrulhei com cuidado numa caixa velha de sapato e mandei de forma anônima, com um bilhete curto.

Seis meses depois, o verdadeiro nome do meu pai começou a pipocar em buscas na internet, depois nas páginas do *New Zealand Herald*. Uma foto muito antiga do meu pai, sem barba e sem óculos, tirada ainda na Irlanda. Ao lado da foto, a projeção de um artista de como devia ser sua aparência hoje, com 80 e poucos anos. Por que o estavam procurando agora? Como tinham relacionado o pedófilo desaparecido Conor Geary com a Nova Zelândia? Quem disse que ele estivera aqui?

Então me dei conta — tinha sido eu. Mandar Toby acendeu o sinal para a Nova Zelândia. Que burrice a minha. Eu era um especialista em cibersegurança. Sempre conseguira esconder meu histórico de pesquisa no Google, configurando um software de privacidade, e não era burro de fazer conta numa rede social, mas fora o responsável por alertar as autoridades irlandesas sobre a Nova

Zelândia. Agora a polícia estava procurando por ele. Um dentista irlandês aposentado. Nenhuma menção a um filho.

Em agosto de 2018, no entanto, recebi um telefonema da polícia da Nova Zelândia. Eles queriam me interrogar sobre meu pai, James Armstrong. Vieram à minha casa. Não foi difícil fingir que as circunstâncias de sua morte, em 1985, num carro em chamas, me deixavam transtornado. Eles me perguntaram onde eu tinha nascido e onde ele tinha nascido. Depois de 38 anos, a história estava tão bem ensaiada que quase não insistiram em nenhuma pergunta. Perguntaram se o nome Denise Norton significava alguma coisa para mim. Meu pai já tinha usado algum outro nome? Onde ele tinha estudado odontologia? Onde na Irlanda eu tinha morado? Meu pai tinha algum interesse especial por outras crianças? Por que meu pai me educou em casa?

Consegui traçar um perfil de um pai rigoroso, mas amoroso, em luto profundo por minha mãe desde que deixamos a Irlanda. Falei de sua nítida falta de interesse em outras crianças e de sua crença de que o sistema educacional da Nova Zelândia estava abaixo do esperado. Consegui apresentar seu diploma irlandês de odontologia, no qual o nome Conor Geary tinha sido habilmente substituído por James Armstrong.

Meu pai, expliquei, era um pai excêntrico, mas amoroso, e um ótimo dentista, como qualquer paciente dele poderia confirmar. Eu sentia saudade dele até hoje. Chorei diante da hipocrisia das minhas palavras. O detetive pediu desculpas pelo inconveniente e disse que não iria mais me incomodar. Eles insinuaram que sabiam que era uma busca inútil. O homem que estavam procurando não tinha um filho.

Continuei a monitorar qualquer notícia sobre a minha irmã, Mary Norton, vivendo como Sally Diamond, em Carricksheedy, no condado de Roscommon. Sentia carinho por ela. Todos os relatos que eu lera a descreviam como "solitária" ou "problemática" na escola ou na cidade onde morava. Não consegui encontrar nenhum registro de que tenha tido um emprego ou uma carreira. Tive pena dela. Era empatia?

Sua data de nascimento foi registrada como 13 de dezembro de 1974, mas eu sabia que tinha sido antes, 15 de setembro do mesmo ano. Eu me lembrava muito bem da data. Como a polícia da Nova Zelândia havia excluído meu pai das investigações e não havia nenhuma ligação entre nós e Denise Norton, resolvi mandar um cartão de aniversário para minha irmã, em setembro. Achei que ela devia saber o dia em que nascera. Ela nunca ia saber quem tinha mandado.

No início de novembro, recebi um e-mail de uma produtora de podcasts no endereço do trabalho.

Prezado Steven Armstrong,

A Hoani Mata Productions é uma produtora de podcasts com sede em Christchurch que realiza documentários sobre *true crimes* na Nova Zelândia.

Estou tentando localizar um Steven (Steve) Armstrong que morou em Rotorua, entre 1981 e 2013. Você e o seu pai moravam em Rotorua na época em que uma criança, Linda Weston, foi sequestrada na região, em 1983? James Armstrong era o seu pai? Sabemos que ele recentemente foi excluído da investigação de um caso relacionado a um sequestro na Irlanda, em 1966. Entendemos que James Armstrong não estava envolvido em nenhum dos dois casos, mas gostaríamos que o filho dele oferecesse um depoimento na nossa série que investiga o desaparecimento de Linda Weston e a subsequente recuperação de seu corpo como uma mulher adulta, em abril de 2012. Você é o Steve Armstrong que morou durante todo esse período em Rotorua?

Estamos cientes de que James Armstrong faleceu num trágico acidente de carro, em 1985, mas se você for o filho dele, ficaríamos muito felizes de poder ouvir as suas opiniões ou memórias da época em que Linda desapareceu, sobre como era ser criança em Rotorua e como seu pai chegou a ser suspeito do sequestro de uma criança irlandesa. Sei que o Steve que estamos procurando foi educado em casa, e isso é interessante também, pois não era uma coisa comum. Além disso, se for você e não for algo muito pessoal, talvez pudéssemos conversar brevemente sobre o sequestro na Irlanda? Talvez você não saiba nada sobre isso, e não sei se vamos usar o ângulo irlandês na edição final, mas estamos coletando o máximo de dados possível.

Ainda não é de conhecimento público, mas recentemente descobriu-se que Linda Weston teve uma filha que foi abandonada, quando ainda era recém-nascida, numa igreja, em 1996. A filha de Linda, Amanda Heron, concordou em apresentar o nosso podcast, e eu gostaria de adaptá-lo futuramente para um documentário para televisão. Por favor, gostaríamos de uma resposta o mais rápido possível, e, claro, peço desculpas se tivermos escrito para a pessoa errada. Caso contrário, se você for esse Steve Armstrong, entenderemos perfeitamente caso não queira participar. A polícia não está cooperando com a nossa investigação neste momento, então a nossa busca por informações tem sido no mínimo frustrante.

Ngā mihi, de Christchurch,
Kate Ngata

Respirei fundo e cancelei todos os meus compromissos do dia. A minha filha, Amanda Heron, estava por aí, procurando respostas. Pesquisei o nome dela no Google e encontrei uma enormidade de informações. Os jovens não têm ideia de como os dados deles estão disponíveis. Em poucos minutos, tinha o seu endereço, telefone, boletim escolar, sua qualificação de Mestre em Música pela Universidade de Auckland, fotos dela com a família adotiva desde que era bebê. Fotos dela cantando num coral. Fotos com dois namorados diferentes; Amanda numa moto, atravessando a Golden Gate, em São Francisco; Amanda num motorhome, em Montana. E fotos bem recentes: Amanda num vestido de gala, na semana passada, numa apresentação da Orquestra Sinfônica da Nova Zelândia.

Amanda tinha 23 anos e era incrivelmente bonita, como a mãe. Fiquei assustado ao ver seu lindo rosto sorridente, com os dentes intactos. Wanda, a nossa filha. Olhei para as fotos, imaginando como começar uma conversa com ela, até que percebi que isso não seria possível. Eu tinha que fugir.

Mandei uma resposta muito educada para Kate Ngata, desejando sucesso à série, mas explicando que, "como chefe de cibersegurança do principal banco da Nova Zelândia, seria totalmente inapropriado para mim comentar qualquer assunto pessoal. Tenho certeza de que você entende".

Eu sabia que isso só iria aumentar sua frustração, mas fiquei grato pela polícia da Nova Zelândia não estar compartilhando informações com amadores.

Eu não existia na internet, a não ser como funcionário do banco. Não havia fotografias nem menções a mim, tirando as do *Rotorua Daily Post* de 1985, dando detalhes do terrível acidente que matou meu pai e ao qual eu sobrevivi, e a subsequente arrecadação de fundos em meu nome. A Hoani Mata Productions deve ter mandado o mesmo e-mail para todos os Steve Armstrong do país.

Mandei uma mensagem para o diretor de operações do banco, dizendo que tinha que tirar uma licença urgente para resolver uma questão médica particular. Ia precisar de três meses, eu disse, mas ficaria disponível por e-mail. Orientei meu subordinado a respeito das questões referentes à relação do banco com bitcoin e criptomoedas, que estavam se tornando um problema para nós. E saí.

Fui para casa e usei meu laptop para comprar passagens para a Irlanda. Eu precisava voltar. Precisava encontrar minha irmã. Ela era a chave para a conexão de que eu precisava.

50

Sally

Doze dias depois, quando chegaram, os resultados não deixavam a menor dúvida. Peter/Steve era meu irmão. Mark era nosso tio, mas apareceu outra coisa no site de ancestralidade. Eu tinha uma sobrinha chamada Amanda Heron, e ela era filha de Peter. Ele não tinha falado nada de filha, nem de esposa ou namorada. A carta me levara a crer que ele era um solitário, possivelmente como eu. Mas ele não era assexual como eu.

Estava na hora de ligar para ele. Eu queria ter aquela conversa sozinha. O resultado do teste tinha chegado na minha casa, e Mark ainda não tinha visto.

O telefone de Peter tocou apenas uma vez antes de ele atender.

— Mary? — perguntou ele.

— Meu nome é Sally. Eu me chamo Sally desde que fui adotada, então prefiro que você me chame de Sally.

— Tá bom. — Havia um tremor em sua voz.

— Você ainda está em Dublin?

— Estou. Estou num parque do lado de uma igreja no centro da cidade agora.

— Tá. Bom, eu recebi o resultado do DNA.

— É?

— Você é meu irmão.

— Eu sabia disso. Sabia de você a vida toda.

— Então por que não entrou em contato antes?

— Eu expliquei na carta. Não sabia onde você estava. Você não aparecia em nenhuma pesquisa na internet até Thomas Diamond morrer.

— Verdade, desculpa, você explicou. Mas, se você sabia de mim e da minha mãe, e se sabia o que o nosso pai biológico tinha feito, por que nunca foi à polícia?

— É difícil explicar. Ele fez uma lavagem cerebral em mim por muito tempo. Me falou que eu tinha uma doença. Eu mal sabia distinguir certo de errado... não dá pra contar tudo por telefone. Você aceita me encontrar?

Eu tinha conversado com Mark sobre o que ia acontecer se o resultado desse positivo.

— Peter, a gente tem um tio, o irmão da Denise.

— É sério?

— É, ele quer te conhecer também. Ele vai te buscar em Dublin e te trazer para a minha casa.

— Quando?

— Que tal amanhã? — O dia seguinte era um sábado. Eu ia cancelar o piano do fim de semana. Lucas ia ter que arrumar alguém para me substituir.

— Por mim está ótimo. Obrigado. Mary... quer dizer, Sally, você se lembra de mim?

— Infelizmente, não.

— A minha mãe, Denise, falava de mim?

— Temos muito o que conversar, Peter. Melhor esperar até nos encontrarmos pessoalmente.

Houve uma pausa.

— Não sou muito bom de conversa.

— Bom, definitivamente somos irmãos Precisei de quase dois anos de terapia para superar isso.

— Ah, é?

— É. Você tem amigos? Uma esposa? Namorada!

Sua voz tremeu.

— Não.

Não era hora de perguntar sobre sua filha.

— Nem acredito que estou falando com meu irmão.

— Você não contou pra imprensa, nem pra polícia?

— De jeito nenhum.

Ele me deu o endereço do hotel e nós encerramos a ligação. Mark queria avaliá-lo, para se certificar de que não era violento nem ameaçador de alguma forma, e combinou de buscar Peter cedo na manhã seguinte. Peter queria saber como ia voltar para Dublin depois. Mark disse que ele não precisava se preocupar. Podíamos hospedá-lo no Hotel Abbey, em Roscommon, por algumas noites. Não tínhamos nenhum plano concreto do que iria acontecer.

Na manhã seguinte, eu estava uma pilha, conferindo pela janela a cada barulho que ouvia, para ver se era o carro de Mark estacionando. Recebi uma mensagem dele.

"Paramos num posto de gasolina na estrada. Ele parece normal, mas é bem quieto."

Sue e Martha passaram na minha casa para ver se eu estava bem. Eu tinha faltado à aula de ioga naquela manhã. Não as convidei para tomar um café, como se deve fazer com amigos, mas também não menti para elas.

— Desculpa, eu devia ter dito que não ia hoje. Tenho um assunto de família para resolver.

— Está tudo bem? — perguntou Sue. — Você parece um pouco agitada... — E, de fato, eu estava olhando para a rua atrás dela, mudando o peso de uma perna para a outra o tempo todo.

— É, é, tudo bem, obrigada. A gente se vê durante a semana, ta bom? — Fechei a porta e voltei para a cozinha. Eu tinha preparado os sanduíches cedo demais. Ficaram ressecados. Comecei a fazer outros: frango, presunto, tomate e salada de repolho. Peter podia ser vegetariano. Eu não sabia nada sobre o meu irmão.

51

Peter, 2019

Levei 28 horas para chegar à Irlanda. Para chegarmos à Nova Zelândia, quase quarenta anos antes, foram três meses de sofrimento. Encomendei o teste de DNA para ser entregue no hotel que eu tinha reservado em Dublin. Escrevi a carta para Mary. Depois, passeei pela cidade a pé. Comprei algumas roupas de inverno. Eu tinha levado pouca coisa. Nunca tinha estado no centro da cidade antes, nem quando criança. Dublin era uma cidade moderna, multicultural e estranha em todos os sentidos.

O celular pré-pago tocou duas semanas depois que mandei a carta. Mary não havia alertado a polícia. Eu tinha um tio, Mark, irmão de Denise. Ele me buscou em Dublin no dia 14 de dezembro e dirigiu por duas horas até a casa de Mary. No carro, ele me questionou sobre a irmã dele. O que eu lembrava? Ela chegou a falar dele? Como ela era? As perguntas foram quase uma agressão, e evitei responder o máximo que pude.

Atravessamos o país quase que o tempo todo na mesma rodovia. O dia estava escuro, cinzento e úmido. O sol não apareceu. O terreno era plano. Paramos num posto de gasolina para abastecer e tomamos um café ruim. Eu não sabia o que pensar de Mark. Ele parecia muito novo para ser meu tio, e descobrimos que era apenas cinco anos mais velho que eu. Ele disse que Denise tinha 12 anos quando eu nasci. Nenhum de nós falou muito mais pelo restante da viagem.

52

Sally

Peter disse que era sete anos mais velho que eu, mas parecia muito mais. Ele tinha rugas profundas e o rosto envelhecido. Tinha o cabelo curto e grisalho, com entradas. Estava barbeado. Havia uma linha tênue e branca em sua testa. Uma cicatriz antiga? Algum ferimento infligido por Conor Geary? Mas seus olhos — o formato, a cor castanha — e o nariz eram idênticos aos meus. Meu irmão.

Não tivemos uma conexão imediata. Foi uma coisa mais gradual. Mark e eu sabíamos que ia ser estranho. Para começo de conversa, era difícil saber como chamá-lo. Deixei muito claro que eu era Sally Diamond. Ele fora Steven Armstrong durante a maior parte da vida, mas, agora, pediu que o chamássemos de Peter. Ele quase não falava, e, no começo, fiquei nervosa. Estava perto do Natal, então eu era chamada com frequência para tocar no hotel. Paguei a hospedagem de Peter no Abbey Hotel, em Roscommon, e nos encontrávamos na minha casa toda vez que eu tinha tempo. Mark também sempre tentava estar presente.

No primeiro dia, houve longos silêncios e algumas tentativas de jogar conversa fora. Mas Peter tinha ainda menos capacidade de bater papo do que eu. Foi só no segundo dia que abordamos o assunto do nosso pai e quem ele era. Peter insistiu que não foi fisicamente agredido por Conor Geary da mesma forma que minha mãe. Peter passou a maior parte da infância em confinamento solitário, com medo de que uma doença fictícia pudesse matá-lo. Uma doença inventada para mantê-lo longe de todos e torná-lo totalmente dependente de Conor Geary. Nosso pai biológico era cruel e manipulador. Meu irmão vivera tão isolado quanto eu, mas não por opção. Ele queria desesperadamente ir para a escola e fazer amigos, mas, quando o pai morreu, já era tarde demais e ele não sabia como socializar. Foi difícil conseguir essa informação dele, mas Mark era persuasivo, e, depois, uma vez que Peter já tinha ido para o hotel, Mark voltava para a minha casa e analisava o que Peter havia dito e o que não havia dito. Mark era bom em ler as entrelinhas.

Peter ainda sentia culpa pela morte de Conor Geary, porque estava dirigindo o carro. A cicatriz na testa fora resultado do acidente, e também as terríveis queimaduras em seus braços, de quando ele tentou puxar o pai do carro em chamas. Garantimos a ele que o seu pai, o meu pai, não valia a pena ser salvo, mas ele olhou pela janela, recusando-se a nos encarar nos olhos.

Entramos em conflito por causa disso. Apesar de tudo o que Conor Geary havia feito, Peter sentia-se amado por ele, como se isso anulasse o horror que ele tinha perpetrado contra a nossa mãe, contra mim e contra o próprio Peter, com aquela história terrível de uma doença mortal.

— Como você pode defendê-lo? Estou muito feliz por ele estar morto — disse Mark.

— Você não entende? — rebateu Peter. — As pessoas não são cem por cento uma coisa. Você diz que ele era um monstro, e, sim, ele fez coisas terríveis com todos nós. — Ele olhou para Mark. — Ele levou a sua irmã e destruiu a vida dela de todas as formas. Ele manteve Sally trancada. Fugiu e me arrastou pro outro lado do mundo com ele, me tirou o meu nome, mentiu para mim, me isolou, mas sei que ele se importava comigo. Eu sei disso.

Mark respondeu com sarcasmo, acho.

— Ah, bom, então está tudo certo. Afinal, ele se importava com você.

Fiquei nervosa. Fui para o piano, e os dois se calaram. Toquei por um tempo e depois pedi a Mark que levasse Peter de volta para o hotel. Era muito difícil, mas Peter se parecia comigo em muitos aspectos. Eu me sentia atraída por ele e não conseguia evitar. Ao longo de uma semana, conseguimos ter uma visão mais completa da vida de Peter na Nova Zelândia.

Na internet, Mark e eu encontramos a notícia do *Rotorua Daily Post* que contava a história da morte de um respeitado dentista local, James Armstrong, e que seu pobre filho órfão, Steven, sobrevivera. Conor Geary tinha morado na Nova Zelândia por mais de cinco anos e trabalhado como dentista sob um nome falso. O passaporte de Peter estava no nome de Steven Armstrong. Ele tinha medo de regularizar a situação na Irlanda, embora Mark e eu achássemos que ele devia reivindicar o nome e a nacionalidade oficialmente. Ele estava no país com um visto de férias de noventa dias. Sugerimos que ele investigasse os aspectos práticos de fazer isso com meu advogado, mas Peter manteve-se relutante e ficou com muito medo da imprensa. A questão tinha que ser tratada com luvas de pelica, senão nem valeria a pena tocar no assunto. Concordamos que Peter precisava de tempo para decidir por conta própria quando quisesse seguir em frente.

Depois da primeira semana, convidei Peter para ficar na minha casa, no Natal, pelo tempo que ele quisesse. Ele sorriu pela primeira vez naquele dia. Apertamos as mãos. Foi o mais próximo que ousamos de nos aproximar fisicamente. Fiz uma lista de revezamento para o uso do banheiro, a hora do café da manhã e de dormir. Nós nos alternaríamos para cozinhar um para o outro. Ele rejeitou a ideia de ser apresentado aos meus amigos.

— Por favor — pediu ele —, não estou acostumado com gente. Talvez um de cada vez... — E eu entendia isso também. Mark já não estava mais presente em todas as nossas conversas. Ele achava isso mais desconcertante do que eu.

No Natal, Mark, Peter e eu almoçamos juntos. Havia algo que eu queria perguntar a Peter, mas Mark dissera para irmos devagar, então esperei até Mark cortar o bolo de Natal, e servi uma taça de vinho do Porto para cada um.

— Sabe, Peter, quando recebemos o resultado do teste de DNA, havia um registro da sua filha, mas você nunca chegou a falar nela...

— Não tenho filha — respondeu ele.

Abri o laptop e mostrei a ele o site, onde estava muito claro:

P.G. [as iniciais dele]
Amanda Heron
Pai/Filha 50% de DNA compartilhado

Cliquei no nome de Amanda Heron. Ela havia nascido em 1996.

— Você definitivamente tem uma filha de 23 anos. Você não falou que não tinha nenhum relacionamento, nem namorada?

Ele virou a taça de Porto e serviu-se de mais, e o silêncio se prolongou.

— Peter? — perguntou Mark. — Que história é essa? Você sabia dela?

— Eu nunca soube o nome dela — respondeu ele. — Eu tive alguns encontros corriqueiros, e uma dessas mulheres apareceu e me disse que estava grávida, mas eu não acreditei nela, ou, no mínimo, achei que qualquer um podia ser o pai. — Ele falou o tempo todo olhando para o chão, envergonhado, acho.

Fiquei perturbada. Ele não era assexual como eu. Tina havia me dito que eu não podia questionar Peter sobre esse assunto. A vida sexual das pessoas era algo privado, insistira ela.

— Os meus... encontros... envolviam muita embriaguez. Eu nunca consegui falar com uma mulher quando estava sóbrio — explicou Peter.

— Bom, acho que você tem mais familiares do que imaginava — comentou Mark —, mas vamos dar um passo de cada vez. Deve ser muita coisa para absorver agora.

Peter fez que sim com a cabeça, e, quando ergueu os olhos, eles estavam cheios de lágrimas. Essa era outra diferença entre nós. Ele chorava. Eu, não.

— Acho que ela deve ter se saído melhor sem mim. Não sou bom com as pessoas, principalmente com estranhos.

— Mas talvez ela queira te conhecer — insistiu Mark.

— Eu não ia ser um bom pai, está tarde demais para mim. Nem lembro quem é a mãe. — Ele não estava interessado na filha. Mark queria mais respostas do que eu, mas eu pedi que ele saísse.

Nas semanas seguintes, notei que Peter era tão antissocial quanto eu. Eu entendia. Ele parecia muito sozinho no mundo, mas nunca foi agressivo nem ameaçador de forma alguma.

Pedi a ele que fosse a uma consulta de Tina comigo, mas ele não quis. Peter sempre dava uma desculpa para ficar no quarto quando eu recebia visitas e se recusava a sair comigo quando um dos meus amigos me convidava. Falamos para todo mundo que ele era primo do Mark, meu primo de segundo grau, e que estava de visita da Austrália, o que era quase verdade. Não queríamos falar da Nova Zelândia, porque muitos dos meus amigos sabiam que eu andara recebendo correspondências estranhas da Nova Zelândia. Mas não despistamos todo mundo. Angela me perguntou se tinha alguma coisa acontecendo entre a gente.

— Entre quem?

— Entre você e aquele sujeito australiano. Ele é seu namorado?

— Não. Você sabe que eu não namoro. — A ideia me deixou horrorizada, mas jurei que ia manter em segredo que Peter era meu irmão.

— Não é normal você receber um homem estranho na sua casa.

Sue falou a mesma coisa. E era definitivamente estranho, embora Peter e eu gostássemos um do outro. Ele acordava muito cedo e saía para caminhar, ficando fora por horas, então voltava na hora do jantar. Mantivemos o revezamento do banheiro. E não entrávamos no quarto um do outro em hipótese alguma. Peter só tomava banho dia sim, dia não, embora meu banheiro fosse lindo. Eu não conseguia entender aquilo. Pouco depois de chegar, ele parou de fazer a barba e ficou com uma aparência um tanto desleixada. A conversa era forçada na maioria das vezes. Ele não parecia gostar quando eu tocava piano. Sempre que eu começava, ouvia a porta da frente bater. Era grosseiro. Mas a casa era minha, e, se eu quisesse tocar piano, ia tocar piano.

Mas continuamos conversando. Por que meu pai biológico resolveu ficar com Peter e me abandonou? Peter descreveu um pai amoroso, benevolente, tolerante, inteligente e trabalhador, e, no entanto, nós dois sabíamos o que ele tinha feito com a minha mãe e como ele havia manipulado Peter.

O mais difícil para Peter foi descobrir que minha mãe não tinha falado da sua existência. Demos a ele as fitas e os arquivos, mas não a fita em que ela dizia: "Não importa. Eu não queria ele." Ele leu tudo e ouviu todas as gravações.

— Ela era louca — comentou ele.

— É, foi o seu pai amoroso que a enlouqueceu. — Mark estava cada vez mais irritado com a forma como Peter defendia Conor Geary. — E quanto a outros "relacionamentos"? — perguntou Mark.

— Como assim?

— Como assim que você morou lá com ele por cinco anos. Ele teve acesso a outras crianças? Você não ficou preocupado que ele pudesse sequestrar outra menina?

— Eu só descobri realmente o que tinha acontecido com a minha mãe um pouco antes de ele morrer. Brigamos por causa disso.

Mas meu pai só atendia pacientes adultos. Na Nova Zelândia, a odontologia infantil é subsidiada pelo governo, mas paciente adulto é mais lucrativo, e até o recepcionista que ele contratou para o consultório era homem, o que não era comum. Ele nunca foi atrás de outra criança. Tenho certeza disso.

— Acho estranho um pedófilo que foi tão ativo simplesmente parar e mudar de vida, principalmente tendo escapado... Talvez ele tenha dado um jeito de esconder de você.

Peter desviou o olhar.

— Olha, eu sei que você não gosta que eu o defenda. Eu acho que ele nunca foi atrás de mais nenhuma outra criança. Mas ele era um misógino. Sempre se referia às mulheres como burras, feias ou cheias de opinião. Ele não gostava delas, isso é certo.

— Sabe — acrescentei, com cuidado —, acho que Conor Geary pode ter sido traumatizado pela mãe quando era novo.

— Ah, é? — questionou Peter. — Eu perguntei uma ou duas vezes sobre os pais dele. Eu tinha curiosidade sobre os meus avós, sabe? Ele ficava quieto e mudava de assunto.

— Por que você acha isso? Da mãe dele? — perguntou Mark.

— Foi uma coisa que a irmã dele falou.

— A irmã dele? — perguntou Peter. — Quer dizer que eu também tenho uma tia?

— É, desculpa, eu devia ter falado antes. Ela morreu há alguns meses. Só a vi uma vez, com a tia Christine, depois que saí nos jornais. Ela entrou em contato. Não sei por quê. Estava angustiada. Acho que Conor Geary arruinou a vida dela também.

— O que ela falou da mãe deles?

— Foi um comentário meio espontâneo, mas pensei muito nisso. Ela disse que o pai morreu quando eles eram novos e que a mãe esperava que Conor assumisse o lugar dele em todos os sentidos. Ela disse que era perverso. Foi o jeito como ela descreveu tudo.

— Meu Deus — exclamou Mark.

Peter ficou em silêncio por um momento.

— Ela era… normal?

— A Margaret? Acho que era. Mas acho que só se encontrou comigo por obrigação, sabe?

— Você não sente nada… em relação à morte dela? Você nunca falou nisso antes — comentou Mark.

— E por que eu deveria? Só vi a mulher uma vez. Ela parecia simpática. Não é incrível como dois irmãos podem ser tão diferentes?

Peter olhou para mim.

— Nós somos diferentes.

— Não tão diferentes assim. Há dois anos, eu fingia que era surda para evitar falar com as pessoas.

Ele sorriu.

— Boa ideia.

Numa outra noite, Peter contou sobre as duas noites que passara no quarto com Denise. Mark queria saber todos os detalhes, mas Peter achava que tinha apenas 7 anos na época. Não lembrava muito bem. A única memória que tinha era que ela parecia aterrorizante e em estado avançado de gravidez. Mark insistiu por mais informação, mas as únicas outras coisas de que Peter se lembrava eram que ela não parecia ter nenhum dente na frente e que estava com dor. Ela parecia velha para o jovem Peter. Quando a internet surgiu e ele pôde pesquisar, ficou chocado ao descobrir que nossa mãe tinha apenas 19 anos na época.

Entrei em contato com a polícia e pedi Toby de volta, o meu ursinho de pelúcia. Eles concordaram, dizendo que não tinha mais utilidade no caso. Agora que eu sabia que fora Peter que o enviara para mim, fiquei feliz por tê-lo de volta.

*

Lá para meados de janeiro de 2020, Peter tornou-se triste e quieto. Praticamente parou de falar. Quando pedi que explicasse o que havia de errado, ele disse algo sobre saudade do verão, no hemisfério sul. Perguntei se tinha intenção de ficar na Irlanda, se ia procurar um emprego, com a experiência e as qualificações dele. Ele admitiu relutante que não sabia o que fazer. Eu me ofereci para ensiná-lo a tocar piano, mas ele gritou comigo.

— Não dá pra resolver tudo tocando piano, Mary.

Levei um susto. Ele bateu a porta atrás de si e foi embora, me deixando chateada e gritando:

— Meu nome é Sally!

Não quis contar para Mark, porque acho que ele não confiava totalmente no Peter. Depois, quando Peter voltou, foi direto para o quarto. Na manhã seguinte, murmurou um pedido de desculpas. Pensei em todos os mecanismos de defesa que Tina havia me ensinado. Disse a ele com toda a calma que eu precisava ser respeitada na minha própria casa, que eu também estava lidando com a raiva e que, se ele não fizesse terapia, ia ter que sair da minha casa.

Passamos semanas cautelosos um com o outro. Ele continuou fazendo promessas de que ia procurar um psicólogo, mas, quando eu pedia mais detalhes, me dava um gelo. Embora eu me importasse com ele, Peter me enfurecia. Tina disse que isso era normal entre irmãos.

Finalmente percebi o que tinha que fazer com o dinheiro da venda da casa de Conor Geary que estava na minha conta bancária. A herança era de Peter também, embora Margaret nunca tenha tomado conhecimento dele. Peter tinha direito a metade do valor da casa. Quando, um dia, ele me pediu um empréstimo, contei tudo.

— Você pode recomeçar, Peter, aqui na Irlanda. Você pertence a esse lugar — disse, quando comecei a explicar de onde vinha o dinheiro. — Você pode comprar uma casa confortável aqui no vilarejo, e daria para abrir seu próprio negócio também. Mas você não precisa trabalhar, se não quiser.

— Não estou entendendo — disse ele.

— Essa é a sua parte da herança da venda da casa do seu pai.

— Como assim?

— A Margaret deixou aquela casa para mim, no testamento.

— Você vendeu a casa? — Ele levantou a voz.

— É, mas estou te dando metade do valor obtido com a venda.

— Se eu soubesse... Não teria vendido. É o único lugar onde me senti em casa. Eu morei lá com o meu pai, feliz, até você aparecer.

— Tina teria dito que a raiva dele era irracional. Eu não sabia que Peter existia quando vendi a casa.

— Mas a sua mãe estava acorrentada a uma parede, você nunca a via. Você nunca me via.

Ele não respondeu.

Peter ficou ainda menos comunicativo comigo do que antes, mas lidou com o dinheiro de forma muito pragmática, afinal, trabalhava no setor bancário, então sabia o que estava fazendo. Ele sugeriu que eu transferisse o dinheiro para criptomoeda, pois ainda não tinha como abrir uma conta na Irlanda. Garanti a ele que podia lhe dar quanto ele quisesse em dinheiro vivo até que regularizássemos sua cidadania e identidade, mas ele tinha medo da publicidade que inevitavelmente se seguiria se a imprensa desconfiasse de que o infame Conor Geary tinha um filho vivo na Irlanda. Eu entendi. Seria impossível manter uma história daquele tamanho em segredo.

Eu não sabia nada sobre bitcoin, mas Peter já tinha uma conta. Tudo o que eu precisava fazer era ir ao banco e pedir que fizessem a transferência. O banco fez uma confusão, e chamaram o gerente para vir conversar comigo. Ele tentou me convencer de que a minha transação era pouco ortodoxa. Lembrei a ele que não era ilegal e que o dinheiro era meu.

No dia seguinte à transferência do dinheiro, Peter disse que queria viajar pela Irlanda por um tempo. Achei uma boa ideia. Tínhamos passado quase dez semanas juntos e, por mais que eu tivesse gostado de conhecer meu irmão, sua resistência a qualquer mudança ou progresso me frustrava. Tenho certeza de que eu era tão ruim quanto ele antes da terapia, mas fazia um esforço com as pessoas quando Angela me pedia. Ele não movia uma palha.

Estranhamente, ele não se despediu. Quando acordei na manhã seguinte, ele tinha ido embora. Na noite anterior à sua partida, eu estava tocando piano quando ele chegou de uma de suas caminhadas. Peter falou:

— Meu pai tocava piano, sabia? Quando a gente morava aqui, na Irlanda. Ele era tão bom quanto você. Sinto muito, mas não suporto o som.

Fechei a tampa.

Ele deixou o quarto limpíssimo, embora eu tenha achado estranho que tivesse levado todos os pertences. Ele também levou o Toby. Fiquei chateada com isso.

Mark achou o desaparecimento súbito, sem despedidas, muito alarmante. Eu não tinha contado para ele sobre o dinheiro.

Como de costume, defendi Peter.

— Ele foi viajar. Dava para ver que tudo era demais para ele. Talvez esteja procurando um lugar para morar. O visto de férias acaba no fim do mês. Ele vai procurar a polícia em breve. Acho que decidiu ficar na Irlanda. Espero que seja isso.

Eu via muito de mim mesma nele. Estava cheia de carinho por ele. Talvez eu amasse meu irmão mais velho.

Liguei algumas vezes para Peter, mas ele nunca atendia. Mark ficou mais preocupado.

Uma semana depois, recebi uma mensagem de Peter.

"Mary, pensei muito. Eu não me encaixo aqui e não me sinto como seu irmão nem como sobrinho do Mark, por mais que tenha tentado. Estou no Aeroporto de Dublin. Vou voltar para a Nova Zelândia. É melhor para todo mundo se não mantivermos contato. Não quero magoar você e sou grato pelo dinheiro. Vou fazer bom uso dele. Desejo a você e ao Mark tudo de bom. Você se saiu muito bem. Eu não tenho a cabeça boa e nenhuma terapia vai dar um jeito em mim. Estou melhor sozinho."

Arranquei chumaços de cabelo e gritei até Martha vir correndo do outro lado da rua.

53

Peter, 2020

Quando Mark falou "casa", imaginei uma casinha com um quarto só e teto de palha, igual aos cartazes de turismo da Irlanda que eu via na Nova Zelândia, e, embora a casa tivesse um telhado de ardósia e uma fachada razoavelmente estreita, por dentro era tudo novo, moderno e limpo. Havia um córrego que cruzava a propriedade de um lado a outro debaixo de placas de vidro. Nunca tinha visto nada igual. Mary não era como eu esperava. Ela me encarava nos olhos até eu desviar o rosto. Não sabíamos o que dizer um para o outro, então ela apertou minha mão, foi para outra sala e tocou piano. Aquilo fez com que eu me lembrasse do meu pai quando eu era pequeno, trancado naquele quarto, ouvindo a música que ele tocava. Mark me disse que era o choque, que ela ficaria bem em poucos minutos. Ele parecia estar confortável ali. No caminho até o vilarejo, havia apontado o apartamento onde morava, mas Mark e Mary pareciam próximos, acho que como uma família deveria ser.

Comemos sanduíches e tomamos chá e, depois, tomamos vinho e comemos massa. Eu não estava acostumado a falar tanto, mas eles tinham milhões de perguntas, sobre Denise, sobre como Mary era quando era criança. Ela ficava me corrigindo: "Meu nome é Sally." Eu sempre errava, mas acabei me acostumando. Foi um alívio quando eles finalmente disseram que tinham chamado um táxi para me levar para o hotel na cidade vizinha. Eu estava exausto de tanta conversa e de ter que esconder tanta informação. Eu tinha que tomar muito cuidado com o que dizia e com o que não dizia.

No hotel, dormi bem. No albergue em Dublin, eu quase não sonhara, e achei que era um sinal de que finalmente tinha encontrado meu lugar, mas, depois de passar a noite com Mark e Sally, todos eles voltaram para me assombrar, Lindy, Rangi e meu pai.

Sally veio me buscar no dia seguinte, e nós fomos a uma cafeteria no vilarejo dela. Desta vez, fiz a ela a pergunta que mais me incomodava. Por que ela não se lembrava de mim? A nossa mãe não tinha contado sobre mim para ela? Ela explicou alguma coisa sobre o pai psiquiatra tê-la medicado. Ela não tinha memórias da nossa mãe. Fiquei aliviado e com inveja. Aliviado por ela não saber o que eu tinha feito com nossa mãe, mas com inveja por ela poder esquecer tudo. Tinha tanta coisa que eu queria esquecer. Ela perguntou do nosso pai, e vi que estava chateada por ele ter nos tratado de forma tão diferente. "Ele odiava as mulheres" foi a única explicação que pude dar. Parecia inadequado, mas era a única coisa que eu podia dizer.

Na semana seguinte, passamos muito tempo juntos e com nosso tio Mark. Eu gostava dela. Ela dizia as coisas mais estranhas às vezes. Queria que eu fizesse terapia, mas eu tinha medo de que alguém enxergasse dentro da minha cabeça. Sally era a única mulher com quem eu tinha conversado direito desde Lindy e, quando ela me convidou para passar um tempo em sua casa, fiquei aliviado. Vi que estava satisfeita comigo. Sally parecia ter muito dinheiro, mas não era da minha conta de onde isso vinha. Ela queria que eu conhecesse todos os amigos dela, mas fingia que eu era um primo. Eu não conseguia fazer aquilo. Tinha tantas mentiras para administrar que não conseguia lidar com mais nada.

Por mais que gostasse dela, não podia deixar de sentir inveja. Ela tinha crescido com uma mãe e um pai, estudado, praticado esportes, coisas que me foram negadas. E, segundo seu próprio relato, havia desperdiçado todas essas oportunidades para viver de forma solitária até recentemente. Agora, tinha amigos, agora, tinha uma espécie de trabalho, tocando piano. Eu não tinha ninguém na vida, exceto ela, e nunca ia poder ser completamente honesto com ela.

A conexão pela qual eu ansiava não estava na Irlanda. Nem Sally nem meu tio Mark podiam me oferecer o que eu desejava. Ela ficou muito feliz de me receber, Mark, nem tanto, mas eu não conseguia relaxar. A tensão na minha cabeça nunca se dissipou, nem por um momento. Eu precisava de Lindy, ou de alguém como ela.

Eu entrava em contato com o trabalho regularmente pelo meu laptop e dizia que estava cuidando dos meus problemas de saúde. Eles me conheciam bem o suficiente para não pedir mais detalhes. Surgiram vários problemas com os quais eu podia lidar à distância, muitas vezes no meio da noite. Eu tinha que continuar recebendo meu salário até descobrir o que ia fazer. Não podia ficar com Sally indefinidamente, mas será que podia ficar na Irlanda? Ou era melhor voltar para casa, na Nova Zelândia? Onde era a minha casa?

No almoço de Natal, Sally mencionou Amanda Heron. Não tinha me ocorrido que ela pudesse aparecer no site de ancestralidade. No começo, neguei que sabia de sua existência, mas Mark ficou tão desconfiado que menti e disse que tivera uns casos corriqueiros. Eles me mostraram o site. Lá estava ela, a bebê que eu tinha ajudado a nascer, "50 por cento de DNA compartilhado". Disse a eles que não queria saber. No site, minhas iniciais ligadas a ela eram P.G. Isso, pelo menos, era de algum consolo. Se alguém fosse procurar, minhas iniciais na Nova Zelândia eram S.A. Mark e Sally não tinham fornecido mais informações ao site, nem mesmo suas datas de nascimento.

Mas eu tinha subestimado os amadores do podcast. No dia 12 de janeiro, recebi um e-mail.

Prezado Steven Armstrong,

Peço desculpas por incomodar novamente. Por processo de eliminação, acreditamos que você seja filho de Conor Geary, também conhecido como James Armstrong.

Recentemente, vieram à tona algumas informações que fizeram com que nos concentrássemos mais particularmente no seu pai. Não conseguimos encontrar uma certidão de nascimento dele neste país, nem há qualquer registro de que um James Armstrong tenha estudado odontologia na Irlanda nos anos em que ele poderia ter se formado lá. Acreditamos que o certificado dele seja falso.

Conversamos com um policial aposentado que conheceu James Armstrong quando ele acompanhou uma mulher à delegacia, para relatar o desaparecimento do sobrinho adolescente dela, Rangi Parata. Parata se afogou num lago a poucos quilômetros da sua casa, em Rotorua. Acredito que ele era seu vizinho, não? As circunstâncias da morte dele não foram consideradas suspeitas na época, mas, à luz dos acontecimentos recentes, ficamos na dúvida se o seu pai não poderia estar ligado não só ao sequestro de uma menina na Irlanda, mas também ao afogamento de Rangi Parata e, potencialmente, ao desaparecimento de Linda Weston.

Outra coisa. Como o senhor sabe, o podcast era originalmente sobre o desaparecimento de Linda Weston, em 1983, e a busca de Amanda Heron para descobrir o que aconteceu com sua mãe. Nas últimas semanas, o pai biológico de Amanda apareceu em um site de ancestralidade. Não sabemos nada sobre ele, a não ser suas iniciais — PG — e o fato de que o DNA dele demonstra que ele é 98 por cento descendente de irlandeses.

Sabemos que James Armstrong não pode ser o pai de Amanda, porque ele morreu 11 anos antes de ela nascer. Mas ele morava em

Rotorua na época em que Linda desapareceu. Ele era vizinho de Rangi Parata. Até onde sabemos, ele passou um tempo na Irlanda, e também trabalhou como dentista durante cinco anos em Rotorua. O homem procurado na Irlanda era dentista e pai de uma criança, Mary Norton, filha da menina que ele sequestrou lá.

Sei que é muita informação para absorver e peço desculpas por apresentar fatos que podem ser tão perturbadores.

Seria possível que você também tivesse sido sequestrado? Nós realmente gostaríamos de obter o máximo de informações possíveis sobre o seu pai. Isso tudo pode ser um mal-entendido, mas adoraríamos poder esclarecer os fatos, com a sua ajuda.

Sei que, neste momento, você está de licença do Banco Nacional de Aotearoa e, compreensivelmente, não podemos obter qualquer informação sobre o local onde mora ou mesmo seu número de celular. Se estiver monitorando seu e-mail, entre em contato assim que possível. Todos os meus contatos estão no alto deste e-mail.

Ngā mihi,
Kate Ngata

Fiquei olhando para a tela do computador, lendo e relendo o e-mail. Os amadores estavam muito mais perto da verdade do que a polícia. Kate Ngata não falou que iria levar essas novas informações à polícia, mas com certeza era só uma questão de tempo até isso acontecer, não?

Olhando superficialmente o site da Hoani Mata Productions, vi que se tratava da operação de apenas uma mulher. Mas Kate era obviamente inteligente. Ela tinha encontrado um policial aposentado de Rotorua e sabia que nós éramos vizinhos de Rangi.

Senti um aperto na garganta. Estava cercado. Eu precisava decidir o que fazer. O que Sally diria se eu contasse que meu pai tinha sequestrado Lindy? Eu podia mentir e dizer que ela tinha escapado, que eu nunca soube o que acontecera com ela. Sally talvez acreditasse. Ela parecia aceitar as coisas como um fato, mas Mark sempre suspeitava de mim. Era óbvio que ele não confiava em mim e nunca acreditou que meu pai tenha deixado de ser "um pedófilo ativo" no dia em que foi embora da Irlanda. Eles iam me obrigar a ir à polícia. Eu não podia deixar isso acontecer.

Uma semana depois, respondi ao e-mail de Kate. Tinha que despistá-la e ganhar tempo.

Prezada Kate,

Obrigado pelo e-mail. Estou longe de Wellington no momento, tratando de uma questão médica pessoal.

Estou chocado com essas informações. Mas, infelizmente, você localizou a pessoa errada. Meu pai certamente não estava ligado à morte nem ao desaparecimento de nenhuma dessas crianças. Ele sempre se chamou James Armstrong e tenho uma cópia da certidão de nascimento dele em casa. Eu era muito novo quando morei na Irlanda e tenho boas lembranças da minha mãe. Eles foram muito felizes juntos. Morávamos em Donegal, no noroeste da Irlanda. Eu era filho único. Na verdade, minha mãe morreu no parto, junto com meu irmão mais novo, seis anos depois que nasci.

Quando voltamos para a Nova Zelândia depois da morte da minha mãe, realmente compramos uma casa vizinha à de Rangi Parata. Lembro-me da época em que ele desapareceu. Posso confirmar que meu pai levou a tia dele à delegacia. Até onde sabíamos, Rangi se afogou porque estava bêbado. Não foram encontradas latas de cerveja vazias nas proximidades? Eu não o conhecia muito bem.

Quanto a Linda Weston, lembro que essa história tomou conta do noticiário por muito tempo. Mas ela desapareceu no lago Rotorua perto do Natal daquele ano, quando meu pai e eu estávamos de férias em Wanaka, na Ilha Sul. Não lembro o nome do hotel onde ficamos, mas tenho certeza de que isso também pode ser verificado. Qualquer um dos antigos pacientes do meu pai se lembraria que ele tirava duas semanas de folga todo Natal e que viajávamos juntos pelo país.

Podemos nos encontrar depois que meu calvário médico terminar, mas isso deve levar pelo menos um ou dois meses. Lamento que a sua pesquisa a tenha levado à pessoa errada e desejo sucesso na sua busca.

Atenciosamente,

Ngā mihi,

Steven Armstrong

Mais uma vez, minha liberdade estava em jogo. Apresentei apenas fatos vagos, sem muitos detalhes, difíceis ou até impossíveis de serem verificadas, pois quase ninguém manteria registros de 1983, certamente não digitais. Fiz meu "calvário médico" soar como uma batalha contra o câncer, para ela não se sentir inclinada a continuar me assediando, sobretudo quando eu estava sendo tão categórico que ela estava errada. Tive o cuidado de bloquear meu endereço de IP, para ninguém descobrir que eu estava na Irlanda.

Mas ela era obstinada. Eu não sabia se ela ia aceitar como verdade o que eu estava falando. Ela podia pedir para ver a certidão de nascimento do meu pai. Mas, por causa do meu trabalho, eu sabia que dava para conseguir quase qualquer coisa na dark web, inclusive uma certidão de nascimento falsa. Ela não parecia desconfiar de mim, mas será que aquilo tudo era um estratagema? Será que ela estava fingindo estar preocupada com a possibilidade de eu ter sido sequestrado? Será que suspeitava que eu era irlandês e que era pai de Amanda? Se eu me envolvesse naquilo, ela sem dúvida iria me pedir que fizesse um teste de DNA, e isso ia ser mais difícil de evitar. Pensei em procurar um passaporte novo na dark web, com um nome diferente, outra nacionalidade. Baixei o navegador Tor e passei o resto do dia pesquisando sites, chocado com o que encontrei à venda. Alguns usuários alertaram que o FBI estava em toda a dark web, mas o foco era tráfico de drogas, armas e pessoas.

Presumi que Kate iria mandar um pedido de desculpas no dia seguinte, quando já tivesse amanhecido na Nova Zelândia. E recebi uma resposta, mas não foi tão pesarosa quanto eu esperava, e veio quase cinco semanas depois, período durante o qual mal dormi e acabei perdendo o apetite.

> Prezado Steven Armstrong,
> Lamento saber que está passando por problemas de saúde e desejo uma rápida recuperação. Espero que não se importe, mas tenho apenas algumas perguntas muito simples. Onde e quando na Nova Zelândia você nasceu? Sabe o nome do hospital? Essa informação seria realmente útil para a minha pesquisa.
> *Ngā mihi,*
> Kate

Ela não tocou em nenhum dos meus álibis. Talvez ainda achasse que eu tinha sido sequestrado, mas, pelo e-mail sucinto, me convenci do contrário. Não respondi.

Fui para a dark web e pesquisei como conseguir uma nova identidade. Era muito mais caro do que eu imaginava, 170 mil dólares neozelandeses ou cem mil euros. Talvez eu conseguisse pagar se arrumasse um empréstimo com Sally, mas não ia me sobrar mais nada. E não dava para vender a casa de Wellington estando na Irlanda, não sem chamar atenção. E como eu ia explicar para Sally por que precisava de dinheiro?

Esse tempo todo, Sally seguiu tocando a vida. Mark vinha jantar duas vezes por semana. Ela queria desesperadamente que eu conhecesse seus amigos, principalmente a irmã da sua mãe adotiva, Christine. Eu me calava toda vez que ela tocava no assunto.

Mark continuou fazendo perguntas inconvenientes. Ele estava muito ansioso para irmos todos à polícia, para que eu explicasse tudo, pelo menos tudo o que ele sabia. Eu tinha certeza de que era só uma questão de tempo até ele próprio chamar a polícia.

Um dia depois de receber o e-mail de Kate pedindo detalhes sobre meu nascimento, perguntei a Sally se ela podia me emprestar algum dinheiro. Nem precisei falar o valor, porque ela começou a explicar sobre a casa do meu pai em Dublin, que ela tinha herdado e vendido. Ela disse que eu tinha direito a metade do valor da venda. Fiquei irritado por ela ter ficado quieta a respeito do dinheiro esse tempo todo e não ter falado nada. E me espantei ao descobrir que minha parte da casa valia mais de um milhão de euros. Mais do que o suficiente para recomeçar em outro lugar e comprar minha nova identidade.

Fiz questão de receber o dinheiro em criptomoeda. Assim que foi transferido, deixei Carricksheedy, dizendo que iria viajar por uma ou duas semanas. Saí antes de ela acordar naquela manhã, a fim de evitar o que eu sabia que seria uma despedida final. Fiquei num bom hotel em Dublin. Meu passaporte novo, juntamente com minha carteira de motorista da Califórnia e o número de segurança social, chegou pelo correio em quatro dias. Desta vez, eu era americano e me chamava Dane Truskowski. Peguei um avião para Londres sem problemas. No Heathrow, olhei para todos os destinos no painel de embarques. Coloquei uma encomenda no correio. Mandei uma mensagem de despedida para Sally. Para onde eu podia ir? Para qualquer lugar.

54

Sally

Eu não podia contar para Martha o que tinha acontecido. Ela tirou minhas mãos do cabelo e perguntou se eu estava machucada, e respondi que não. Admiti que sofrera um choque. Ela me fez uma xícara de chá e tentou passar o braço em volta de mim. Fui até o piano e tentei tocar um pouco de Einaudi, mas meus dedos se recusavam a cooperar.

— Eu o amava. — Era tudo o que eu conseguia dizer.

— Quem?

— O Peter.

Segurei a caneca com as mãos trêmulas.

— O cara estranho que ficou hospedado aqui com você?

— Ele não é estranho. Você não...

— Ele era seu namorado? Tem um tempo que não o vejo.

— Não! — gritei com ela. — Ele não era meu namorado. E ele não é estranho.

— Calma, Sally.

— Por que você acha que ele é estranho? Por que você julga todo mundo de acordo com a sua vidinha perfeita? Você também me achava estranha até me conhecer. Você nem conhecia o Peter. Como você tem coragem de falar isso, Martha?

— Vidinha perfeita? Você não sabe do que está falando. E aquele cara? Apesar de você ter apresentado ele pra mim e pra um monte de gente, ele nunca cumprimentava ninguém na rua. Nem respondia quando a gente dizia oi. Ninguém acredita que ele seja primo do Mark. Quem é ele, Sally?

Quando me recusei a contar ou a explicar por que estava gritando, ela disse que não tinha como me ajudar.

— Se ele era seu namorado e te deixou, melhor assim. Ele não é bom pra você. Você não guardava segredos da gente antes de ele chegar. Espero que ele nunca mais volte.

— Sai, Martha, eu não te chamei aqui! — gritei com ela.

Ela parou a caminho da porta.

— Sabe, eu fiz todo tipo de concessão por você, Sally. Te recebi na minha casa e deixei você entrar na vida dos meus filhos. Mas a sua infância trágica e a sua educação estranha não são desculpa pra você ser uma escrota! — Ela bateu a porta ao sair.

Eu não queria ver Mark. Sabia que ele ia ficar bravo. Decidi ver tia Christine, em Dublin, e contar tudo para ela. Ainda não conseguia dirigir até a cidade pela rodovia. Peguei o trem noturno para Dublin sozinha, e tia Christine me buscou na estação. A viagem para mim foi o limite do suportável. Havia estranhos sentados do meu lado e na minha frente, mas fiquei olhando pela janela, para os campos verdes, e fingi que era surda.

No carro de tia Christine, comecei a contar a história de Peter, mas ela pareceu chocada com a notícia e me pediu que esperasse até chegarmos em casa. Quando estávamos sentadas, com um bule de chá, comecei a contar quem era Peter.

— Ai, meu Deus — exclamou ela. — Acho que a Jean sabia.

— Como assim?

— Ela desconfiava de que tinha outra criança. Ela sempre dizia que não fazia sentido a Denise não te soltar, se você tinha um quarto para você na casa de Killiney. Ela disse que a Denise insistia que você sempre dormisse com ela, mas sabíamos que tinha aquele quarto ali do lado.

— O quê? Mas por que essa informação não aparece em nenhum lugar nos registros do meu pai?

— Ele não pensava a mesma coisa. A Denise se recusava a responder se tinha outro filho. O Tom disse que, se ela tivesse tido um filho, estaria se esgoelando por ele também.

— Se esgoelando?

— Olha, Sally, eu fiquei muitos anos quieta, mas o seu pai era um tirano às vezes. E era também meio misógino. As opiniões da Jean nunca tinham tanto valor quanto as dele. Eu preciso te contar uma coisa. Tentei ser honesta com você até onde pude, mas não tem mais necessidade de eu esconder nada de você. Não estou dizendo isso pra te machucar, mas você precisa saber a verdade.

— Que verdade?

— A verdade sobre a Jean e o Tom, os seus pais.

— Fala.

— A Jean era muito mais inteligente do que o seu pai. Ela discordava completamente da maneira como ele te tratava. Ela dizia que ele nunca te viu como uma filha, mas como uma paciente. Ele fazia experiências em você, tentando tratamentos e remédios diferentes, avaliando tudo. Quando você terminou a escola, a Jean foi categórica dizendo que você devia fazer faculdade. Você era inteligente e podia ter estudado qualquer coisa, música, lógico, mas ela achava que você seria uma boa engenheira também. Você tem uma mente muito matemática. Você não queria fazer nada.

— Eu lembro.

— Mas foi muito ruim pra você, o Tom insistindo pra vocês se mudarem pra um lugar ainda mais remoto, vivendo cada vez mais isolados. A Jean estava desesperada pra você conhecer outras pessoas. Não importa o quanto você tenha resistido, hoje você deve entender que teria sido melhor.

— Talvez.

— O Tom discordava. Ele queria que você fizesse exatamente o que você queria, para que ele pudesse te estudar. A Jean estava a ponto de se separar quando teve um derrame.

— O quê?

— Ela sofria de pressão alta, e o estresse de brigar com o Tom e com você sobre o seu futuro era demais para ela. Ele não era... gentil com ela, Sally. Graças a Deus, você nunca viu esse lado dele. Ela tinha planejado abandoná-lo, mas não sabia se você iria com ela. Você já tinha mais de 18 anos na época, era tecnicamente uma adulta. Acho que ela nunca discutiu isso com você, né?

— Não, eu me lembraria disso. Mas, no fim de semana antes de ela morrer, ela queria que eu viesse te visitar com ela. Então isso...

— Ela sabia que você não gostava de mudança e tinha planejado se mudar gradualmente.

— Mas aí ela teve um derrame?

— Foi.

— Por que você está me contando isso, tia Christine?

— Porque não quero ir pro túmulo guardando segredos que são mais da sua conta do que da minha. O jeito como ele tratava a sua mãe biológica, bom...

— O que você está querendo dizer?

— Se o comportamento da Denise não condizia com a interpretação dele, o Tom ignorava e a chamava de histérica. Tinha aqueles soldadinhos de brinquedo...

— Que soldadinhos de brinquedo?

Tudo o que você e a Denise tinham foi levado para o Hospital St. Mary, onde vocês ficaram morando. Não era muita coisa. Você não tinha brinquedo nenhum, só aqueles soldadinhos. A Denise disse que não eram seus. A Jean perguntou de quem eram, mas ela ficou quieta. Quando a Jean perguntou pra polícia, disseram que os soldados tinham sido encontrados embaixo da cama do quartinho branco.

— Por que você não me falou isso antes?

— De que adiantava contar uma coisa que não fazia sentido? Não pensei nisso até aquele ursinho de pelúcia chegar. Foi o seu irmão que mandou pra você? Ele dormia no quartinho branco, Sally?

— Foi. — Peter tinha levado Toby com ele quando foi embora. Eu não podia imaginar o que ele queria com o urso.

— Que homem perverso e estranho, separar mãe e filho, irmão e irmã, e deixar os dois vivendo em quartos lado a lado. Você gostou dele, do seu irmão?

— Do Peter? Gostei, de verdade. Eu o entendi. Ele passava a maior parte do tempo de mau humor e quieto, mas acho que teve muita coragem para entrar num avião e atravessar o mundo para vir me dizer a verdade. Acho que ele foi muito corajoso. Estou muito chateada que ele tenha ido embora.

Senti um estremecimento no peito, como se todo o ar estivesse sendo espremido. Comecei a chorar de verdade pela primeira vez em que me lembrava. Tia Christine me abraçou, e pousei a cabeça em seu ombro magro, e foi como se toda a tristeza que eu deveria ter sentido por décadas tivesse brotado na mesa da cozinha dela. Ela acariciou a minha cabeça e me acalentou, como uma mãe faz com seu neném.

Ela queria saber por que ele não tinha ido à polícia, e expliquei sobre sua ansiedade, o isolamento social, o medo de estranhos, a lavagem cerebral que meu pai biológico fez nele durante anos. Ela queria saber se ele tinha tido sucesso na vida, pelo menos profissionalmente.

— Teve — respondi. — Ele era chefe de cibersegurança na sede de um banco. Acho que provavelmente vai voltar pro trabalho.

— Então ele está bem financeiramente?

— Ah, com certeza. — Contei à tia Christine sobre a morte de Margaret, a herança e falei que dividi o dinheiro com Peter antes de ele ir embora

— Calma aí — pediu ela —, quanto tempo depois de você dar o dinheiro ele foi embora?

— Logo depois. Ele fez a maior confusão por causa do dinheiro, e eu tive que transferir em criptomoeda.

— Então, espera, ele veio, ficou dois meses, você deu um milhão de euros pra ele e depois ele sumiu?

— Ele não sumiu, ele voltou pra casa. Ele disse que não se encaixava aqui.

Ela ficou quieta por alguns instantes.

— Sally, você pediu conselho a alguém antes de dar esse dinheiro pra ele?

— Não. Eu sou adulta, e o dinheiro era meu

— Você não acha que pode ser por isso que ele veio até aqui?

— De jeito nenhum. Ninguém sabia que eu tinha esse dinheiro. Eu não contei pra ninguém.

— Mas ele sabia que você não trabalhava; e sabia que você morava num lugar lindo e novo.

Fiquei chateada. Por que ela me achava uma idiota?

— Ele tinha direito ao dinheiro, tia Christine. Desde que comecei a fazer terapia, me disseram que trabalhasse minhas questões de confiança e desse mais crédito às pessoas. Agora você está me dizendo que meu pai era horrível, está insinuando que meu irmão só queria o meu dinheiro. Meu pai me amava.

— Você não falou que o Peter disse a mesma coisa do seu pai biológico?

— Você está comparando Tom Diamond com Conor Geary? — Eu podia sentir a raiva dentro de mim. Eu me levantei e a encarei do alto.

— Claro que não, eu...

— Nem se atreva a juntar os dois na mesma frase. Eles não tinham nada a ver um com o outro... — Eu me segurei, chocada pela raiva que estava tomando conta de mim novamente. Tia Christine se levantou e deu um passo para trás, posicionando-se atrás da cadeira, como se precisasse se proteger de mim.

Respirei fundo.

— Eu... vou dormir.

Tia Christine ficou calada. Eu devia ter pedido desculpas, mas ainda estava indignada com as palavras dela. Minha mãe, Jean, também foi vítima de violência doméstica, física e emocional? Aquilo era demais.

Ainda não eram 22 horas. O dia seguinte era sábado. Eu tinha que tocar em Farnley Manor

No sábado de manhã, enquanto eu tomava o café, tia Christine ficou no quarto. Fiquei angustiada e me sentei ao piano dela, mas não consegui levantar a tampa. Por fim, saí da casa sem me despedir e chamei um táxi para me levar até a estação.

No trem, meu telefone tocou. Era Angela.

— Sally, você deixou a Christine apavorada, ela acabou de me ligar aos prantos.

Não falei nada.

— Você tá me ouvindo?

— Tô — respondi.

— E aquele cara que estava com você é seu irmão? Mal acreditei no que ela me falou. Por que você não conversou comigo? E por que você não foi com ele à polícia?

— Não era da sua conta, e a tia Christine não tinha nada que ter te contado.

— Quem mais sabe disso? O Mark?

— Sim, ele é da família. É assunto nosso.

— Você devia me contar quando... Você deu um milhão de euros pra esse cara?

— E você, Angela? E a verdade que você nunca me contou?

— Do que você tá falando?

— É verdade que a minha mãe ia deixar o meu pai? Ele era violento com ela?

Ouvi-a suspirar profundamente do outro lado da linha. Eu queria desesperadamente que ela negasse. Mas ela não disse nada. Desliguei. Todo mundo no trem estava me encarando.

No táxi que peguei da estação de trem até Farnley Manor, o rádio estava ligado, e o taxista tentou conversar comigo sobre as notícias: "Primeiro caso de coronavírus confirmado na República da Irlanda. O homem, do leste do país, voltou recentemente da Itália. Logo teremos um pronunciamento do ministro da Saúde."

Cheguei ao trabalho bem a tempo. Nunca tinha precisado tanto do piano. Lucas me perguntou se eu estava bem. Acho que eu estava com os olhos inchados e muito quieta. Ele pediu um bule de café e um bolo e insistiu que eu comesse alguma coisa antes de começar a tocar, mas levei a bandeja para o piano e me obriguei a tocar. Comecei com o último movimento da Sonata para Piano n.º 14, de Beethoven, uma peça rápida e energética, e meus dedos voaram sobre as teclas num frenesi, tentando expressar a raiva por meio das mãos. Foi a primeira vez que toquei desde que soubera que Conor Geary tinha sido um pianista talentoso.

Lucas me interrompeu e pediu que eu tocasse meu repertório habitual, músicas suaves e relaxantes. A raiva tomou conta de mim. Joguei a bandeja no tapete felpudo e claro, espirrando café no sofá e nos fregueses mais próximos. Todo mundo olhou para nós. Lucas foi imediatamente até os fregueses. Fui até o vestiário dos funcionários e peguei minha bolsa e meu casaco. Chamei outro táxi para me levar para casa. Ainda bem que chegou depressa, porque, se Lucas tivesse tentado me repreender, eu sei que teria batido nele.

Chorei de novo na viagem para casa. Tentei os exercícios de respiração, tentei me colocar no lugar de tia Christine, no lugar de Angela, mas o meu eu racional perguntava por que elas não conseguiam se colocar no meu lugar. A raiva nunca era justificada?

Peguei um martelo na caixa de ferramentas e estava espatifando meu piano quando a campainha tocou. Ignorei e martelei com ainda mais força, mas então ouvi batidas fortes na janela logo atrás de mim. Eu me virei irritada para ver quem era. Mark.

— O que deu em você? Mandei mais de dez mensagens e recados de voz. Aconteceu alguma coisa? A Martha falou...

— Mark, por favor, vai embora, não quero falar com ninguém agora. Por favor?

Tentei manter a voz calma. Enquanto Mark estava parado na frente da porta aberta, uma viatura policial estacionou atrás dele. A detetive Howard se aproximou com um policial fardado. Ela estava sorrindo.

— Sally, acho que finalmente temos notícias do Conor Geary. Podemos entrar?

Ela olhou para Mark, esperando que ele fosse embora.

— Meu nome é Mark Butler, Mark Norton, sou irmão da Denise Norton, tio da Sally. Eu gostaria de ouvir o que você tem a dizer.

Howard olhou para mim.

— Eu... tudo bem por você, Sally?

Eu me sentia vazia e absolutamente exausta. Não tinha renovado minha receita de Valium, porque o remédio era viciante demais, mas precisava de alguma coisa. Dane-se o que a Tina falou. Álcool.

Deixei todo mundo entrar e servi uma dose de Jameson para mim. Mark ficou chocado ao ver o piano em pedaços, mas eu disse a ele que não estava preparada para falar sobre aquilo. Os policiais trocaram um olhar entre si.

Não ofereci nada para ninguém, mas Mark ofereceu, como se minha casa fosse dele, e começou a passar um café.

A detetive Howard começou a me dizer um monte de coisa que eu já sabia. Só que eu sabia mais. Eles tinham boas razões para acreditar que Conor Geary morrera em 1985. Ele morava na Nova Zelândia sob um nome falso. Teve um filho chamado Steve Armstrong. Mark a interrompeu e a corrigiu. Eu não disse nada enquanto Mark contava tudo a respeito de Peter e que ele tinha se hospedado nesta casa. Howard ficou espantada.

— Aqui? Quando?

— Estava aqui desde meados de dezembro, acho, até a semana passada, mais ou menos, não foi, Sally?

— O quê? Como ele entrou em contato com você?

Deixei Mark explicar tudo. Howard e o colega fizeram muitas anotações. Ela fez a pergunta inevitável do porquê não havíamos alertado a polícia. Mark disse que eu tinha insistido em dar privacidade ao Peter.

— E para onde ele foi agora?

— Foi viajar pela Irlanda. Sally está em contato com ele, não está, Sally?

Todos olharam para mim, e aí vieram as lágrimas de novo, escorrendo pelo meu rosto. Mark se aproximou e passou o braço em volta dos meus ombros.

— O que foi? O que ele fez?

Com dedos trêmulos, achei a mensagem que havia recebido dois dias antes.

Passei o telefone primeiro para Mark e depois para Howard.

Mark não disse nada, mas exalou o que achei ser um suspiro de alívio.

A detetive Howard nos pediu que fôssemos à delegacia na segunda-feira de manhã.

— Ele não é um criminoso. Ele é uma vítima, tanto quanto eu e a Denise! — exclamei.

Os policiais se levantaram para sair.

— Ele chegou a falar de alguém chamada Linda Weston, ou de Rangi Parata?

— Não. Para mim, não. Sally?

Fiz que não com a cabeça.

Quando chegaram à porta, a detetive Howard se virou e perguntou:

— Ele falou em Amanda Heron?

— Falou, é a filha dele. Fizemos testes de DNA antes de nos encontrarmos. Ele disse que não chegou a conhecê-la. Foi o fruto de uma relação casual — explicou Mark.

55

Peter, 2020

Tal pai, tal filho. Peter Geary e Steve Armstrong desapareceram. Acho que a produtora do podcast foi levada a sério pela polícia, afinal de contas.

Desembarquei em Chicago sob o nome de Dane Truskowski. Para mim, foi muito mais fácil do que para o meu pai, graças à dark web e à minha herança. Essas máscaras são uma maravilha. Voei de uma cidade a outra dentro dos Estados Unidos, mas acho que vou ficar aqui em Nutt, no Novo México. Deixei a barba crescer. Comprei uma casa. Fica numa estrada de terra que ninguém sabe que existe. Ficou abandonada por um tempo, mas a estou reformando.

Quando terminar, vou construir um celeiro lá atrás. Posso comprar material de isolamento acústico na Amazon, isso e quase todo o resto, até algemas. Entendi agora que o único jeito de fazer a conexão que busco é pegar uma mulher e mantê-la até ela se submeter. Posso esperar. Não vou forçá-la a me amar. Ainda não a encontrei. Ela não vai ser uma criança. Não sou o meu pai.

56

Sally

O país entrou em lockdown. Apesar do limite de dois quilômetros para deslocamentos, Mark e eu fomos chamados à sede da polícia, em Dublin, duas vezes.

O coronavírus tirou quase todas as histórias de circulação, então muito pouco foi dito na imprensa sobre a descoberta do outro filho de Denise Norton e Conor Geary, ou sobre a morte do meu pai biológico, na Nova Zelândia, em 1985, e sua conexão com o afogamento de um adolescente chamado Rangi Parata e o sequestro de Linda Weston. Ainda não é de conhecimento público que Peter é o pai da filha de Linda Weston, Amanda Heron, embora haja uma busca internacional por ele. As fronteiras da Nova Zelândia estão fechadas. Peter nunca nos deixou tirar foto dele, mas passamos horas no aeroporto de Dublin examinando imagens do circuito interno de segurança do período de 22 a 28 de fevereiro. Nós o encontramos no terminal 2, no saguão de embarque, mas não conseguimos saber para qual portão ele foi. Ele desapareceu na multidão. Ninguém com o nome de Steve, Stephen, Steven Armstrong ou Peter Geary passou pelo aeroporto naquele dia. Ele devia ter um passaporte diferente.

Uma produtora de podcasts chamada Kate Ngata me mandou um e-mail. Ela e a minha sobrinha, Amanda, estão fazendo uma série de podcasts e estão insistindo para que eu participe. Sue, minha ex-melhor amiga, aparentemente conversou com ela por Zoom e contou que Peter se comportara de forma suspeita quando estivera no vilarejo. Não quero conhecer Amanda Heron. Meu tio e meu irmão foram uma decepção grande demais. Estou melhor sem família.

Tia Christine nunca mais ligou para mim desde que "me tornei agressiva" na casa dela. Stella está chateada por eu não ter contado nada sobre o Peter.

— Por que você não me disse quem ele era? — reclamou ela.

Qual a resposta para essa pergunta? Eu finalmente tinha alguém que era meu. Eu o amava, queria protegê-lo e guardá-lo para mim.

Eu não tinha como saber do que ele era capaz. A ideia de que um homem podia herdar uma doença como essa do pai, do meu pai, e que eu o tenha recebido na minha casa me faz querer gritar a noite toda.

Linda Weston tinha 27 anos quando Amanda nasceu. Eu continuo dizendo para as pessoas que não tem prova nenhuma de que ela foi estuprada, prova nenhuma de que ela e Peter não tiveram um relacionamento consensual. Ela não foi assassinada, morreu de apendicite. Mark me mandou cair na real. Por que Peter havia desaparecido? Por que não queria que falássemos nada para ninguém enquanto estava aqui? Por que viajou com um passaporte falso? Eu me apego à crença de que, de alguma forma, ele era inocente. Eu me apego à minha sanidade.

Angela me liga e me manda mensagens com frequência, mas raramente atendo o telefone, exceto quando preciso de uma receita nova de Valium. Preciso de muito Valium para parar de gritar. Também bebo muito.

Tive que contar para a polícia sobre o dinheiro que dei para Peter. Mark ficou furioso com isso. Disse que eu devia ter discutido com ele o que fazer com o dinheiro. Ele acha que tinha direito a uma parte, pois foi quem mais sofreu. Brigamos por causa disso. Margaret deixou o dinheiro para mim. Tem semanas que não falo com ele. Angela deixou uma mensagem de voz para avisar que ele tinha pegado covid e que estava no hospital. Ele está muito doente. Não pode receber visita. Por mim, tudo bem. Não quero vê-lo.

Tina estava totalmente errada. Eu tinha razão em não confiar em ninguém. No final, todo mundo me decepcionou. Guardando segredos ou contando segredos pelas minhas costas. Virei surda de novo. Não falo com ninguém e finjo que não ouço as pessoas sussurrando pelas minhas costas. Para mim, esse lockdown é uma maravilha. O bar e o café do vilarejo fecharam. E o estúdio de ioga de Martha também. Parei de ir ao mercadinho Gala, porque, toda vez que eu entrava, Laura tentava conversar comigo. Voltei a fazer compras na loja do posto Texaco. Lá, fica todo mundo a dois metros de distância e ninguém aperta a mão de ninguém, muito menos se abraça. Todo mundo usa máscara e evita contato visual sempre que possível. O piano ainda está em pedaços na sala de estar, uma lembrança do meu legado. Não consigo achar ninguém que o tire daqui para mim.

Vi Abebi na rua ontem. Ela está ficando alta. Deve ter 11 anos agora. Dei tchau para ela, e ela me viu, mas abaixou a cabeça e apertou o passo, afastando-se de mim. Tem a mesma idade que minha mãe quando meu pai a sequestrou. Puxo o cabelo de novo e tiro um chumaço da cabeça.

Epílogo

Amanda, maio de 2022, sala de concerto da câmara municipal de Auckland

Estou feliz. A Nova Zelândia está finalmente saindo do lockdown e vou me apresentar em público pela primeira vez. Deus é testemunha do tanto que pratiquei nos últimos dois anos e meio; o teste rápido de antígeno deu negativo, o salão está lotado, e meus pais vieram de Christchurch.

Meus dois tios novos vieram de Rotorua. Estou ansiosa para conhecê-los, mas conversamos por Zoom, e eles parecem legais. Meus pais também estão ansiosos para conhecê-los. Kate não vem. Está chateada por eu ter me retirado da sua série de podcasts depois de todo o trabalho que ela teve, mas a minha história é tão horrível que prefiro mantê-la privada. Nunca quis saber os detalhes sórdidos. Se vou ser alguém nessa vida, quero ser conhecida como uma compositora, e não como a filha de uma refém e um sequestrador. Está tudo no passado.

A polícia confirmou todas as investigações de Kate. Não sei onde meu pai está, mas certamente não vou atrás dele. Não sou vítima dele, nunca fui. Kate pode contar a história se quiser, mas não pode usar o meu nome. A última coisa de que preciso é drama. Para ser uma compositora, preciso de paz e de um piano. E daquele velho ursinho de pelúcia que chegou do nada pelo correio, há alguns anos. Ele virou meu amuleto da sorte.

As luzes da sala se apagam. Um silêncio cai sobre o lugar. Os holofotes iluminam o piano. Subo ao palco. Estou calma. Coloco meu urso na tampa do piano. Ele sorri para mim, com seu único olho. Sorrio para ele e dou um leve aceno com a cabeça, a plateia ri e aplaude. Eu me sento no banco com almofada de veludo e ergo as mãos. Vai começar.

Agradecimentos

Obrigada à maravilhosa Marianne Gunn O'Connor, agente, mentora e amiga; a Vicki Satlow, que se esforçou para publicar meus livros em lugares que não sou capaz de achar em um mapa; e a Pat Lynch, cuja dedicação é garantia de negociações tranquilas.

Da Penguin Sandycove, em Dublin, preciso enaltecer o trabalho da minha editora Patricia Deevy, a melhor que existe, sempre com uma visão muito ampla das coisas e que me deu o tempo que eu precisava para acertar com este livro; Cliona Lewis, uma publicitária extraordinária; Michael McLoughlin, sempre tão eficiente; e também sou muito grata a Brian Walker, Carrie Anderson, Issy Hanrahan e Laura Dermody.

Na PRH London, sou imensamente grata a Amelia Fairney, Ellie Hudson, Jane Gentle e Rosie Safaty, da área de comunicação; Zoe Coxon, redatora; Sam Fanaken, Ruth Johnstone e Eleanor Rhodes Davies, da área de vendas; e Richard Bravery e Charlotte Daniels, da equipe de arte, por terem criado esta bela capa.

Karen Whitlock provou mais de uma vez que mal aprendi a escrever. Seu copidesque maravilhoso me deixou bem na foto. Muito obrigada.

Pelo apoio de pesquisa em tantas áreas, agradeço a Christine Pride e Lynn Miller-Lachmann; à acadêmica e legista aposentada Marie Cassidy; à CEO do Tallaght Hospital, Lucy Nugent; à cirurgiã vascular Bridget Egan, à psicóloga Aisling White; aos advogados

Peter Nugent e John O'Donnell; à psicóloga educacional Dra. Mary Nugent, e aos colegas escritores Kate Harrison, Adrian McKinty e Alex Barclay. Se pedi o conselho de vocês e depois ignorei, por favor, me perdoem. A história tinha de vir em primeiro lugar.

Pelo conhecimento sobre a Nova Zelândia, devo isso a Vanda Symon, Liam McIlvanny, Sonja Hall-Tiernan, Craig Sisterson, Jill Nicholas, Steve Duncan, Fergus Barrowman e Faran Foley, da embaixada da Irlanda.

Às minhas pessoas para apoio emocional pelos últimos dois difíceis anos, agradeço a Sinéad Crowley, Jane Casey, Marian Keyes, Kate Beaufoy, Sinéad Moriarty, Claudia Carroll, Tania Banotti, Maria O'Connell, Bríd Ó Gallchóir, William Ryan, Ed James, Clelia Murphy, John O'Donnell, Lise-Ann McLaughlin, Anne McManus, Zita Rehill, Moira Shipsey, Val Reid, Sharon Fitter, Fiona O'Doherty, e uma menção especial a Colin Scott.

Ao meu lugar para apoio emocional, agradeço ao Centro Tyrone Guthrie e a todas as mulheres fantásticas que me ofereceram tempo, espaço e alimento para escrever.

E, definitivamente, aqueles que merecem um parágrafo só para si, obrigada aos maravilhosos livreiros, blogueiros literários, organizadores de festivais literários, moderadores, colegas palestrantes, produtores e apresentadores de rádio e televisão, bibliotecários e narradores de audiolivros. Se fosse listar todos os nomes, não haveria espaço para o livro.

Leitores, vocês não têm ideia do que a sua lealdade significa para mim. Espero poder encontrá-los em festivais virtuais e presenciais agora que o mundo parece estar aberto para negócios novamente. Obrigada por esperarem um ano a mais por este livro. A vida atrapalhou a escrita por um tempo, e vou tentar não deixar isso acontecer de novo.

E, claro, à minha grande e sempre crescente família, emprestados e agregados e, sobretudo, à minha mãe, a culpa é toda de vocês. E em memória do meu querido pai, que no mínimo está por aí, passeando por livrarias astrais, colocando meus livros em destaque.

Este livro foi composto na tipografia Berling LT Std,
em corpo 11,5/16, e impresso em
papel off-white no Sistema Cameron da
Divisão Gráfica da Distribuidora Record.